Mexican Gothic

MEXICAN GOTHIC

by Silvia Moreno-Garcia

멕시칸 고딕

실비아 모레노-가르시아

공보경 옮김

Mexican Gothic

황금가지

어머니에게 바칩니다

차례

1장

투논 저택의 파티는 언제나 늦게 끝이 났다. 파티 주최자들이 가장무도회를 즐기는 편이라, 치나 포블라나*를 입고 전통 무늬 치맛자락을 펄럭이며 머리에 리본을 묶은 여자들이 광대 아를르캥이나 카우보이 복장을 한 친구들과 어울려 노는 모습을 흔히 볼 수 있었다. 그들을 모시고 온 운전기사들은 투논 저택 바깥에서 하염없이 기다리기보다는 나름대로 밤 시간을 체계적으로 보냈다. 노점에서 타코를 사 먹거나 근처에서 일하는 아가씨를 만나 시간을 보냈는데, 그 자체가 빅토리아 시대의 멜로드라마처럼 섬세한 면이 있는 구애 행위였다. 운전기사들은 삼삼오오 모여 담배를 피우고 이런저런 얘기를 주고받았다. 두어 명은 잠시 눈을 붙이기도 했다. 손님들이 새벽 1시는 돼야 파티장을 나설 것이기 때문이었다.

그러니 밤 10시밖에 안 됐는데 파티장을 나선 두 남녀는 지금까지의 관습을 깬 셈이었다. 그들을 태우고 온 운전기사는 저녁을 먹

* 17세기 멕시코의 푸에블라에서 탄생한 멕시코 여성의 전통 의상.

으러 갔는지 아무리 둘러봐도 보이지가 않았다. 젊은 남자는 어떻게 해야 할지 결정하기 힘들다는 듯 짜증이 난 표정이었다. 그는 혼응지로 만든 묵직한 말 대가리 가면을 손에 들었다. 이 크고 무거운 가면을 들고 도시를 가로질러 걸어갈 생각을 하니 벌써부터 아찔했다. 그가 이 가면을 가져온 건 순전히 노에미 때문이었다. 노에미는 라우라 퀘사다와 그 남자친구를 누르고 가장무도회 의상 대회에서 우승하고 싶어 했다. 그래서 그도 장단을 맞추느라 이 가면까지 준비해 왔는데 노에미가 약속했던 의상을 입지 않고 왔으니 쓸데없는 짓을 한 것이다.

노에미 타보아다는 기수 의상을 빌려 입고 말채찍까지 들고 오기로 남자와 약속했다. 라우라가 목에 뱀을 감고 이브 복장으로 올 거란 얘기를 들은 터라 라우라보다 더 눈에 띄기 위해서는 꽤 괜찮은 선택이었다. 하지만 노에미는 마지막에 가서 생각을 바꿨다. 막상 기수 복장을 해 보니 별로 예쁘지 않았고 피부에 닿는 부분이 근질거렸다. 그래서 결국 흰 천으로 만든 꽃장식이 달린 초록색 드레스를 입기로 했다. 그날의 데이트 상대인 우고에게는 의상 변경에 대해 말해 주지 않았다.

"어쩔 거야?"

우고의 물음에 노에미가 대답했다.

"여기서 세 블록쯤 가면 대로가 있어. 거기서 택시를 타자. 담배 있어?"

"담배? 지갑을 어디 뒀는지도 모르겠어."

우고는 한 손으로 재킷을 문질렀다.

"넌 핸드백에 늘 담배를 갖고 다니잖아? 네가 돈이 없어서 담배도 못 살 형편일 리도 없고."

"신사한테 담배를 얻는 게 더 재미있을 것 같아서."

"오늘 밤엔 박하사탕 한 개도 못 줘. 아무래도 저 집에 지갑을 두고 온 것 같은데?"

노에미는 대꾸하지 않았다. 우고는 말 대가리 가면을 들고 다니느라 낑낑댔다. 대로로 나갔을 때는 하마터면 말 대가리를 바닥에 떨어뜨릴 뻔했다. 노에미는 날씬한 팔을 들어 택시를 불렀다. 택시에 타고 나서야 우고는 줄곧 끼고 다니던 말 대가리를 겨우 시트에 내려놓을 수 있었다.

"오늘 이걸 갖고 올 필요가 없다는 얘기를 미리 해 줬으면 좋았잖아."

우고는 투덜대며 백미러에 비친 택시기사의 얼굴을 힐끗 살폈다. 택시기사는 별 웃기는 꼴을 다 본다는 듯 피식 웃고 있었다.

"넌 짜증 낼 때 귀엽더라."

노에미는 이렇게 말하며 핸드백을 열고 담배를 찾아 뒤적거렸다.

우고는 젊은 시절의 페드로 인판테*를 닮았다. 그게 우고의 매력 중 큰 부분을 차지했다. 성격이나 사회적 지위, 지성 같은 면은 깊게 생각할 가치도 없었다. 노에미는 원하는 게 있으면 뭐든 가질 수 있는 삶을 살아왔다. 요즘은 우고에게 끌렸는데, 그의 관심을 사로잡고 나니 시시해져서 조만간 이 관계도 정리할 듯했다.

택시가 노에미의 집 앞에 도착하자 우고는 손을 뻗어 그녀의 손

* 1917~1957. 멕시코의 배우 겸 가수.

을 잡으며 말했다.

"잘 자라고 키스해 줘."

"급해서 뛰어가야 해. 대신 내 립스틱이 묻은 걸 줄게."

노에미는 물고 있던 담배를 빼서 그의 입에 물려 주었다.

우고는 차창 밖으로 고개를 내밀며 인상을 찌푸렸다. 노에미는 서둘러 집으로 들어갔다. 안마당을 가로질러 곧장 아버지의 서재로 향했다. 집의 나머지 부분과 마찬가지로 아버지의 서재는 현대적인 스타일로 꾸며져 있었다. 이 집의 수입이 더 늘었음을 보여 주는 것이기도 했다. 노에미의 아버지는 작은 화학 염료 회사를 성공적으로 운영해 큰 자산을 일궜다. 평생 가난을 경험해 본 적이 없는 사람이었다. 자신의 취향을 잘 알고 있었고 거리낌 없이 그 취향을 드러냈다. 대담한 색깔과 깔끔한 선이 바로 그의 취향이었다. 의자마다 선명한 빨간색 천을 씌웠고, 방마다 초록색 페인트를 칠하고 풍성한 식물들을 두었다.

서재 문이 열려 있어 노에미는 노크 없이 씩씩하게 걸어 들어갔다. 경재 바닥에 하이힐 소리가 또각또각 울려 퍼졌다. 머리에 꽂은 난초 장식을 손가락 끝으로 툭 치며 아버지의 책상 앞 의자에 앉아 요란하게 한숨을 내쉬고는, 작은 핸드백을 바닥에 던지듯 내려놓았다. 노에미는 취향이 확고한 편이었고, 이런 식으로 집에 일찍 불려오는 걸 좋아하지 않았다.

아버지는 가까이 오라고 손짓했다. 굳이 인사를 하지 않아도 요란한 하이힐 소리로 딸이 왔음을 알 텐데, 서류를 들여다보느라 딸에게 눈길도 주지 않았다.

노에미는 흰 장갑을 당겨 벗으며 말했다.

"투논으로 전화까지 하시다니 믿기지가 않네요. 아버지가 우고를 마음에 안 들어 하시는 건 알지만……."

아버지가 바로 말허리를 잘랐다.

"우고 때문이 아니야."

인상을 찌푸린 노에미는 오른손에 장갑 한 짝을 들고 물었다.

"그럼 뭔데요?"

오늘 파티에 간다고 허락을 구하면서, 같이 파티에 가는 데이트 상대가 우고 두아르테라는 사실은 굳이 말하지 않았다. 아버지가 우고를 어떻게 생각하는지 알기 때문이었다. 아버지는 우고가 노에미에게 청혼을 할까 봐, 그리고 노에미가 그 청혼을 받아들일까 봐 걱정하는 눈치였다. 노에미는 우고와 결혼할 생각이 없었고 부모에게도 그렇게 의사를 밝혔으나 아버지는 믿으려 하지 않았다.

여느 사교계 명사들과 마찬가지로 노에미도 팔라시오 데 이에로 백화점에서 쇼핑을 했고, 엘리자베스 아덴 립스틱을 발랐으며, 최고급 모피 옷 두 벌을 소유했다. 영어는 유창한 수준이었고, 사립학교를 나온 터라 스페인 몬세라트 수녀원의 수녀들 못지않게 엄격한 예의범절을 몸에 익혔다. 노에미는 그저 여유롭게 즐기며 남편감을 물색하기만 하면 되었다. 이 말은 노에미가 어디서 즐거운 시간을 보내든, 아버지는 딸이 그 시간에 배우자를 찾는 활동을 하기를 바란다는 뜻이기도 했다. 나가서 노는 시간은 남편감을 구하는 과정이어야지 그 자체를 즐기기만 해서는 안 되었다. 아버지가 우고를 마음에 들어 했더라면 별문제가 없었을 것이다. 하지만 우고는 신출내기 건축가에 불과했고 아버지는 노에미가 더 높은 사회적 지위를 가진 남자와 이어지기를 바랐다.

"우고 얘기는 나중에 하자."

노에미는 혼란스러웠다.

아까 노에미가 투논에서 느린 곡에 맞춰 춤을 추고 있는데 하인이 다가왔더랬다. 하인은 그녀의 어깨를 톡톡 치면서 아버지에게서 전화가 왔다고 알려 주었다. 그 전화가 저녁 시간을 망쳐 놓았다. 우고와 함께 외출 나온 걸 아버지가 알아냈구나, 그래서 우고를 떼어 놓고 나를 집으로 불러들여 훈계를 하려고 하는구나, 하고 노에미는 생각했다. 그런데 우고 문제 때문에 불러들인 게 아니라니. 그럼 대체 왜 부른 걸까?

"안 좋은 일이 있는 건 아니죠?"

목소리가 가라앉았다. 노에미는 나이가 들면서 목소리 톤이 중간 정도로 내려왔는데, 화가 치밀면 어렸을 때처럼 목소리가 높아지는 경향이 있었다.

"글쎄다. 지금부터 내가 하는 얘기는 남에게 발설하면 안 돼. 네 어머니나 오빠, 친구들을 비롯해서 아무에게도 말하면 안 되는 거다. 알겠니?"

아버지는 노에미가 고개를 끄덕일 때까지 가만히 바라보았다.

그러더니 의자 등받이에 등을 기대고 고개를 뒤로 젖히며 두 손으로 얼굴을 감쌌다.

"몇 주일 전에 네 사촌 카탈리나한테서 편지가 왔다. 남편인 버질에 대해 뜻밖의 말을 써 놨더구나. 그래서 어떻게 된 일인지 알아보려고 버질한테 편지를 보냈지.
버질은 카탈리나가 이상하게 많이 우울해하기는 하지만 점점 괜찮아지고 있다고 답장했어. 우리는 편지를 몇 통 주고받았지. 나는 카탈리나가 편지 내용처럼 그렇게 심하게 **괴로워하고** 있다면 멕시코시티로 데려와 전문가에게 상담을 받게 하는 게 좋겠다고 했다. 그런데 버질은 굳이 그럴 필요 없다고 하더구나."

노에미는 다른 쪽 장갑을 마저 벗어 무릎에 얹었다.

"우린 견해차를 좁히질 못했다. 버질이 고집을 꺾을 것 같지가 않더구나. 그런데 오늘 밤에 전보가 왔다. 여기 있으니 읽어 봐."

아버지는 책상 위에 놓인 종이 한 장을 집어 노에미에게 건넸다. 노에미에게 카탈리나를 만나러 와 달라고 청하는 초대장이었다. 카탈리나가 사는 마을에는 매일은 아니지만 월요일에는 기차가 들어오니 기차 도착 시각에 맞춰 운전기사를 기차역으로 보내겠다는 내용이 담겨 있었다.

"한번 가 보렴, 노에미. 버질 얘기로는 카탈리나가 너를 보고 싶어 한다는구나. 내 생각에는 여자가 가서 해결해야 하는 일 같아. 막상 가서 보면 카탈리나가 부부 사이의 문제를 괜히 과장해서 말한 것일 수도 있어. 네 사촌이 멜로드라마에 나오는 배우처럼 걸핏하면 과장된 말을 하잖니. 이것도 관심을 끌려는 짓일 수도 있겠지."

"아버지 말씀처럼 부부 사이의 문제일 수도 있고, 카탈리나 언니가 과장해서 벌이는 일일 수도 있는데 우리가 왜 관여를 해요?"

노에미는 아버지가 카탈리나를 과장된 언행이나 하는 여자로 단언하는 게 불공평하다는 생각이 들었다. 카탈리나는 어려서 부모를 잃었다. 그런 상처가 있으면 감정적인 혼란을 겪을 수밖에 없을 것이다.

"카탈리나의 편지가 아무래도 이상해. 남편이 자기한테 독을 먹이고 있다고, 유령 같은 게 보인다고 하더구나. 내가 의학 전문가는 아니지만 이쯤 되면 마을에 괜찮은 정신과 의사가 있는지부터 알아봐야 하는 게 아닌가 싶기도 하고."

"편지 갖고 계시죠?"

"그래, 여기 있다."

노에미는 편지를 받아 펼쳐 보았다. 읽기도 힘들고 문장의 뜻도 잘 이해되지 않았다. 글씨체도 불안정하게 흐트러져 있었다.

……그 사람이 나한테 독을 먹이려 하고 있어. 이 집은 썩었어. 썩은 악취가 나. 악하고 잔인한 감정들로 가득해. 정신을 차리려고 애쓰는데, 불결한 생각을 물리치려고 하는데 잘 안 돼. 자꾸 시간과 생각의 흐름을 놓쳐 버려. 제발. 제발. 그들은 잔인하고 몰인정해. 나를 놔주려고 하질 않아. 문을 걸어 잠가도 그들이 찾아와. 밤마다 속삭여. 잠들지 못한 죽은 자들, 유령들, 육신 없는 것들이 너무 무서워. 뱀은 꼬리를 먹고, 우리 발밑에는 암초 지대가 있어. 거짓된 얼굴들과 거짓된 혀. 거미가 밟고 지나는 거미줄이 부르르 흔들려. 나는 카탈리나 카탈리나 타보아다. **카탈리나.** 카타, 카타, 나와서 놀자. 노에미가 보고 싶어. 너를 다시 보게 될 날이 오기를. 나를 만나러 와 줘, 노에미. 와서 나를 구해 줘. 나는 스스로를 구할 수가 없어. 내 정신과 피부는 쇠로 된 실로 묶여 꼼짝 못 해. 그것이 벽 속에 있어. 나를 놓

아주려고 하질 않아. 제발 와서 나를 풀어 줘. 줄을 끊고 나를 구해 줘. 멈춰 줘. 제발……

빨리 와.

카탈리나.

편지 여백에 카탈리나는 온갖 단어, 숫자, 동그라미 들을 그려 놓았다. 의미는 알 수 없었다.

카탈리나와 마지막으로 얘기를 해 본 게 언제였지? 몇 달 아니, 1년 가까이 됐다. 카탈리나는 버질과 함께 신혼여행을 간 파추카 시에서 노에미에게 전화를 걸고 엽서도 두 장 보내 주었다. 하지만 그 후로는 별다른 소식이 없었다. 가족 중 누군가의 생일이면 축하 전보를 보내기는 했다. 크리스마스 때는 선물과 편지도 보냈지만, 무미건조한 내용이라 버질이 대신 써서 보낸 편지일지도 모른다는 의심이 들었다.

가족들은 카탈리나가 신혼을 즐기느라 편지를 길게 쓰고 싶지 않아서일 거라고 생각했다. 남편과 함께 사는 집에 전화기가 없을 수도 있었다. 시골이니 그럴 수도 있었다. 무엇보다 카탈리나는 평소에 편지를 즐겨 쓰는 편이 아니었다. 노에미도 사교 모임을 즐기고 학교생활을 하느라 바빠서 크게 신경 쓰지 않았다. 카탈리나와 남편이 언젠가 시간이 되면 멕시코시티로 놀러 오겠거니 하고 있었다.

그런데 카탈리나의 편지는 예상과는 너무 거리가 멀었다. 카탈리나는 타자기를 선호하는데 이 편지는 손편지였고, 평소 편지를 쓸 때도 간단명료하게 용건만 쓰는 편인데 이건 횡설수설이었다.

"이상하긴 하네요."

노에미는 아버지가 상황을 너무 심각하게 생각한다고, 혹시 이 일을 핑계 삼아 우고한테서 다른 데로 관심을 돌리려 하는 거 아니냐고 말하고 싶었지만 그런 경우가 아닌 듯했다.

"이상한 정도가 아니지. 너도 편지를 봤으니, 내가 버질에게 답장을 보내 어떻게 된 일인지 물은 이유를 이해할 거다. 그런데 버질은 자기네 일에 왜 간섭을 하냐면서 비난하더구나. 어이가 없어서."

"정확히 뭐라고 쓰셨는데요?"

아버지가 편지로 막말을 했을까 봐 걱정됐다. 아버지는 진지한 성격인데, 의도와 달리 퉁명스럽게 말을 해서 사람들을 화나게 하는 일이 종종 있었다.

"라 카스타네다 같은 곳에 조카가 살고 있으니 내 마음이 좋지 않다는 건 너도 감안해야……."

"답장에 뭐라고 쓰셨어요? 언니를 정신병원에 넣겠다고 하셨어요?"

"그럴 가능성도 있다고 말은 했지."

아버지는 편지를 도로 달라는 뜻으로 손을 내밀었다. 노에미는 아버지에게 편지를 돌려주었다.

"정신병원이 꼭 답은 아니겠지만, 내가 거기에 대해 알잖니. 카탈리나는 전문가의 보살핌이 필요할 수도 있어. 그런 시골구석에서는 불가능한 보살핌이지. 우리가 나서서 카탈리나에게 제일 이익이 되는 방향으로 해 줘야 해."

"버질을 믿지 않으시는군요."

아버지는 마른 웃음을 웃었다.

"네 사촌은 결혼을 너무 빨리 했어, 노에미. 경솔한 선택이었지. 나도 버질 도일이 멋진 남자인 건 인정하마. 하지만 믿을 만한 사람인지는 모르겠다."

아버지의 말에도 일리가 있었다. 카탈리나의 약혼 기간은 어이없을 정도로 짧았다. 그들은 신랑에 대해 제대로 얘기를 나눠 보지도 못했다. 노에미는 두 사람이 어떻게 만났는지 듣지도 못했는데, 카탈리나의 약혼식 후 몇 주일도 안 되어서 청첩장을 받았다. 그때까지도 노에미는 카탈리나한테 정말 애인이 있기는 한지 확신하지 못했다. 민사 판사 앞에서 결혼 증인으로 서 달라는 초대를 받아 가지 않았다면 카탈리나가 결혼을 정말 하는 건지조차 의심했을 것이다.

그 정도로 비밀스럽게 서둘러서 한 결혼이다 보니 노에미의 아버지는 탐탁지 않아 했다. 노에미는 아버지가 카탈리나와 버질을 위해 결혼 피로연을 열어 주기는 했지만 속으로 화가 나 있음을 느끼고 있었다. 카탈리나가 결혼 후 친정 쪽 가족들과 자주 연락을 주고받지 않았지만 노에미가 크게 신경 쓰지 않은 것도 그래서였다. 결혼 후 두 사람의 관계도 서먹해졌다. 하지만 다가오는 11월에 카탈리나가 멕시코시티로 와서 함께 크리스마스 쇼핑 계획을 세운다면 다들 기분이 좋아질 테고 마음의 상처도 회복되리라 생각했다. 서먹해진 감정도 시간이 지나면 풀릴 수 있었다.

"아버지는 카탈리나 언니가 진실을 말하고 있고, 버질이 언니를 학대하고 있다고 생각하시나 보네요."

노에미는 예전에 본 버질의 인상을 떠올렸다. 곧바로 머릿속에 떠오른 단어는 **잘생겼다**와 **정중했다**였지만 사실 그와는 대화를 길게 나눠 보지도 못했다.

"카탈리나의 편지 내용대로라면 버질이 그 애한테 독을 먹이고 있고 유령들이 벽을 통과해 다닌다는 건데, 이게 대체 말이 되는 소리냐?"

일어서서 창가로 걸어간 아버지는 팔짱을 끼고 창밖을 내다보았다. 서재 창문 밖으로 어머니가 아끼는 부겐빌레아 덩굴이 내다보였다. 선명한 빛깔의 부겐빌레아가 어둠을 수의처럼 입었다.

"카탈리나의 상태가 좋지 않은 건 분명해. 버질은 카탈리나와 이혼하면 땡전 한 푼 없는 신세가 되겠지. 둘이 결혼할 무렵에 버질의 집안은 재산이 바닥난 상태였어. 결혼을 유지하는 한 버질은 카탈리나의 은행 계좌에 접근할 수 있겠지. 그러니 카탈리나를 우리가 있는 도시로 보내 치료를 받게 해야 하는 상황인데도, 그 애를 집에 잡아 두는 거겠지. 그래야 자기한테 이득이 될 테니까."

"돈만 밝히는 놈이라고요? 아내의 건강보다 자금 사정을 더 중요시한다고요?"

"난 그놈이 어떤 인간인지 모르겠다, 노에미. 우리 중에 아는 사람이 아무도 없어. 그게 문제야. 버질에 대해 아는 사람이 없잖아. 버질은 카탈리나를 잘 돌보고 있고 상태가 나아지고 있다고 하는데, 카탈리나는 침대에 묶여 꼼짝도 못 하는 채로 죽이나 얻어먹고 살고 있을 수도 있어."

"아까는 카탈리나가 멜로드라마에 나오는 사람처럼 과장된 소리를 하는 거라면서요?"

노에미는 난초 꽃 장식을 만지작거리며 한숨을 쉬었다.

"아픈 가족이 곁에 있으면 어떤 일이 벌어지는지 나는 잘 알아. 내 어머니도 뇌졸중이 와서 침대에 몇 년이나 누워 계셨어. 가족이라고 해서 그런 문제를 늘 잘 해결하지는 못해."

노에미는 두 손을 무릎에 얌전히 올려놓으며 물었다.

"제가 어떻게 하길 바라세요?"

"가서 어떻게 된 상황인지 알아봐. 카탈리나를 여기로 데려와야 하는지도 확인해 보고. 그게 최선이다 싶으면 버질을 설득해."

"제가 그런 일을 어떻게 해요?"

아버지는 피식 웃었다. 부녀는 영리한 검은 눈, 그리고 웃는 입매가 무척 닮아 있었다.

"넌 변덕이 심해서 뭘 하든 쉽게 마음을 바꾸지. 처음에는 역사를 공부하고 싶다더니 관심사가 연극으로 바뀌었고 지금은 인류학을 공부하고 있잖아. 상상할 수 있는 모든 운동을 돌아가며 조금씩 해 볼 뿐, 어느 한 가지도 진득하게 하질 못해. 남자와 데이트를 해도 두 번까지가 최대라서 남자가 세 번째 데이트를 청해도 대답도 안 하고 말이야."

"제 질문과 상관없는 얘기인데요."

"더 들어 보렴. 넌 변덕이 심하기는 해도 뭔가 **잘못됐다** 싶으면 끝까지 파헤치는 고집은 있어. 이제 고집과 에너지를 유익한 일에 써 봐. 지금까지 그나마 진득하게 해 본 건 피아노 레슨 받은 게 전부 아니냐.”

“영어 수업도 잘 받았거든요.”

노에미는 이렇게 받아쳤지만 나머지 부분에 대해서는 부정할 수 없었다. 노에미가 자기를 좋아하는 남자들을 번갈아 가며 만난 것도, 하루에 옷을 네 번씩 갈아입은 것도 다 사실이었다.

‘스물두 살에 뭐든 다 정해 버릴 필요는 없어.’

하지만 이런 생각을 아버지에게 토로해 봤자 소용없었다. 열아홉 살에 가족 사업을 물려받아 운영해 온 아버지의 기준에서 볼 때, 노에미는 세월아 네월아 진로를 못 정하고 정처 없이 떠돌고 있는 존재일 뿐이었다. 아버지가 예리한 눈빛으로 바라보자 노에미는 한숨을 푹 쉬며 말했다.

“알았어요. 몇 주일 내에 그 집에 찾아가서…….”

“월요일에 출발해, 노에미. 그래서 파티 도중에 널 불러낸 거다. 월요일 아침에 엘 트리운포 마을로 가는 첫 기차를 타야 하니까 그 전에 필요한 준비를 해 둬.”

“저 연주회도 해야 하는데요.”

어설픈 변명일 뿐임을 두 사람 모두 알고 있었다. 일곱 살 때부터 피아노 수업을 받아 온 노에미는 1년에 두 번씩 소규모 연주회를 열었다. 노에미의 어머니 세대와는 달리 사교계 명사인 노에미가 직접 악기를 연주할 필요가 없기는 했지만, 노에미가 속한 사교계에서 악기 연주는 꽤 인정받는 소소한 취미였다. 게다가 노에미는 피아노 연주를 좋아했다.

“연주회 자체가 목적이라기보다는 우고 두아르테와 연주회를 함께 하고 싶어서겠지. 그놈이 다른 여자와 데이트 하는 꼴도 못 봐주겠고, 새 드레스를 입을 기회도 포기할 수 없으니 그런 것 아니냐. 안됐지만, 이 일이 더 중요해."

"굳이 말씀드리자면 새 드레스 안 샀어요. 그레타의 칵테일 파티 때 입고 갔던 걸 또 입을 작정이었다고요."

절반은 진실이었다. 우고와 함께 연주회에 갈 계획이기는 했으니까.

"그리고 연주회가 문제가 아니에요. 며칠 후면 수업 시작이에요. 이런 식으로 멋대로 수업을 빼먹었다가는 낙제당한다고요."

"마음대로 하라고 해. 나중에 다시 들으면 되잖아."

태평한 소리 좀 그만하시라고 받아치려는데 아버지가 고개를 돌려 노에미를 똑바로 쳐다보았다.

"노에미, 그동안 네가 국립대학에 가고 싶다고 노래를 불렀지. 이번 일만 잘 하고 돌아오면 다니게 해 주마."

노에미의 부모는 딸이 멕시코의 여성 대학교에는 다니게 해 주었지만, 졸업 후에도 공부를 계속하고 싶다고 하자 별로 달가워하지 않았다. 노에미는 인류학 석사 학위를 받고 싶었다. 그러려면 국립대학교에 다녀야 했다. 아버지는 인류학 공부가 시간 낭비일 뿐이며, 국립대학에 가 봤자 숙녀들의 머릿속에 멍청하고 음탕한 생각을 심어 주려는 젊은 놈들만 득실거릴 뿐이라고 폄하했다.

어머니는 노에미의 현대적인 생각을 대단찮게 여겼다. 여자는 그저 사교계에 나가 첫선을 보이고 결혼을 잘하면 된다고 생각했다. 공부를 더 한다는 건 이 단순한 인생 노선을 남들보다 늦게 따라간다는 얘기고, 고치 안에서 계속 번데기 상태로 머무르겠다는 뜻이었다. 어머니는 이 문제를 놓고 노에미와 대여섯 번 언쟁을 했는데, 늘 끝에 가서는 아버지가 결정할 사안이라며 교묘하게 아버지 쪽으로 문제를 떠밀었다. 지금까지 아버지는 노에미의 뜻대로 해 줄 생각이 전혀 없어 보였다.

그런 아버지가 국립대학 진학을 허락하겠다고 하니 뜻밖의 기회가 찾아온 것이나 다름없었다. 노에미는 조심스럽게 물었다.

"진심이세요?"

"그래. 그만큼 중요한 문제라는 거야. 우리 집안 사람이 이혼 문제로 신문에 오르내리는 게 싫어. 그렇다고 누가 우리 가문의 일원을 등쳐 먹는 꼴도 보고 싶지 않고. 카탈리나 문제인데 어떻게 신경을 안 쓰겠니."

아버지는 한결 부드럽게 말을 이었다.

"카탈리나는 이미 불행한 삶을 살아왔어. 친했던 사람이 가서 얼굴이라도 보여 주면 일이 쉽게 풀릴지도 모르지. 어쩌면 카탈리나가 필요로 하는 건 그게 전부일 수도 있어."

카탈리나는 이미 수차례 재앙과도 같은 아픔을 겪었다. 아버지의 죽음에 이은 어머니의 재혼. 어머니의 재혼 후 카탈리나는 계부 때문에 눈물 마를 날이 없었다. 재혼하고 2년 뒤에 어머니는 세상을 떠났고 카탈리나는 노에미의 집에 와서 살게 됐다. 그 무렵 카탈리나의 계부도 떠나 버린 터였다. 타보아다 가족이 따뜻하게 맞아주었지만 그동안 겪은 가족들의 죽음으로 인해 카탈리나는 깊은 상처를 받았다. 그리고 아가씨가 되어서는 약혼을 했다가 깨진 바람에 온갖 문제에 시달리며 가슴앓이를 했다.

카탈리나에게 여러 달 동안 구애를 한 얼뜨기 같은 청년이 하나 있었는데 카탈리나는 그 청년을 무척 마음에 들어 한 눈치였다. 하지만 노에미의 아버지는 영 별로라면서 그 청년을 쫓아 버렸다. 공개적인 연애가 그런 식으로 끝나 버리자 카탈리나는 교훈을 얻었는지 버질 도일을 사귀면서는 신중을 기하며 비밀에 부쳤다. 어쩌면 버질이 둘 사이의 연애를 모두에게 비밀로 하자며 약삭빠르게 카탈리나를 설득했을 수도 있었다. 아무도 결혼식을 방해할 수 없는 시점까지 두 사람은 비밀리에 만났다.

"며칠 수업에 빠져야겠다고 학교에 미리 알리면 될 것 같기도 해요."

"그래. 버질한테 전보를 보내서 네가 그리로 간다고 말해 두마. 신중하고 영리하게 처신해. 버질은 남편이라 카탈리나의 거취에 대한 결정권을 갖고 있지만, 그자가 그 애를 난폭하게 대하고 있다면 우리도 손 놓고 있을 수만은 없어."

"아까 국립대학에 대해 하신 말씀 있잖아요. 각서로 써 주세요."

아버지는 책상 뒤에 가 앉았다.

"내가 약속을 어기기라도 할 줄 아나 보네. 머리에 꽂은 꽃이나 빼고, 가서 가방에 옷부터 챙겨 넣어. 거기 가서 어떤 옷을 입을지를 결정하는 데에만 한세월이 걸릴 것 같으니. 넌 도대체 어떤 사람이 되려고 그러냐?"

아버지는 맨어깨를 드러낸 노에미의 원피스를 못마땅한 눈으로 쳐다보았다.

"봄의 여신 콘셉트로 입은 거예요."

"그 마을은 추운 편이야. 그런 옷을 입고 돌아다닐 거면 스웨터라도 가져가."

아버지는 차분하게 충고했다.

평소 같으면 아버지의 말을 재치 있게 받아쳤을 테지만 지금은 그럴 마음이 나지 않았다. 모험에 나서겠다고 동의를 하고 보니, 지금 가려는 곳과 그곳 사람들에 대해 아는 게 거의 없었다. 이건 유람선을 타고 돌아다니는 한가로운 여행이 아니었다. 아버지는 노에미를 콕 집어서 이 일을 맡겼다. 잘 해내야만 했다. 변덕이 심하다고? 쳇. 노에미는 이번 일을 얼마나 집중해서 잘 처리하는지 보여 주고 말리라 결심했다. 이 일을 성공적으로 해내면 아버지는 노에미를 달리 보게 될 것이다. 노에미는 충분히 성공을 누릴 자격이 있는 성숙한 여자였다. 이번 일이 실패할 수도 있다는 생각은 아예 하지도 않았다.

2장

노에미가 어린 소녀였을 때 카탈리나는 동화책을 읽어 주곤 했다. 헨젤과 그레텔이 빵부스러기를 던져 놓고, 빨간 망토 소녀가 늑대를 만나는 '숲'에 대한 얘기도 자주 해 주었다. 대도시에서 나고 자란 노에미는 숲이 실제로 존재하는 곳임을 나중에야 알았다. 알고 보니 숲은 지도에도 나와 있었다. 노에미의 가족은 베라크루스시 바닷가에 위치한 할머니의 집에서 휴가를 보내곤 했는데, 그곳에 키 큰 나무는 한 그루도 없었다. 성인이 돼서도 노에미에게 숲은 어린 시절에 본 동화책 속 그림일 뿐이었다. 암회색으로 윤곽을 그리고 선명한 색깔들로 가운데를 채워 넣은 숲 그림.

기차를 타고 출발한 지 한참 후에야 노에미는 이 기차가 숲을 향해 가고 있음을 알았다. 엘 트리운포 마을은 가파른 산기슭에 위치해 있었다. 주변에는 다채로운 야생화가 가득 피었고 소나무와 참나무가 빽빽이 자라고 있었다. 양 떼가 한가로이 거닐고 염소들은 가파른 암벽을 대담하게 오르내렸다. 이 지역은 은을 채굴해 부를 었었고, 동물한테서 얻는 수지(樹脂)로 광산에 불을 밝혔다. 지금 도 동물이 꽤 많아서 주변과 어우러진 풍경이 무척 아름다웠다.

기차가 점점 높이 올라가면서 엘 트리운포에 가까워질수록 풍경은 더욱 목가적으로 바뀌었다. 숲에 대한 노에미의 생각도 점차 달라져 갔다. 깊은 협곡이 땅을 가로지르고 우뚝 솟은 산등성이들이 차창 밖 저 멀리에서 어렴풋이 나타났다. 매력적인 개울은 세차게 흐르는 강물이 되고, 마법 같은 어둠은 물살을 바라보는 이를 강하게 홀렸다. 농부들은 산자락 아래의 과수원과 알팔파 들판에서 일하고 있었다. 산이라 먹을 만한 작물이 없을 텐데도 염소들은 열심히 바위산을 오르내렸다. 땅은 어둠 속에 금은보화를 품고 있었으나 이제 그 재물을 열매로 피워 내지 못했다.

기차가 산을 타고 힘겹게 올라가는 동안 공기가 점점 희박해졌다. 이윽고 기차는 털털털 소리를 내며 멈췄다.

노에미는 여행 가방을 집어 들었다. 가져온 건 여행 가방 두 개뿐이었다. 원래 좋아하는 트렁크 가방도 가져오려고 했는데 너무 크고 무거운 것 같아 포기했다. 트렁크 가방 없이 슈트케이스 두 개뿐인데도 크고 무거웠다.

기차역은 한산했다. 역사(驛舍)라고 부르기도 민망한, 들판에 오도카니 서 있는 네모난 건물이었다. 매표대 뒤에 여직원이 꾸벅 졸며 앉아 있었다. 역 주변에서 어린 남자애 셋이 술래잡기를 하며 뛰어다녔다. 노에미는 그 아이들에게 여행 가방을 역 밖으로 옮기는 걸 도와주면 수고비를 주겠다고 제안했다. 아이들은 기꺼이 여행 가방을 들어 옮겨 주었다. 아이들은 얼핏 봐도 영양 부족인 것 같았다. 이 마을 사람들은 광산이 폐쇄되고 나서 어떻게들 살아가고 있는 걸까. 염소를 내다 팔아 겨우 입에 풀칠이나 하는 건가.

산이라 한기가 느껴질 것 같아 대비를 했다. 그날 오후 사방에 깔린 옅은 안개는 예상 못 한 요소였다. 노에미는 길고 노란 깃털이 달린 청록색 테 없는 모자를 고쳐 쓰며 흥미로운 시선으로 안개 낀 거리에 서 있는 차를 바라보았다. 마중 나온 차인 듯했다. 역 앞에 서 있는 유일한 차였다. 20~30년 전에 잘나갔던 무성 영화 스타를 떠올리게 하는, 터무니없게 큰 차였다. 아버지가 젊은 시절 부를 과시하며 타고 다녔을 법한 차였다.

오래되고 지저분한 그 차는 도색이라도 새로 해 줘야 할 것 같았다. 상태가 그 모양이니 영화배우가 타고 다닐 차는 아니겠고 대충 먼지만 털어서 도로로 끌고 나온 구시대의 유물인 듯싶었다.

그 차를 모는 사람은 나이가 지긋한 남자일 것 같았는데 뜻밖에도 노에미와 비슷한 나이로 보이는 코듀로이 재킷 차림의 남자가 운전석 문을 열고 내렸다. 금발에 피부가 흰 남자였다. 피부가 그렇게 창백한 사람은 처음 봤다. 맙소사. 햇볕을 쐬어 본 적이 있기는 한 건가? 불안정한 눈빛을 한 그 남자는 입술을 억지로 당겨 미소를 지었다.

노에미는 여행 가방을 옮겨 준 아이들에게 동전을 쥐여 준 뒤 남자에게 걸어가 손을 내밀었다.

"노에미 타보아다예요. 도일 씨가 보냈죠?"

"예. 하워드 큰할아버지께서 모셔 오라고 했습니다."

남자는 노에미의 손을 힘없이 잡고 악수를 했다.

"프랜시스라고 합니다. 오는 길은 쾌적하셨습니까? 가져온 짐은 그게 전부인가요, 타보아다 양? 차에 싣는 걸 도와 드리죠."

남자는 연달아 질문을 쏟아 냈다. 명확한 진술문보다는 물음표로 끝나는 의문문을 선호하는 듯했다.

"노에미라고 부르세요. 타보아다 양이라고 하면 신경질적인 여자처럼 들려서요. 짐은 이게 전부예요. 도와주시면 고맙고요."

프랜시스는 그녀의 여행 가방을 들어서 차 트렁크에 실은 뒤 옆으로 빙 돌아가 차 문을 열어 주었다. 차에 탄 노에미는 차창 너머 마을을 구경했다. 구불구불 이어지는 도로, 창가에 화분을 줄줄이 놓아둔 다채로운 색깔의 집들, 튼튼한 나무문, 긴 계단, 성당, 여행 안내 책자에 '아취 있다'고 적혀 있을 법한 풍경이 펼쳐졌다.

하지만 엘 트리운포는 여행 안내 책자에서 언급된 적이 없었다. 실제로는 퀴퀴한 곰팡내를 풍기며 시들어 가는 작은 마을에 불과했다. 멀리서 보면 집들이 알록달록했지만, 가까이서 보면 벽마다 페인트가 벗겨졌고 몇몇 집의 문짝은 망가졌으며 화분의 꽃 절반은 시들어 있었다. 활기라곤 찾아볼 수 없었다.

특이한 풍경은 아니었다. 은과 금을 캐내며 번창했던 멕시코의 광산 마을들은 멕시코 독립전쟁*이 발발하자 채광을 중단했다. 그 후 평온한 포르피리아토 대통령 시절**에 영국인과 프랑스인이 들어와 채광을 재개하자 마을 주민들의 주머니는 다시 두둑해졌다.

* 멕시코가 스페인의 지배에 저항해 1810년 9월 16일 일으킨 독립전쟁. 이 전쟁은 1821년 8월 24일 코르도바 조약 체결로 끝났으며 멕시코가 승리해 독립하게 됐음.

** 포르피리오 디아스 대통령의 재임 기간인 1876년부터 1911년까지를 일컬음.

하지만 뒤따른 혁명***이 제2의 부흥기를 끝장내고 말았다. 엘 트리운포를 비롯한 여러 마을에는 돈과 인력이 풍성하던 시절에 세워진 고급스러운 성당들이 여전히 남아 있었다. 이제 다시는 지구가 자궁에서 보물을 퍼내 줄 일이 없을 마을들이었다.

도일 가문은 그런 마을 중 한 곳에서 살아가고 있었다. 주민 대부분은 떠나고 없었다. 도일 가문 사람들이 이 마을을 사랑하게 된 건가, 하고 노에미는 생각에 잠겼다. 가파른 데다 난데없는 풍경뿐인 이 마을이 그 정도로 대단해 보이지는 않았다. 어렸을 때 동화책에서 본 그림과는 사뭇 다른 풍경이었다. 동화책 속 나무들은 사랑스럽게 뻗어 있었고 꽃들은 길가에 예쁘게 피어 있었다. 카탈리나가 매력적이라고 했던 마을이 겨우 이런 곳이었나. 기차역으로 노에미를 마중 나온 오래된 차처럼, 이 마을도 잘나갔던 시절의 추억을 붙들고 있을 뿐이었다.

프랜시스는 좁은 길을 지나 산속 깊은 곳을 향해 차를 몰았다. 공기 중에 산소가 점점 희박해지고 안개가 짙어졌다. 노에미는 두 손을 비비며 물었다.

“한참 더 가야 해요?”

남자는 잘 모르겠다는 듯한 표정이더니 신중하게 의논해야 하는 문제라도 되는 듯 천천히 대답했다.

“그리 멀지는 않습니다만, 도로 사정이 안 좋을 수도 있고 내가 더 빨리 운전을 할 수도 있고 해서요. 광산이 열려 있던 오래전에는

*** 1910년 멕시코에서 장기 집권하던 포르피리오 디아스 정부에 대항해 여러 세력이 무장 투쟁을 일으키면서 시작된 혁명.

이 부근의 도로 상태가 다 괜찮았어요. 하이 플레이스 근처도요."

"하이 플레이스요?"

"우리 집 이름입니다. 집 뒤에는 영국식 묘지가 있어요."

노에미는 미소 띤 얼굴로 물었다.

"정말 영국식이에요?"

"예."

악수할 때는 힘이 하나도 없더니 운전대를 잡은 두 손에 힘이 단단히 들어가 있었다.

"그래요?"

노에미는 더 자세히 듣고 싶었다.

"가서 보면 알 겁니다. 영국풍이 아주 강해요. 하워드 큰할아버지가 영국의 일부라도 떼어 오고 싶어 하셔서요. 유럽산 흙까지 공수하셨죠."

"고향을 그리워하는 마음이 크신가 봐요."

"그러게요. 이 말씀은 미리 드려야겠군요. 하이 플레이스에서 우리는 스페인어를 쓰지 않습니다. 하워드 큰할아버지는 스페인어를 전혀 모르세요. 버질도 잘은 못해요. 내 어머니는 스페인어 단어들을 조합해서 문장을 구성해 보려는 시도조차 하지 않을 분이시고요. 영어는…… 어느 정도 하십니까?"

"여섯 살 때부터 매일 영어 수업을 받았어요."

그때까지 스페인어를 쓰던 노에미는 영어로 바꿔 말하기 시작했다.

"그러니 별로 어려움은 없을 것 같네요."

주변의 나무들이 점점 더 빽빽해지면서 가지 밑이 어두워지기 시작했다. 노에미는 자연친화적인 사람이 아니었다. 그런 쪽과는 거리가 멀었다. 숲 근처에 마지막으로 가 본 게 '사자(死者)들의 사막'이라는 이름이 붙은 도시 근교의 숲으로 놀러 갔을 때였다. 그곳에서 오빠와 친구들과 함께 말도 타고, 깡통 캔을 총으로 쏘는 연습도 했었다.

그게 2년, 아니 3년 전이었다. 이 숲은 그곳과는 비교도 되지 않았다. 여기가 훨씬 더 야생에 가까웠다.

노에미는 나무들의 키, 협곡의 깊이를 조심스럽게 가늠해 보았다. 높이며 깊이가 상당했다. 안개가 점점 짙어지자 당혹스러웠다. 길을 잘못 들었다가는 산 중턱에서 길을 잃고 마는 게 아닐까. 은을 캐려 안간힘을 쓰던 광부 중 얼마나 많은 이들이 절벽에서 떨어졌을까? 이 산은 광물로 부를 안겨 주었지만 때 이른 죽음을 겪게 하기도 했다. 프랜시스는 살짝 말을 더듬었지만 운전은 안정적으로 하는 것 같았다. 노에미는 수줍음 타는 남자를 별로 좋아하지 않았다. 그런 남자와 함께 있으면 신경이 곤두섰다. 하지만 뭐, 여기서는 무슨 상관일까. 이 남자나 이 남자의 다른 가족을 만나러 온 것도 아니니 말이다.

깊은 골짜기, 그 아래 보이지도 않는 나무들을 향해 추락하는 자동차에 대한 생각을 그만하려고 입을 열었다.

"그런데 그쪽은 누구세요?"

"프랜시스입니다."

"그건 알겠는데, 버질 씨의 사촌분인가요? 아니면 오랜만에 집으로 돌아온 삼촌이신지? 이 집안의 말썽꾼이면 나도 미리 알아야 할 것 같아서요."

노에미는 농담하듯 가볍게 물었다. 칵테일 파티에서 자주 쓰던 말투였다. 그런 말투로 대하면 사람들과 빠르게 친해질 수 있었다. 프랜시스도 살짝 미소 지으며 노에미의 예상대로 순순히 대답을 해 주었다.

"오촌 관계예요. 버질이 나보다 연상이에요."

"나는 그런 게 잘 이해가 안 되더라고요. 오촌이니 육촌이니 칠촌이니 하는 거요. 누가 그런 걸 일일이 따져요? 친척들이 내 생일 파티에 오면 그냥 다 핏줄로 연결된 사람들이구나 하는 거지, 족보까지 따질 필요가 뭐 있냐고요."

"그렇게 살면 간단하기는 하죠."

그는 진심이 담긴 미소를 지었다.

"당신은 좋은 친척인가요? 어렸을 때 친척 남자애들이 진짜 싫었거든요. 걔들은 내 생일 파티에 와서 제 얼굴에 케이크를 짓뭉개 놓곤 했어요. 내가 모르디다를 질색했는데도요."

"모르디다요?"

"예. 생일을 맞이한 사람한테 케이크를 자르기 전에 한입 먹으라고 하고는 얼굴을 케이크에 박아 버리는 멕시코 풍습이에요. 하이플레이스에서는 그런 일은 안 해도 되겠네요."

"하이 플레이스에서는 파티가 자주 열리지 않습니다."

"이름대로 퍽이나 높은 지대에 있나 보네."

노에미가 혼잣말을 했다. 그들은 계속해서 비탈을 따라 올라갔다. 끝도 없이 올라가는 건가? 차는 길에 떨어진 잔가지들을 바스락바스락 밟으며 계속해서 위로 올라갔다.

"맞습니다."

"이름을 가진 집에는 처음 와 봐요. 요즘 누가 그래요?"

"우리는 구식이라서요."

그가 웅얼거리며 대답했다.

노에미는 프랜시스라는 이름의 이 젊은 남자를 미심쩍은 눈으로 바라보았다. 어머니에게 철분 섭취가 필요하니 고기를 많이 먹으라는 말을 듣고 자랐을 것 같은 외모였다. 가느다란 손가락을 보면 이슬과 꿀만 먹고 사는 것 같았고 목소리에도 힘이 없어서 속삭이는 듯했다. 이 남자에 비하면 버질은 몸집이 좋고 존재감이 훨씬 컸다. 프랜시스의 말대로 나이도 더 많아 보였다. 버질이 서른 몇 살이라고 했던 것 같은데 정확한 나이는 기억나지 않았다.

도로에 돌멩이나 튀어나온 부분이 있는지 차가 덜컥했다. 노에미의 입에서 짜증 섞인 "아이씨" 소리가 절로 나왔다.

"미안합니다."

"당신 잘못도 아닌데요, 뭐. 이쪽 도로는 늘 이래요? 무슨 우유 그릇 안에서 차를 타고 가는 것처럼 꿀렁꿀렁하네요."

"이 정도는 아무것도 아닙니다."

프랜시스가 큭큭 웃었다. 적어도 긴장을 조금씩 풀고 있는 듯했다.

그들이 탄 차가 갑자기 뻥 뚫린 공터로 들어섰다. 안개 속에서 별안간 튀어나온 듯한 집이 두 팔을 벌려 그들을 맞이했다. 진짜 기묘한 집이었다! 건축 양식은 빅토리아풍이 확실해 보였다. 부서진 지붕널, 정교한 장식, 지저분한 퇴창. 지금까지 살면서 이런 집은 본 적이 없었다. 노에미의 가족이 사는 현대식 주택이나 친구들의 아파트, 정면이 붉은 화산석으로 된 식민지풍 주택과도 확연히 달랐다.

집은 거대하고 조용한 괴물 석상처럼 그들을 내려다보았다. 집이 워낙 낡아서 덧문 두 개에는 널조각 몇 개가 떨어지고 없었다. 계단을 밟고 현관문 앞으로 다가가는데 흑단 현관이 신음하듯 삐걱거렸다. 동그란 고리에 매단 주먹 모양의 은색 노커가 현관문에 붙어 있었다.

'달팽이가 버리고 떠난 껍데기 같네.'

달팽이를 떠올리자 어린 시절 집 안마당에서 놀던 기억이 났다. 화분을 치우면 그 밑에서 다시 숨을 곳을 찾아 도망치던 오동통한 달팽이들이 있었다. 어머니가 질색했지만 개미들에게 각설탕을 먹이로 주곤 했던 게 생각났다. 부겐빌레아 꽃 아래서 잠자던 다정한 얼룩무늬 고양이도. 그 고양이는 아이들이 끝없이 쓰다듬어도 성질을 부리지 않고 참아 주었다. 이 집에는 고양이도, 새장 안에서 명랑하게 지저귀는 카나리아도 있을 것 같지 않았다. 카나리아라도 있으면 아침마다 먹이를 줄 수 있을 텐데.

프랜시스는 열쇠를 꺼내 묵직한 현관문을 열었다. 현관 입구 홀로 들어가자 마호가니와 참나무로 만든 멋진 계단이 보였다. 2층으로 올라가는 층계참에 동그란 모양의 스테인드글라스 창문이 있었다. 창유리에서 비친 빨간색, 파란색, 노란색 빛이 색 바랜 초록색 카펫에 드리워졌다. 님프 요정 조각상 두 개—중심 기둥 옆 계단 아래쪽에 하나, 그리고 창가에 하나—가 이 집을 지키는 수호자처럼 조용히 서서 그들을 바라보았다. 현관 입구 홀의 벽에는 그림인지 거울인지 알 수 없는 무언가가 걸려 있었다. 벽지를 배경으로 타원형의 윤곽이 도드라지는 그것은 마치 범죄 현장에 찍혀 있는 지문처럼 보였다. 그들 머리 위에는 팔 아홉 개가 뻗어 나간 샹들리에가 걸려 있었다. 부옇게 흐려진 크리스털 장식에서 세월의 흔적이 느껴졌다.

한 여성이 왼손으로 난간을 잡으며 계단을 내려왔다. 머리에 은발 몇 가닥이 있기는 했지만 얼굴만 봐서는 나이가 많이 들어 보이지 않았다. 자세도 곧고 움직임도 날렵했다. 다만 간소한 잿빛 드레스와 무정한 눈빛에서 그간 견뎌 온 세월이 느껴졌다.

"어머니, 이쪽은 노에미 타보아다 씨예요."

프랜시스는 노에미의 여행 가방을 들고 계단을 오르며 말했다.

노에미는 프랜시스 뒤를 따라 올라가면서 미소 띤 얼굴로 부인에게 손을 내밀었다. 부인은 일주일쯤 방치된 생선 토막을 대하듯 떨떠름하게 노에미의 손을 쳐다볼 뿐이었다. 그러더니 악수도 하지 않고 돌아서서 계단을 올라가기 시작했다.

노에미에게 등을 보인 채로 부인이 말했다.

"만나서 반가워요. 난 하워드 도일 씨의 조카 플로렌스라고 해요."

노에미는 웃음이 날 것 같아 얼른 혀를 깨물고 꾹 참았다. 그러고는 플로렌스 옆에서 나란히 보조를 맞춰 걸었다.

"반갑습니다."

"나는 이 하이 플레이스를 운영하고 있어요. 뭐든 필요한 게 있으면 나를 찾아와요. 우리가 이 집 부근에서 뭘 좀 하고 있으니 규칙을 따라 줬으면 해요."

"무슨 규칙이요?"

그들은 스테인드글라스 유리창 앞을 지나갔다. 유리에는 꽃무늬가 선명한 색깔로 표현되어 있었다. 파란색 꽃잎을 표현하려 산화코발트를 사용한 게 분명했다. 노에미도 그 정도는 알았다. 아버지가 노에미 앞에서 페인트 사업과 관련된 화학 지식을 끝없이 늘어놓은 덕분이었다. 노에미는 대부분 들은 척도 하지 않았지만 하도 듣다 보니 짜증 나는 노래처럼 머릿속에 박혀 버렸다.

"제일 중요한 규칙은 우리가 사생활을 중시하는 조용한 사람들이라는 점이에요. 내 백부 되시는 하워드 도일 씨는 나이가 무척 많으셔서 하루 대부분을 본인 방에서 보내세요. 그분을 성가시게 하지 마세요. 두 번째 규칙은 당신 사촌 카탈리나를 돌보는 일을 내가 책임지고 있다는 거예요. 당신 사촌은 푹 쉬어 줘야 하니 쓸데없이 성가시게 하지 말아 주세요. 혼자 이 집을 나가 돌아다니지도 말고요. 크고 작은 골짜기가 많은 지역이라 길을 잃기 쉬워요."

"또 있나요?"

"우리는 마을에 자주 안 가요. 마을에 볼일이 있으면 나한테 얘기해요. 찰스한테 차를 운전해 모셔다 드리라고 할 테니까."

"찰스는 누구예요?"

"이 집에서 일하는 직원이에요. 요즘은 직원을 많이 안 두고 있어요. 세 명뿐이죠. 오랜 세월 우리 가족을 위해 일한 사람들이에요."

그들은 카펫이 깔린 복도를 걸어갔다. 벽에는 길쭉한 타원형의 유화 초상화들이 장식처럼 걸려 있었다. 오래전에 죽은 도일 가 사람들의 얼굴이 시간을 가로질러 노에미를 빤히 쳐다보았다. 보닛을 쓰고 묵직한 드레스를 입은 여자들과 실크해트를 쓰고 장갑을 끼고 음침한 표정을 한 남자들. 하나같이 이 가문의 주인임을 드러내는 모습들이었다. 프랜시스와 그의 모친 플로렌스처럼 다들 하얀 얼굴에 금발이었다. 그들의 얼굴이 이리저리 섞여 후손에게 전해졌을 것이다. 자세히 들여다보지 않으면 분간하기 어려울 만큼 상당히 닮아 있었다.

플로렌스는 한껏 멋을 부린 크리스털 손잡이가 달린 방문 앞에 섰다.

"이 방을 쓰도록 해요. 이 집에서는 금연이에요. 혹시나 그런 부도덕한 짓을 할까 염려돼서 하는 말이지만요."

플로렌스는 이 말을 하며 노에미의 세련된 핸드백을 눈여겨보았다. 마치 그 가방 안에 담긴 담뱃갑을 볼 수 있기라도 한 듯이.

'부도덕한 짓이라니.'

문득 선생 노릇을 했던 수녀들이 떠올랐다. 학교에서 노에미는 묵주를 굴리며 웅얼웅얼 기도를 하는 와중에 반항하는 법을 배웠다.

방 안으로 들어가자 고딕풍 이야기 속에서 튀어나온 듯한 고풍스러운 사주식(四柱式) 침대가 눈에 확 들어왔다. 사방을 둘러쳐 세상으로부터 자신을 고치처럼 감쌀 수 있는 커튼도 달려 있었다. 프랜시스는 노에미의 여행 가방을 좁은 창문 옆에 놓아두었다. 개인방까지 화려한 스테인드글라스를 설치하지는 않아서, 그 창문의 유리는 무색이었다. 플로렌스는 여분의 담요를 쌓아 둔 옷장을 가리키며 말했다.

"여기가 산 위쪽이라 꽤 추워요. 혹시 스웨터는 갖고 왔나요?"

"긴 숄은 가져왔어요."

플로렌스는 침대 발치의 상자를 열고 초 몇 개와 노에미가 지금까지 본 중 제일 못생긴 가지 촛대를 꺼냈다. 아기천사가 아래쪽을 붙잡고 있는 은촛대였다. 플로렌스는 상자 뚜껑을 닫고 초와 촛대를 그 위에 올려놓았다.

"이 집에는 1909년에 전등이 설치됐어요. 혁명 바로 전 해죠. 그 후 40년 동안 크게 달라진 건 없어요. 이 집 발전기가 냉장고와 전등 몇 개를 켜는데 충분한 전력을 만들고 있기는 한데 집 전체를 환하게 밝힐 정도는 아니에요. 그래서 우리는 초와 석유램프도 같이 쓰고 있어요."

노에미는 빙그레 웃으며 말했다.

"석유램프는 쓸 줄 몰라요. 야영을 제대로 해 본 적이 없거든요."

"아무리 멍청해도 기본적인 원칙 정도는 이해할 수 있을 거예요."

플로렌스는 노에미에게 대꾸할 기회도 주지 않고 하던 얘기를 계속했다.

"보일러가 한 번씩 말썽인데 젊은 사람은 뜨거운 물로 샤워를 하는 게 좋지 않으니 크게 상관없을 거예요. 샤워는 미지근한 물로 하는 게 몸에 좋아요. 이 방에는 벽난로가 없지만 아래층에 큰 벽난로가 있어요. 내가 뭐 잊어버린 거 있니, 프랜시스? 없구나. 됐다."

플로렌스는 아들을 힐끗 쳐다봤지만 아들에게도 대답할 시간 따위는 주지 않았다. 이 여자 주변에서는 사람들이 제대로 말을 할 수 없겠다는 생각이 노에미의 머릿속을 스쳤다.

"카탈리나 언니를 만나고 싶은데요."

플로렌스는 대화를 끝냈다고 생각했는지 이미 문손잡이에 손을 얹은 상태였다.

"오늘요?"

"예."

"카탈리나가 약 먹을 시간이 거의 다 됐는데. 약을 먹고 나면 잠을 잘 텐데요."

"몇 분이면 돼요."

프랜시스가 옆에서 거들었다.

"어머니, 이분은 멀리서 왔잖아요."

아들이 끼어들자 플로렌스는 잠시 경계를 푸는 모습이었다. 그녀는 프랜시스에게 한쪽 눈썹을 치켜뜨더니 두 손을 모아 잡았다.

"도시에서는 시간 감각이 다른 모양이네요. 지금 바로 만나고 싶으면 따라와요. 프랜시스, 하워드 큰할아버지께 오늘 저녁 식사를 같이 하실지 물어볼래? 놀라시는 게 싫어서 그래."

플로렌스는 노에미를 데리고 또 다른 긴 복도를 지나, 사주식 침대와 삼면 거울이 있는 화려한 화장대, 소규모 군대도 수용할 수 있을 만큼 커다란 옷장이 갖춰진 방으로 데려갔다. 벽지는 꽃무늬가 있는 연한 푸른색이었다. 벽에는 작은 풍경화들이 걸려 있었다. 높다란 절벽과 고적한 모래사장이 있는 해변 그림인데 이 지역 풍광은 아니었다. 은색 액자에 담긴, 유화임이 분명해 보이는 그 그림들은 영국의 풍경을 그린 것이었다.

창가에 의자 하나가 놓였고, 카탈리나는 그 의자에 앉아 있었다.

여자들이 방으로 들어왔는데도 카탈리나는 창밖에 시선을 둔 채 미동도 없었다. 목 뒤로 모아 묶은 적갈색 머리카락이 눈에 띄었다. 카탈리나가 병 때문에 황폐해져 낯선 사람이 되었을지 모른다는 생각을 하고 마음의 준비를 했는데 겉으로만 봐서는 멕시코시티에서 살던 시절과 크게 달라 보이지 않았다. 다만 꿈꾸는 듯 몽롱한 눈빛이 되어 있었다. 실내 장식 때문에 더 그렇게 보이는 것일 수도 있었다.

"5분 안에 약을 먹여야 해요."

플로렌스가 손목시계를 들여다보며 말했다.

"그럼 5분 정도만 얘기할게요."

그러자 부인은 내키지 않는 표정으로 물러갔다. 노에미는 사촌에게 다가갔다. 카탈리나는 노에미를 돌아보지도 않았다. 이상할 정도로 움직임이 없었다.

"언니? 나야, 노에미."

노에미는 사촌의 어깨에 한 손을 가볍게 얹었다. 그제야 카탈리나는 노에미를 돌아보았다. 카탈리나의 얼굴에 천천히 미소가 피어올랐다.

"노에미, 왔구나."

노에미는 카탈리나 앞에 서서 고개를 끄덕였다.

"응. 아버지가 언니 상태를 보고 오라고 하셨어. 몸은 좀 어때? 어디가 안 좋아?"

"많이 안 좋아. 열도 있었어, 노에미. 폐결핵을 앓고 있는데 전보다는 나아진 것 같아."

"우리한테 편지를 보냈던 거 기억해? 편지 내용이 좀 이상했는데."

"뭐라고 썼는지 기억 안 나. 열이 많이 났거든."

카탈리나는 노에미보다 다섯 살이 많았다. 나이 차가 크지는 않지만 어렸을 때는 꽤 큰 차이로 느껴졌다. 그래서인지 카탈리나는 노에미에게 엄마처럼 굴곤 했다. 노에미는 카탈리나와 종이접기를 하거나 종이 인형 옷을 오리거나 영화를 보러 가거나 카탈리나에게 동화를 듣던 수많은 오후 시간을 기억에 담고 있었다. 늘 남들에게 의지가 되던 카탈리나가 이렇게 무기력하게 남에게 의지하는 모습을 보고 있으니 기분이 이상했다. 전혀 마음에 들지 않았다.

"아버지가 걱정을 많이 하셨어."

"미안, 노에미. 편지를 쓰지 말걸 그랬나 봐. 너도 도시에서 할 일이 많을 텐데. 친구도 만나야 하고 수업도 들어야 하는데 내가 괜히 편지에 쓸데없는 소릴 해서 여기까지 왔구나."

"그런 걱정은 마. 언니가 보고 싶어서 왔으니까. 우리 얼굴 본 지 오래됐잖아. 솔직히 지금쯤 언니가 우릴 만나러 멕시코시티로 올 줄 알았어."

"그러게. 나도 그러려고 했는데. 이 집에서 나가는 게 불가능해."

카탈리나는 수심 어린 표정이었다. 고인 물 같은 녹갈색 눈도 흐려졌다. 카탈리나는 말할 준비가 된 듯 입을 열었으나 아무 소리도 내지 않았다. 대신 숨을 들이켜고 속에 머금었다가 고개를 돌리며 기침을 뱉어 냈다.

"언니?"

"약 먹을 시간이에요."

플로렌스가 유리병과 스푼을 들고 방으로 성큼성큼 들어왔다.

"여기 있어요."

카탈리나는 순순히 스푼에 담긴 물약을 입에 넣었다. 플로렌스는 카탈리나를 침대에 눕히고 턱 끝까지 이불을 덮어 주었다.

"그만 나가죠. 카탈리나는 휴식을 취해야 해요. 내일 얘기해요."

카탈리나는 고개를 끄덕였다. 플로렌스는 노에미를 방에 데려다 주면서 이 집의 구조를 대략적으로 설명해 주었다. 이쪽은 주방, 저쪽은 서재 하는 식으로. 그리고 저녁 7시에 방으로 식사를 가져다 주겠다고 했다. 노에미는 짐을 풀고 옷장에 옷을 집어넣은 뒤 욕실로 씻으러 갔다. 오래된 욕조, 수납장이 갖춰진 욕실 천장에 군데군데 곰팡이가 피어 있었다. 욕조 주변의 타일 여러 개에 금이 가긴 했지만, 다리 셋 달린 스툴 의자 위에 새 수건이 놓였고 고리에 걸린 목욕 가운도 깨끗해 보였다.

벽에 붙은 조명 스위치를 만져 봤다. 조명등은 켜지지 않았다. 방에 콘센트가 있기는 했지만 전구가 있는 램프라곤 찾아볼 수 없었다. 이 집 사람들이 초와 석유램프에 의지해 살고 있다던 플로렌스의 말이 농담이 아닌 모양이었다.

핸드백을 열고 뒤적여 담배를 찾아냈다.

발가벗다시피 한 큐피드들이 그려진 자그마한 컵이 침대 옆 탁자 위에 놓여 있었다. 그걸 재떨이로 쓰기로 했다. 담배를 두 모금 빨고 나서, 플로렌스가 담배 냄새가 난다고 불평할까 봐 창가 쪽으로 걸어갔다. 창문은 꿈쩍도 하지 않았다.

노에미는 안개 자욱한 창밖을 내다보며 망연히 서 있었다.

3장

정각 7시에 플로렌스가 석유램프로 길을 밝히며 노에미 방으로 왔다. 그들은 함께 식당으로 내려갔다. 식당 천장에 매달아 놓은 말도 안 되게 큰 샹들리에는 현관 입구의 샹들리에와 마찬가지로 전등이 꺼져 있었다. 열두 명이 둘러앉아도 될 만큼 큼직한 식탁에는 흰 다마스크 천으로 된 식탁보가 씌워지고 식탁에는 가지 촛대가 놓였다. 길쭉하고 하얀 초들을 보고 있자니 성당에라도 와 있는 기분이었다.

벽에 늘어선 보관장에는 레이스 천과 자기, 은식기가 가득 들어 있었다. 도일(Doyle) 가문의 머리글자인 D가 위풍당당하게 들어간 컵과 접시, 분배 접시와 빈 화병은 한때 촛불 아래 아름답게 빛났을 테지만 지금은 그저 색 바래고 흐릿할 뿐이었다.

노에미는 플로렌스가 가리키는 의자로 가 앉았다. 프랜시스는 이미 맞은편 자리에 착석해 있었다. 플로렌스는 아들 옆으로 가 앉았다. 잿빛 머리카락의 하녀가 들어와 멀건 수프가 담긴 사발을 그들 앞에 내려놓았다. 플로렌스와 프랜시스는 식사를 시작했다.

"다른 분들은 안 오나요?"

"아가씨 사촌은 자고 있어요. 백부님과 버질은 이따가 내려올 것 같고요."

노에미는 냅킨을 펼쳐 무릎에 놓았다. 수프를 조금만 먹었다. 이 시간에 식사를 하는 게 익숙하지 않았다. 원래 노에미는 저녁에 배를 든든하게 채우는 편이 아니었다. 집에서는 페이스트리와 우유를 탄 커피로 저녁을 간단히 해결했다. 앞으로 달라질 일정에 과연 적응할 수 있을까. 프랑스어 선생이 자주 하던 "À l'anglaise(영국식)", "La panure à l'anglaise(영국식 빵가루). 따라서 해 보세요."라는 말처럼. 이 집 사람들이 차를 마시는 시간은 4시일까, 5시일까?

하녀는 빈 접시를 조용히 내가고 본 요리를 소리 없이 들여왔다. 별로 맛있어 보이지 않는 크림 섞인 흰 소스에 버섯과 닭을 넣은 요리였다. 그들이 잔에 따라 준 와인은 색이 무척 짙고 단맛이 나서 입에 맞지 않았다.

노에미는 접시에 담긴 버섯들을 포크로 이리저리 떠밀며, 맞은편 어둑한 보관장에 들어 있는 물건들을 바라보았다.

"식기 대부분이 은으로 돼 있네요. 전부 가문 소유의 광산에서 캔 은인가요?"

프랜시스가 고개를 끄덕였다.

"예. 예전에요."

"광산을 왜 닫은 거죠?"

"파업도 일어나고 해서……."

프랜시스가 말을 하려는데 그의 모친이 곧장 고개를 들더니 노에미를 바라보며 말했다.

"우린 식사 중에 말을 하지 않습니다만."

노에미는 포크를 이리저리 돌리며 가볍게 물었다.

"소금 좀 건네 주세요, 같은 말도 안 되나요?"

"재미난 농담이라고 생각하나 보네요. 우린 식사 중엔 말을 하지 않아요. 늘 그렇죠. 우린 이 집의 침묵을 중요시합니다."

그때 짙은 색 정장을 입은 노인이 버질의 부축을 받고 방으로 들어오며 말했다.

"대화 정도는 약간 할 수 있지 않니, 플로렌스. 손님도 오셨는데."

그는 단순히 **노인**이라는 말로는 표현하기 힘든 묘한 분위기가 있었다. 주름이 자글자글한 얼굴, 두피에 고집스럽게 붙어 있는 몇 안 되는 머리카락. 굉장히 오래 살아온 사람처럼 보이는 모습이었다. 지하 생물처럼 피부색도 희다 못해 창백했다. 한마디로 민달팽이 같았다. 피부 아래서 보라색과 푸른색을 띤 혈관들이 희미하고 가느다랗게 거미줄처럼 뻗어 나갔다.

노에미는 노인이 느릿느릿 발을 끌며 식탁 상석으로 가 앉는 모습을 바라보았다. 버질도 아버지 오른쪽에 가 앉았다. 의자 각도가 묘하게 틀어져 있어 버질이 그림자에 반쯤 가려졌다.

하녀는 노인 앞에 음식 접시 대신 짙은 색 와인이 담긴 잔만 내려놓았다. 이미 식사를 했는데 손님을 맞으러 아래층까지 내려온 모양이었다.

"안녕하세요, 노에미 타보아다예요. 만나서 반갑습니다."

"버질의 아비 되는 하워드 도일이오. 이미 짐작하겠지만."

노인은 구식 크라바트*를 목에 둘렀다. 크라바트 천으로 목을 둘둘 감고 둥그런 은제 핀으로 장식을 겸해 고정시켰다. 검지에는 큼직한 호박 반지를 끼었다. 그는 노에미를 빤히 쳐다보았다. 전체적으로 무채색인데 눈동자만큼은 선명한 푸른색이었다. 백내장이나 노화로 흐려진 기미도 전혀 보이지 않았다. 나이가 엄청 많아 보이는 얼굴에 박힌 차갑게 타오르는 눈동자는 젊은 여자 노에미의 시선을 단박에 사로잡았다. 마치 그 날카로운 눈빛으로 노에미를 해부하는 듯했다.

하워드는 노에미를 찬찬히 훑어본 후 입을 열었다.

"사촌보다 색깔이 훨씬 짙군, 타보아다 양."

"예?"

노에미는 잘못 들었나 했다.

하워드는 노에미를 손으로 가리키며 말했다.

"피부색과 머리카락 색 말이야. 카탈리나보다 훨씬 색이 짙어. 프랑스인 조상보다는 인디언 조상의 혈통이 반영된 것 같군. 인디언 피가 섞여 있지? 여기 사는 대부분의 메스티소**처럼."

"카탈리나 언니의 어머니는 프랑스인이에요. 제 아버지는 베라크루스 주 사람이고, 어머니는 와하카 주 사람이세요. 어머니 쪽으로 마자텍 인디언이 있는 거로 알아요. 요점이 뭔가요?"

노에미는 담담하게 물었다.

---

* 넥타이처럼 매는 남성용 스카프.

** 스페인인과 북미 원주민의 피가 섞인 라틴아메리카 사람.

노인이 미소를 지었다. 이를 드러내지 않는 미소였다. 노에미는 노인의 입 안에 있을 누렇고 부러진 치아가 상상됐다.

버질이 손짓하자 하녀는 그의 앞에도 와인 잔을 내려놓았다. 다른 이들은 조용히 식사를 재개했다. 노에미와 하워드 두 사람만이 대화를 주고받았다.

"그냥 관찰을 해 본 거야. 타보아다 양, 호세 바스콘셀로스***는 모든 인종을 아우르는 새로운 인종을 만들어 내는 것이 멕시코 사람들의 의무, 아니, 운명이라고 주장했는데 어떻게 생각하나? '우주적' 인종이라고 했나? 보편 인종인가? 대번포트와 스터게르다의 연구 결과도 있지만 말이야."

"자메이카에서 했던 연구 말씀인가요?"

"아는군. 카탈리나의 말대로네. 사촌 동생이 인류학에 관심이 많다더니."

"예."

노에미는 더 길게 대화를 이어 가고 싶지 않았다.

하워드는 노에미가 불편해하든 말든 아랑곳하지 않고 물었다.

"우월한 인종과 열등한 인종을 섞어야 한다고 생각하나?"

노에미는 온 가족의 시선이 자신에게 쏠리는 것을 느꼈다. 그녀라는 존재가 이들의 일상에 새로움과 변화를 가져온 모양이었다. 살균된 환경에 새로 들어온 유기체처럼. 그들은 노에미의 말을 듣고 그녀가 내뱉은 단어 하나하나를 분석하려 기다리고 있었다. 그렇다면 의연하게 침착을 유지하는 모습을 보여 줘야 할 것이다.

*** 1920년 제도혁명당이 이끈 멕시코 혁명이 막바지에 이르렀을 당시의 교육부 장관.

노에미는 짜증 나게 만드는 남자들을 숱하게 상대해 왔다. 그들이 무슨 말을 해도 노에미는 당황하지 않고 받아넘겼다. 남자들과 어울려 칵테일 파티를 즐기고 레스토랑에서 식사를 하면서 터득한 사실은, 그들이 내뱉는 저속한 말에 반응을 보여 봤자 상대를 대담하게 만들 뿐이라는 점이었다.

"이 대륙의 토착민은 가혹한 자연 선택 과정을 통해 살아남았고 유럽인은 토착민과의 혼혈로 이득을 봤다는 가미오의 논문을 읽은 적이 있어요."

노에미는 손에 쥔 포크의 차가운 금속을 손가락 끝으로 느끼며 말을 이었다.

"우월함과 열등함에 관한 기존의 생각을 뒤집는 연구 결과 아닌가요?"

순수하게 들렸지만 일말의 신랄함이 담긴 질문이었다.

하워드는 재미있다는 듯 얼굴에 점점 활기를 띠었다.

"기분 나쁘게 듣지 마, 타보아다 양. 모욕할 생각은 없으니까. 아가씨네 나라 사람인 바스콘셀로스는 보편 인종의 형성에 도움이 됐다는 '심미적 취향'의 신비로움에 대해 얘기를 했지. 아가씨도 좋은 본보기인 것 같은데."

"무슨 본보기요?"

그는 입술을 쫙 벌리고 이를 살짝 드러낸 채 다시 미소를 지었다. 노에미의 상상과 달리 그의 치아는 누렇고 부서지기는커녕 도자기처럼 희고 멀쩡했다. 다만 잇몸은 기분 나쁜 보랏빛이었다.

"보편 인종의 형성으로 탄생한 새로운 미인의 본보기 말이야, 타보아다 양. 바스콘셀로스는 매력 없는 사람은 자손을 생산하기 어렵다는 사실을 명확히 했어. 아름다움은 아름다움을 끌어들여 아름다운 자손을 낳지. 그게 자연 선택이야. 칭찬으로 들어."

"이상한 칭찬이네요."

노에미는 혐오감을 속으로 삼키며 겨우 대답했다.

"좋게 받아들여, 타보아다 양. 내가 칭찬을 남발하는 사람은 아니니까. 피곤하군. 그만 쉬러 가야겠어. 기분 좋은 대화였으니 오해하지는 마. 프랜시스, 나 좀 부축해다오."

젊은 청년은 밀랍인형 같은 하워드를 부축해 식당에서 나갔다. 플로렌스는 가느다란 와인 잔 손잡이를 조심스럽게 들어 올려 잔 끝을 입술에 대고 와인을 마셨다. 답답한 침묵이 다시 내려앉았다. 귀를 바짝 세우면 모든 이들의 심장 뛰는 소리를 들을 수 있을 것 같았다.

노에미는 카탈리나가 어떻게 이런 생활을 참고 사는지 의아할 지경이었다. 카탈리나는 늘 다정했고, 언제나 미소 띤 얼굴로 자기보다 어린 사람들을 돌봐 주었다. 그런 카탈리나를 이 사람들은 커튼이 드리워지고 희미한 촛불이 켜진 이 식당에서 완벽한 침묵 속에 앉아 있게 한 건가? 저 늙은이는 불쾌하기 짝이 없는 얘기를 대화랍시고 주절거리고? 카탈리나는 눈물로 세월을 보내는 신세가 된 걸까? 멕시코시티에 있는 그들의 집 식당에서 노에미의 아버지는 수수께끼를 들려주고 정답을 맞히는 아이에게 상을 주겠다며 대화를 즐거이 이끌었는데.

하녀가 들어와 접시를 내갔다. 노에미에게 제대로 인사도 안 했던 버질이 드디어 노에미를 쳐다보며 눈을 맞췄다.

"궁금한 게 많겠네."

"예."

"거실로 자리를 옮기도록 하지."

버질은 식탁 위에 놓인 은촛대 하나를 집어 들고 복도로 나갔다. 그가 노에미를 데리고 들어간 곳은 식당과 마찬가지로 커다란 벽난로가 있는 거실이었다. 검은 호두나무로 된 벽난로 선반에는 꽃무늬 조각이 새겨져 있었다. 벽난로 위에는 과일과 장미, 섬세한 포도 덩굴이 그려진 정물화가 걸렸다. 흑단 소재의 쌍둥이 탁자 위에 하나씩 놓인 석유램프가 촛불 외에 또 다른 빛을 드리우고 있었다.

거실 한쪽 끝에는 색 바랜 초록색 벨루어 소재의 긴 안락의자 두 개가 놓였고 그 옆에는 등 커버를 씌운 의자 세 개가 자리했다. 하얀 꽃병에 먼지가 쌓인 걸 보니, 예전에는 손님을 맞아 유쾌한 대화를 나누던 장소였지만 지금은 잘 쓰이지 않는 곳인 모양이었다.

버질은 은경첩과 대리석 받침대가 있는 사이드보드의 문을 열고 꽃 모양 마개가 달린 디캔터를 꺼냈다. 그리고 잔 두 개를 채워 하나를 노에미에게 건넸다. 그는 벽난로 옆에 놓인 우아하지만 뻣뻣한 느낌의 금색 양단으로 된 안락의자에 앉았다. 노에미도 또 다른 안락의자에 자리를 잡았다.

거실 안이 충분히 밝아지자 노에미는 버질의 모습을 좀 더 잘 볼 수 있었다. 카탈리나의 결혼식 때 보기는 했지만 워낙 짧은 시간이었고 그 후 1년이 지났다. 예전에 그가 어떤 모습이었는지 잘 기억나지 않았다. 그는 아버지인 하워드 도일처럼 금발에 푸른 눈이었다. 조각상 같은 서늘한 얼굴에는 고압적인 분위기가 담겼다. 날렵해 보이는 두 줄 단추식 정장은 헤링본 무늬가 들어간 회흑색이었다. 넥타이를 하지 않고 맨 위의 단추를 풀어 놓은 모습이, 어울리지 않게 편안한 분위기를 내보려 애쓰는 듯 보였다.

그를 뭐라고 불러야 할지 확신이 서지 않았다. 비슷한 나이 또래면 말을 섞기 쉬웠을 것이다. 하지만 이 남자는 노에미보다 나이가 많았다. 바보 취급을 당하지 않으려면 평소보다 진지한 태도를 유지하면서 경박하게 시시덕대지 말아야 할 듯했다. 버질은 꽤나 권위적인 모습이었는데 권위 하면 노에미도 빠지지 않았다. 나름 사절 자격으로 온 거니까.

쿠빌라이 칸은 옥새가 찍힌 돌을 든 전령들을 제국 곳곳에 보냈다. 누구든 황제의 전령을 함부로 대하면 죽음을 면할 수 없었다. 카탈리나가 들려준 이런저런 동화와 역사 이야기 중 하나였다.

노에미가 바로 그 옥새 찍힌 돌 같은 것을 소지한 전령임을 버질은 잘 알고 받들어 모셔야 할 것이다.

"바로 올 줄 몰랐는데 감사한 일이군."

버질이 아무 감흥 없는 목소리로 말했다. 예의를 차리기 위한 말일 뿐이라 당연히 온기도 없었다.

"와야죠."

"이렇게 득달같이 올 이유라도?"

"아버지가 걱정을 하셔서요."

이 집과 안에 있는 온갖 물건들에 도일 가문의 휘장이 걸려 있는 듯했지만 노에미도 권위라면 누구 못지않았다. 레오카디오 타보아다가 보낸 타보아다 가문의 딸이니까.

“아버님께는 말씀을 드렸지만 크게 걱정하실 일은 아니야.”

“언니가 폐결핵에 걸렸다면서요. 그런데 편지 내용을 보니 힘들어하는 다른 이유가 있는 것 같던데요.”

“편지를 읽었어? 정확히 뭐라고 적혀 있었지?”

버질이 몸을 앞으로 기울이며 물었다. 말투는 담담했지만 경계하는 눈빛이었다.

“외우고 있지는 않아서요. 아버지가 저더러 언니를 보고 오라고 하실 정도의 내용이기는 했어요.”

“그렇군.”

버질은 두 손으로 와인 잔을 이리저리 옮겨 잡았다. 벽난로 속의 불이 반짝이며 불꽃을 피워 냈다. 그가 의자 등받이에 기대었다. 꽤 잘생긴 얼굴이었다. 꼭 조각상처럼 생겼다. 그의 얼굴은 피부와 뼈로 이루어져 있을 텐데도 너무 창백해서 마치 데스마스크* 같았다.

“카탈리나의 상태가 좋지는 않아. 고열에 시달렸어. 아픈 와중에 편지를 보냈을 거야.”

“누가 언니를 치료하고 있죠?”

“뭐?”

“치료를 담당한 사람이 있을 거 아니에요. 플로렌스 부인이 형부의 사촌이죠?”

“어.”

“그분이 언니에게 약을 챙겨 주는 것 같기는 하던데. 그런 걸 보

* 사망자의 얼굴에 석고를 발라 형을 떠낸 마스크.

면 담당 의사도 있을 것 같아서요."

버질이 일어서서 부지깽이를 들고 불붙은 통나무를 쑤석거렸다. 허공으로 튀어 오른 불꽃이 세월의 흐름에 지저분해진 타일 바닥으로 떨어졌다. 타일 한가운데에 금이 가 있었다.

"있어. 아서 커민스라고. 오랜 세월 우리 집안 주치의로 일한 사람이야. 우린 커민스 선생을 완벽하게 신뢰하고 있어."

"폐결핵에 걸렸다고 해도 언니가 너무 이상하게 행동한다고 하지 않던가요?"

버질은 히죽 웃었다.

"이상하게라. 의학 쪽으로 지식이 있나?"

"아뇨. 하지만 아버지가 아무 일도 없다고 생각하셨으면 저를 여기로 보내시지 않았겠죠."

"그렇군. 처제의 아버지는 가급적 서둘러서 정신과 의사를 만나보게 하라고 편지에 쓰셨어. 여러 번 쓰신 내용이야."

버질이 피식거리며 말을 하자 노에미는 기분이 좋지 않았다. 아버지가 고약하고 불공평하게 굴 때가 있기는 해도 남이 아버지의 말을 우습게 취급하니 화가 치밀었다.

"언니를 치료하고 있는 의사와 얘기를 해 봐야겠어요."

노에미가 강하게 힘주어 말하자 버질은 부지깽이를 곧바로 세워 두고는 팔을 세차게 움직이며 물었다.

"당장 만나야겠다고 요구하는 거야?"

"요구라고 하기는 좀 그렇네요. 걱정이 돼서죠."

쉽게 해결할 수 있는 사소한 일이라는 듯 노에미는 미소를 살짝 지어 보였다. 작전이 통했는지 버질은 고개를 끄덕였다.

"커민스 선생은 일주일에 한 번씩 와. 카탈리나와 아버지의 상태를 살피러 목요일마다 들르고 있어."

"아버님도 어디 아프세요?"

"연세가 워낙 많으시니까. 오래 사셨으니 여기저기 아프시지. 목요일까지 기다리면 선생을 만나 얘기를 할 수 있을 거야."

"서둘러 떠날 생각은 없어요."

"얼마나 머물 생각인지?"

"오래는 아니길 바라고 있어요. 카탈리나 언니가 저를 필요로 하는지 알아낼 정도면 돼요. 저 때문에 신경이 쓰이신다면 마을에 가서 숙소를 구해 볼 수도 있고요."

"여긴 아주 작은 마을이야. 게스트하우스는커녕 호텔도 없어. 그냥 이 집에 머물도록 해. 뭐 하러 다른 데 가서 지내. 다른 이유로 이 집에 놀러 왔으면 좋았을 텐데 아쉽네."

호텔이 있을 거라고는 생각하지 않았다. 호텔이 있었으면 기꺼이 그곳에 머물렀을 것이다. 이 집은 음산하기 짝이 없었고 이 집에 사는 사람들도 마찬가지였다. 이런 곳에서 살면서 병이 안 나는 게 이상할 것이다.

노에미는 와인을 조금씩 마셨다. 식당에서 마셨던 것과 같은, 진한 빛깔의 빈티지 와인이었다. 달콤하고 강하게 쏘는 맛이 났다.

"방은 마음에 들어?"

버질의 말투가 조금은 따뜻하고 다정하게 바뀌었다. 적어도 그녀를 적대시하지는 않는 듯했다.

"괜찮아요. 전기가 들어오지 않는 건 이상하지만, 전등이 없어서 죽을 일은 없을 테니까요."

"카탈리나는 촛불이 낭만적이라고 하던데."

그럴 것이다. 카탈리나는 원래 그런 것에 잘 혹하는 편이었다. 사방에 안개가 끼고 달빛이 내리는, 언덕 위의 오래된 집. 고딕 소설에 나올 법한 동판화 느낌 말이다. 카탈리나는 『폭풍의 언덕』, 『제인 에어』 같은 책을 좋아했다. 황무지와 거미줄. 커다란 성. 공주에게 독 사과를 먹이는 사악한 계모. 귀족 아가씨에게 저주를 거는 어둠의 요정. 잘생긴 귀족 청년을 야수로 변하게 만드는 마법사. 반면에 노에미는 주말마다 이 파티 저 파티에 참석하고 컨버터블 자동차를 운전하는 것을 좋아하는 취향이었다.

어쩌면 이 집은 카탈리나에게 잘 어울리는지도 모르겠다. 카탈리나는 열이 좀 났던 것뿐일 수도 있지 않을까? 노에미는 두 손으로 잔을 잡고 엄지로 측면을 문질렀다.

세심한 집주인 행세를 하던 버질이 말했다.

"한 잔 더 따라 줄게."

이 술이 점점 마음에 들었다. 노에미는 술의 힘에 이끌려 꾸벅 졸았다. 그의 얘기를 들으며 눈을 껌벅였다. 잔을 채워 주려 다가온 손이 노에미의 손을 가볍게 스쳤다. 노에미는 고개를 저었다. 자신의 주량을 알기에 단호하게 선을 그었다.

"아뇨, 고맙지만 됐어요."

노에미는 잔을 옆으로 치우고 의자에서 일어섰다. 의자는 생각보다 편안했다.

"더 마셔."

노에미는 애교 있게 고개를 저었다. 수차례 시도 끝에 효과가 입증된, 상대의 제안을 무안하지 않게 거절하는 그녀만의 기술이었다.

"아뇨, 그만 마실래요. 이제 담요를 덮고 자야겠어요."

버질은 싸늘한 표정으로 그녀를 주의 깊게 살펴보았다. 아까보다 활기차 보이는 눈빛이었다. 눈이 번뜩인 것도 같았다. 뭔가 재미있다고 느낀 걸까. 그녀의 손짓이나 입에서 나온 단어가 신선하게 느껴진 걸까. 노에미는 그가 거절당한 걸 재미있어하는 것 같다는 느낌을 받았다. 거절당하는 것에는 익숙하지 않은 모양이다. 대부분의 남자가 그렇듯이.

"방까지 데려다줄게."

버질이 매끄럽고 정중하게 제안했다.

그들은 함께 계단을 올라갔다. 버질은 포도덩굴 무늬가 그려진 석유램프를 손에 들었다. 램프에서 흘러나온 에메랄드빛이 주변 벽을 특이한 색으로 물들였다. 벨벳 커튼도 초록색을 띠었다. 예전에 카탈리나에게 들은 이야기 하나가 떠올랐다. 쿠빌라이 칸이 피가 흘러나오지 않도록, 벨벳 베개로 얼굴을 짓누르는 방식으로 적을 처형했다는 얘기였다. 온갖 직물과 깔개, 장식 술이 가득한 이 집이라면 일개 군대를 질식시켜 죽일 수도 있을 것이다.

4장

노에미는 방에서 쟁반에 담아 들여온 아침상을 받았다. 아침부터 이 집 가족들과 한자리에 앉아 식사를 하지 않아도 되어 다행이었다. 저녁 식사 때는 또 어떻게 될지 모르겠지만. 혼자 먹으니 포리지와 토스트, 잼도 어제보다 맛있게 느껴졌다. 음료는 차였는데 별로였다. 노에미는 커피를 좋아했다. 그것도 블랙커피. 이 차에서는 살짝 과일 향이 났다.

샤워를 마치고 립스틱을 바른 뒤 몽당한 검은색 아이펜슬로 눈가를 그려 주었다. 노에미는 자신의 크고 검은 눈과 도톰한 입술이 매력 포인트임을 잘 알았고 효과적으로 쓸 줄 알았다. 찬찬히 옷을 살펴보고는 아세테이트 호박단 직물로 된, 치맛자락에 주름이 풍성하게 잡힌 보라색 원피스를 입었다. 평상복으로 입기엔 과하게 고급스러웠지만 오늘은 어쩐지 화려하게 입고 싶은 기분이었다. 8개월 전 1950년을 기념해 비슷한 옷을 입은 적이 있었다. 지금은 주변에 깔린 어두운 분위기에 저항하고 싶었다. 이런 차림으로 집 안을 탐색하면 재미있겠다는 생각도 들었다.

집 안에 어둠이 깃들어 있었다. 햇살도 하이 플레이스를 환하게 만들어 주지는 못했다. 1층을 돌아다니다 삐걱거리는 문 두어 개를 열어 보니 유령처럼 하얀 시트를 뒤집어쓴 가구들과 닫아 놓은 커튼이 있을 뿐이었다. 틈새로 햇빛이 흘러드는 곳에는 허공에서 춤추는 먼지가 보였다. 복도의 벽등에는 전등이 아예 끼워져 있지도 않았다. 이 집 대부분이 사용하지 않는 공간인 듯했다.

조율은 안 해 놨어도 피아노 한 대쯤은 있을 법한데 보이질 않았다. 라디오는 물론이고 오래된 축음기조차 없었다. 노에미는 음악을 좋아했다. 라라부터 라벨에 이르기까지 다 좋아했다. 춤도 좋아했다. 음악도 없는 이런 집에 머물고 있자니 벌써부터 속이 답답해졌다.

서재로 어슬렁어슬렁 가 보았다. 벽기둥 사이사이에 아칸서스* 무늬가 들어간, 나무로 된 폭 좁은 프리즈**가 방 안을 둘러쌌다. 벽마다 설치된 붙박이 책장에는 가죽 장정 책들이 가득 꽂혀 있었다. 손을 뻗어 아무거나 꺼내 펼쳐 보았다. 곰팡이로 얼룩진 책 안에서 달짝지근한 썩은 내가 났다. 책을 덮고 원래 있던 자리에 꽂았다.

책장에는《우생학: 인종 개량 저널》,《미국 우생학 저널》같은 오래된 학술지도 꽂혀 있었다.

'이 집에 어울리네.'

하워드 도일의 어이없는 질문이 생각났다. 그 노인네라면 손님들

* 지중해 연안 지방에 자생하는, 가시가 있는 다년초 식물.

** 방이나 건물의 윗부분에 그림이나 조각으로 띠 모양의 장식을 한 것.

의 두개골 크기를 정확히 재기 위한 캘리퍼스도 갖고 있지 않을까.

한쪽 구석에는 옛날 국가명이 적힌 오래된 지구본이, 창가에는 대리석으로 된 셰익스피어 흉상이 있었다. 거실 한가운데 깔린 커다란 원형 깔개를 가만히 들여다보았다. 진홍색 배경에 제 꼬리를 물고 있는 검은 뱀 한 마리가 있고 가장자리에는 자잘한 꽃과 덩굴이 그려진 깔개였다.

서재는 이 집에서 그나마 관리가 제일 잘된 방 중 하나일 것이다. 먼지가 별로 없는 걸 보니 평소 자주 사용되는 방일 수도 있었다. 그런데도 상당히 낡아서, 커튼은 보기 싫은 초록색으로 색이 바랬고, 책 여러 권에 흰곰팡이가 피어 있었다.

서재 맞은편 문은 널찍한 사무실과 연결되었다. 안을 들여다보니 박제된 수사슴 머리 세 개가 벽에 걸려 있었다. 구석에는 컷글라스 문이 달린 텅 빈 소총 보관장이 있었다. 누군가 사냥을 즐기다 그만둔 모양이었다. 검은 호두나무 책상 위에는 우생학 연구 관련 학술지 몇 권이 놓였고, 그중 한 권의 어느 페이지에 책갈피가 꽂혀 있었다. 노에미는 표시가 되어 있는 부분을 읽어 보았다.

> 멕시코의 혼혈 메스티소가 조상으로부터 최악의 특징을 물려받았다는 것은 사실이 아니다. 열등한 인종적 특징이 나타난다면 그것은 적절한 사회 모델의 부재 탓으로 보는 게 적절할 것이다. 그들이 지닌 충동적 기질은 일찌감치 자제시켜야 한다. 메스티소는 강건한 육체 등 여러 가지 장점을 갖고 태어나며……

하워드 도일이 캘리퍼스를 갖고 있지 않을까 했던 의심은 거의 확신으로 바뀌었다. 이제 몇 개나 갖고 있을지가 궁금할 지경이었다. 등 뒤의 키 큰 수납장 중 한곳에 들어 있을지도 몰랐다. 아마 족보도 함께 들어 있겠지. 책상 옆에 쓰레기통이 있었다. 노에미는 보던 학술지를 쓰레기통에 집어넣었다.

어제 플로렌스가 위치를 가르쳐 준 주방으로 향했다. 주방은 창문이 좁고 빛이 잘 들지 않았으며 벽 페인트가 벗겨지고 있었다. 긴 의자에 앉아 있는 두 사람이 보였다. 주름이 자글자글한 남자와 여자였다. 남자는 머리가 희끗희끗한 걸 빼면 여자보다 젊어 보였다. 쉰 살쯤 됐을까. 여자는 일흔 살은 족히 되어 보였다. 그들은 둥그런 솔로 버섯에 묻은 흙을 털어내는 중이었다. 노에미가 들어가자 그들은 고개를 들고 한번 쳐다봤을 뿐 인사를 하지는 않았다.

"안녕하세요. 어제 제대로 인사를 못 했죠. 노에미라고 합니다."

두 사람은 대답도 없이 노에미를 빤히 쳐다보았다. 문이 열리고 잿빛 머리카락의 여자가 양동이를 들고 들어왔다. 어제 저녁 식사 때 시중을 든 하녀였다. 나이는 남자와 비슷해 보였다. 하녀 역시 고개만 끄덕여 인사할 뿐 노에미에게 말을 하지는 않았다. 긴 의자에 앉아 있던 남자와 여자도 고개를 끄덕여 인사한 뒤 다시 고개를 숙이고 하던 일을 계속했다. 하이 플레이스에서는 누구나 저렇게 침묵을 지켜야 하는 걸까?

"제가……."

노에미가 다시 입을 여는데 남자가 말을 잘랐다.

"저희가 일을 하는 중이라서요."

세 하인은 그대로 시선을 내렸다. 사교계 유명인사인 노에미를 보고도 무심한 표정들이었다. 버질이나 플로렌스가 이들에게 노에미는 별로 중요하지 않은 사람이니 신경 쓸 필요 없다고 했는지도 모를 일이었다.

노에미는 입술을 깨물며 하녀가 열어 놓은 뒷문을 통해 집 밖으로 나갔다. 어제처럼 안개가 깔려 있었고 공기가 쌀쌀했다. 편안한 옷을 입을걸 하는 후회가 들기 시작했다. 이를테면 담배와 라이터를 담을 주머니가 달린 옷 말이다. 어깨에 두른 빨간색 긴 숄을 조정해 한기를 막아 보았다.

"아침 식사 잘 하셨습니까?"

뒤를 돌아보니 프랜시스가 있었다. 주방 문으로 들어온 그는 포근한 스웨터 차림이었다.

"예. 잘 먹었어요. 오늘 기분은 어때요?"

"좋죠."

노에미는 안개에 가려 흐릿하게 보이는 근처의 나무 구조물을 가리키며 물었다.

"저건 뭐예요?"

"발전기와 연료를 보관해 두는 창고입니다. 그 뒤는 마차 보관소고요. 가서 볼래요? 묘지 구경도?"

"그래요."

마차 보관소는 겉으로 봐선 영구차와 검은 말 두 마리가 있을 법한 분위기였는데 안에는 그냥 차량 두 대가 주차돼 있었다. 한 대는 프랜시스가 기차역에 몰고 왔던 구식 고급 차량이고, 다른 한 대는 나름 현대적인 차량이었다. 그들은 마치 보관소를 뱀처럼 에워싼 길을 따라 나무와 안개 사이로 걸어갔다. 곧 제 꼬리를 먹는 뱀 문양으로 장식된 양여닫이 철제 대문이 나타났다. 노에미가 서재에서 본 깔개와 같은 문양이었다.

그들은 그늘이 드리워진 길을 따라 걸었다. 나무들이 빽빽해서 가지 사이로 겨우 햇빛 몇 줄기가 흘러들 뿐이었다. 노에미는 이 묘지가 오래전 깔끔한 상태였을 때를 상상해 봤다. 지금은 잡초와 높게 자란 풀로 온통 뒤덮여 있지만, 잘 손질된 덤불과 화단으로 꾸며져 있던 시절이 있었을 것이다. 초목이 무성하다 못해 이 묘지를 아주 집어삼켜 버릴 것 같았다. 묘비마다 이끼로 뒤덮였고 무덤가에는 하나같이 버섯이 자라고 있었다. 우울한 풍경이었다. 나무들까지도 침울한 분위기를 자아냈다. 어째서인지 이유는 알 수 없었다. 나무는 그저 나무일 뿐인데.

전체적으로 우울하고 하나하나 뜯어보면 슬픔마저 느껴졌다. 오랜 기간 방치된 데다 나무들이 드리우는 그림자로 인해 어둑했다. 묘비 주변에 자라난 잡초들, 허공의 냉기 때문에 초목이 무성한 평범한 묘지가 어쩐지 끔찍하게 불쾌한 곳으로 느껴졌다.

이곳에 묻힌 시신들뿐 아니라 하이 플레이스에 사는 모든 사람이 안타깝게 느껴질 정도였다. 노에미는 허리를 굽혀 묘비들을 살펴보고는 인상을 쓰며 물었다.

“어째서 사망년도가 전부 1888년이죠?”

“이 근처 광산은 원래 스페인 사람들이 운영하다가 멕시코가 독립하면서 수십 년 동안 버려졌습니다. 사람들이 여기서는 더 이상

다량의 은을 캐낼 수 없다고 판단했기 때문이죠. 그런데 하워드 큰할아버지는 달리 생각하셨습니다. 영국의 현대식 기계와 대규모 영국인 일꾼을 광산에 투입하셨죠. 꽤 성공적으로 일이 진행됐는데 광산을 열고 2년째 되던 해에 전염병이 돌았습니다. 영국인 일꾼 대부분이 사망해서 여기 묻혔습니다."

"그 후에는 어떻게 됐어요? 하워드 씨가 조치를 취하셨나요? 영국에서 일꾼을 추가로 데려오셨어요?"

"아……아뇨. 그럴 필요는 없었습니다……. 멕시코인 일꾼을 쓰셨으니까. 엄청난 인원이었죠…… 그 일꾼들도 결국 전염병으로 죽었지만 이곳에 묻히지는 않았습니다. 아마 엘 트리운포 마을 묘지에 묻혀 있을 거예요. 자세한 내용은 하워드 큰할아버지께서 아십니다."

이곳은 영국인 전용 묘지라는 얘기였다. 아마 그게 최선이었을 것이다. 이 지역 출신 일꾼의 가족도 사랑하는 이가 묻혀 있는 곳을 찾아가 묘지에 꽃이라도 올려놓고 싶었을 텐데, 마을에서 외떨어진 이곳까지 오는 건 쉽지 않았을 테니까.

프랜시스와 함께 걸어가던 노에미는 대리석 조각상 앞에서 멈춰 섰다. 머리에 화관을 쓰고 받침대 위에 서 있는 여성을 형상화한 조각상이었다. 박공벽이 있는 영묘 옆에 선 그 조각상은 오른손으로 영묘 입구를 가리키고 있었다. 묘 입구 위쪽에 대문자로 새겨진 **도일**이라는 성(姓) 옆에 **에트 베르붐 카로 팍툼 에스트**(말씀이 육신이 되시니)*라는 라틴어 글귀가 보였다.

* Et Verbum caro factum est. 요한복음 1장 14절에서 인용.

"이건 누구예요?"

"전염병이 창궐할 당시 돌아가신 종조할머니 아그네스의 조각상입니다. 이 영묘 안에는 도일 가문 사람들이 잠들어 있죠. 종조할머니, 할아버지, 할머니, 사촌……."

그는 말끝을 흐렸다. 불편한 적막이 이어졌다.

묘지뿐 아니라 집 전체에서 느껴지는 적막에 노에미는 불안감을 느꼈다. 노에미는 전차와 자동차, 신나게 물을 뿜는 분수 옆 안마당에서 지저귀는 카나리아의 노랫소리, 개 짖는 소리, 요리사가 가스레인지 앞에서 콧노래를 흥얼거리는 동안 라디오에서 흘러나오는 노랫가락 같은 소음에 익숙한 사람이었다.

노에미는 고개를 절레절레 흔들었다.

"여긴 너무 조용해서 별로예요."

프랜시스는 흥미를 보였다.

"뭘 좋아하시죠?"

"메소아메리카 공예품, 사포텍 족이 파는 아이스크림, 페드로 인판테의 영화, 음악, 춤, 그리고 운전이요."

노에미는 손가락으로 하나하나 세어 가며 열거했다. 다정한 농담도 좋아했지만, 그 부분은 프랜시스도 차차 알게 될 것 같아 굳이 말하지 않았다.

"큰 도움은 못 드릴 것 같군요. 어떤 종류의 차를 운전하십니까?"

"최고로 예쁘게 생긴 뷰익이에요. 당연히 컨버터블이고요."

"당연하다고요?"

"지붕 없는 차를 운전하는 게 훨씬 재미있거든요. 머리카락을 영화배우처럼 완벽하게 휘날리게 해 주죠. 운전을 하다 보면 머리도 팍팍 돌아가서 좋은 아이디어도 잘 떠올라요."

노에미는 굽슬굽슬한 머리카락을 장난스레 한 손으로 쓸어 넘겼다. 아버지는 노에미가 외모와 파티에 지나치게 신경 쓰느라 학교 수업을 진지하게 듣지 않는 걸로 여겼다. 마치 여자는 그 두 가지를 다 잘할 수 없다는 듯이.

"어떤 아이디어요?"

"논문 아이디어일 때도 있고, 주말 계획 아이디어일 때도 있어요. 어떤 일이든 최선을 다해 생각하는 편이에요."

그녀를 골똘히 바라보던 프랜시스는 시선을 내리며 말했다.

"당신은 사촌과는 많이 다르네요."

"내 머리카락과 피부색이 더 '짙다'고 말하려는 건가요?"

"아뇨. 외모 얘기가 아닙니다."

"그럼요?"

"매력적이라서요."

순간 그렇게 내뱉고 당황한 그는 표정을 구기더니 재빨리 덧붙였다.

"당신 사촌이 매력이 덜하다는 얘기는 아닙니다. 당신은 특별한 방식으로 매력적이에요."

'댁이 카탈리나 언니의 예전 모습을 봤어야 했는데.'

만약 그가 도시에서 예쁜 벨벳 원피스를 입고 이 방에서 저 방으로 옮겨 다니던 카탈리나, 입술에 온화한 미소를 머금고 두 눈에는 별빛이 가득했던 카탈리나의 모습을 봤으면 이런 말을 못 했을 것이다. 이 퀴퀴한 방에서 카탈리나는 눈에 빛을 잃었고 알 수 없는 병에 시달리고 있었다……. 하지만 이곳에 온 초기에는 달랐을 것이다. 초기에는 여전히 예쁜 미소를 간직한 채 남편의 손을 잡아 이끌고 집 밖으로 나가 밤하늘의 별을 헤아렸을 테니까.

"우리 어머니를 못 만나 봐서 그런 소릴 하는 거예요."

노에미는 카탈리나를 생각했던 속내가 목소리에 담기지 않길 바라며 가볍게 대꾸했다.

"어머니는 세상에서 제일 매력적인 분이세요. 어머니 옆에 있으면 난 엉성하고 평범할 뿐이에요."

프랜시스는 고개를 끄덕였다.

"어떤 기분인지 압니다. 버질은 가문의 후계자예요. 도일 가문의 빛나는 미래죠."

"그 사람을 질투해요?"

프랜시스는 앙상할 정도로 말랐다. 순교를 앞두고 겁에 질린 성인의 모습을 형상화한 석고 같은 얼굴. 창백한 피부로 인해 멍처럼 짙어 보이는 눈 밑의 다크서클. 무슨 병이라도 숨기고 있는 사람처럼 보였다. 반면에 버질 도일은 대리석을 깎아 만든 것처럼 생겼다. 프랜시스가 병색이 짙다면 버질은 힘이 넘치는 모습이었다. 눈썹, 광대뼈, 두툼한 입술 같은 이목구비도 더 진해서 훨씬 매력 있었다.

하지만 프랜시스가 활기를 갖고 싶어 한다고 해서 병자라고 단언할 수는 없었다.

"내가 부러워하는 건 버질의 느긋한 말투나 외모, 지위가 아닙니다. 멀리까지 나다닐 수 있는 게 부럽죠. 나는 제일 멀리 가 본 게 엘 트리운포가 고작입니다. 버질은 여행도 다니곤 해요. 오래는 아니고 곧 돌아오기는 하지만 잠시라도 여행할 수 있는 게 부럽습니다."

프랜시스의 말투에는 씁쓸함보다는 지친 체념이 깃들여 있었다.

"아버지는 살아 계셨을 때 나를 마을로 데려가곤 하셨어요. 마을에 가면 기차역을 뚫어져라 바라봤죠. 몰래 기차역에 가서 출발 시간표를 보고 싶었거든요."

노에미는 주름 속에서라도 온기를 찾으려 긴 숄을 고쳐 맸다. 하지만 묘지는 너무나 습하고 싸늘했다. 안쪽으로 들어가자 기온이 2도쯤 떨어진 것 같았다. 노에미가 몸을 떨자 프랜시스가 스웨터를 벗으며 말했다.

"내가 바보처럼 배려를 못 했네요. 이걸 걸쳐요."

"괜찮아요. 나 때문에 당신 몸을 얼게 하고 싶지 않아요. 집 쪽으로 돌아가면 괜찮아질 거예요."

"그래요. 그럴 겁니다. 그래도 일단 입어요. 난 안 추워요."

노에미는 스웨터를 받아 걸치고 숄을 머리에 둘렀다. 노에미가 자기 스웨터를 입었으니 걸음을 재촉할 법도 한데 프랜시스는 집 쪽으로 서둘러 돌아가려 하지 않았다. 그는 숲의 안개와 어둑한 한기에 익숙한 듯했다.

"어제 집에 있는 은식기에 대해 물었죠. 당신 생각이 맞습니다. 우리 광산에서 나온 은으로 만든 거예요."

"광산을 오랫동안 닫아 놨다면서요?"

카탈리나도 광산 얘기를 한 적이 있었다. 노에미의 아버지가 카탈리나와 버질의 결혼을 탐탁잖게 여긴 것도 그래서였다. 아버지의 눈에 버질은 카탈리나의 재산을 노리는 놈팡이로 보였다. 아버지가 결혼을 허락한 것은 예전에 카탈리나에게 구혼했던 남자를 쫓아 버린 게 미안해서일 거라고 노에미는 생각했다. 카탈리나는 그 남자를 진심으로 사랑했었다.

"혁명 기간 중에 그랬죠. 당시 온갖 일이 일어났어요. 여러 문제가 겹치면서 운영이 중단됐습니다. 버질이 태어난 1915년에 혁명이 끝나면서 광산은 다시 부흥기를 맞았죠."

"1915년생이면 버질은 서른다섯 살이네요. 당신은 그보다 훨씬 젊은 것 같고요."

프랜시스는 고개를 끄덕였다.

"열 살 아래입니다. 나이 차이가 좀 있죠. 그렇지만 버질은 어렸을 때부터 함께 자란 유일한 친구예요."

"학교에 다녔으면 다른 친구도 있을 텐데."

"우린 하이 플레이스에서 교육을 받았어요."

노에미는 아이들의 웃음소리가 넘쳐나는 하이 플레이스를 상상해 보려 애썼다. 숨바꼭질을 하는 아이들, 팽이치기나 공놀이를 하는 아이들. 하지만 도저히 상상이 되지 않았다. 아이들의 웃음소리를 허용할 만한 집이 아니었다. 처음부터 완전히 자란 어른만을 위한 집 같았다.

"뭐 좀 물어봐도 돼요?"

마차 보관소를 빙 돌아가자 하이 플레이스가 보였다. 커튼처럼 앞을 가리던 안개가 비로소 걷히기 시작했다.

"대체 왜 식사 시간에 침묵하라고 하는 거죠?"

“하워드 큰할아버지가 나이가 무척 많고 허약하신 데다 소리에 예민하셔서요. 집 안에서 소음이 쉽게 전달되기도 하고요.”

“그분 방은 위층이잖아요. 아래층 식당에서 사람들이 나누는 얘기를 못 들으실 텐데.”

프랜시스는 오래된 집에 시선을 붙박은 채 진지한 표정으로 대답했다.

“정말 소음이 전달돼요. 이 집은 그분의 집이니 그분이 만든 규칙을 따라야죠.”

“규칙을 어겨 본 적이 없나 보네요.”

그는 살짝 당황한 눈빛으로 노에미를 바라보았다. 규칙을 어기는 게 가능하다는 생각조차 안 해 본 듯했다. 아마 과음을 한다거나 늦은 시간까지 집 밖에 나가 돌아다닌다거나 가족들 앞에서 어깃장 놓는 소리를 한 적이 한 번도 없을 것이다.

“없습니다.”

이번에도 그의 목소리에는 체념이 담겨 있었다.

그들은 주방 문을 통해 집 안으로 들어갔다. 노에미는 스웨터를 벗어서 그에게 돌려주었다. 젊은 하녀 하나가 주방 화덕 앞에 앉아 있었다. 일을 하느라 바쁜지 두 사람에게 눈길 한 번 주지 않았다.

프랜시스가 정중하게 말했다.

“아뇨. 가지고 있어요. 따뜻할 겁니다.”

“당신 옷을 가져갈 수는 없어요.”

“스웨터는 또 있으니 괜찮아요.”

“고마워요.”

프랜시스가 미소를 지었다. 그때 플로렌스가 주방으로 들어왔다. 진한 남색 드레스를 입은 그녀는 엄격한 표정으로 프랜시스와 노에미를 힐끗 쳐다보았다. 마치 어린애들을 보는 듯한 시선이었다. 먹지 말라는 사탕을 몰래 훔쳐 먹은 게 아닌지 살펴보려는 듯한 시선이 느껴졌다. 플로렌스가 말했다.

"같이 점심을 먹든지요."

식탁 앞에 앉은 사람은 그들 셋뿐이었다. 하워드는 내려오지 않았고 버질도 모습을 보이지 않았다. 점심 식사는 신속하게 진행이 됐다. 마침내 하녀가 접시를 내가자 노에미는 방으로 돌아갔다. 얼마 후 하녀는 저녁 식사를 쟁반에 담아 방으로 가져다주었다. 그제야 노에미는 그녀가 식당에서 저녁을 먹은 게 이곳에 온 첫날이기 때문이며, 점심도 이례적인 경우였음을 알아챘다. 하녀는 쟁반에 석유램프도 같이 담아 왔다. 노에미는 석유램프를 침대 옆에 놓아두고 『아잔데 족*의 마법, 신탁, 그리고 마술』을 읽으려 펼쳤다. 하지만 이내 상념에 빠져들었다. 마룻장이 삐걱대는 소리를 듣고 있자니 소음이 쉽게 전달된다던 프랜시스의 말이 떠올랐다.

방 한쪽 구석의 벽지에 조그맣게 피어 있는 곰팡이가 시선을 사로잡았다. 빅토리아 시대 사람들이 좋아했던 초록색 벽지에는 비소가 함유돼 있었다. 패리스 그린**, 셸레녹*** 같은 재료를 썼기 때문일 것이다. 미시적 진균이 종이에 함유된 염료에 작용해 아르신가스를 형성하고, 그런 벽지를 바른 방에 사는 사람을 병들게 한다

* 중앙아프리카 자이르로부터 수단에 걸쳐 사는 농경민족.

** 선록색의 유독성 분말.

*** 독성이 있는 황색을 띤 녹색의 안료.

는 내용을 전에 어떤 책에서 본 것 같았다.

당대 최고의 문명을 누린 빅토리아 사람들이 자기 몸을 스스로 망가뜨린 방식, 벽지 바르는 풀을 먹이로 삼는 곰팡이로 인해 티 안 나게 유발되는 화학 반응에 관한 얘기도 분명히 들은 적이 있었다. 정확히 어떤 곰팡이인지 이름은 기억나지 않았다. 브레비카울레였나. 라틴어 이름이었던 것 같기는 한데. 어쨌든 그 곰팡이가 그런 작용을 하는 건 분명한 사실이었다. 노에미의 할아버지는 화학자였고 아버지는 안료와 염료를 생산하는 사업을 했다. 그런 만큼 노에미도 백색 안료인 리토폰을 만들려면 황화아연과 황산바륨을 섞어야 한다는 것을 비롯해 자질구레한 화학 관련 지식을 알고 있었다.

어쨌든 이 방의 벽지는 초록색이 아니었다. 초록과는 거리가 멀었다. 바랜 장미색에 가까운, 어두운 분홍색 바탕에 보기 싫은 누런 메달 모양 보석 그림이 그려진 벽지였다. 메달인지 동그라미인지는 알 수 없었다. 자세히 들여다보면 화환처럼 보이기도 했다. 볼수록 흉측해서 차라리 초록색 벽지가 나을 것 같았다. 눈을 감자 눈꺼풀 안쪽에서 검은색을 배경으로 누런 동그라미들이 깜박이며 춤을 추었다.

5장

그날 아침에도 카탈리나는 창가에 앉아 있었다. 어제처럼 넋이 나간 모습이었다. 노에미는 카탈리나를 보며 멕시코시티의 집에 걸려 있던 오필리아 그림을 떠올렸다. 물살에 떠내려가는 오필리아의 모습이 갈대 사이로 보이는 그림이었다. 그날 아침 카탈리나는 영락없는 오필리아였다. 그래도 얼굴을 보니 좋았다. 노에미는 카탈리나 옆에 앉아 멕시코시티 사람들과 그곳에서 일어난 일들을 들려주었다. 3주 전에 갔던 전시회에 관해서도 상세히 들려주었다. 카탈리나가 관심을 보일 만한 얘기였다. 노에미가 그들이 아는 두 친구의 말투를 똑같이 흉내 내자 카탈리나는 살짝 미소 짓다가 소리 내어 웃었다.

"여전히 흉내를 잘 내네. 아직도 연극 수업 들어?"

"아니. 인류학 공부를 해 볼 생각이야. 석사 과정으로. 재미있겠지?"

"늘 새로운 생각을 하고 새로운 목표를 추구하며 사는구나, 노에미."

자주 듣는 회의적인 반응이었다. 노에미의 관심 분야가 이미 세 번이나 바뀌었으니 가족들이 그녀의 대학 공부를 못 미더운 시선으로 보는 것도 당연했다. 하지만 노에미는 특별한 일을 하며 살고 싶다는 열망이 강했다. 정확히 어떤 일을 하게 될지는 아직 알 수 없지만. 지금은 연극보다 인류학 공부에 더 흥미가 동했다.

카탈리나의 말이 크게 거슬리지는 않았다. 부모님의 질책처럼 날카롭지도 않았다. 카탈리나는 레이스처럼 섬세하게 한마디씩 하고 간간이 한숨을 내쉴 뿐이었다. 몽상가인 카탈리나는 노에미의 꿈을 믿어 주었다.

"언니는 그동안 어떻게 지냈어? 편지도 자주 안 쓰고 말이야. 『폭풍의 언덕』에 나오는 바람 쌩쌩 부는 황무지에서 사는 기분을 내는 거야 뭐야?"

카탈리나는 『폭풍의 언덕』을 페이지가 닳도록 읽고 또 읽곤 했더랬다.

"그건 아니고. 이 집 때문에 뭘 할 수가 없어. 집에 시간을 다 뺏겨서."

카탈리나는 손을 뻗어 벨벳 커튼을 만지작거렸다.

"집수리 하려고? 완전히 부수고 새로 짓는다고 해도 난 반대 안 해. 여기 좀 섬뜩하지 않아? 기분 나빠."

"축축하지. 습기를 머금고 있거든."

"어젯밤엔 얼어 죽게 추워서 습기까지는 신경도 못 썼어."

"어둡고 습해. 이 집은 늘 축축하고 어둡고 지독하게 추워."

카탈리나의 입술에서 웃음기가 사라졌다. 아득히 먼 곳을 바라보는 것 같던 그녀의 눈이 별안간 칼날처럼 예리하게 노에미를 바라보았다. 카탈리나는 노에미의 두 손을 잡고 앞으로 몸을 기울이며 속삭였다.

"부탁 하나만 들어줘. 아무한테도 말하지 말고. 말 안 하겠다고 약속해. 약속할 거지?"

"약속할게."

"마을에 가면 마르타 두발이라는 여자가 있어. 나한테 약을 지어주는 사람인데, 지금 약이 다 떨어졌거든. 그 여자한테 가서 더 받아 와. 알겠지?"

"응. 무슨 약인데?"

"그건 중요하지 않아. 그냥 가서 말만 전해 주면 돼. 해 줄 수 있지? 해 준다고 말해 줘. 아무한테도 얘기하지 말고."

"알았어. 그러지 뭐."

카탈리나는 고개를 끄덕였다. 손을 어찌나 꽉 잡았는지 카탈리나의 손톱이 노에미의 손목의 부드러운 살을 파고 들어갈 지경이었다.

"그런데 언니……."

"쉿. 저들이 들어."

카탈리나는 이렇게 말하며 입을 꾹 다물었다. 두 눈이 광을 낸 돌처럼 번뜩였다.

"누가 듣는다는 거야?"

노에미는 조심스럽게 물었다. 카탈리나는 눈도 깜박이지 않고 노에미를 바라보았다.

천천히 노에미 쪽으로 몸을 기울인 카탈리나가 귀에 대고 속삭였다.

"그게 벽 안에 있어."

"그게 뭔데?"

자신을 바라보는 사촌의 멍한 눈을 본 순간, 노에미는 카탈리나의 머릿속에 그 질문이 입력되지 않았음을 알아챘다. 카탈리나의 눈은 노에미를 보고 있지 않았다. 몽유병자처럼 멍한 눈이었다.

"벽이 나한테 말을 걸어. 비밀을 말해 줘. 그들 말을 듣지 마. 두 손으로 네 귀를 막아, 노에미. 유령이 있어. 진짜야. 너도 보게 될 거야."

돌연 노에미의 손을 놓고 일어선 카탈리나는 오른손으로 커튼을 붙잡고 창밖을 내다보았다. 노에미가 자세히 설명해 보라고 말하려는데 플로렌스가 들어왔다.

"커민스 선생님이 오셨어요. 선생님이 카탈리나를 검진하고 나서 노에미 씨를 거실에서 만날 겁니다."

노에미가 대답했다.

"저는 여기 있을게요."

"선생님 신경을 거스를 겁니다."

플로렌스가 단호하게 반대하자 노에미는 고집을 부리려다가 그만두었다. 여기서 말다툼을 하기보다는 나가는 편이 낫겠다는 판단이 섰다. 지금은 수그려야 할 때였다. 쓸데없는 고집은 반감만 줄 수 있었다. 소란을 피웠다가는 이 집에서 나가 달라는 요구를 받을지도 모른다. 노에미는 이 집 손님이지만 저들에겐 편치 않은 존재였다.

거실로 들어간 노에미는 커튼을 젖혔다. 낮의 거실은 밤에 봤을 때보다 더 살풍경했다. 밤새 방을 데운 벽난로 불이 꺼지고 장작이 재로 변한 뒤라서 쌀쌀한 기운이 돌았다. 창문으로 흘러든 햇살 때문에 온갖 결점이 적나라하게 드러났다. 색 바랜 벨루어 소재의 긴 안락의자는 병든 것 같은 초록빛이라 구역질이 치밀어 올랐고, 벽난로를 장식한 에나멜 타일에는 무수한 금이 가 있었다. 여러 각도에서 본 버섯을 그린 자그마한 유화는 역설적이게도 곰팡이의 공격을 받았다. 곳곳에 검은 점으로 퍼져 나간 곰팡이가 그림을 망쳐놓았다. 카탈리나가 이 집의 습기에 대해 한 말이 사실이었다.

노에미는 손목을 문지르면서, 카탈리나의 손톱에 짓눌렸던 자리를 내려다보았다. 의사가 오길 기다리고 있는데, 의사는 한참이 지나서야 거실로 들어왔다. 그런데 혼자가 아니라 버질도 함께였다. 노에미는 초록색의 긴 안락의자 중 한곳에 가 앉았고 의사도 다른 긴 안락의자에 앉아 검은 가죽 가방을 옆에 내려놓았다. 버질은 그 옆에 가 섰다.

"아서 커민스라고 합니다. 노에미 타보아다 양이군요."

의사는 재단이 잘되기는 했지만 10년 내지 20년은 유행에 뒤처진 옷차림이었다. 하이 플레이스를 방문하는 사람들은 죄다 과거의 시간 속에 갇힌 듯했다. 워낙 작은 마을이라 유행에 맞춰 옷을 구매해 입을 필요는 없을 것 같긴 했다. 하지만 버질의 옷은 최신 유행하는 스타일이었다. 지난번 멕시코시티에 왔을 때 새 옷을 샀을 수도 있고, 자기는 특별한 사람이니 비싼 옷을 때맞춰 사 입어야 한다고 생각하는 족속일 수도 있었다. 물론 아내의 돈으로 펑펑 써 대고 있겠지만.

"예. 시간 내주셔서 감사해요."

"아닙니다. 버질 군한테 듣기로는 궁금한 게 있다고요."

"예. 제 사촌언니가 폐결핵이라고 해서요."

노에미가 더 길게 말하기도 전에 의사는 고개를 끄덕거리며 입을 열었다.

"맞습니다. 하지만 크게 걱정할 정도는 아니에요. 스트렙토마이신을 복용하면서 차도를 보이고 있으니까요. 하지만 아직은 '휴식'을 잘 취해야 합니다. 이 병을 치료하려면 잘 자고 잘 쉬고 잘 먹어야 해요."

의사는 안경을 벗고 손수건을 꺼내 렌즈를 닦으며 말을 이어 갔다.

"이마에 얼음주머니를 올려놓거나 알코올로 닦아 주는 것도 열을 내리는 데 효과가 있습니다. 시간이 지나면 다시 건강해질 겁니다. 그럼 나는 이만……."

의사는 재킷 가슴 주머니에 안경을 넣었다. 이대로 대화를 끝내려는 모양이었다. 하지만 노에미는 아직 그를 보내 줄 생각이 없었다.

"아뇨. 잠시만요. 카탈리나 언니의 상태가 많이 이상해요. 어렸을 때 브리기다 고모가 폐결핵에 걸리신 적이 있는데 언니하고는 증상이 완전히 달랐어요."

"환자마다 다릅니다."

"언니가 평소답지 않은 편지를 제 아버지한테 보냈어요. 제가 알던 언니가 아닌 것 같아요."

노에미는 잘 새겨들으라는 뜻을 꾹꾹 담아 덧붙였다.

"사람이 달라졌어요."

"폐결핵으로 사람이 달라지지는 않습니다. 원래 가진 특징이 더 강하게 나타난다면 모를까."

"그렇다고 해도 상태가 확실히 이상해요. 이렇게 무기력한 적이 없는데. 진짜 괴상하다니까요."

의사는 안경을 꺼내 썼다. 그는 눈으로 본 게 마음에 들지 않는지 미간을 찌푸리며 퉁명스럽게 웅얼거렸다.

"내 말 아직 다 안 끝났습니다만."

의사의 냉혹한 눈빛에 노에미는 입을 다물었다.

"사촌분은 불안증이 심하고 우울증도 있는데 폐결핵으로 증상이 심해졌습니다."

"언니는 불안증 없는데요."

"우울 성향이 있는 걸 부정하는 겁니까?"

노에미는 멕시코시티에서 아버지가 했던 말을 떠올렸다. 아버지는 카탈리나를 두고 지나치게 감상적이라 평가했다. 하지만 감상적인 것과 불안증이 있는 것은 전혀 달랐다. 카탈리나는 멕시코시티에서 환청을 들은 적도 없었고, 지금처럼 기묘한 표정으로 있었던 적도 없었다.

"우울 성향이라뇨?"

그때 버질이 끼어들었다.

"카탈리나는 어머님이 돌아가신 후로 우울해했어. 툭하면 방에서 울면서 말도 안 되는 소리를 하고 깊은 우울감에 빠져 있곤 했는데, 요즘 더 심해졌지."

지금까지 버질은 그런 얘기를 한 적이 없었다. 하필 지금 말을 꺼낸 것도 이상한데 그나마도 신중하게 거리를 둔 말투였다. 아내가 아니라 낯선 사람에 대해 설명하는 투였다.

노에미가 말했다.

"언니 어머니는 옛날에 돌아가셨어요. 언니가 어렸을 때요."

"나중에 또다시 슬픔이 밀려오기도 하잖아."

의사가 나서서 설명했다.

"폐결핵이 사형 선고는 아니지만 환자의 감정을 뒤흔들어 놓을 만합니다. 고립감과 육체적 통증 때문이죠. 사촌분은 몸에 오한이 들고 식은땀을 흘립니다. 보기에도 좋지는 않죠. 진통제인 코데인으로 증상을 잠시 완화할 수는 있습니다만 환자가 명랑하게 파이를 굽는 모습까지 기대하기는 어렵습니다."

"걱정되네요. 제 사촌언니잖아요."

"그렇죠. 하지만 동생이 불안해한다고 환자의 상태가 나아지진 않습니다."

의사는 고개를 절레절레 흔들며 덧붙였다.

"이제 가 봐야겠군. 다음 주에 보세, 버질 군."

"선생님."

노에미가 붙잡으려 했지만 의사는 군수품을 배에 급히 실어야 하는 사람처럼 서둘렀다.

"아뇨. 정말 가 봐야 합니다."

의사는 노에미와 악수를 한 뒤 가방을 집어 들고 거실을 나갔다.

노에미는 괴상한 색깔의 긴 안락의자에 앉아 입술을 꾹 깨물었다. 무어라 말해야 할지 알 수 없었다. 버질은 의사가 앉았던 자리에 앉아 냉담한 표정으로 등을 기댔다. 핏속에 얼음이 흐르는 게 아닌가 싶을 정도였다. 얼굴에 핏기 하나 없었다. 이런 사람이 카탈리나에게 구애를 한 건가? 누구에게든 구애를 할 사람 같지가 않은데? 이 남자가 살아 있는 어떤 대상에게 애정을 표현하는 모습이 도저히 상상이 되지 않았다.

"커민스 선생은 유능한 의사야."

무심한 목소리였다. 커민스가 이 세상 최고의 의사이든 최악의 의사이든 아무 상관 없다는 듯한 목소리였다.

"선생의 부친도 우리 집안 주치의였어. 지금은 그 아들인 커민스 선생이 우리 건강을 돌봐 주고 있지. 모든 면에서 부족함이 없는 의사라는 것만 알아둬."

"잘난 의사 같기는 하네요."

"의심하는 목소리네."

노에미는 아무렇지 않은 척 어깨를 으쓱했다. 웃음 띤 얼굴로 가볍게 말하면 부담 없이 받아들일 것 같아서였다. 보아하니 버질은 별일 아닌 상황으로 여기는 눈치였다.

"언니가 몸이 안 좋은 게 맞다면 멕시코시티에서 가까운 요양원에 입원시켜 치료를 받게 하는 게 좋겠어요. 제대로 치료를 받아야죠."

"내가 아내를 제대로 돌보지 못할 것 같아서 그래?"

"그런 말이 아니고요. 이 집은 너무 춥고 집 밖에 안개도 잔뜩 끼어서 기운을 북돋워 주지 못할 것 같아요."

"아버님이 시킨 게 이런 거야? 여기 와서 카탈리나를 빼내 오라고 하셨어?"

노에미는 고개를 저었다.

"아뇨."

"그런 분위기인데."

버질이 거침없이 말했다. 딱히 화가 났다기보다는 얼음장처럼 싸늘한 말투였다.

"우리 집이 대단히 현대적이거나 최신식이 아니기는 하지. 그래도 하이 플레이스는 어둠을 밝히는 횃불, 반짝이는 보석 같은 집이야. 광산에서 은이 꽤 많이 나온 덕분에 우린 장식장을 비단과 벨벳으로 채우고 최고급 와인을 마실 여유는 돼. 지금은 문을 닫았지만.

그래도 우리 손으로 환자를 돌볼 순 있어. 나이가 많고 건강이 좋지 않은 아버지도 우리가 잘 돌봐 드리고 있다고. 내가 아내에게 더 소홀할 리 없잖아."

"하지만 언니가 전문가적 치료를 받아야 할 것 같아서 그래요. 정신과 의사라든지……."

버질이 별안간 크게 웃는 바람에 노에미는 화들짝 놀랐다. 진지하던 그가 갑자기 웃어 대니 불쾌하기까지 했다. 마치 시비를 거는 듯한 웃음이었다. 그는 노에미를 똑바로 쳐다보며 말했다.

"정신과 의사라니. 이 동네 어디에서 정신과 의사를 구해? 허공에서 불러낼까? 마을의 공공 보건소에는 의사가 딱 한 명 있어. 정신과 의사 따위는 없어. 처제가 파추카 시나 멕시코시티에 가서 데려오든가. 여기까지 올지 모르겠지만."

"병원에 데려가서 다른 의사에게 검진 정도는 받아 볼 수 있잖아요. 의사가 언니에 대해 다른 견해를 내놓을 수도 있고요."

"아버지가 영국에서 주치의를 데려오신 건 다 이유가 있어서야. 이 지역 병원 시설이 변변찮기 때문이지. 마을이 워낙 가난하다 보니까 마을 사람들도 거칠고 원시적이야. 여긴 의사들이 넘쳐나는 곳이 아니라고."

"그러니까 내 말은……."

"그래, 그래. 계속 고집을 부리고 싶겠지."

그는 벌떡 일어나 강렬한 푸른 눈으로 싸늘하게 노에미를 바라보았다.

"처제는 매사에 늘 자기 고집대로 아닌가? 처제의 아버지도 처제가 하고 싶어 하는 대로 다 해 주시잖아. 남자들도 마찬가지고."

버질을 보며 노에미는 지난여름 어느 파티에서 함께 춤췄던 남자를 떠올렸다. 그들은 함께 즐거운 시간을 보냈는데, 단손 춤을 추다가 발라드 곡으로 넘어갔을 때 일이 벌어졌다. 「마법에 걸린 어느 저녁」이라는 곡이 흘러나오고 있는데 남자가 갑자기 노에미를 확 끌어안더니 키스를 하려고 했다. 노에미는 옆으로 고개를 획 돌려 피한 뒤 다시 남자를 바라보았다. 얼굴에 저열한 비웃음이 가득했다.

지금 노에미를 바라보고 있는 버질의 눈빛에도 조롱이 담겨 있었다. 싸늘하고 기분 나쁜 눈빛이었다.

"무슨 뜻이에요?"

노에미는 도전적으로 물었다.

"처제가 남자친구를 뜻대로 휘두르고 싶어지면 고집을 부리곤 한다는 카탈리나의 말이 생각나서. 처제랑 싸우고 싶지 않아. 할 수 있으면 정신과 의사를 알아서 구해 보든가."

버질은 차갑게 내뱉은 뒤 거실을 나갔다.

노에미는 버질의 신경을 건드린 것만으로도 살짝 기분이 좋아졌다. 아까 그 의사와 마찬가지로 버질도 노에미가 그의 말을 군소리 없이 받아들일 줄 알았을 것이다.

그날 밤 노에미는 침실 벽에서 금색 꽃이 피어나는 꿈을 꾸었다. 그런데 가만 보니…… 꽃이 아니었다. 덩굴손이 자라났지만 덩굴식물도 아니었다. 그 이상한 것 옆에 100여 개의 자그마한 금색 형체들이 자라났다.

'버섯이구나.'

노에미는 둥글납작한 그것의 정체를 알았다. 궁금해진 노에미는 금색 빛에 이끌려 벽 쪽으로 다가갔다. 금색 형체를 손으로 쓰다듬었다. 구근 모양의 금빛 형체가 탁 터지면서 먼지처럼 부연 연기가 확 피어 올라갔다가 바닥으로 떨어졌다. 먼지처럼 허연 게 노에미의 두 손을 뒤덮었다.

손을 잠옷에 문질러 털어내려 했지만 금색 먼지는 손바닥에 착 달라붙었고 손톱 밑으로도 들어갔다. 금색 먼지가 노에미의 주변에서 휘몰아쳤다. 부드러운 노란 빛으로 방 안을 밝히고 물들였다. 위를 올려다보니 천장에도 먼지가 작은 별처럼 반짝거렸다. 바닥의 깔개에도 별들이 금빛으로 소용돌이치고 있었다.

깔개의 먼지를 향해 발을 뻗었다. 먼지는 허공으로 훌훌 올라갔다가 다시 떨어졌다.

문득 방 안에 다른 누군가가 있다는 느낌이 들었다. 손으로 잠옷을 여미며 고개를 들었다. 문 옆에 누군가 서 있었다. 누리끼리하고 고풍스러운 레이스 원피스를 입은 여자였다. 여자의 얼굴이 있어야 할 자리에는 벽에서 돋아난 버섯 같은 금색 빛 덩어리가 있을 뿐이었다. 그 빛은 점점 강해졌다가 흐릿해졌다. 한여름의 밤하늘을 날아다니는 반딧불이처럼.

노에미 옆에서는 금색 빛을 내는 여자와 똑같은 리듬에 맞춰 벽이 흔들거렸다. 마룻장도 진동했다. 심장도 쿵쾅거렸다. 버섯과 함께 나타난 금색 필라멘트가 그물처럼 벽을 뒤덮더니 점점 커졌다. 문득 노에미는 여자의 원피스가 레이스가 아니라 필라멘트를 엮어 만든 것임을 알았다.

여자는 장갑 낀 손을 들어 노에미를 가리키며 말을 하려 했다. 하지만 금색 빛일 뿐인 얼굴이라 입이 없어 말을 하지 못했다.

그때까지는 두렵다는 생각이 들지 않았지만, 여자가 말을 하려 시도한 순간부터 노에미는 알 수 없는 두려움을 느꼈다. 등줄기를 타고 내려간 공포가 발바닥에 이르자 노에미는 뒷걸음질 치며 두 손으로 입을 막았다.

그런데 입술이 만져지지 않았다. 뒤로 한 걸음 더 물러서려는데 발이 바닥에 녹아 붙어 버렸다. 금빛 여자가 다가오며 팔을 뻗었다. 그리고 가까이 와서는 두 손으로 노에미의 얼굴을 잡았다. 여자는 잎사귀처럼 바스락거리는 소리, 연못에 물 떨어지는 소리, 칠흑 같은 어둠 속에서 지저귀는 곤충 소리를 냈다. 노에미는 두 손으로 귀를 틀어막고 싶었지만 손이 없었다.

노에미는 식은땀에 젖은 채 눈을 번쩍 떴다. 순간 여기가 어디인지 기억나지 않았다. 잠시 후에야 하이 플레이스에 초대받아 와 있음을 기억해 냈다. 침대 옆에 놓아둔 물컵으로 손을 뻗다가 하마터면 손으로 쳐 떨어뜨릴 뻔했다. 컵에 담긴 물을 꿀꺽꿀꺽 마신 뒤 고개를 돌렸다.

방 안은 온통 그림자에 묻혀 있었다. 금색이든 아니든 벽 표면을 물들인 빛이라곤 없었다. 그런데도 일어서서 손으로 벽을 문질러 보고 싶은 충동이 일었다. 벽지 뒤에 괴이한 무언가가 도사리고 있지 않은지 확인하고 싶었다.

6장

차를 확보하는 제일 좋은 방법은 프랜시스를 이용하는 것이었다. 플로렌스는 시간을 내줄 것 같지 않았고 버질은 어제 대화를 나누면서 노에미에게 짜증이 난 게 분명했다. 버질은 노에미더러 남자를 제 뜻대로 휘두르려 한다고 말했다. 부정적인 평가를 받고 나니 기분이 좋지 않았다. 노에미는 사람들에게 호감을 사고 싶었다. 이 파티 저 파티에 참석하고, 수정처럼 맑은 소리로 웃으며, 머리를 근사하게 손질하고, 연습한 미소를 선보이는 것도 그래서였다. 아버지 같은 남자들은 남에게 엄격하게 굴어도 되고, 버질 같은 남자들은 남에게 싸늘하게 대해도 문제 될 게 없지만, 노에미 같은 여자들은 타인에게 호감을 얻지 못하면 입장이 상당히 곤란해진다. 호감이 안 가는 여자는 몹쓸 여자로 낙인찍히고, 몹쓸 여자는 아무것도 할 수 없다. 인생에서 어떤 길로도 갈 수 없는 처지가 되고 마는 것이다.

노에미는 이 집에서 호감을 사지 못하고 있었지만 프랜시스는 그녀에게 친절하게 대해 주었다. 그는 상아색의 앙상한 몸으로 주방 근처에 서 있었다. 전날보다 기운이 처진 모습이지만 눈빛만은 활기차 보였다. 미소 짓는 얼굴은 그다지 못나 보이지도 않았다. 엄청난 매력을 내뿜는 버질과는 무척 다른 모습이었다. 대부분의 남자는 버질과 비교 대상조차 되지 못했다. 카탈리나도 버질의 그런 면에 반했을 것이다. 예쁘장하게 잘생긴 얼굴에 신비로운 분위기까지 있으니 분별없이 빠져들었겠지.

경제적으로 쪼들리는 상류층이지. 저놈이랑 살면 그런 생활을 하게 될 거다. 노에미의 아버지는 그렇게 말했더랬다.

버질과 함께라면 두서없이 지어 올린 오래된 집, 악몽을 꾸기 십상인 집에서 생활해야 한다. 맙소사. 도시가 너무나도 멀게 느껴졌다.

"부탁할 게 있어요."

노에미는 프랜시스와 아침 인사를 나눈 뒤 말을 꺼냈다. 자연스럽고 익숙하게 그에게 팔짱을 끼고 함께 걸으며 꺼낸 말이었다.

"볼일 보러 마을에 다녀오려는데 차 좀 빌려주세요. 편지를 부치려고요. 여기서 어떻게 지내는지 아버지에게 소식을 전하고 싶어요."

"마을까지 태워다 줄까요?"

"나도 운전할 줄 알아요."

프랜시스는 망설이며 미간에 주름을 잡았다.

"버질이 뭐라고 할지 모르겠네요."

노에미는 어깨를 으쓱했다.

"말 안 하면 되잖아요. 내가 운전을 못 할 것 같아서 그래요? 면

허증 보여 줄게요."

프랜시스는 손으로 금발을 쓸어 넘겼다.

"그런 얘기가 아니라요. 가족들이 차에 관해서라면 좀 민감합니다."

"나도 운전에 관해서는 민감한 편이에요. 동행해 줄 샤프롱*이 필요한 것도 아니고요. 게다가 당신은 샤프롱으로는 안 맞아요."

"어째서요?"

"남자가 샤프롱 하는 거 봤어요? 잔소리쟁이 고모한테나 어울리는 역할이죠. 원한다면 일주일 동안 우리 고모를 빌려줄게요. 대신 차 빌려줘요. 도와줄 거죠? 나 급해요."

노에미에게 이끌려 나가며 프랜시스는 큭큭 웃었다. 결국 그는 주방 고리에 걸린 자동차 열쇠를 집어 들었다. 이 집 하녀인 리지는 밀가루를 뿌려 놓은 작업대에서 빵 반죽을 굴리고 있었는데, 노에미나 프랜시스에게는 눈길 한번 주지 않았다. 하이 플레이스에서 일하는 하인들은 카탈리나가 들려준 동화에서처럼 눈에 띄지 않게 살고 있었다. 「미녀와 야수」라는 동화였나? 그 동화에서는 눈에 보이지 않는 하인들이 요리를 하고 은식기로 식탁을 차렸다. 웃기는 일이었다. 노에미는 멕시코시티의 집에서 일하는 하인들의 이름을 전부 알고 있었다. 그 집에서는 하인들이 수다를 떤다고 못마땅해 하는 사람이 아무도 없었다. 그런데 이 하이 플레이스에서는 노에미가 하인들 이름을 아는 것 자체가 작은 기적일 정도였다. 프랜시스는 노에미의 부탁에 어쩔 수 없다는 듯 하인들을 소개해 주었다. 리지, 메리, 찰스라는 이름의 하인들은 장식장에 보관된 자기들처

* 과거 사교 행사 때 젊은 미혼 여성을 보살펴 주던 나이 든 여인.

럼 수십 년 전에 영국에서 이곳으로 공수됐다.

노에미와 함께 창고로 걸어간 프랜시스는 그녀에게 차 열쇠를 건넸다.

"길을 잃지 않겠어요?"

잠시 후 차창 쪽으로 몸을 기울인 그는 운전석에 앉은 노에미를 내려다보았다.

"문제없어요."

그랬다. 길을 잃고 싶어도 잃을 수가 없었다. 산비탈을 따라 오르내리며 차를 몰고 가다 보니 작은 마을이 나왔다. 운전은 꽤 만족스러웠다. 차창을 내리고 신선한 산 공기를 즐기기도 했다. 그 집에서 나와 있을 수만 있으면 여기도 나쁘지 않았다. 그 집 때문에 이 땅까지 역겹게 느껴질 뿐이었다.

마을 광장 근처에 차를 세웠다. 우체국과 병원이 광장 근처에 있을 것 같아서였다. 예상대로, 초록색과 흰색으로 칠이 된 자그마한 건물이 곧장 눈에 들어왔다. 딱 봐도 병원처럼 생긴 건물이었다. 안에 들어가서 보니 초록색 의자 세 개와 온갖 질병에 관한 설명이 적힌 포스터들이 있었다. 접수 데스크에는 아무도 없었다. 닫힌 문에 붙은 명판에 의사의 이름이 큼직하게 적혀 있었다. **훌리오 에우세비오 카마리요.**

노에미는 자리에 앉았다. 몇 분 뒤 문이 열리고 아장아장 걷는 아기의 손을 잡은 여자가 문밖으로 나왔다. 의사가 문틈으로 머리를 내밀고 노에미에게 고개를 까딱거리며 말했다.

"안녕하세요. 어떻게 오셨죠?"

"노에미 타보아다라고 합니다. 카마리요 선생님이신가요?"

남자가 어려 보여서 묻지 않을 수 없었다. 남자는 피부색이 짙고 짧은 머리였다. 가운데 가르마를 타고 짧은 콧수염까지 길렀지만 나이가 들어 보이기보다는 어린애가 의사 놀이를 하는 것처럼 우습게 보였다. 게다가 의사들이 입는 흰 가운 차림도 아니고 베이지색과 갈색이 섞인 스웨터만 입은 모습이었다.

"맞습니다. 들어오세요."

진료실로 들어가자 책상 뒤쪽 벽에 우남 국립대학교에서 발행한 학위증이 붙어 있었다. 학위증에 남자의 이름이 우아한 필체로 적혀 있었다. 문 열린 수납장 안에 알약, 면봉, 각종 유리병이 들어 있었다. 진료실 한쪽 구석에는 노란 화분에 담긴 큼직한 용설란이 보였다.

의사는 책상 뒤에, 노에미는 플라스틱 의자에 가 앉았다. 병원 입구에 있던 의자들과 같은 의자였다.

"처음 뵙는 것 같군요."

"전 이곳 사람이 아니에요."

노에미는 핸드백을 무릎에 올려놓고 앞으로 몸을 기울였다.

"사촌언니를 만나러 왔어요. 몸이 아프다고 해서요. 집에 와서 언니를 진찰해 주셨으면 해요. 폐결핵이라고 하더라고요."

"폐결핵이요? 엘 트리운포에서?"

의사는 무척 놀란 목소리였다.

"처음 듣는 얘기로군요."

"엘 트리운포가 아니라, 하이 플레이스예요."

"도일 저택 말씀이시군요."

그러더니 의사는 머뭇거리며 덧붙였다.

"그 집 사람들과 친척이신가요?"

"아뇨. 아, 그렇게 볼 수도 있겠네요. 사돈이에요. 버질 도일 씨가 제 사촌언니 카탈리나와 결혼했어요. 그 집에 오셔서 언니를 진찰해 주셨으면 해요."

젊은 의사는 혼란스러운 표정이었다.

"커민스 선생님이 돌보고 있는 환자 아닙니까? 그분이 그 집 주치의이신데요."

"다른 의사의 견해도 들어 보고 싶어서 그래요."

노에미는 카탈리나의 상태가 무척 이상하다고, 정신의학적 치료를 받아야 할 것 같다고 말했다.

조용히 듣고 있던 카마리요는 손가락으로 연필을 휙휙 돌리며 말했다.

"하이 플레이스에 무턱대고 찾아갔다가는 환영받지 못합니다. 도일 가는 주치의를 따로 두고 있어요. 마을 사람들과는 교류도 없고요. 광산이 문을 연 동안 도일 가는 멕시코인 일꾼을 고용해서 산속 야영지에 살게 했고, 아서 커민스 선생의 부친인 아서 커민스 시니어가 그들을 돌봤죠. 아시다시피 광산에서 채굴을 하는 동안 몇 차례 전염병이 돌아서 광부의 상당수가 사망했어요. 아서 커민스 시니어는 눈코 뜰 새 없이 바쁜 와중에도 지역 의사에게 도움을 청하지 않았습니다. 이 지역 의사들을 우습게 알아서겠죠."

"어떤 전염병이었어요?"

의사는 연필 끄트머리에 붙은 지우개로 책상을 세 번 톡톡톡 내리쳤다.

"명확히 밝혀진 건 없습니다. 고열을 동반한 대단히 까다로운 병이었어요. 아주 이상한 증상들이 나타났죠. 고래고래 악을 쓰고 경련을 일으키고 서로를 공격하기도 했어요. 병에 감염돼 줄줄이 죽어 나가고 얼마 후 잠잠해졌는데 몇 년 후에 또다시 그 괴상한 병이 퍼져 나갔습니다."

"영국식 묘지를 봤어요. 무덤이 꽤 많더라고요."

"거기 묻힌 건 영국인들입니다. 이 지역 사람들이 묻힌 묘지도 가서 보세요. 마지막으로 전염병이 돌았던 게 혁명이 시작될 무렵이었는데, 도일 가는 시신을 제대로 매장해 주지도 않았습니다. 구덩이에 던져 넣은 게 전부였죠."

"어떻게 그럴 수가 있죠?"

"그러게요."

의사의 말투에서 진한 혐오감이 묻어났다. '사실입니다.'라고 말하지는 않았지만 그 말을 한 것이나 다름없었다. 그의 입장에서는 혐오감을 표출하지 못할 이유도 없어 보였다.

"이런 사정을 다 아시는 걸 보면 엘 트리운포 출신이신가 봐요."

"근처에서 나고 자랐습니다. 우리 가족은 도일 광산에서 일하는 이들에게 이런저런 물건을 팔았어요. 광산이 폐쇄된 후 가족들은 파추카 시로 떠났죠. 저는 멕시코시티에 공부를 하러 갔다가 얼마 전에 돌아왔습니다. 이곳 사람들을 돕고 싶어서요."

"제 사촌언니를 돕는 것부터 시작하시면 되겠네요. 도일 저택에 같이 가 주실 수 있어요?"

카마리요는 미소를 지으며 미안하다는 듯 고개를 저었다.

"말씀드렸다시피 그랬다가는 커민스 선생, 도일 가 사람들과 부딪치게 될 겁니다."

"그렇다고 그 사람들이 선생님한테 무슨 짓을 하겠어요? 이 마을 의사시잖아요?"

"여기는 공공 보건소예요. 붕대며 소독용 알코올, 거즈 비용도 다 정부 지원을 받죠. 엘 트리운포는 작은 마을이라 정부의 지원이 반드시 필요합니다. 이곳 사람들 대부분은 염소를 길러서 먹고살아요. 스페인 사람들이 광산을 지배했을 당시에는 광부들을 위해 수지를 만들어 팔면서 생계를 이어 왔죠. 지금은 사정이 달라졌어요. 마을에 성당이 하나 있는데 꽤 괜찮은 신부님이 계세요. 그분이 가난한 이들을 위한 구호금을 모으십니다."

"도일 가 사람들이 기부금을 왕창 내고 있고 그 신부는 선생님 친구분이겠네요."

"기부금을 내는 건 커민스 선생이죠. 도일 가문은 관여하지 않아요. 하지만 그 기부금이 누구 돈인지는 다들 알죠."

도일 가문이 보유한 재산은 많지 않을 텐데. 광산 문을 닫은 지 30년도 넘었다. 그래도 가문의 은행 계좌에 돈이 꽤 있는 모양이었다. 엘 트리운포 같은 고립된 마을에서는 약간의 기부금도 꽤 오래 효과를 발휘할 것이다.

이제 어떻게 하지? 노에미는 재빨리 생각을 해 본 뒤 연극 수업에서 배운 요령을 써먹어 보기로 했다. 아버지는 연극 수업을 돈 낭비라며 싫어했지만 말이다.

"그럼 저를 못 도와주시겠네요. 그 사람들을 무서워하시나 봐요! 아, 저는 여기 친구가 한 명도 없는데."

노에미는 핸드백을 들고 천천히 일어서며 입술을 과장되게 파르르 떨었다. 그런 행동을 할 때면 남자들은 그녀가 울기라도 할까 봐 당황하곤 했다. 남자들은 원래 여자의 울음을 두려워한다. 발작적으로 울어 대는 여자를 감당하게 될까 봐 무서워하는 것이다.

의사는 즉시 그녀를 달래려는 손짓을 하면서 말했다.

"그런 말은 아닙니다."

"그래요?"

노에미는 희망에 찬 목소리로 물으며 가장 매력적인 미소를 지어 보였다. 속도위반 딱지를 끊지 말고 보내 달라고 경찰에게 부탁할 때 써먹던 미소였다.

"선생님. 도와주시면 정말 고맙겠어요."

"가 보기는 하겠지만 제가 정신과 의사는 아니라서요."

노에미는 손수건을 꺼내 들고 손으로 꼭 움켜쥐었다. 언제든 눈물을 쏟아 내며 눈가를 손수건으로 닦을 준비가 돼 있음을 보여 주는 장치였다. 노에미는 한숨을 푹 쉬며 말했다.

"멕시코시티에 가면 도와줄 분을 찾을 수도 있겠지만, 지금처럼 기댈 곳 하나 없는 상황에서 언니를 여기 혼자 두고 갈 수가 없어요. 제 판단이 틀릴 수도 있겠죠. 하지만 선생님이 도와주시면 전 멀리까지 갔다 오지 않아도 될 거예요. 여기는 기차가 매일 다니지도 않잖아요. 제 작은 부탁을 좀 들어주시면 안 될까요? 같이 좀 가

주세요.”

노에미는 카마리요를 바라보았다. 그는 회의적인 눈빛으로 그녀를 마주 보다가 결국 고개를 끄덕였다.

“월요일 정오쯤에 들르겠습니다.”

“감사합니다.”

노에미는 재빨리 일어나 그의 손을 잡고 악수를 했다. 그러다 문득 심부름이 생각나 물었다.

“혹시 마르타 두발이라는 분을 아세요?”

“이 동네에 사는 전문가는 죄다 만나고 다닐 생각입니까?”

“무슨 말씀이신지?”

“그분은 이 동네 치료사예요.”

“어디 사는지 혹시 아세요? 언니가 그분한테 약을 받아 오라고 해서요.”

“그래요? 이해가 되네요. 마르타는 동네 여자들에게 이런저런 약을 팔죠. 고르도로보 차는 폐결핵 치료제로 널리 쓰이고요.”

“그 차가 도움이 되나요?”

“기침에는 효과가 있죠.”

카마리요는 책상에 엎드려 노트패드에 지도를 그린 뒤 노에미에게 건넸다. 여기서 가깝다기에 노에미는 두발의 집까지 걸어가기로 했다. 잘한 결정이었다. 마르타의 집으로 가는 길은 계획 없이 아무렇게나 뻗어 나간 탓에 차가 다니기에 편치 않았다. 지도를 갖고 있는데도 가면서 여러 차례 길을 물어야 했다.

노에미는 집 앞에서 빨래를 하고 있는 여자에게 다가가 말을 걸었다. 닳아 빠진 빨래판에 셔츠를 박박 문지르고 있던 여자는 조트 비누를 내려놓고 길을 알려 주었다. 언덕길로 좀 더 올라가야 한다고 했다. 마을 한가운데 있는 광장과 성당에서 멀어질수록 마을의 쇠락한 상태가 확연히 느껴졌다. 벽돌로 지어진 집들은 오막살이나 다름없었고 온통 잿빛에 먼지투성이였다. 곧 부서질듯 비딱한 울타리 너머에는 뼈만 앙상한 염소나 닭이 돌아다니고 있었다. 문짝이나 창문조차 온전히 남아 있지 않은 폐가들도 있었다. 동네 사람들이 쓸 만한 나무나 유리 같은 자재들을 죄다 뜯어간 모양이었다. 기차역에서 차를 운전해 마을을 지날 때 프랜시스는 그나마 상태가 좋은 길로 통과한 거였다. 그때도 노에미는 이 마을이 썩어 가고 있다고 느꼈지만.

치료사의 집은 옹색하기 그지없었다. 그래도 흰색 페인트칠이 돼 있고 다른 집들보다 잘 관리돼 있기는 했다. 파란 앞치마를 두르고 머리를 길게 땋아 내린 노파가 문 옆에 놓인 세 다리 의자에 앉아 있었다. 옆에 그릇 두 개를 놓아두고 땅콩 껍질을 까는 중이었다. 한쪽 그릇에는 껍질을, 또 다른 그릇에는 땅콩 알맹이를 던져 넣는 모습이었다. 노에미가 다가갔지만 노파는 눈을 들어 쳐다보지도 않고 콧노래만 흥얼거렸다.

"실례합니다. 마르타 두발 씨를 만나러 왔는데요."

그러자 노파가 콧노래를 멈추고 말했다.

"이렇게 예쁜 신발은 처음 보는구먼."

노에미는 신고 있는 검은색 하이힐을 내려다보았다.

"감사합니다."

"그렇게 예쁜 신발을 신고 찾아오는 사람은 별로 없는데."

노파는 땅콩을 하나 더 까서 그릇에 담고 일어섰다.

"내가 마르타예요."

노에미를 올려다보는 노파의 눈동자는 백내장으로 흐릿했다.

마르타는 양손에 그릇을 하나씩 들고 집 안으로 들어갔다. 노에미도 그 뒤를 따라 식당으로도 쓰이는 조그마한 주방으로 들어갔다. 벽에는 성심화*가 걸렸고 책꽂이에는 성인 석고 조각상과 초, 약초가 담긴 유리병들이 자리를 차지했다. 천장에는 약초와 말린 꽃, 라벤더, 에파조테, 루타 나뭇가지 등이 매달려 있었다.

노에미는 온갖 종류의 치료약을 만드는 치료사들이 있다는 사실을 알고 있었다. 숙취에 좋은 약초라든지 열 내리는 데 좋은 약초를 모으고, 사악한 눈을 치료하는 기술을 가졌다는 사람들 말이다. 하지만 노에미는 실제로 그런 약을 찾아다니는 부류는 아니었다. 노에미가 인류학에 관심을 두는 계기가 된 첫 번째 책은 『아잔데 족의 마법, 신탁, 그리고 마술』이었다. 그 책에 나온 내용을 두고 카탈리나와 토론을 하려고 했지만 카탈리나는 듣고 싶어 하지 않았다. '마법'이라는 단어만 입 밖에 내도 카탈리나는 두려워했다. 하지만 두발 같은 치료사는 마법과 밀접한 관계가 있었다. 강장제 같은 약물을 만들어 팔 뿐 아니라 손님의 머리에 성스러운 종려나무 십자가를 얹어 불안증을 치료하는 일도 했다.

카탈리나는 행운을 가져다준다는 오조 데 베나도** 부적 팔찌를

* 예수 그리스도의 심장을 표현한 그림.

** '사슴의 눈'이라는 뜻.

손목에 차고 다닐 부류는 아니었다. 그런 카탈리나가 어쩌다 이런 집에 찾아와 마르타 두발에게 속 얘기를 털어놓게 된 걸까?

노파가 탁자에 그릇을 두고는 의자를 빼서 앉는 순간, 푸드덕거리는 소리가 들려 노에미는 깜짝 놀랐다. 앵무새 한 마리가 노파의 어깨에 앉았다.

"앉아요."

마르타가 그러더니 껍질 벗긴 땅콩 하나를 앵무새에게 내밀며 물었다.

"무슨 일로 왔어요?"

노에미는 맞은편 의자에 앉았다.

"저희 사촌언니에게 약을 지어 주셨다고 해서요. 언니가 약을 더 받아 오라고 했거든요."

"무슨 약이죠?"

"모르겠어요. 언니 이름은 카탈리나예요. 기억하세요?"

"하이 플레이스에 사시는 분이네."

마르타는 땅콩 하나를 더 앵무새에게 주었다. 앵무새는 고개를 갸웃하며 노에미를 바라보았다.

"예, 카탈리나요. 언니랑은 어떻게 아세요?"

"잘은 몰라요. 어쩌다 한 번씩 성당에 왔었어요. 성당에 다니는 누군가가 내 얘기를 해 준 모양이에요. 나를 찾아와서 잠을 잘 수 있게 해 주는 약을 좀 달라고 한 걸 보면. 두어 번 찾아왔었어요. 마지막으로 봤을 때 좀 불안해 보였는데, 무슨 일 때문인지는 말을 안 하더군요. 멕시코시티에 있는 누군가에게 편지를 부쳐 달라는 부탁도 했고."

"왜 본인이 직접 편지를 안 부쳤을까요?"

"글쎄. '금요일에 제가 여기 안 오면 이 편지를 부쳐 주세요.'라고 부탁을 하더라고요. 그래서 그렇게 했지. 아까도 말했듯이 어떤 문제 때문인지는 말을 안 했고. 악몽을 꾼다고 해서 그런 부분을 좀 도와줬어요."

'악몽이라.'

노에미는 지난번에 꾼 악몽을 떠올렸다. 그런 집에서 잠을 자면 악몽을 꿀 수밖에 없을 것이다. 노에미는 핸드백 위쪽에 손을 올리며 말했다.

"주신 약이 효과가 있었나 봐요. 더 받아 오라고 한 걸 보니."

마르타가 한숨을 쉬었다.

"글쎄요. 차로는 상태를 아주 호전시키기 어렵다고 지난번에 얘길 했는데."

"무슨 뜻이에요?"

"그 집안은 저주받았어요."

마르타가 앵무새의 머리를 쓰다듬고 긁어 주자 앵무새는 눈을 감았다.

"얘기 못 들었어요?"

무슨 뜻인지 정확히 알 수 없어서 노에미는 조심스럽게 답했다.

"전염병이 돌았다는 얘긴 들었어요."

"그래요. 병이 돌았죠. 많이들 아팠어요. 그런데 그게 다가 아니에요. 루스 아가씨가 그들에게 총을 쐈어요."

"루스 아가씨가 누구예요?"

"이 지역에선 유명한 얘기예요. 값을 좀 치러 주면 얘기를 해 드리죠."

"돈을 참 좋아하시나 봐요. 어차피 약값을 드리려고 했는데."

"우리도 먹고살아야죠. 꽤 괜찮은 얘기인데, 나보다 잘 아는 사람은 없어요."

"치료사이면서 이야기꾼이기도 하신가 보네요."

"말했잖아요, 아가씨. 우리도 먹고살아야 한다고."

그러면서 노파는 어깨를 으쓱했다.

"알겠어요. 값을 쳐 드릴게요. 재떨이 있나요?"

노에미는 담배와 라이터를 꺼냈다.

마르타가 주방에서 백랍 컵을 가져와 앞에 놓아주자, 노에미는 몸을 앞으로 기울여 팔꿈치로 탁자를 짚고 담배에 불을 붙였다. 노에미가 권하자 마르타는 두 개비를 꺼내며 웃었다. 하지만 담배에 불을 붙이지는 않고 앞치마 주머니에 집어넣었다. 나중에 피우든지 팔든지 할 모양이었다.

"어디서부터 얘기를 시작할까? 루스. 그래요. 루스 아가씨는 하워드 도일 씨의 딸이에요. 도일 씨가 아끼는 딸이라 부족한 거 없이 자랐죠. 당시 그 집에는 하인이 많았어요. 늘 집 안에 북적이며 은식기를 윤기 나게 닦고 차를 끓였죠. 하인 대부분은 마을 출신이라 도일 저택에 거주하면서도 종종 내려왔어요. 시장을 보러 오거나 다른 볼일을 보러. 그들은 마을에 오면 하이 플레이스에 있는 예쁜 물건들과 아름다운 루스 아가씨에 대한 얘기를 하곤 했죠.

루스 아가씨는 사촌인 마이클 씨와 결혼을 하기로 돼 있었어요. 그 집에서는 파리에 웨딩드레스를 주문하고 상아 빗도 주문했죠. 그런데 결혼식을 일주일 앞둔 어느 날, 아가씨가 소총으로 신랑 될 사람인 마이클과 자기 어머니, 숙모, 삼촌을 쏴 버렸어요. 아버지도 쐈지만 아버지는 살아남았죠. 당시 아기였던 동생 버질도 쏘려고 했는데 플로렌스 양이 데리고 숨은 바람에 못 쐈다고 해요. 어쩌면 어린 동생에게 자비를 베풀었을 수도 있겠죠."

노에미는 저택에서 총을 본 적이 없었다. 하지만 그런 일이 있었으니 그 집 사람들이 그 소총을 내다 버렸을 수도 있었다. 그 집에는 은이 많으니 루스가 살인에 쓴 총알도 은제 탄환이 아니었을까 하는 괴상한 생각이 노에미의 뇌리를 스쳤다.

"루스 아가씨는 가족들에게 총질을 하고 나서 그 총으로 자살했어요."

마르타는 따닥 소리를 내며 땅콩 껍질을 깠다.

무시무시한 이야기였다! 하지만 그게 다가 아닌 듯했다. 잠시 이야기를 중단한 듯한 분위기였다.

"그 후 얘기가 더 있어요?"

"있죠."

"나머지는 안 들려주실 거예요?"

"우리도 먹고살아야죠, 아가씨."

"돈 드릴게요."

"인색하게 굴지는 않을 거죠?"

"그럼요."

마르타는 주름진 손을 뻗어 노에미가 탁자에 올려 둔 담뱃갑에서 담배를 한 개비 더 꺼내 앞치마 주머니에 집어넣고는 웃으며 이야기를 재개했다.

"그 일이 있은 후 하인들은 그 집을 떠났어요. 하이 플레이스에는 도일 가 사람들과 그 집에서 오랫동안 일하면서 신뢰를 받아 온 직원들만 남았죠. 그 직원들은 주인들 눈에 띄지 않게 일을 해 나갔어요. 그러던 어느 날 플로렌스 양이 휴가 여행을 가겠다며 갑자기 기차역에 나타났죠. 그때까지 저택 밖으로는 한 발자국도 나가 본 적 없는 분인데 말이에요. 플로렌스 양은 젊은 남자와 결혼을 해서 집으로 돌아왔어요. 남편 이름은 리처드였어요.

리처드 씨는 도일 가 사람들과 달리 수다스러운 분이었어요. 차를 몰고 마을에 내려와 술도 마시고 얘기 나누는 걸 좋아하셨죠. 런던과 뉴욕, 멕시코시티에서 사셨다는데, 그것만 봐도 하이 플레이스와는 맞지 않는 분이라는 걸 알 수 있었어요. 워낙 이야기하는 걸 좋아하는 분이었는데, 어느 날부터 이상한 이야기를 하셨어요."

"어떤 이야기요?"

"유령이니 귀신이니 사악한 눈이니 하는 얘기요. 리처드 씨는 원래 강건한 분이었는데 그 무렵부터 좀 달라지셨어요. 모습이 추레해지고 앙상하게 마르더니 어느 날부터는 마을에 더 이상 안 내려오고 사람들 시야에서 사라지셨죠. 얼마 후 그분은 골짜기 바닥에서 시신으로 발견됐어요. 봐서 알겠지만 이 지역에는 골짜기가 상당히 많아요. 스물아홉 살의 나이에 아들 하나 남겨 놓고 골짜기에서 죽은 채로 발견된 거죠."

'그 아들이 프랜시스구나.'

부드러운 머리카락과 여린 미소를 지닌 창백한 얼굴의 프랜시스. 이런 사연에 대해 그 집에서는 들은 적이 없었다. 하긴 그 집에서는 어느 누구도 입에 올리고 싶지 않은 이야기일 것이다.

"비극적인 일이긴 한데 저주라고까지 할 필요는 없지 않을까요."

"우연이라고 생각하나 봐요? 그래요. 그럴 수 있죠. 하지만 그 집 사람들이 건드리는 것마다 썩어 버리는 건 사실이에요."

'썩는다니.'

흉측한 그 단어가 혀에 척 붙었다. 노에미는 한 번도 안 해 본 짓을 하고 싶어졌다. 별안간 손톱을 물어뜯고 싶어진 것이다. 노에미는 손 관리를 열심히 하는 편이었다. 물어뜯어 보기 흉해진 손톱은 그녀에게 어울리지 않았다. 그 집은 정말 이상했다. 도일 가 사람들과 하인들도 죄다 이상한 사람들이었다. 하지만 저주라고? 그건 아닌 듯했다.

노에미는 고개를 저으며 반박했다.

"우연일 수밖에 없잖아요."

"우연이 아닐 수도 있어요."

"지난번에 카탈리나 언니한테 주셨던 약을 만들어 주시겠어요?"

"쉽지 않아요. 그 약을 만들려면 재료부터 모아야 하는데 시간이 좀 걸려요. 게다가 약으로는 해결할 수 없는 문제예요. 말했듯이 그 집, 그 저주받은 집이 문제니까요. 난 아가씨 사촌언니에게 당장 기차를 타고 여길 떠나라고 조언했어요. 말을 들을 줄 알았는데 아니었나 보네요."

"그러게요. 그나저나 약값은 얼마예요?"

"약값에 이야기 값도 같이 계산해 주세요."

"그럼요. 그래야죠."

노파는 금액을 불렀다. 노에미는 핸드백을 열고 지폐 몇 장을 꺼냈다. 마르타 두발은 백내장이 있지만 지폐에 적힌 숫자는 또렷이 보는 듯했다.

"일주일 걸려요. 일주일 후에 다시 와요. 장담은 못 하겠지만."

노파가 손을 내밀었다. 노에미는 그 손에 지폐를 쥐여 주었다. 노파는 지폐를 앞치마 주머니에 집어넣으며 말했다.

"담배 더 있어요?"

"있죠. 즐기시길 바랄게요."

노에미는 담배 한 갑을 더 건넸다.

"골르와즈 담배예요."

"내가 피울 게 아니에요."

"그럼 누가요?"

"성 누가 님에게 바칠 겁니다."

마르타는 책꽂이에 놓인 석고 조각상을 가리켰다.

"성인께 담배를 바친다고요?"

"담배를 좋아하세요."

"성인께서 취향이 고급이신가 보네요."

이 마을에서 골르와즈와 비슷한 담배를 파는 가게가 있을지 의문이었다. 조만간 담배를 사서 핸드백에 채워 둬야 할 것이다.

마르타가 미소를 짓자 노에미는 지폐 한 장을 더 건넸다. 에라 모르겠다. 이 노파의 말처럼 누구나 먹고살아야 하는데 여길 찾아올 손님이 몇이나 될지 알 수 없었다. 마르타는 만족스러워하며 더 크게 미소 지었다.

"그럼 가 보겠습니다. 성 누가 님께 한 번에 다 피우지는 마시라고 전해 주세요."

마르타가 킥킥 웃었다. 함께 집 밖으로 걸어 나간 두 사람은 악수를 나눴다. 마르타가 눈을 가늘게 뜨고 노에미를 살피며 물었다.

"잠은 잘 자요?"

"그럭저럭요."

"눈 밑에 다크서클이 있네."

"산 위라 춥더라고요. 밤에 자꾸 깨네요."

"추위 때문이어야 될 텐데요."

노에미는 괴상한 꿈과 금색 빛이 생각났다. 꺼림칙한 악몽이지만 내용을 분석할 시간이 없었다. 카를 융의 지식에 기대어 볼 수도 있겠지만, 노에미는 '꿈은 꿈꾸는 사람의 내면을 표현한다.'는 융의 개념을 완전히 이해하지 못했다. 굳이 꿈 내용을 해석해 보고 싶은 마음도 없었다. 문득 카를 융이 쓴 '누구나 그림자가 있다.'는 글귀가 떠올랐다. 하이 플레이스로 차를 몰고 돌아가는 동안 노파가 한 말이 그림자처럼 노에미의 마음을 뒤덮었다.

7장

그날 저녁, 노에미는 하얀 다마스크 천 식탁보를 덮고 초를 켠 우울한 식탁 앞으로 또다시 불려갔다. 고풍스러운 식탁에 도일 가 사람들이 모여 앉아 있었다. 플로렌스, 프랜시스, 그리고 버질. 이 집의 가부장 하워드 도일 씨는 방에서 저녁을 드시는 모양이었다.

노에미는 그릇을 스푼으로 저으며 음식을 깨작거렸다. 영양 섭취보다는 얘기를 나누고 싶은 마음이었다. 시간이 흐르면서 더 이상 참을 수가 없어 쿡쿡 웃음을 터뜨렸다. 세 사람의 눈이 노에미에게 쏠렸다.

"진짜 저녁 식사 내내 말 한 마디도 하면 안 되는 거예요? 서너 문장도 안 되나요?"

맑은 유리 같은 노에미의 목소리는 묵직한 가구와 두꺼운 커튼, 무게감에 짓눌린 듯한 세 사람의 굳은 얼굴과 묘한 대조를 이루었다. 노에미는 짜증 나게 굴 생각은 없었지만 워낙 속 편한 성격이라 이런 근엄한 분위기를 잘 받아들이지 못했다. 노에미는 상대의 미소를 기대하며 조금 웃어 보였다. 화려한 우리 같은 이 집에서 조금이라도 분위기를 띄워 보고 싶었다.

"지난번에 설명했다시피 우리는 식사 중에 말을 하지 않아요. 하지만 당신은 이 집의 규칙이란 규칙은 죄다 깨고 싶어 하는 것 같네요."

플로렌스가 그렇게 말하고는 냅킨으로 입가를 신중하게 닦았다.

"무슨 뜻이에요?"

"차를 타고 마을에 갔다 왔다면서요."

"우체국에 편지 좀 부치려고요."

거짓말은 아니었다. 가족에게 짤막한 편지를 써서 보낸 건 사실이니까. 우고에게도 예의상 편지를 보낼까 하다가 그만두었다. 우고와 노에미는 엄밀한 의미에서 커플로 인정받고 있지는 않았다. 이런 상황에서 편지를 보냈다간 곧 진지하게 그와 사귈 의향이 있다는 의미로 해석될 여지가 있었다.

"편지 심부름이라면 찰스에게 시키지 그랬어요."

"고맙습니다만 제가 직접 하고 싶어서요."

"도로 사정도 좋지 않고요. 차가 거름 밭에 끼기라도 하면 어쩌려고 그랬어요?"

"그런 일이 생기면 걸어서 돌아오면 되니까요."

노에미는 스푼을 내려놓았다.

"그러니 문제 될 거 없다고 생각하는데요."

"당신한테 좋지 않은 일이 생길까 봐 그래요. 산은 여러 가지로 위험하니까."

대놓고 적대적인 말을 한 것은 아니지만, 위하는 척을 할 뿐 못마땅해하는 플로렌스의 말투가 당밀처럼 끈적하고 기분 나쁘게 들렸다. 잘못을 저질러 매를 맞는 소녀가 된 기분이라 노에미는 턱을 치켜들고 플로렌스를 똑바로 쳐다보았다. 학창 시절 반항적인 자세로 무장하고 수녀들을 똑바로 마주 보았을 때처럼. 지금 보니 플로렌스는 원장 수녀와 비슷한 구석이 있어 보였다. 대단히 실망했다는 듯한 표정을 짓고 있는 꼴이 그랬다. 이러다 묵주를 꺼내 들고 기도하라는 소리가 나오지 않을까 싶을 정도였다.

"당신이 이 집에 처음 왔을 때 설명을 다 했을 텐데요. 이 집과 여기 사람들, 이곳에서 일어나는 일에 관해서는 전부 나한테 상의하라고, 그것도 구체적으로 설명을 했어요. 마을로 차를 타고 갈 일이 있으면 찰스가 운전을 해 줄 거란 얘기도 했잖아요. 찰스가 사정이 여의치 않으면 프랜시스가 해 줘도 되는 일이고요."

"하지만……."

"그리고 방에서 담배를 피웠던데요. 아니라고 하지 말아요. 이 집에서는 금연이라고 분명히 말했는데요."

플로렌스는 노에미를 빤히 쳐다보았다. 노에미는 이 여자가 리넨 천에 코를 킁킁거리고 컵에 담뱃재가 담겼는지 들여다보는 모습을 상상했다. 먹이를 찾는 블러드하운드처럼. 노에미는 반박하려고 했다. 방에서 담배를 피운 건 딱 두 번인데 두 번 모두 창문을 열려고 했지만 안 열렸으니 자기 탓이 아니라고 말하려 했다. 창문은 못이라도 박아 놓았는지 꿈쩍도 하지 않았다.

"참 더러운 습관이에요. 여자가 왜 담배를 피우는지 모르겠네."

이번에는 노에미가 플로렌스를 빤히 쳐다봤다. 어떻게 저런 말을 할 수가 있지. 노에미가 입을 열려는데 버질이 나섰다.

"아내에게 듣기로는 아버님이 제법 엄격하시다고 하던데. 꽤 고집이 있으시다고."

여전히 차갑게 거리를 둔 말투였다.

노에미는 버질을 돌아보며 대답했다.

"맞아요. 가끔 그러세요."

"플로렌스가 수십 년째 하이 플레이스를 관리하고 있어. 이 집에 손님이 자주 찾아오는 편도 아니고, 플로렌스는 자기만의 방식이 확고하거든. 손님이 이 집의 규칙을 무시하는 건 받아들일 수 없는 일이잖아, 안 그래?"

기습을 당한 느낌이었다. 둘이서 같이 질책하려고 작당이라도 한 모양이었다. 저들이 카탈리나에게도 이런 짓을 하지 않았을까. 카탈리나가 식당에 들어와 음식이나 장식, 이 집의 틀에 박힌 일상에 대해 이런저런 제안을 했을 수 있겠지. 그럼 저들은 점잖고 숨 막히는 말투로 카탈리나의 입을 닫게 했을 것이다. 가여운 카탈리나. 얌전하고 순종적인 카탈리나는 저들에게 조용히 짓밟혔을 것이다.

입맛이 떨어졌다. 처음부터 입맛이 별로 없기는 했다. 더 대화를 이어 나가고 싶지 않았다. 기분 나쁘게 단맛이 도는 와인만 홀짝거렸다. 그러다 찰스가 들어와, 저녁 식사를 마친 후 하워드 씨가 좀 보자고 한다고 전했다. 그들은 왕을 배알하러 가는 무리처럼 줄지어 위층으로 올라갔다.

하워드의 침실은 무척 넓었다. 이 집의 다른 곳들과 마찬가지로 묵직하고 어두운 색감의 가구들로 장식돼 있었다. 창문에 드리워진 벨벳 커튼은 어찌나 두툼한지 바깥에서 옅은 빛 한 줄기 들지 않을 듯했다.

방에서 제일 눈에 띄는 것은 벽난로였다. 벽난로 위 선반에 새겨진 나무 조각은 처음엔 동그라미 모양인 줄 알았는데 자세히 보니 제 꼬리를 먹는 뱀들이었다. 영국인 묘지와 서재에서 본 문양과 똑같았다. 벽난로 앞에는 소파가 놓였고 그 소파에 초록색 가운을 입은 가부장이 앉아 있었다.

그날 저녁 하워드는 유독 더 늙어 보였다. 과나후아토 시 지하 무덤에서 본 미라가 떠오를 정도였다. 과나후아토를 찾은 관광객들은 두 줄로 나란히 놓인 미라들을 구경했었다. 자연을 거스르는 괴상한 모습으로 보존된 미라들은 똑바로 서 있었다. 후손들이 매장세금을 납부하지 않은 탓에 묘에서 끌려 나와 구경거리가 된 미라들이었다. 하워드도 방부 처리가 된 미라처럼 바짝 마르고 여위어 뼈와 골수만 남은 듯했다.

노에미보다 앞서 걸어간 세 사람은 차례로 노인의 손을 잡고 인사를 한 뒤 옆으로 물러섰다.

노인이 노에미에게 손짓하며 말했다.

"거기. 이리 와서 내 옆에 앉지."

노에미는 하워드 옆에 가서 앉아 예의상 약간 미소를 지어 보였다. 플로렌스와 버질, 프랜시스는 이쪽에 합류하지 않고 방 맞은편에 있는 소파와 의자에 가 앉았다. 하워드가 늘 이런 식으로 사람들을 맞이하는지 궁금해졌다. 한 명을 골라 옆에 가까이 두고 대화를 나누면서, 나머지는 그동안 멀찌감치 앉게 하는 방식. 오래전 이 방은 친척과 친구로 붐볐을 것이다. 그들은 하워드 도일이 자신을 손으로 가리키며 옆에 와 앉으라 말하기를 기다렸겠지. 이 집 곳곳에서 무수한 사람들의 사진과 그림을 보았다. 무척 오래된 그림들이었다. 하이 플레이스에 살았던 이들이 전부 이 집안 친척은 아니겠지만, 영국인 묘지의 영묘 규모만 보더라도 자손의 수가 꽤 많은 집안 같았다. 그 자손들이 결국 그 영묘에 들어갔을 테니 말이다.

벽난로 위에는 커다란 유화 두 점이 걸려 있었다. 둘 다 젊은 여자의 초상화인데 금발에 생김새도 비슷했다. 둘이 너무 닮아서 얼핏 같은 여자를 그린 그림으로 보일 정도였다. 하지만 차이가 있었다. 한 명은 붉은 기가 도는 금발의 직모이고 다른 한 명은 벌꿀색 고수머리였다. 왼쪽 여자의 얼굴이 좀 더 통통해 보였다. 한 여자는 하워드가 지금 끼고 있는 반지와 똑같은 호박 반지를 손가락에 끼었다.

"친척분들 그림인가요?"

도일 가문 특유의 생김이 보여 흥미를 느낀 노에미가 물었다.

"내 아내들이야. 아그네스는 우리가 이 지역에 도착하고 얼마 안 있어 세상을 떠났어. 병에 걸려 사망할 당시 임신 중이었지."

"안됐네요."

"오래전 일이야. 하지만 잊히지는 않았어. 아그네스의 혼은 여전히 하이 플레이스에 머물고 있어. 오른쪽은 내 두 번째 아내인 앨리스. 앨리스한테서 자손을 봤지. 여자는 자고로 가문의 대를 이어 줘야 해. 남은 자식은 버질뿐이지만 앨리스는 의무를 잘해 줬어."

노에미는 앨리스 도일의 창백한 얼굴을 올려다보았다. 등까지 폭포처럼 흘러내린 금발 머리, 오른손의 두 손가락 사이에 끼워진 장미, 진지한 얼굴. 왼쪽에 걸린 아그네스 역시 웃음기 없는 메마른 얼굴이었고 두 손으로 꽃다발을 들었다. 아그네스의 손가락에 끼워진 호박 반지에 햇빛 한 줄기가 닿아 있었다. 두 여자는 레이스로 장식된 비단옷 차림으로 정면을 바라보고 있었다. 저 얼굴에 깃든 표정을 뭐라고 해야 할까? 결단성? 자신감?

"참 아름다운 여자들이지. 안 그래?"

시골의 가축 품평회에서 돼지나 암말로 상을 받은 사람처럼 자랑스러워하는 목소리였다.

"예. 그런데……."

"그런데 뭐?"

"아니에요. 두 분이 너무 닮아서요."

"그렇겠지. 앨리스는 아그네스의 동생이니까. 둘 다 부모를 잃고 무일푼 신세가 됐는데 친척이라 내가 거둬 줬어. 나는 여기로 이주할 당시 아그네스와 결혼한 사이였고 앨리스는 우리를 따라 같이 왔지."

"친척과 두 번 결혼하신 거네요. 두 번째 결혼은 아내의 여동생하고 하신 거고요."

"그게 뭐 물의를 빚을 만한 짓인가? 아라곤의 캐서린*은 원래 헨리 8세의 형과 결혼했었어. 빅토리아 여왕과 앨버트 공도 사촌이야."

"본인이 왕이라고 생각하시나 봐요?"

---

* 아라곤과 카스티야 왕국의 공주. 헨리 8세의 첫 번째 아내이자 메리 1세의 어머니.

앞으로 몸을 기울인 하워드는 노에미의 손을 쓰다듬었다. 종이처럼 얇고 건조한 피부였다. 하워드는 미소 띤 얼굴로 말했다.

"아주 거창하게 비교를 하는군."

"물의를 빚을 만한 일이라곤 생각 안 해요."

노에미는 예의상 이렇게 말하며 고개를 살짝 저어 보였다.

하워드는 어깨를 으쓱했다.

"결혼 당시 난 아그네스를 잘 알지도 못했어. 결혼하고 1년도 채 안 되어서 아그네스가 세상을 떠난 바람에 장례식을 준비해야 했지. 당시 이 집은 완공되지도 않았고 광산에서는 수개월째 소득이 없었어. 그렇게 수년이 흐르고 앨리스는 점점 성장했지. 이 지역에서는 앨리스의 짝이 될 만한 남자가 없었어. 그러니 나와 맺어지는 게 자연스러운 선택이었어. 운명이라고 할 수도 있을 거야. 이건 앨리스의 결혼식 초상화야. 저기 보이나? 전경의 나무에 연도가 적혀 있어. 1895년. 멋진 해였어. 그해에는 은 수확량도 좋았어. 아주 흘러넘쳤지."

화가는 나무에 그림을 그린 연도를 표기하고 신부 이름의 머리글자 AD를 적어 놓았다. 아그네스의 초상화도 앨리스의 초상화만큼이나 세밀한 표현이 돋보였는데 그린 연도가 그림 속 돌기둥에 표시되어 있었다. 1885년. 이 집 사람들이 첫 번째 아내 아그네스의 혼수를 꺼내 먼지를 탈탈 털어서 그대로 앨리스에게 전달했을지도 모른다는 생각이 뇌리를 스쳤다. 앨리스가 AD라는 머리글자가 수놓아진 리넨 드레스와 속치마를 들고 거울 앞에서 자기 가슴에 갖다 대 보는 모습이 머릿속에 그려졌다. 한번 도일 가문에 들어

오면 영원히 도일 가 사람이라는 건가. 물의라고 할 것까진 없지만 무척이나 기묘하기는 했다.

"아름다운, 내 아름다운 아내들이지."

노인은 초상화 쪽으로 시선을 돌리며 노에미의 손 관절을 손가락으로 문질렀다.

"골턴 박사*의 미인 지도에 대해 들어 봤나? 골턴 박사는 영국 제도를 돌아다니며 그가 본 여자들에 대한 기록을 남겼어. 여자들을 매력적인 여자, 그저 그런 여자, 혐오스러운 여자로 분류했어. 런던을 미인 점수가 제일 높은 도시로, 애버딘을 제일 낮은 도시로 기록했단 말이지. 웃기는 짓거리로 보일지 모르지만 나름대로의 논리도 있었어."

"또 미학에 대한 얘기를 하시네요."

노에미는 하워드에게 잡힌 손을 슬쩍 빼내며 일어섰다. 초상화를 좀 더 가까이서 보고 싶었다. 솔직히 하워드의 손길이 딱히 싫지는 않았지만 옷에서 풍겨 나오는 희미하게 기분 나쁜 냄새가 거슬렸다. 몸에 바른 연고나 약제의 냄새일 수도 있었다.

"그래, 미학. 미학을 하찮은 학문으로 치부해서는 안 돼. 범죄자의 특징을 포착해 내기 위해 사람들의 얼굴을 연구한 롬브로소**도 있잖아? 우리 몸은 무수한 비밀을 간직하고 있어. 수많은 이야기를 들려줄 수가 있지. 안 그런가?"

노에미는 머리 위에 걸린 초상화들을 올려다보았다. 진지한 입

* 1822~1911. 프랜시스 골턴. 영국의 유전학자로 우생학의 창시자.

** 1836~1909. 이탈리아의 정신 의학자. 범죄 인류학의 창시자.

매와 뾰족한 턱, 부드러운 머릿결. 화가가 캔버스에 붓질을 하는 동안, 웨딩드레스를 입은 저 여자들은 무슨 말을 했을까? 난 행복해요. 불행해요. 그저 그래요. 비참해요. 누가 답을 알까. 저 초상화를 보며 오만 가지 이야기를 떠올릴 수 있겠지만, 그중 진실은 무엇일까.

"지난번에 아가씨가 가미오 얘길 했었지."

하워드는 지팡이를 짚고 일어서서 노에미 곁으로 걸어왔다. 그와 거리를 두려던 노에미의 시도가 수포로 돌아가고 말았다. 하워드는 가까이 다가와 노에미의 팔에 손을 얹으며 말을 이었다.

"아가씨 말이 맞아. 가미오는 이 대륙 토착민이 자연 선택 과정에서 이방인은 견딜 수 없는 생물학적, 지리학적 요인에 적응하면서 강해졌다고 믿었어. 꽃을 옮겨 심을 때도 토양을 고려해야 하잖아? 그런 면에서 가미오의 주장은 일리가 있어."

노인은 두 손을 모아 지팡이를 짚고 서서 초상화를 올려다보며 고개를 끄덕거렸다. 노에미는 누구든 창문을 좀 열어 줬으면 했다. 방 안 공기가 답답했다. 다른 이들의 대화는 속삭임처럼 들렸다. 그들이 대화를 하고 있기는 한지 알 수 없었다. 혹시 다들 입을 다물고 있는 건가? 그들의 목소리가 곤충들이 윙윙대는 것처럼 들렸다.

"왜 아직 결혼을 안 했는지 궁금하군, 타보아다 양. 결혼 적령기인데."

"아버지도 똑같은 말씀을 하셨어요."

"그래서 아버지에게 어떤 거짓말을 했지? 너무 바쁘다고? 젊은 남자들을 두루 만나 봤지만 진심으로 마음을 사로잡는 남자가 없었다고?"

노에미가 했던 말과 거의 비슷했다. 만약 하워드가 가볍게 그 말을 했다면 노에미도 농담으로 받아들였을 것이다. 그의 팔을 잡고 웃으며 '재밌네요, 도일 씨.'라고 말했을 수도 있었다. 그리고 아버지와 어머니에 대한 얘기, 오빠와 늘 싸웠던 얘기, 활기차게 살고 있는 여러 친척 얘기를 조잘거렸겠지.

하지만 하워드 도일의 말투는 싸늘했고 눈빛은 기분 나쁘게 번뜩였다. 그는 노에미를 힐끗 곁눈질하면서 종잇장 같은 손으로 그녀의 머리카락을 만졌다. 마치 머리카락에 붙은 보풀을 떼어 주는 척, 친절하게 대해 주는 척했지만 실상은 그게 아니었다. 머리카락을 어깨 너머로 넘겨 주는 그 손길에 다정함이라곤 없었다. 하워드는 노인이지만 키가 큰 편이었다. 노에미는 하워드를 올려다봐야 하는 것도, 하워드가 그녀를 내려다보는 것도 기분 나빴다. 마치 벨벳 가운 속에 몸뚱이를 숨긴 대벌레 같은 사람이었다. 하워드는 허리를 굽히고 그녀를 신중하게 내려다보며 미소 지었다.

하워드의 몸에서 역겨운 냄새가 풍겨 노에미는 고개를 돌리며 한 손으로 벽난로 선반을 짚었다. 그러다 마침 그들 쪽을 보고 있던 프랜시스와 눈이 마주쳤다. 그는 겁먹은 새 같았다. 놀란 눈을 휘둥그렇게 뜬 비둘기 같은 모습이었다. 이 곤충 같은 노인과 혈연관계라는 게 믿어지지 않았다.

"내 아들이 아가씨한테 온실을 보여 준 적 있나?"

하워드는 한 걸음 물러서며 물었다. 장작불로 시선을 돌린 하워드의 눈에서 비로소 음흉한 기운이 가시는 듯했다.

"온실이 있는 줄 몰랐어요."

노에미는 약간 놀랐다. 하긴 이 집의 모든 문을 다 열어 본 것도 아니고 모든 각도에서 샅샅이 살펴본 것도 아니었다. 처음 하이 플레이스에 와서 대충 둘러본 후에는 더 깊게 알아보고 싶은 마음도 들지 않았다. 그 정도로 관심이 가지도 않았다.

"규모도 작고 이 집의 다른 곳들과 마찬가지로 황폐해지기는 했지만 스테인드글라스 천장이라 마음에 들 거야. 버질, 노에미 양에게 온실을 구경시켜 줘라."

하워드의 목소리가 고요한 방에 어찌나 크게 들리는지 마치 조그맣게 진동이라도 일으킨 것 같았다.

버질은 고개를 끄덕이고는 신호라도 받은 것처럼 곧장 그들에게 다가왔다.

"알겠습니다, 아버지."

"그래."

하워드는 버질의 어깨를 한번 꾹 잡고는 플로렌스와 프랜시스가 앉아 있는 방 저쪽으로 걸어가 방금까지 버질이 앉아 있던 자리에 가 앉았다.

"아버지가 최고로 남자다운 것과 여자다운 것에 대한 생각을 늘어놓으면서 처제를 성가시게 하지 않았어?"

버질은 미소 띤 얼굴로 노에미를 바라보며 물었다.

"대답하기 까다로운 질문이지. '도일 가문 사람들이 최고의 표본이죠.'라고 대답하면 정답이긴 하지만, 난 진심으로 그렇게 생각은 안 해."

하워드의 괴상한 시선과 싸늘한 웃음을 견디고 난 후라 그런지 버질의 따뜻한 미소가 놀라우면서도 반가웠다. 노에미는 사근사근하면서도 차분하게 대답했다.

"아름다움에 대한 얘기를 하기는 하셨어요."

"아름다움이라. 그랬겠지. 아버지는 아름다움에 관해서라면 전문가적 식견을 품고 계시니까. 비록 지금은 죽밖에 못 드시고 밤 9시면 잠자리에 드셔야 하는 상태지만 말이야."

노에미는 한 손을 들어 입을 가리며 웃었다. 버질은 검지로 뱀 무늬 조각을 쓰다듬으며 좀 더 진지한 눈빛으로 노에미를 바라보았다. 어느새 그의 입가에서 미소가 걷혀 있었다.

"지난밤 일은 미안하게 됐어. 내가 무례했지. 오늘 아침에도 플로렌스가 차 때문에 괜한 소동을 벌였고 말이야. 너무 기분 나쁘게 생각하지는 마. 우리 습관과 사소한 규칙까지 처제가 다 알 수는 없는 건데 말이 심했지 뭐."

"괜찮아요."

"압박감이 심해서 그래. 아버지는 많이 쇠약해지셨고 카탈리나도 아프니까. 요즘 내 기분도 그리 좋지가 않아. 우리가 처제를 탐탁지 않게 생각한다고 오해하지는 마. 우린 처제를 환영해. 무척 많이."

"고마워요."

"아직 날 용서한 것 같지는 않은데."

그랬다. 아직은 아니었다. 그래도 도일 가 사람들이 늘 지독하게 침울한 모습은 아니라는 걸 확인한 것 같아 마음이 다소 놓였다. 어쩌면 버질은 사실을 말하고 있을 수도 있었다. 카탈리나가 아프기 전까지 버질은 지금보다 훨씬 유쾌한 사람이었을 테니까.

"아직은 아니지만 계속 노력하시면 점수판에서 마이너스 점수를 1, 2점 까 드릴 수도 있어요."

"점수를 매기고 있었어? 카드놀이 하듯이?"

"여자들은 이런저런 것들을 기록해 둬야 해요. 춤이 다가 아니거든요."

노에미는 편안하고 다정하게 대답했다.

"처제가 춤도 잘 추고 도박도 즐겨한다는 얘긴 들었어. 카탈리나한테."

그는 여전히 미소 띤 얼굴이었다.

"여기서 그런 판을 벌였다간 형부 입장이 곤란해지실걸요."

"의외일 수도 있어."

"전 의외인 상황을 좋아하지만, 참석자들은 큼직하고 멋진 나비넥타이 착용이 필수예요."

버질이 매너 좋게 응대하고 있어서 노에미도 좋게 대하며 미소를 지어 보였다.

버질은 '거 봐, 우린 친구처럼 잘 지낼 수 있다니까.'라고 말하는 듯한 표정으로 노에미를 바라보며 팔을 내밀었다. 노에미는 그의 팔을 잡고 나머지 가족들이 모여 앉아 있는 곳으로 자리를 옮겨 몇 분 정도 얘기를 나눴다. 마침내 너무 피곤해서 그만 쉬어야겠다는 하워드의 선언에 그들은 각자의 방으로 뿔뿔이 흩어졌다.

노에미는 묘한 악몽을 꾸었다. 밤마다 불안하긴 했지만, 이번에는 지금까지 이 집에서 꾸어 온 꿈들과는 완전히 다른 악몽이었다.

꿈속에서 방문이 열리더니 하워드 도일이 천천히 걸어 들어왔다. 무쇠처럼 묵직하게 내딛는 그의 걸음에 마룻장이 삐걱거리고 벽이 울렸다. 마치 코끼리가 방으로 걸어 들어온 듯했다. 노에미는 움직일 수가 없었다. 보이지 않는 실이 그녀를 침대에 묶어 놓았다. 눈을 감고 있었지만 하워드를 볼 수 있었다. 천장에서 그를 내려다보다가 이내 바닥에서 그를 올려다보는 등, 시점이 이리저리 변했다.

잠들어 있는 자신의 모습이 보였다. 하워드가 다가와 이불을 벗겨 냈다. 손을 뻗어 얼굴을 쓰다듬고, 손톱 끝에서부터 목까지 쓸어내렸다. 종이처럼 앙상하게 마른 손이 잠옷 단추를 풀었다. 공기가 쌀쌀한데도 그는 노에미의 옷을 벗기고 있었다.

뒤에서 어떤 존재가 느껴졌다. 집 안에서 유달리 차갑게 느껴지던 곳의 냉기였다. 그 존재는 목소리를 갖고 있었다. 그 존재가 가까이 다가와 귀에 대고 속삭였다.

"눈 떠."

여자의 목소리였다. 전에 꾸었던 꿈에서 노에미는 방에 들어온 금색 여자를 본 적이 있었다. 하지만 이건 그 여자가 아니었다. 다른 존재였다. 젊은 여자의 목소리 같았다.

노에미는 눈을 감고 두 손을 침대에 붙인 채 누워 있었다. 하워드 도일이 잠든 그녀를 위에서 내려다보았다. 그는 어둠 속에서 웃고 있었다. 병들어 썩어 가는 입 안의 이빨을 하얗게 드러낸 채로.

"눈 떠."

목소리가 다시 재촉했다.

달빛인지 또 다른 광원에서 비롯된 건지 알 수 없는 어떤 빛이 하워드 도일의 곤충처럼 마른 앙상한 몸을 비췄다. 그 순간 침대 옆에서서 그녀의 팔다리와 가슴, 음모를 꼼꼼히 살펴보는 게 하워드 노인이 아님을 노에미는 깨달았다. 아버지처럼 음흉하게 웃고 있는 자는 바로 버질 도일이었다. 버질은 하얀 이빨을 드러내고 미소 지으며 노에미를 바라보고 있었다. 벨벳 천에 핀으로 꽂아 둔 나비를 관찰하는 듯한 시선이었다.

버질은 노에미의 입에 손을 올리고 침대에 그대로 꾹 찍어 눌렀다. 몹시 부드러운 침대는 흔들거리며 깊게 꺼졌다. 침대는 마치 밀랍처럼 그의 힘에 눌리고 있었다. 어쩌면 그것은 진창이나 흙일 수도 있었다. 흙으로 된 침대일지도 몰랐다.

온몸을 타고 흐르는 달짝지근하고 역겨운 욕구가 느껴졌다. 노에미는 엉덩이를 들어 뱀처럼 몸을 굽혔다. 아니, 노에미의 몸을 휘감고 가쁜 한숨을 내쉬며 그녀를 집어삼키는 자는 바로 버질이었다. 노에미는 이런 걸 원치 않았다. 저 손가락이 그녀의 살을 깊게 파고드는 게 싫었다. 그런데 왜 그의 손길을 원치 않는지 기억나지 않았다. 이걸 원해야만 할 것 같았다. 흙 속에서, 어둠 속에서 무작정, 그에게 기꺼이 잡아 먹혀야 할 것 같았다.

귓가에서 목소리가 다시 말했다. 끈질기고 날카로운 목소리였다.

"눈 뜨라니까."

노에미는 드디어 눈을 떴다. 몸이 으슬으슬 추웠다. 차 버린 이불이 발치에 뭉쳐져 있고 베개는 바닥에 떨어진 상태였다. 문은 단단히 닫혀 있었다. 두 손을 가슴에 얹었다. 심장이 미친 듯이 뛰고 있었다. 한 손을 내려 잠옷 앞부분을 확인했다. 단추는 전부 채워져 있었다.

당연히 그래야 할 것이다.

집 안이 고요했다. 복도를 걸어가는 이도, 한밤중에 몰래 방에 들어와 잠든 여자를 내려다보는 이도 없었다. 그런데도 노에미는 다시 잠들기까지 한참 시간이 걸렸다. 마룻장이 삐걱거리는 소리가 들리기라도 하면 곧장 일어나 앉아 발소리에 귀를 쫑긋 세웠다.

8장

노에미는 집 밖으로 나가서 의사가 오기를 기다렸다. 버질이 다른 의사의 진단을 받아 봐도 좋다고 했기에, 플로렌스에게 의사가 이 집에 들를 예정이고 버질에게 이미 허락을 받았다고 말해 두었다. 하지만 도일 가문 사람 중에 카마리요 선생을 맞이해 줄 이는 없을 것 같아 직접 문 앞을 지키기로 한 것이다.

팔짱을 낀 자세로 바닥에 발을 툭툭 내려치고 있자니 어렸을 때 카탈리나에게 들은 이야기 속 인물이 된 기분이었다. 기사가 말을 타고 달려와 구해 주고 용도 물리쳐 주길 기다리며 탑의 창밖을 내다보고 있는 아가씨가 된 기분. 카마리요 선생이 마법처럼 진단을 내리고 해결책을 제시해 줄지도 모를 일이었다.

긍정적인 생각을 하며 희망을 가져 보자고 마음먹었다. 하이 플레이스가 워낙 절망적인 공간이라 생각만이라도 밝게 할 필요가 있을 것 같았다. 낡고 으스스한 저택 분위기 때문에 노에미는 더욱 앞으로 밀고 나가고 싶은 심정이었다.

의사는 약속 시간에 맞춰 나타났다. 나무 근처에 차를 세우고 내린 그는 모자를 벗고 저택을 바라보았다. 방문객을 맞이하려 하늘과 땅이 주변을 정돈하기라도 했는지 그날 낮에는 안개가 별로 없었다. 하지만 집은 더욱 황량하고 을씨년스럽고 추레해 보였다. 훌리오 에우세비오 카마리요의 집은 이렇지 않을 것이다. 낡았지만 알록달록한 색으로 칠해진 중심가의 작은 집이 아닐까. 작은 발코니가 있고, 나무 덧문이 설치돼 있으며, 낡은 채색 타일이 붙은 주방이 있는 집 말이다.

"여기가 그 유명한 하이 플레이스군요. 이제야 와 봅니다."

"한 번도 안 와 보셨어요?"

"여기 올 일이 없어서요. 예전에 광산 캠프가 있던 자리를 지나간 적은 있죠. 사냥하러 갔을 때였는데 흔적만 남아 있더군요. 이 근처에는 사슴이 많아요. 퓨마도 있고. 산에서는 조심해야 합니다."

"몰랐어요."

플로렌스가 나무랐던 게 떠올랐다. 플로렌스는 퓨마 때문에 걱정했을까, 아니면 자기의 소중한 차가 상하는 게 걱정이었을까?

의사는 가방을 집어 들었다. 그들은 함께 집 안으로 걸어 들어갔다. 노에미는 플로렌스가 계단을 달려 내려올까 봐, 내려와서 그들을 노려볼까 봐 걱정했는데 다행히 계단에는 아무도 없었다. 가서 보니 카탈리나는 방에 혼자 앉아 있었다.

오늘은 상태가 꽤 좋아 보였다. 단순하지만 잘 어울리는 파란 드레스를 입었다. 카탈리나는 미소로 의사를 맞이했다.

"안녕하세요, 카탈리나예요."

"의사인 카마리요입니다. 만나서 반갑습니다."

카탈리나는 손을 내밀었다.

"어머, 엄청 젊어 보이신다, 노에미! 너랑 비슷한 나이 같아!"

"나랑 언니랑 나이 차이 별로 안 나거든."

"무슨 소리야. 넌 꼬맹이잖아."

과거 행복했던 시절, 서로 농담 따먹기를 하던 시절의 카탈리나 같았다. 의사까지 집에 불러온 게 바보짓처럼 느껴졌다. 하지만 시간이 흐를수록 카탈리나는 기운이 쭉쭉 빠지면서 초조해하는 모습을 보였다. 뭔가 잘못됐다고 확실히 말할 수는 없지만, 멀쩡하다고도 볼 수 없었다.

"잠은 잘 주무십니까? 밤에 오한은요?"

"없어요. 벌써 몸이 많이 좋아졌어요. 굳이 오실 필요 없었는데. 괜히 소란스럽게. 아무렇지도 않아요. 정말이에요."

애써 명랑한 척하느라 힘이 들어간 말투였다. 카탈리나는 결혼반지를 낀 손가락을 연신 문질러 댔다.

훌리오는 고개를 끄덕이고 메모를 하면서 차분하고 절제된 말투로 말했다.

"스트렙토마이신과 파라아미노살리실산을 복용한 적이 있으십니까?"

"그런 것 같아요."

카탈리나가 너무 빠르게 대답하기에 노에미는 카탈리나가 의사의 질문을 제대로 듣지도 않은 것처럼 느껴졌다.

"마르타 두발이라는 여자가 치료약을 보낸 적 있죠? 차나 약초

종류요."

카탈리나의 눈이 방 안을 빠르게 훑어보았다.

"뭐라고요? 그런 건 왜 물으세요?"

"그동안 어떤 약을 복용하셨는지 알아야 해서요. 어떤 종류든 약을 받으려고 그 여자를 만난 적 있으십니까?"

"치료약은 없었어요."

카탈리나는 실제로 있는 단어라고는 생각할 수 없는 말을 내뱉었다. 아기의 옹알이 같기도 했다. 그러더니 별안간 자기 숨통을 조이려는 듯 목을 잡았다. 다행히 느슨하게 잡은 상태였는데 자세히 보니 숨통을 조이려 한다기보다는 자기방어 자세에 가까웠다. 위험 요소를 막으려는 것처럼 두 손을 들어 올린 자세였다. 카탈리나의 행동에 노에미와 훌리오는 깜짝 놀랐다. 훌리오는 들고 있던 연필을 거의 떨어뜨릴 뻔했다. 카탈리나는 언제든 안전한 곳을 찾아 도망치려는 산속 사슴 같았다. 노에미와 훌리오는 할 말을 잃었다.

잠시 후 훌리오가 물었다.

"왜 그러시죠?"

"소리 때문에요."

카탈리나는 천천히 두 손을 목 위쪽으로 올려 자신의 입을 막았다.

훌리오는 옆에 앉은 노에미를 돌아보았다.

노에미가 물었다.

"무슨 소리?"

"그만 나가 주세요. 피곤하네요."

카탈리나는 시야에서 방문객들을 치워 버리고 싶다는 듯 두 손을 모아 무릎에 올리고 눈을 감았다.

"왜 잠잘 시간에 와서 성가시게들 하는지 모르겠네요!"

"저는……."

"더는 얘기할 수가 없어요. 기운이 없네요."

카탈리나는 의사의 말을 잘랐다. 다시 모아 잡은 두 손이 덜덜 떨리고 있었다.

"안 그래도 몸이 아파서 기진맥진한데 사람들이 나더러 이것도 하지 마라 저것도 하지 마라 하면 몸이 더 힘들어요. 이상하지 않아요? 이건…… 정말이지…… 너무 피곤해요. 힘들어요!"

카탈리나는 숨을 고르는 듯 말을 멈추더니 별안간 공포에 질린 표정으로 눈을 휘둥그렇게 떴다. 마치 무언가에 씐 여자 같았다.

"벽에 사람들이 있어요. 목소리도 들려요. 가끔은 벽 속에 있는 사람들이 보일 때가 있어요. 죽은 사람들이에요."

카탈리나는 두 손을 앞으로 뻗었다. 노에미는 어쩔 수 없이 카탈리나의 손을 잡고 달래려 했다. 카탈리나는 고개를 절레절레 흔들며 조그맣게 흐느꼈다.

"그건 묘지에 있어, 묘지에 살고 있어, 노에미. 묘지에 가서 봐 봐."

그러더니 갑자기 벌떡 일어나 창문 앞으로 걸어가서는 오른손으로 커튼을 잡고 바깥을 내다보았다. 굳었던 카탈리나의 얼굴이 사르르 풀렸다. 마치 한바탕 토네이도가 치고 지나간 듯했다. 노에미는 무엇을 해야 할지 알 수 없었다. 훌리오도 당황한 표정이었다.

카탈리나가 차분하게 말했다.

"죄송해요. 뭐라고 말해야 할지 모르겠네요. 죄송합니다."

카탈리나는 두 손으로 입을 막고 기침을 하기 시작했다. 플로렌스와 이 집에서 제일 나이 많은 하녀 메리가 방으로 들어왔다. 메리가 들고 있는 쟁반에는 찻주전자와 찻잔이 담겨 있었다. 두 여자는 노에미와 훌리오를 못마땅한 눈빛으로 바라보았다.

플로렌스가 훌리오에게 물었다.

"오래 계실 건가요? 카탈리나는 이제 쉬어야 하는데요."

"가려던 참이었습니다."

의사는 모자와 수첩을 주섬주섬 챙겼다. 플로렌스가 그에게 내뱉은 몇 마디 말과 꼿꼿이 쳐든 머리만 봐도 그를 달갑잖은 침입자로 여기고 있음을 알 수 있었다. 플로렌스는 전보처럼 간결하고 효율적으로 사람을 깔아뭉갤 줄 알았다.

"만나서 반가웠습니다, 카탈리나."

훌리오는 인사를 하고 노에미와 함께 방을 나갔다. 몇 분 동안 두 사람 다 아무 말도 할 수 없었다. 지쳤고 심란했다.

계단을 밟고 내려가면서 노에미가 마침내 물었다.

"어떻게 생각하세요?"

"폐결핵일 가능성에 대비해서 상태를 좀 더 잘 확인하려면 폐 엑스레이를 찍어 봐야 합니다. 일단 저는 폐결핵 전문이 아닙니다. 그리고 미리 경고했다시피 정신과 의사도 아니에요. 함부로 추측해서 말씀드리기가 좀 그렇네요……."

"괜찮으니까 추측한 거라도 말씀해 주세요. 뭐든지요."

노에미는 간절히 부탁했다.

두 사람은 계단을 다 내려가고 발길을 멈추었다. 훌리오가 한숨을 푹 쉬었다.

"노에미 씨 말이 맞는 것 같습니다. 사촌분은 정신과 치료가 필요해 보여요. 제가 만나 본 폐결핵 환자들이 보이는 일반적인 행동은 아닙니다. 파추카 시에서 치료를 맡아 주실 전문의를 찾아보시는 게 어떨까요? 멕시코시티까지 환자를 데리고 가는 게 어렵다면요."

이 집을 떠나 어디로 갈 수 있을 것 같지가 않았다. 하워드에게 얘기하고 걱정된다고 설명을 하면 가능할까? 하워드는 이 집안의 수장이었다. 하지만 묘하게 신경을 거슬리게 하는 노인이라 꺼림칙했다. 버질한테 얘기하면 도를 넘는 짓을 한다고 여길 것이다. 플로렌스도 전혀 도움을 줄 것 같지 않았다. 하지만 프랜시스라면?

"저 때문에 입장이 더 곤란해지신 게 아닐지 모르겠습니다."

"그렇지는 않아요."

이 말은 거짓말이었다.

"정말 감사해요."

훌리오에게 꽤 기대를 했던 터라 노에미는 기운이 빠졌다. 바보가 된 기분이었다. 훌리오는 빛나는 갑옷을 입은 기사도, 마법의 물약으로 사촌을 되살아나게 해 줄 마법사도 아니었다. 이렇게 될 수도 있다는 예상을 했어야 했다.

훌리오는 노에미의 마음을 편하게 해 줄 말을 찾는지 말을 고르다가 입을 열었다.

"달리 필요한 게 있으시면, 제가 어디서 일하는지 아시니 찾아오세요."

노에미는 고개를 끄덕였다. 훌리오는 차를 타고 떠나 버렸다. 어떤 동화는 끝이 참혹하다. 「신데렐라」에서 신데렐라의 언니들은 발목이 잘리고 「잠자는 숲속의 미녀」에서 계모는 뱀들이 가득 찬 커다란 통에 처박혔다. 카타리나가 읽어 줬던 동화책의 마지막 페이지에 나온 끔찍한 그림이 별안간 생생한 색감 그대로 노에미의 머릿속에 펼쳐졌다. 계모가 쑤셔 박힌 통에서 꼬리를 뾰족하게 내민 초록색 뱀과 노란색 뱀.

노에미는 팔짱을 낀 채 나무에 기대어 서 있다가 집으로 들어갔다. 버질이 계단 난간을 손으로 짚고 서 있었다.

"누가 처제를 만나러 왔다며."

"공공 보건소 의사였어요. 의사를 불러와도 된다면서요."

"비난하려는 게 아니야."

버질은 계단을 마저 내려와 노에미 앞에 섰다. 궁금해하는 표정이었다. 의사가 무슨 말을 했는지 알고 싶을 것이다. 하지만 묻지 않겠지. 노에미도 굳이 나불댈 생각은 없었다.

노에미는 화제를 돌리려 물었다.

"지금 시간 되시면 온실 구경이나 시켜 주실래요?"

"기꺼이."

무척 자그마한 온실이었다. 어색하기 짝이 없는 편지 끄트머리에 붙여 놓은 추신 같았다. 방치한 흔적이 역력했고 곳곳에 지저분한 유리판과 부서진 유리 여러 장이 보였다. 비가 내리면 물이 쉽게 스며들게 생겼다. 화분들은 곰팡이로 뒤덮였다. 그래도 꽃 몇 송이는 피어 있었다. 눈을 든 노에미는 다채로운 색깔의 유리로 된 천장을 보았다. 유리 천장에는 자신의 꼬리를 입에 문 뱀 그림이 그려져 있었다. 뱀의 몸뚱이는 초록색, 눈은 노란색이었다. 뱀의 모습에 노에미는 흠칫했다. 어찌나 완벽하게 디자인된 그림인지 당장이라도 송곳니를 드러내고 유리에서 튀어나올 듯했다.

"아."

노에미는 손가락 끝으로 입술을 꾹 눌렀다.

"왜 그래?"

버질이 옆으로 다가와 섰다.

"아뇨. 이 집에서 저런 뱀을 본 적이 있어서요."

"저 뱀은 우로보로스야."

"문장학적 상징인가요?"

"우리 가문의 상징이지. 우리 가문의 문장에 방패는 없지만 아버지는 우로보로스 문양이 들어간 직인을 갖고 계셔."

"저 그림은 어떤 의미죠?"

"뱀이 자신의 꼬리를 물고 있지. 위와 아래에서 무한하게 군림하는 존재야."

"아, 예. 어째서 이 집안은 하필 우로보로스를 선택해서 직인에 넣었어요? 집 여기저기에 저 뱀 문양이 보이던데."

"그래?"

버질이 별 관심 없다는 듯 어깨를 으쓱한다.

노에미는 뱀 머리를 좀 더 자세히 보려고 고개를 기울였다.

"온실에 저런 유리를 넣은 건 처음 봤어요. 보통은 투명한 유리를 쓰잖아요."

"어머니가 직접 디자인하셨어."

"저런 초록색을 내려면 산화크롬을 썼을 거예요. 이쪽에는 산화우라늄을 쓴 게 분명하고요. 보이죠? 바로 저기요. 거의 불타는 듯한 색감을 냈잖아요."

노에미는 뱀의 머리 부분, 잔인해 보이는 눈을 가리켰다.

"여기서 직접 만들었어요, 아니면 영국에서 하나하나 공수했어요?"

"어떻게 지었는지는 나도 잘 몰라."

"플로렌스 부인은 알아요?"

"캐묻는 걸 좋아하는군."

칭찬인지 욕인지 알 수 없었다.

"온실에 대해서라면 내가 아는 건 오래된 시설이라는 것뿐이야. 어머니는 이 집에서 온실을 제일 사랑하셨어."

버질은 온실 중앙에 길게 놓인 탁자로 걸어갔다. 탁자에는 누렇게 시든 화분 식물들이 잔뜩 놓였고 뒤쪽의 상자 모양 화단에는 깔끔한 분홍 장미들이 피어 있었다. 그는 손가락 관절로 꽃잎을 쓰다듬었다.

"제일 약하고 쓸모없는 싹을 잘라 내면서 꽃을 하나하나 돌보셨지. 어머니가 돌아가신 후로는 아무도 식물을 돌보지 않았어. 그래서 이 모양이 된 거야."

"유감이네요."

버질은 장미를 내려다보며 벌레 먹은 꽃잎 하나를 당겨 뜯어냈다.

"상관없어. 난 어머니가 기억도 안 나. 내가 아기 때 돌아가셔서."

언니 아그네스 도일과 이름 머리글자가 AD로 같았다는 앨리스 도일. 금발에 피부가 창백한 앨리스 도일은 지금은 벽에 걸린 초상화일 뿐이지만 한때는 살아 있는 인간이었다. 지금 그들 머리 위에서 몸을 둥글게 말고 있는 뱀 그림을 앨리스 도일이 종이에 스케치했을 것이다. 비늘로 뒤덮인 몸의 리듬감, 가느다란 눈매, 잔인한 입을 직접 그렸겠지.

"변사였어. 도일 가문에는 변사로 돌아가신 분들이 많지만 우리는 잘 버텨 왔어. 오래전 일이지. 별로 중요하지 않아."

'당신 누나가 어머니를 쐈잖아.'

그 장면은 차마 머릿속에 그릴 수가 없었다. 너무나도 무시무시하고 끔찍한 일이라 이 집에서 실제로 일어난 일이라고 생각하고 싶지도 않았다. 그 사건이 있은 후 누군가 피를 닦아 냈을 것이고, 피에 젖은 리넨을 불에 태웠을 것이며, 진홍색 피 얼룩이 흉측하게 묻은 러그를 교체했을 것이다. 그렇게 이 집에서 삶은 이어져 왔다. 어떻게 그럴 수 있을까? 그토록 참혹하고 무서운 일은 좀처럼 지울 수가 없었을 텐데.

하지만 버질은 차분한 모습이었다.

"어제 아버지가 처제한테 아름다움에 대한 얘기를 하셨는데, 우월한 타입과 열등한 타입이 있다는 얘기를 하신 것뿐이야."

버질은 고개를 들어 강렬한 눈빛으로 노에미를 바라보았다.

"본인의 이론을 설명하신 거지."

"무슨 이론을 얘기하는지 모르겠는데요."

"우리 모두 미리 결정된 본성을 갖고 있다는 이론이야."

"무서운 얘기처럼 들리네요."

"처제도 선한 가톨릭 교인이면 원죄를 믿을 거 아냐."

"저는 형편없는 교인일 수도 있어요. 가톨릭 교인인지는 어떻게 알았어요?"

"카탈리나가 묵주를 들고 기도를 하거든. 몸이 아프기 전까지는 매주 성당에 나갔어. 처제도 집에 있을 때는 그랬을 것 같아서."

노에미의 큰삼촌은 천주교 사제였다. 노에미는 수수한 검은 원피스를 입고 베일도 얌전히 내려뜨리고 미사에 참석하라는 무언의 압력을 받으며 자랐다. 주변의 모든 사람들처럼 작은 묵주도 갖고 있었다. 금 십자가가 달린 목걸이도 있었지만 매주 그 목걸이를 착용하지는 않았다. 첫 성찬식을 준비하며 교리문답서를 공부할 때까지는 원죄에 대한 생각은 해 본 적도 없었다. 지금 문득 십자가를 생각하니 불현듯 아쉬웠다. 보이지 않는 손이 목을 누르는 듯한 기분이었다.

"우리 본성이 미리 결정되어 있다고 믿나요?"

"나는 세상을 두루 봤어. 악한 본성에 이끌려 사는 사람도 많이 봤지. 공동 주택이 늘어선 곳을 걸어가다 보면 비슷비슷한 얼굴들이 보여. 비슷한 표정을 짓고 사는 비슷한 부류들. 아무리 위생을 중요시하자는 운동을 벌여도 그들이 지닌 병을 완전히 없애지는 못해. 적합한 사람과 부적합한 사람이 있거든."

"말도 안 돼요. 우생학자 같은 담론은 들을 때마다 속이 울렁거리네요. 적합과 부적합이라니. 우린 고양이나 개가 아니잖아요."

"왜 인간이 고양이, 개와 다를 거라고 생각하지? 우리는 생존을 위해 발악하는 유기체일 뿐이야. 종족의 생식과 번식이라는 유일하게 중요한 본성에 따라 움직이는 존재에 불과해. 처제도 인간의 본질에 대해 공부하는 걸 좋아하잖아? 인류학자가 하는 일이 그런 거 아닌가?"

"이런 주제로는 별로 얘기하고 싶지 않아요."

그러자 그는 짐짓 재미있다는 듯 물었다.

"그럼 어떤 주제에 대해 얘기하고 싶은데? 하고 싶은 말이 있어서 입이 근질거리잖아."

노에미는 영리하고 매력적으로 대처했어야 했다. 하지만 더 이상 회피해서 될 일이 아니었다. 버질은 대화를 하면서 노에미를 칭칭 동여매 입을 열지 않을 수 없게 만들었다.

"카탈리나 언니요."

"카탈리나가 왜?"

노에미는 긴 탁자에 등을 기대고 섰다. 거친 탁자 표면에 두 손을 얹고 그를 올려다보았다.

"오늘 방문한 의사가 언니를 정신과 의사한테 보여야 할 것 같다고 했어요."

"그래. 결국 정신과 의사가 필요하다는 생각은 나도 하고 있었어."

"결국이라고요?"

"폐결핵이라는 병은 무시할 게 못 돼. 억지로 다른 곳으로 카탈리나를 데려갈 수도 없어. 폐결핵 때문에 정신병원에서 입원도 안 시켜 줘. 그래서 우리는 카탈리나에게 특별 심리 치료를 받게 해 줘야겠다는 생각을 하고 있었어. 당분간은 커민스 선생이 잘 돌봐 주고 있는 것 같기는 하지만."

"잘 돌봐 주고 있다고요?"

노에미는 콧방귀를 뀌었다.

"언니가 목소리가 들린대요. 벽 속에 사람들이 있다고 말했어요."

"그래, 나도 알아."

"별로 걱정 안 하시는 것 같네요."

"처제가 너무 과장해서 생각하는 거야."

버질은 팔짱을 끼며 온실 문 쪽으로 향했다. 투덜대던 노에미의 입에서 스페인어 욕이 절로 튀어나왔다. 서둘러 버질의 뒤를 따라가는 노에미의 팔이 바짝 마른 잎사귀와 죽은 양치식물을 바스러트렸다. 버질이 뒤돌아서더니 노에미를 내려다보았다.

"이전에 카탈리나의 증세는 더 심각했었어. 3, 4주 전에 어땠는지 못 봐서 이러는 거야. 카탈리나는 도자기 인형처럼 약한 사람이지만 점점 좋아지고 있어."

"좋아지는지 알 수 없는 거잖아요."

"커민스 선생이 잘 아니까 궁금하면 물어봐."

그는 침착하게 대답했다.

"형부가 말하는 그 아서 커민스라는 의사는 내가 질문하는 것조차 못 견뎌 하던데요."

"처제가 데려온 의사는 어떻고. 카탈리나한테 듣기로 턱수염도 안 난 애송이라던데."

"언니랑 얘기했어요?"

"아까 보러 갔었어. 그래서 처제를 찾아온 손님이 있었다는 걸

내가 안 거지.”

그 의사가 마냥 어리게 보이는 건 사실이었다. 노에미는 고개를 저으며 받아쳤다.

“의사 나이가 무슨 상관인데요?”

“겨우 몇 달 전에 의과 대학을 졸업한 애송이가 하는 말을 귀 기울여 듣고 싶지 않다는 얘기야.”

“그럼 왜 그 의사를 이 집에 데려와도 된다고 한 건데요?”

버질은 노에미를 위아래로 훑어보았다.

“그런 적 없어. 처제가 고집을 부린 거지. 지금도 처제는 이 심하게 지루한 대화를 계속 이어 가려고 고집을 부리고 있잖아.”

버질이 온실을 나가려는데 노에미가 그의 팔을 붙잡았다. 그는 어쩔 수 없이 고개를 돌려 노에미의 얼굴을 다시 마주 보았다. 그의 파란 눈동자는 차갑기 그지없었다. 햇빛을 받은 눈동자가 일순간 금색으로 보였다. 그가 머리를 돌리자 그 효과는 이내 사라졌다.

“그렇다면 지금도 고집을 부릴게요. 아니, **요구할게요**. 당장 언니를 멕시코시티로 돌려보내 주세요.”

얘기를 잘 해서 설득하려던 전략은 실패로 돌아갔다. 둘 다 그걸 알고 있었다. 노에미는 대놓고 말하기로 했다.

“이 말도 안 되게 삐걱거리는 낡은 저택은 언니 건강에 안 좋아요. 그러니 나는…….”

“처제가 아무리 떠들어도 내 마음은 바뀌지 않아. 카탈리나는 내 아내야.”

“내 사촌언니이기도 해요.”

노에미는 여전히 버질의 팔을 붙잡고 있었다. 그는 재킷 소매를 붙잡은 노에미의 손가락을 쥐고 하나하나 떼어 냈다. 그러면서 마치 손가락 길이나 손톱 모양을 살피듯 잠시 그녀의 손을 내려다보았다.

"처제가 이곳을 마음에 안 들어 하는 거 알아. 이 '삐걱거리는' 저택을 떠나 집으로 돌아가고 싶으면 얼마든지 그렇게 해."

"내쫓는 거예요?"

"아니. 여기서 함부로 명령하지 마. 그것만 명심하면 우린 이 집에서 잘 지낼 수 있어."

"무례하네요."

"글쎄."

"당장 떠나겠어요."

대화를 나누는 내내 버질의 목소리는 침착을 잃지 않았다. 그래서 노에미는 더 화가 치밀었다. 그의 얼굴에 번지는 비웃음도 기분 나빴다. 교양 있는 척하고 있지만 한마디로 재수 없는 작자였다.

"그래. 하지만 처제는 그러지 않을걸. 여기 머물고 싶어 하는 게 처제의 본성이거든. 가족을 지켜야 한다는 의무감이겠지. 나도 그건 좋게 보고 있어."

"패배를 인정하지 않는 게 내 본성이겠죠."

"그래, 맞아. 내 말 서운하게 듣지 마, 노에미. 이게 최선인 거 알잖아."

"우리가 휴전 중이라고 생각했어요."

"언제는 전쟁이라도 했다는 얘기야?"

"아뇨."

"그럼 문제없네."

말을 마친 그는 온실 밖으로 나가 버렸다.

핵심을 피하고 제 할 말만 하는 그의 대화법은 노에미를 미치게 했다. 아버지가 버질의 편지를 받고 왜 그렇게 화를 냈는지 이해가 됐다. 버질이 보낸 편지는 사람을 속이고 화를 돋우는 문장들로 가득했다.

분노한 노에미는 탁자 위에 놓인 화분을 옆으로 확 밀쳤다. 화분이 요란한 소리를 내며 떨어지고 바닥에 흙이 퍼져 나갔다. 노에미는 그런 행동을 한 것을 곧바로 후회했다. 여기 있는 화분들을 전부 박살 낸다고 해도 도움이 되지 않을 것이다. 무릎을 굽히고 깨진 화분을 살펴보았다. 어떻게든 복구해 볼 생각이었다. 도자기 화분의 조각을 붙잡고 다시 맞춰 보려 했지만 소용없었다.

젠장. 이런 젠장. 노에미는 깨진 화분 파편을 발로 쓱쓱 밀어 탁자 밑으로 집어넣었다.

버질의 말도 틀리지 않았다. 카탈리나는 버질의 아내다. 그는 아내를 위해 결정을 내릴 수 있는 위치다. 멕시코 여자들은 투표권도 없었다. 그러니 이런 상황에서 노에미가 무슨 말을 할 수 있을까? 어떤 행동을 할 수 있을까? 아버지에게 개입해 달라고 하는 게 최선일 수도 있다. 아버지가 여기 내려오시면 되지 않을까. 남자가 명령을 내리면 훨씬 더 잘 먹히니까. 하지만 그럴 수는 없었다. 노에미는 여길 떠나지 않겠다고 버질에게 분명히 말했다.

그래, 좋다. 좀 더 있어 보자. 버질을 설득해 도움을 받을 수 없다면 도일 가문의 혐오스러운 가부장 하워드를 설득해 같은 편이 되어 달라고 요청해야지. 프랜시스도 같은 편으로 만들 수 있지 않을까. 무엇보다 지금 이 집을 떠나면 카탈리나를 배신하는 것이다.

노에미는 일어서서 바닥을 둘러보았다. 문득 바닥이 모자이크 타일로 되어 있음을 알 수 있었다. 뒤로 물러나 온실 안을 둘러본 노에미는 모자이크의 문양이 이 탁자를 둘러싸고 있음을 알아챘다. 또 다른 뱀 상징이었다. 제 꼬리를 천천히 먹어 치우고 있는 우로보로스. 버질의 말처럼, 그것은 위와 아래에서 무한하게 군림하고 있었다.

9장

화요일, 노에미는 묘지에 다시 발을 들여놓았다. 카탈리나에게 들은 말 때문이었다. 카탈리나는 '묘지에 가서 봐 봐.'라고 했다. 하지만 묘지에서 흥미로운 무언가를 찾아낼 수 있을 것 같지는 않았다. 그냥 무덤 사이에서 평화롭게 담배나 피워야겠다는 생각이었다. 집에서는 혼자 쓰는 침실인데도 플로렌스가 담배를 못 피우게 했다.

묘지에는 안개 때문에 낭만적인 분위기마저 감돌았다. 메리 셸리는 묘지에서 미래의 남편과 만나곤 했다. 남편 될 사람이 유부남이었기에 당시 사회 통념상 불법적인 만남이었다. 『폭풍의 언덕』을 읽고 그 소설 얘기를 한참 하던 카탈리나가 들려준 얘기였다. 월터 스콧 경도 카탈리나가 좋아한 작가였다. 카탈리나는 영화도 좋아했는데, 특히 「마리아의 초상*María Candelaria*」*에 나온 고통스럽기 그지없는 로맨스에 빠져들었다.

---

* 1943년에 발표된 멕시코의 로맨스 영화.

예전에 카탈리나는 인클란 집안의 막내아들과 약혼을 했다가 깬 적이 있다. 노에미가 약혼을 파투 낸 이유를 묻자 카탈리나는 그 남자가 어느 모로 보나 괜찮은 편이기는 했지만 자기는 그 이상을 기대했다고 대답했다. 진정한 로맨스, 진정 사랑하는 느낌을 기대한 것이다. 카탈리나는 세상을 경이롭게 바라보는 어린 소녀 같은 감성을 끝내 잃지 않았고, 늘 달빛 아래서 열정적인 연인에게 사랑받는 여인의 모습을 꿈꾸었다. 지금은 아니지만. 지금 카탈리나의 눈에는 어떤 경이로움도 찾아볼 수 없었다. 그저 길을 잃은 듯한 눈빛이었다.

하이 플레이스가 카탈리나한테서 상상의 여지를 빼앗았거나 나이가 들어 더는 그런 상상을 하지 않게 됐을 수도 있다. 막상 결혼을 해 보면 남편과의 관계는 책에서 읽은 열정적인 연애와는 크게 다를 테니까. 노에미가 볼 때 결혼은 부당한 계약이었다. 남자는 연애할 때 여자를 파티에 데려가고 꽃을 보내는 등 여자를 세심하게 배려하고 점잖게 행동한다. 하지만 결혼을 하고 나면 아내에게 꽃 따위는 바치지 않는다. 유부남이 되면 아내에게 연애편지도 보내지 않는다. 그래서 노에미는 결혼을 하지 않고 연애만 했다. 남자가 지금은 그녀의 반짝반짝 빛나는 매력에 끌리더라도 얼마 안 있어 흥미를 잃을 수 있다는 게 노에미의 생각이었다. 밀고 당기는 연애는 늘 짜릿했다. 남자가 그녀의 매력에 빠져 허우적거리면 노에미는 혈관을 타고 흐르는 기쁨을 느꼈다. 사실 비슷한 나이대의 남자들은 재미가 없었다. 그런 남자들은 지난주에 갔던 파티 얘기 아니면 다음 주에 갈 파티 얘기밖에 할 줄 몰랐다. 쉽고 얕은 남자들이었다. 그렇지만 좀 더 내실 있고 진지한 남자와의 관계를 생각하면 신경이 곤두섰다. 그녀는 상충되는 욕망들, 좀 더 의미 있는 관계를 추구하고 싶은 마음과 지금의 삶을 바꾸고 싶지 않은 마음 사이에서 갈피를 잡지 못했다. 그저 영원히 지금처럼 젊은 날이 지속되길, 언제까지나 유쾌하게 살 수 있기를 바랄 뿐이었다.

노에미는 이끼로 뒤덮여 이름과 생몰일시가 잘 보이지 않는 무덤들 옆을 돌아갔다. 부서진 묘비에 기대어 서서 담배를 꺼내려 주머니에 손을 넣었다. 그때 안개와 나무에 반쯤 가려 또렷하게 보이지는 않는데 흙더미 위에서 무언가 움직인 것 같았다.

"거기 누구야?"

퓨마는 아니기를. 퓨마만 아니어도 운이 좋은 셈이었다.

안개 때문에 주변이 잘 보이지 않았다. 눈을 가늘게 뜨고 까치발로 서서 눈을 찌푸렸다. 어떤 형태가 보였다. 그 형태를 둘러싼 광륜도 보인 듯했다. 굴절된 빛처럼 노란색 아니면 황금색을 띠던 그 빛은 곧 사라졌다…….

그건 묘지에 살고 있어. 그 말을 들을 때는 별로 무섭지 않았는데 주머니에 담배와 라이터만 있는 상태에서 묘지에 서 있는 지금, 카탈리나의 말을 떠올리자 마치 위험에 오롯이 노출된 기분이었다. 묘지에 대체 **뭐가** 살고 있다는 의미였는지도 궁금해졌다.

'민달팽이, 벌레, 딱정벌레 정도겠지.'

노에미는 스스로를 달랬다. 주머니에 손을 넣어 라이터를 부적처럼 꽉 쥐었다. 정확히 가늠할 수 없는 회색의 형체는 안개 속에서 희미하게 서 있을 뿐 노에미 쪽으로 다가오지는 않았다. 한자리에 가만히 있는 듯했다. 어쩌면 묘지의 석상일 수도 있었다. 햇빛 때문에 움직인 것으로 착각했을 수도 있었다.

광륜처럼 보인 것도 햇빛으로 인한 착각이었을 것이다. 노에미는 왔던 길로 되돌아가 집 쪽으로 향했다.

풀숲에서 버스럭거리는 소리가 들려 얼른 뒤를 돌아보았다. 조금 전까지 있던 형체가 사라졌다. 석상이 아닌 모양이었다.

별안간 주변에서 윙윙대는 소리가 들려 오싹해졌다. 벌통에서 남 직한 소리지만 확실치는 않았다. 요란하다고 생각했는데, 생각해 보니 적합한 표현이 아니었다. 귀에 또렷하게 들렸다. 텅 빈 방 안에서 울리는 메아리처럼 어딘가에서 튀어나와 노에미의 귀에 들린 것이다.

그건 묘지에 살고 있어.

집으로 돌아가야 했다. 여기서 오른쪽으로 가야 할 터였다.

실체가 없이 옅게 느껴졌던 안개는 노에미가 묘지 대문을 연 순간부터 짙어졌다. 노에미는 가야 할 방향이 오른쪽인지 왼쪽인지 판단하려 애썼다. 엉뚱한 길로 가다가 퓨마를 만나거나 골짜기로 굴러떨어지고 싶지 않았다.

그건 묘지에 살고 있어.

그래, 그런 것 같았다. 윙윙 소리가 오른쪽으로 이동했다. 꿀벌이나 말벌일까. 그런데 여기 꿀벌이 있었나? 뭐가 됐든 노에미를 쏘지는 않을 것이다. 노에미가 벌집에 다가가 꿀을 가져가려 한 것도 아니었으니까.

하지만 소리가 무척 거슬렸다. 그 소리와 반대 방향으로 달아나고 싶었다. 윙윙. 파리 소리 같기도 했다. 에메랄드처럼 초록색을 띤 파리들. 썩어 가는 고기 위에 올라앉은 파리의 통통한 몸. 시뻘겋게 덩어리진 고기. 왜 자꾸 이런 것들이 생각나는 걸까? 주머니에 한 손을 넣고 눈을 크게 뜬 채로 초조하게 귀를 기울였다. 이 상황에서 왜 이러고 서 있는 걸까…….

묘지에 가서 봐 봐.

왼쪽, 그래 왼쪽으로 가자. 귀리죽처럼 짙어지고 있는 안개를 뚫고 가 보자.

싸늘한 묘지에서, 구둣발로 잔가지를 밟는 바스락 소리와 함께 따뜻하고 유쾌한 목소리가 들렸다.

"산책 나왔어요?"

프랜시스였다. 그는 회색 터틀넥에 남색 외투, 그리고 외투와 어울리는 남색 모자를 썼다. 오른팔에는 바구니를 끼워 들었다. 그는 노에미에게 늘 존재감이 약하게 느껴졌는데, 안개 속에서는 완벽하게 굳건한 현실로 느껴졌다. 노에미가 지금 바라는 것이기도 했다.

"아, 너무 반가워서 입이라도 맞추고 싶어요."

노에미가 기뻐하며 말했다.

프랜시스는 석류처럼 얼굴이 벌겋게 달아올랐다. 그런 모습은 그에게 어울리지도 않았고, 노에미보다 좀 나이가 많은 남자인 걸 감안하면 다소 우습기도 했다. 이런 관계에서는 노에미가 수줍음 많은 아가씨 행세를 해야 하는 거 아닌가. 다시 생각해 보니 여기에는 프랜시스를 사로잡을 만한 젊은 여자가 별로 없기는 했다.

프랜시스를 멕시코시티의 파티에 데려가면 어떨까. 그는 몹시 즐거워하거나 겁에 질리거나 둘 중 하나일 것이다. 어느 쪽이든 극단적인 반응을 보이겠지.

"내가 그런 보상을 받을 만한 일을 한 것 같지는 않습니다만."

프랜시스는 더듬거리며 말을 뱉었다.

"보상받을 만해요. 안개 속에서 어디 뭐가 있는지 하나도 안 보였거든요. 제자리를 빙빙 돌다가 배수로 같은 데 굴러떨어지지 않을까 걱정했어요. 이 주변이 보여요? 묘지 대문 위치를 알고 온 거예요?"

"당연히 알죠. 바닥을 보면서 걸으면 어렵지 않게 찾을 수 있어요. 눈에 보이는 다양한 지표들이 있거든요."

"나는 눈에 베일을 덮어씌워 놓은 것 같아요. 근처에 벌 떼가 있는 것 같아서 쏘일까 봐 무서웠어요. 윙윙 소리가 들려서요."

그는 고개를 끄덕이며 들고 있던 바구니를 힐끗 내려다보았다. 프랜시스가 곁에 있으니 마음이 가벼워진 노에미는 그를 호기심 어린 눈으로 바라보다가 바구니를 가리키며 물었다.

"거기에 뭐가 들었어요?"

"버섯을 채집하고 있었습니다."

"버섯이요? 묘지에서?"

"예. 사방에 있어요."

"설마 그 버섯을 샐러드에 넣을 생각은 아니겠죠."

"샐러드에 넣는 게 뭐 어때서요?"

"죽은 사람들 위에서 자라난 버섯이잖아요!"

"버섯은 원래 죽은 것들 위에서 자라납니다."

"무덤에서 자라는 버섯을 채집하러 이런 안개 속에서 돌아다니고 있었다니 믿기지가 않네요. 19세기 삼류 소설에 나오는 시체 도둑도 아니고. 너무 섬뜩하잖아요."

카탈리나라면 이런 얘길 좋아할 것이다. 본인이 직접 묘지에 버섯을 따러 갔을 수도 있다. 아니면 머리카락을 스치는 바람을 느끼면서 이 자리에 가만히 서서 미소 짓고 있거나. 책과 달빛, 멜로드라마가 있는 풍경이니까.

"내가요?"

"예. 그 바구니 안에 해골 같은 걸 갖고 있을 것 같은 분위기예요. 오라시오 키로가*가 쓴 소설에 나오는 인물처럼요. 어디 바구니 안 좀 봐요."

그는 바구니 위에 덮어 둔 붉은 손수건을 치워 노에미에게 그 안에 담긴 버섯을 보여 주었다. 정교하게 접힌 부분이 있고 벨벳처럼 부드러우며 밝고 통통한 오렌지색 버섯이었다. 노에미는 그중 작은 버섯을 엄지와 검지로 집어 들었다.

"그건 꾀꼬리버섯이에요. 맛이 아주 뛰어나죠. 묘지에서 꽤 멀리 떨어진 곳에서 자란 버섯입니다. 지름길로 집에 돌아오느라 묘지를 통과해서 온 것뿐이에요. 이 지역 사람들은 이런 버섯을 '두라즈니요'라고 부르죠. 냄새 맡아 봐요."

노에미는 바구니 가까이로 몸을 숙였다.

"달콤한 냄새가 나네요."

"아주 사랑스러운 버섯이에요. 특정 문화와 버섯 사이에 기밀한 연관이 있다는 거 알아요? 이 나라의 사포텍 인디언들은 버섯을 치

* 1878~1937. 극적인 긴장감이 넘치는 수많은 단편소설을 발표한 우루과이의 소설가.

과 치료제로 썼어요. 일종의 마취제처럼 쓴 거죠. 아즈텍 사람들도 버섯을 흥미로운 대상으로 봤습니다. 환영을 보기 위해 쓰기도 했고요."

"테오나나카틀. 신의 살이라고도 불린 환각성 버섯 얘기네요."

그러자 프랜시스가 열정적으로 물었다.

"버섯에 대해 아나 보군요?"

"잘은 몰라요. 역사에 있는 얘기라 알 뿐이에요. 인류학 쪽으로 방향을 틀기 전까지 역사학자가 될 생각이었거든요. 인류학자가 되는 건 아직도 실행 중인 계획이고요."

"그렇군요. 아즈텍 족이 먹었던 짙은 색의 자그마한 버섯들을 나도 찾고 싶습니다."

"어머, 그런 타입으로는 안 보였는데 뜻밖이네요."

노에미는 그에게 오렌지색 버섯을 돌려주었다.

"무슨 뜻입니까?"

"그 버섯을 섭취하면 술에 취한 것 같은 기분이 들면서 성욕이 확 솟아요. 스페인 연대기 기록에 나오는 얘기예요. 그 버섯을 먹고 데이트에 나갈 생각이에요?"

"아뇨. 그런 목적으로 쓸 생각은 아닙니다."

프랜시스는 당황했는지 허둥지둥하는 모습이었다.

노에미는 남자한테 장난치는 걸 좋아했고 잘하는 편이기도 했다. 그런데 프랜시스의 뺨이 또다시 붉어지는 걸 보니 이 방면으로는 초짜인 듯했다. 춤추러 가 본 적은 있을까? 그가 시내에 흥청망청 즐기러 가는 모습이나 파추카 시의 어느 어두컴컴한 영화관에서 몰래 키스를 하는 모습이 도저히 상상되질 않았다. 여행을 한 번도 안 해 봤다고 하니 파추카 시에 가 본 적도 없을 것이다. 문득 상상을 해 봤다. 같이 여행을 하다가 그 여행이 끝나기도 전에 이 남자에게 키스하는 상상. 엄청 놀라겠지.

노에미는 프랜시스와 함께 있는 시간을 즐기고 있었다. 그래서 이 젊은 남자를 괜히 고문하고 싶지는 않았다.

"농담이에요. 우리 할머니가 마자텍 족이셨는데, 마자텍 족은 행사 때 비슷한 버섯을 먹거든요. 성욕 때문은 아니고 성찬식 때 그걸 먹어요. '버섯이 너에게 말을 건다.'라고 사람들은 말해요. 당신이 버섯에 흥미 있는 거 충분히 이해해요."

"아, 예. 세상은 특별하고 경이로운 것들로 가득하잖아요. 숲과 밀림만 들여다보면서 평생을 산다고 해도 자연의 비밀을 10분의 1도 못 보는 거죠."

그의 흥분한 말투가 재미있게 느껴졌다. 노에미는 박물학자적 기질은 없지만 프랜시스의 열정이 우습지는 않았다. 오히려 감동이었다. 그는 자연 얘기를 할 때면 생기가 넘쳤다.

"원래 식물을 다 좋아해요, 아니면 식물에 대한 관심이 버섯에 국한된 거예요?"

"모든 종류의 식물을 좋아합니다. 꽃, 잎사귀, 양치식물까지 두루두루요. 그중에서도 버섯은 특히 더 흥미로워요. 포자문도 기록하고 그림도 그립니다."

그는 만족스러운 표정이었다.

"포자문이 뭐예요?"

"종이 표면에 버섯의 주름을 꾹 누르면 자국이 남아요. 그게 포자문이에요. 버섯의 종류를 확인할 때 쓰이죠. 식물 삽화로 그려도 무척 아름답죠. 색도 섬세하고. 그래서 어쩌면……."

더 이상 말이 이어지지 않자 노에미가 재촉했다.

"어쩌면 뭐요?"

프랜시스는 왼손에 쥐고 있던 붉은 손수건을 손에 꼭 쥐었다.

"나중에 포자문 구경할래요? 흥미로운 일 같지는 않겠지만, 따분할 때 기분 전환을 할 수는 있을 겁니다."

그는 더 이상 말을 이어 가지 못하고 조용히 바닥만 내려다보았다. 마치 알맞은 문장이 땅에서 솟아오르기라도 할 것처럼. 노에미는 그가 겸연쩍어할까 봐 얼른 대답했다.

"그럴게요. 고마워요."

프랜시스는 미소를 지으며 버섯 위에 다시 조심스럽게 붉은 손수건을 덮었다. 그들이 얘기를 나누는 동안 안개가 옅어져 이제 노에미는 주변의 묘비와 나무, 관목까지 다 볼 수 있었다.

"이제 나도 더 이상 맹인이 아니네요. 햇빛도 비치고! 공기도 맑아졌어요."

"예. 이제 혼자 집으로 돌아갈 수 있을 겁니다."

그는 미몽에서 깨어난 듯한 목소리로 말하며 주변을 둘러보았다. 그러더니 조심스럽게 덧붙였다.

"조금 더 옆에 있어 줄게요. 당신이 바쁘지 않으면요."

방금까지만 해도 노에미는 이 묘지를 한시라도 빨리 벗어나고 싶었는데, 지금 묘지는 평화롭고 고요한 분위기였다. 안개마저도 기분 좋게 느껴졌다. 이런 곳에서 두려움을 느꼈다는 게 믿어지지 않았다. 아까 안개 속에서 본 형체는 버섯을 찾아 주변을 돌아다니고 있던 프랜시스임이 분명했다.

"담배나 피워야겠네요."

노에미는 민활한 손가락으로 담배에 불을 붙였다. 담뱃갑을 내밀며 권했지만 프랜시스는 고개를 저었다.

"어머니가 담배 때문에 당신이랑 할 말이 있으신 것 같던데요."

그는 진지한 표정이었다.

"흡연이 더러운 습관이라는 말을 또 하시려는 걸까요?"

노에미는 담배를 한 모금 쭉 빨면서 고개를 위로 살짝 들었다. 그런 몸짓을 해 보이는 게 좋았다. 그렇게 하면 노에미의 최대 장점 중 하나인 길고 우아한 목이 돋보여서 꼭 영화배우가 된 기분이었다. 우고 두아르테를 비롯해 모든 남자가 바로 이런 매력 때문에 노에미에게 열을 올리는 것일 수도 있었다.

노에미는 허영심이 많았다. 하지만 그게 죄라고는 생각하지 않았다. 그녀는 포즈만 제대로 잡으면 영화배우 카티 후라도*와 비슷하게 보일 때도 있었다. 정확히 어떤 각도로 포즈를 취해야 하는지도 잘 알았다. 그런데도 연극 수업을 듣다 말았다. 요즘은 루스 베네딕트나 마거릿 미드 같은 인류학자가 되고 싶었다.

"어쩌면요. 우리 가족은 건강한 습관을 고수하는 편이에요. 그래서 담배, 커피, 시끄러운 음악이나 소음을 멀리하고 찬물 샤워와 커튼 닫아 놓기, 부드러운 단어 사용하기를 실천하고……."

---

* 1924~2002. 「하이눈」, 「애꾸눈 잭」 등의 할리우드 영화에도 출연했던 멕시코 출신 배우.

"왜 굳이 그래야 하는데요?"

"하이 플레이스에서는 늘 그래 왔어요."

프랜시스는 담담하게 대답했다.

"그렇게 살 바에는 차라리 묘지에서 사는 게 더 활기차겠어요. 휴대용 술병에 위스키를 담아서 이곳 소나무 아래서 파티를 해야겠네요. 나는 당신 쪽으로 고리 모양의 담배 연기를 뿜을게요. 그리고 같이 환각을 유발하는 버섯을 찾아보는 거죠. 버섯 덕분에 성욕이 솟구치거나 미친 짓을 한다고 해도, 당신이 나한테 수작을 건다고 해도 난 질색하지 않을 거예요."

농담이었다. 누구나 이 말이 농담인 걸 알 수 있을 것이다. 허황한 소리를 늘어놓을 때 사용하는 특유의 과장된 억양으로 말했으니까. 그런데 프랜시스는 오해를 했는지 얼굴이 붉어지기보다는 허옇게 질렸다.

그는 고개를 절레절레 흔들었다.

"어머니가 그런 행동은…… 잘못이라고 나무라실 텐데……."

그렇게 말끝을 흐렸다. 말을 끝맺는 것조차 불필요하다는 듯이. 역겨워하는 표정이었다.

노에미는 프랜시스가 자기 어머니에게 속닥속닥 말을 전하는 모습을 머릿속에 그려 보았다. 그가 **더럽다**는 단어를 입에 올리면 모자는 고개를 끄덕거리며 동의하겠지. 우월한 타입이니 열등한 타입이니 하면서. 물론 노에미를 우월한 타입에 넣어 주지는 않을 것이다. 노에미는 하이 플레이스에 속한 사람도 아니니 그저 경멸의 대상일 뿐이겠지.

"당신 어머니가 어떻게 생각하든 관심 없어요, 프랜시스."

노에미는 담배를 바닥에 떨어뜨리고 구두 뒤꿈치로 두 번 세게 밟아 뭉갰다. 그리고 가볍게 걸어가며 덧붙였다.

"당신이 너무 지루해서 그만 집으로 들어가야겠어요."

몇 걸음 걸어가다가 멈춰 선 노에미는 돌아서며 팔짱을 끼었다.

프랜시스가 바로 뒤에서 따라오고 있었다.

노에미는 깊게 숨을 들이마셨다.

"저기요. 이제 길 안내해 줄 필요 없거든요."

프랜시스는 허리를 굽히고는 버섯 하나를 조심스럽게 집어 들었다. 노에미가 묘지 대문 쪽으로 성큼성큼 걸어가다가 우연히 짓밟은 버섯이었다. 하얀 버섯의 줄기가 갓에서 떨어져 나간 상태였다. 프랜시스는 버섯갓과 줄기를 주워 손바닥에 올리며 중얼거렸다.

"죽음의 천사."

혼란스러워진 노에미가 물었다.

"뭐라고요?"

"죽음의 천사나 광대버섯이라고도 불리는 맹독성 버섯입니다. 포자문이 흰색이라 식용 버섯과 구분할 수 있어요."

버섯을 바닥에 내려놓고 일어선 그는 바지에 묻은 흙을 툭툭 털어내며 조용히 말했다.

"내가 웃기는 사람으로 보이겠죠. 이 나이에 엄마 치맛자락이나 붙잡고 있는 바보 같을 테니까요. 당신 말이 맞습니다. 어머니나 하워드 큰할아버지의 심기를 거스르는 짓은 감히 할 수가 없어요. 특히 하워드 큰할아버지의 뜻을 거스르지 못합니다."

그는 이렇게 말하며 노에미를 바라보았다. 눈빛에 담긴 경멸은 노에미가 아니라 본인을 향한 감정인 듯했다. 거북해진 노에미는 전에 카탈리나가 했던 말을 떠올렸다. 카탈리나는 함부로 날카로운 말을 하는 버릇을 고치지 않으면 남들 마음에 깊은 상처를 낼 수 있다고 노에미에게 경고한 적 있었다.

넌 똑똑한 애가 가끔은 생각 없이 말하더라. 카탈리나는 말했더랬다. 사실이었다. 프랜시스가 잔인한 말을 하지 않았는데도 노에미는 혼자 멋대로 상상해서 말을 뱉고 만 것이다.

"미안해요, 프랜시스. 아무 생각 없이 말실수를 했어요."

상처 줄 의도는 아니었음을 알아주길 바라며 노에미는 일부러 가볍게 말했다. 이 웃기는 말다툼을 웃음으로 끝내고 싶었다.

하지만 프랜시스는 납득이 안 되는 표정으로 고개를 천천히 끄덕일 뿐이었다. 노에미는 손을 뻗어 프랜시스의 손가락을 잡았다. 버섯을 만지느라 그 손가락에는 흙이 묻어 있었다.

"진심으로 미안해요."

이번에는 경솔하지 않게 진심을 담아 사과했다.

프랜시스는 엄숙한 표정으로 노에미를 바라보며 손가락으로 그녀의 손을 감싸 잡고 살짝 잡아당겼다. 그녀를 가까이 당기려는 듯이. 그러나 얼른 손을 놓고 뒤로 물러서서는 바구니 위를 덮어 둔 붉은 손수건을 노에미에게 내밀었다.

"흙을 묻힐 생각은 없었습니다."

노에미는 흙 묻은 자신의 손을 내려다보았다.

"그래요. 알겠어요."

노에미는 손수건으로 손을 깨끗이 닦고 돌려주었다. 그는 바구니 한 옆에 손수건을 집어넣고 바구니를 바닥에 내려놓았다. 그는 옆을 흘끗 돌아보며 말했다.

"먼저 들어가요. 버섯을 좀 더 따와야 해서요."

노에미는 그가 사실을 말하는 건지 아니면 아직 화가 나서 노에미와 함께 있기 싫어 그러는지 알 수 없었다. 화를 낸다고 해도 그를 비난할 수 없는 입장이었다.

"알았어요. 안개에 잡아먹히지 않게 조심해요."

묘지 대문 앞에 다다른 노에미는 문을 활짝 열어젖혔다. 어깨 너머로 저 멀리 프랜시스의 모습이 보였다. 바구니를 든 프랜시스가 희미하게 멀어지면서 그 뒤로 안개가 아련하게 휘말렸다. 아까 묘지에서 본 형체는 프랜시스일 것이다. 물론 여전히 확신은 서지 않았다.

'다른 종류의 죽음의 천사일지도 몰라.'

노에미는 괴상하고 섬뜩한 상상을 한 자신이 한심스러웠다. 오늘 대체 왜 이러는 걸까?

왔던 길을 되짚으며 하이 플레이스로 향했다. 주방으로 들어갔더니 낡은 빗자루로 바닥을 쓸고 있는 찰스가 보였다. 노에미가 미소 띤 얼굴로 인사를 하는데 때마침 플로렌스도 주방으로 들어왔다. 회색 원피스에 두 줄로 된 진주 목걸이를 차고 머리를 올린 모습이었다. 노에미를 보더니 플로렌스는 두 손을 모아 잡으며 말했다.

"드디어 얼굴을 보네요. 어디 갔었어요? 찾아다녔는데."

플로렌스는 인상을 찌푸리며 노에미의 발을 내려다보았다.

"집 안으로 진흙을 묻혀 들여왔네요. 신발 벗어요."

"죄송합니다."

노에미는 흙과 풀잎이 잔뜩 묻은 하이힐을 내려다보았다. 그 자리에서 바로 하이힐을 벗어 손에 들었다.

"찰스, 신발 가져가서 닦아 와요."

플로렌스가 남자에게 명령했다.

"제가 할 수 있어요. 괜찮아요."

"직원이 하게 둬요."

찰스가 빗자루를 옆에 두고 걸어와 두 손을 내밀며 짧게 내뱉었다.

"주세요."

"아, 예."

노에미는 찰스에게 하이힐을 건넸다. 그는 한 손으로 하이힐을 들고 다른 손으로 선반 위에 놓인 솔을 집었다. 그리고 방 한쪽 구석에 놓인 스툴로 가 앉아 하이힐에 묻은 흙을 털어내기 시작했다.

플로렌스가 말했다.

"당신 사촌이 당신을 찾아요."

"언니는 괜찮은 거죠?"

노에미는 무슨 일이 있나 싶어 걱정스러웠다.

"괜찮아요. 지루해서 얘기라도 나누고 싶은 모양이에요."

"금방 올라갈게요."

노에미는 스타킹을 신은 발로 차가운 바닥을 밟으며 서둘러 걸어갔다.

"지금 갈 필요 없어요. 낮잠 자는 중이니까."

복도를 따라 걸어가던 노에미는 뒤를 돌아보았다. 플로렌스가 다가와 어깨를 으쓱하며 말했다.

"이따가 올라갈래요?"

"예, 그럴게요."

카탈리나가 필요로 할 때 곁에 있어 주지 못해서 미안하고 죄스러웠다.

10장

아침마다 플로렌스나 하녀 하나가 노에미의 아침 식사를 쟁반에 담아 가져다주었다. 노에미는 하녀들과 대화를 시도해 봤지만 다들 짧게 예, 아니요로 대답할 뿐이었다. 하이 플레이스에서 만난 직원들—리지나 찰스, 그리고 제일 연장자인 메리까지—은 마치 노에미가 존재하지도 않는 사람인 것처럼 복도에서 봐도 고개를 슬쩍 숙이고 지나가 버렸다.

커튼까지 닫아 둔 집 안은 너무나 고요해서 마치 납덩어리를 달아 놓은 드레스처럼 느껴졌다. 공기마저 묵직하게 느껴질 정도로 사방이 무거웠다. 복도 전체에 퀴퀴한 곰팡이 냄새가 가득했다. 사원이나 성당 같아서 무릎 꿇고 나지막한 목소리로 말해야 할 것 같은 분위기였다. 하인들은 이런 환경에 익숙해졌는지 계단도 발끝으로 오르내렸다. 침묵의 맹세를 했기에 아무 소리도 낼 수 없는 수녀들처럼.

그날 아침, 평소 같으면 메리나 플로렌스가 딱 한 번 노크를 하고 들어와 탁자 위에 쟁반을 내려놓았을 시간인데 웬일로 문을 세 번 부드럽게 두드리는 소리가 났다. 문을 열고 들어오는 사람은 없었고 노크가 다시 되풀이됐다. 노에미가 문을 열자 방 앞에 쟁반을 든 프랜시스가 서 있었다.

"좋은 아침입니다."

노에미는 놀랐지만 미소 띤 얼굴로 인사했다.

"그러게요. 좋은 아침이에요. 오늘 직원들 일손이 달리나 봐요?"

"어머니가 하워드 큰할아버지 때문에 바쁘셔서 내가 도와 드리겠다고 했어요. 큰할아버지가 어젯밤에 다리 통증을 호소하셨는데 그럴 때는 기분이 언짢으세요. 쟁반은 어디에 둘까요?"

"저쪽에요."

노에미는 옆으로 물러나 탁자를 가리켰다.

조심스럽게 쟁반을 내려놓은 프랜시스는 주머니에 두 손을 찔러 넣고 헛기침을 했다.

"혹시 오늘 포자문을 보고 싶은지 물어보려고요. 달리 할 일이 없으면 구경해 보든지요."

노에미 입장에서는 그에게 차를 태워다 달라고 부탁할 수 있는 절호의 기회였다. 조금만 더 친해지면 해 달라는 대로 해 줄 것 같았다. 노에미는 마을에 가 봐야 했다.

"내 비서한테 얘기해 보고요. 요즘 사교 모임 일정이 빡빡해서 말이죠."

노에미는 유쾌하게 농담을 했다.

프랜시스가 미소 지었다.

"그럼 서재에서 만날까요? 한 시간쯤 후에."

"좋아요."

서재까지 걸어가는데 사교 모임에 갈 때처럼 기분이 들떴다. 노에미는 원래 사교 모임을 즐기는 편이었다. 옷도 목 부위가 네모나게 파인 물방울무늬 평상복으로 갈아입었다. 볼레로 재킷도 다른 걸 입는 게 낫고 흰 장갑도 껴야 하지만 장소가 장소인 만큼 이 정도는 무례가 아닐 것이다. 신문의 사교계 관련 페이지에 날 일도 아니고 말이다.

머리를 빗으면서 노에미는 도시에서 다들 어떻게 지내고 있는지 생각했다. 오빠는 발 골절 때문에 여전히 어린애처럼 굴고 있겠지. 로베르타는 언제나 그랬듯 친구들의 정신 분석을 하고 있을 것이다. 우고 두아르테는 새 여자를 데리고 연주회며 파티에 참석하고 있겠지. 그런 생각을 하니 신경이 곤두섰다. 솔직히 우고는 춤을 잘 춰서 사교 모임에 동행하기에 괜찮았다.

계단을 내려가면서 하이 플레이스에서 파티를 열면 재미있겠다는 생각을 했다. 당연히 음악은 연주할 수 없을 것이다. 춤을 춰도 소리를 내지 않고 춰야 할 것이며 참석자들은 장례식에라도 온 것처럼 온통 회색과 검은색 옷을 입어야 한다.

그림들이 걸린 2층과는 달리, 서재로 이어지는 1층 복도에는 도일 가문 사람들의 사진이 잔뜩 걸려 있었다. 복도가 어둑어둑해서 인물들의 모습이 잘 보이지 않았다. 제대로 보려면 손전등이나 초라도 있어야 할 듯했다. 문득 좋은 생각이 떠올랐다. 서재와 집무실로 들어가 커튼을 열어젖혔다. 열어 놓은 문을 통해 햇빛이 흘러들어와 복도 벽까지 밝혔다. 그제야 사진을 제대로 볼 수 있었다.

사진 속 낯선 얼굴들은 어딘가 모르게 플로렌스와 버질, 프랜시스를 조금씩 닮아서 익숙하게 느껴졌다. 앨리스는 하워드 도일의 방 벽난로 위에 걸려 있는 초상화 속 모습과 비슷한 자세였다. 젊은 시절 주름 하나 없는 하워드의 모습도 볼 수 있었다.

두 손을 무릎에 얹고 담색 머리를 위로 올린 여자의 사진도 있었다. 여자는 액자 속에서 커다란 눈으로 노에미를 바라보았다. 나이는 노에미와 비슷해 보였다. 그래서인지, 아니면 억울함과 애절함 사이의 감정이 느껴지는 꾹 다문 입 때문인지 몰라도 노에미는 손가락을 사진 위로 가져가며 가까이 다가갔다.

그때 나무 상자와 책을 양쪽 팔 밑에 낀 프랜시스가 걸어오며 말했다.

"오래 기다리게 한 건 아닌지 모르겠습니다."

"아니에요. 이 사진 속 여자가 누군지 알아요?"

프랜시스는 노에미가 보고 있던 사진을 들여다보더니 헛기침을 했다.

"이 여자는…… 내 오촌 당이모인 루스입니다."

"그 사람 얘기를 들은 적 있어요."

노에미는 살인자의 얼굴을 처음 보았다. 원래 범죄자들이 나오는 신문 기사 같은 건 자세히 읽지 않았다. 악한 본성에 이끌려 사는 사람들, 본성을 드러내는 그 사람들의 얼굴에 관해 버질이 했던 말이 떠올랐다. 하지만 사진 속 여자는 그저 불만스럽게 보일 뿐, 살인까지 저지를 인물로는 보이지 않았다.

"무슨 얘기를 들었죠?"

"여러 사람을 죽이고 자살했다고요."

노에미는 허리를 펴고 프랜시스를 향해 돌아섰다. 그는 상자를 바닥에 내려놓은 채 생각에 잠긴 모습이었다.

"이 사람은 루스의 사촌인 마이클입니다."

프랜시스는 대쪽같이 꼿꼿하게 서 있는 젊은 남자의 사진을 가리키며 말했다. 그 남자의 가슴팍에 걸린 회중시계의 사슬 줄이 반짝거렸다. 깔끔하게 가르마를 탄 머리, 왼손에 든 장갑 한 쌍, 세피아색 사진 속에서 거의 무채색으로 보이는 눈동자.

프랜시스는 아그네스와 거의 비슷해 보이는 앨리스의 사진을 가리켰다.

"이분은 루스의 어머니세요."

그리고 위로 올린 담색 머리를 한 여자와 짙은 색 재킷을 입은 남자 사진을 차례로 가리키며 말했다.

"도로시와 릴랜드요. 루스의 숙모와 삼촌이고, 내게는 조부모님이시죠."

그는 더 이상 말이 없었다. 죽은 이들의 이름을 장황하게 늘어놓는 것 외에 더 이상 무슨 얘기를 할 수 있을까. 마이클과 앨리스, 도로시, 릴랜드, 루스. 모두 거미줄과 먼지로 뒤덮인 관에 누워 우아한 묘 안에서 안식을 취하는 망자들이었다. 음악도 없고 장례식 복장을 한 참석자들이 모인 파티는 음울한 분위기가 딱 이 사진 속 인물들과 어울릴 듯했다.

"루스는 왜 그런 짓을 했을까요?"

프랜시스는 고개를 돌리며 재빨리 내뱉었다.

"그 일이 일어났을 때 나는 태어나기도 전이었어요."

"그래도 들은 얘기가 있을 것 같은데요. 혹시……."

"말했듯이 나는 그때 태어나지도 않았습니다. 혹시 모르죠. 이 집이 사람을 미치게 만드는지."

화가 난 말투였다.

색 바랜 벽지와 금박 액자로 둘러싸인 고요한 복도에서 그의 목소리가 요란하게 울려 퍼졌다. 그 소리는 벽에 부딪치고 되튀어 마치 폭음처럼 그들의 피부를 거칠게 스치고 지나갔다. 그 소리에 노에미는 깜짝 놀랐다. 프랜시스도 놀랐는지 어깨를 잔뜩 움츠렸다. 누군가의 눈에 띄지 않게 몸을 조그맣게 만들고 싶어 하는 듯했다.

"미안합니다. 목소리를 높이면 안 되는데. 여기는 소리 전달이 잘돼요. 내가 무례했습니다."

"아니에요. 나야말로 무례했죠. 그런 얘기를 입에 올리고 싶어 하지 않는 마음 이해해요."

"나중에 기회가 되면 얘기해 줄게요."

벨벳처럼 부드러운 목소리였다. 그들을 둘러싼 정적도 마찬가지였다. 프랜시스가 목소리를 높였을 때는 마치 총성처럼 온 집 안을 뒤흔들고 메아리쳤는데 지금은 나른한 침묵이 감돌았다.

'네가 비뚤어진 생각을 갖고 있어서 그래, 노에미. 그러니 끔찍한 꿈을 꾸지.'

자책하던 노에미는 더 이상 우울한 분위기에 빠져들고 싶지 않아 가볍게 물었다.

"그럼 가져오신 포자문 구경이나 할까요?"

그들은 서재로 들어갔다. 그는 상자에 담아 온 보물을 탁자 위에 펼쳐 놓았다. 갈색, 검은색, 보라색 얼룩이 묻어 있는 종이들이었다. 노에미는 포자문을 보며 예전에 로베르타—카를 융을 욕했던 친구—가 보여 준 로르샤흐 검사*를 떠올렸다. 포자문 쪽이 좀 더 깔끔한 무늬이기는 했다. 주관적인 의미 부여도 없고. 다만 칠판에 적어 놓은 노에미의 이름처럼 또렷하게 어떤 이야기를 전하는 듯 보였다.

프랜시스는 책갈피에 조심스럽게 끼워 말린 압착 식물들도 보여 주었다. 말린 양치식물, 장미, 데이지 옆에 깔끔한 필체로 설명을 달아 놓았다. 자신의 너저분한 필체를 떠올린 노에미는 창피한 기분이었다. 우월한 유전자를 가진 어머니라면 이토록 깔끔하고 체계적인 기질을 가진 프랜시스를 얼마나 예뻐할까.

노에미는 그 생각을 프랜시스에게 들려주었다. 아울러 전에 다닌 학교 수녀들이 봤으면 칭찬을 아끼지 않았을 거라고 덧붙였다.

"나는 이 구절을 암송할 때마다 말이 막혀요. '나는 성령을 믿습니다.'라는 구절이요. 상징이 기억이 잘 안 나네요. 비둘기랑 구름, 성수가 있었고 또 뭐였더라. 잊어버렸네요."

"불입니다. 불은 접촉하는 모든 것을 변형시켜 버리죠."

---

* 좌우 대칭의 불규칙한 잉크 무늬를 보고 어떤 모양으로 보이는지를 말하게 해서 그 사람의 성격, 정신 상태 등을 판단하는 인격 진단 검사법.

"말했잖아요. 수녀님들이 당신을 엄청 칭찬했을 거라니까요."

"그분들이 노에미 씨도 좋아하셨을 것 같은데요."

"전혀요. 다들 수녀님들이 나를 좋아한다고 하지만 그건 그래야 하는 의무감 때문이에요. 노에미 타보아다를 싫어한다는 말을 아무도 감히 할 수가 없는 거죠. 카나페를 씹으면서 그런 말을 하는 것도 무신경한 짓이기도 하고요. 굳이 하고 싶으면 어디 현관에서나 수군거리겠죠."

"사람들이 당신을 싫어한다는 생각을 하면서 멕시코시티에서 열린 파티에 참석하는 겁니까?"

"별생각 없이 품질 좋은 샴페인이나 마시고 노는 거예요."

"그렇군요."

그는 큭큭 웃으며 탁자에 기대어 서서 포자문을 내려다보았다.

"당신의 삶은 참 흥미로운 것 같습니다."

"모르겠어요. 재미있는 시간을 보내고 있기는 해요."

"멕시코시티에서는 파티에 참석하는 것 말고 또 뭘 합니까?"

"음, 대학에 다녀요. 그게 하루의 대부분을 차지하는 일이에요. 여가 시간에 뭘 하냐고 물은 거죠? 음악을 좋아해서 필하모닉 연주회 티켓을 사서 가곤 해요. 차베스, 레부엘타스, 라라 같은 작곡가들의 작품을 비롯해 들을 만한 음악이 많아요. 피아노도 조금 칠 줄 알고요."

"그래요? 대단하네요."

그는 깊은 인상을 받은 표정이었다.

"필하모닉과 협연은 안 한답니다."

"그래도 피아노를 치면 재미있을 것 같아요."

"그렇지도 않아요. 배우는 과정은 지루해요. 수년 동안 음계를 배우고 맞는 음을 딱딱 눌러 줘야 하니까. 나는 둔해서 잘하지도 못해요!"

어떤 주제에 대해 지나치게 떠벌리는 게 천박한 짓인 것 같아 노에미는 겸손하게 덧붙였다.

프랜시스는 곧장 대꾸했다.

"둔하다뇨. 전혀 안 그렇습니다."

"그런 식으로 말하지 마세요. 별로예요. 당신은 너무 솔직하게 말하는 것 같아요. 그렇게 생각 안 해요?"

프랜시스는 노에미의 쾌활한 기운에 맞춰 주지 못해 미안하다는 듯 어깨를 으쓱했다. 그는 수줍음이 많고 특이했다. 노에미는 지금까지 대담한 남자들을 좋아했는데 프랜시스는 다른 느낌으로 마음에 들었다. 프랜시스는 우고 두아르테와는 완전히 달랐다. 노에미가 우고를 좋아한 이유는 그가 춤을 잘 추고 페드로 인판테를 닮아서였다. 그런데 프랜시스는 좀 더 따뜻하고 진심 어린 느낌이었다.

"나를 응석받이로 자란 여자로 알겠네요."

프랜시스의 마음에 들고 싶었기에 노에미는 애써 꾸며 낸 말투가 아닌 진심으로 유감스럽다는 뜻을 담아 말했다.

"전혀요."

그는 상대를 무장 해제시키는 솔직한 눈빛으로 대답했다. 그러고는 탁자 쪽으로 몸을 기울이더니 포자문 두 개를 만지작거렸다.

노에미는 탁자에 팔꿈치를 대고 앞으로 몸을 기울였다. 웃음기 어린 눈빛으로 프랜시스와 눈높이를 맞추고 그의 눈을 바라보았다.

"사실 부탁할 게 있어요. 그래서 나를 응석받이라고 생각할 것 같다고 말한 거예요."

노에미는 속에 담아 둔 질문이 계속 마음에 걸렸다.

"무슨 부탁인데요?"

"내일 마을에 가고 싶은데, 당신 어머니가 차를 안 내주려고 하셔서요. 나를 차로 마을에 데려다주고 두 시간쯤 후에 데리러 와 주면 좋겠어요."

"마을에 데려가 주기만 해 달라는 거군요."

"예."

그는 노에미의 눈을 피해 고개를 돌렸다.

"어머니가 그냥은 허락 안 하실 겁니다. 당신한테 샤프롱을 붙여야 한다고 하시겠죠."

"당신이 샤프롱 역할을 해 주려고요? 난 어린애가 아니에요."

"압니다."

프랜시스는 탁자 주변을 천천히 돌아서 노에미 가까이에서 걸음을 멈췄다. 그는 늘어놓은 식물 표본 하나를 들여다보며 허리를 굽혔다. 그의 손가락이 건조된 양치식물을 가볍게 스쳤다. 그는 목소리를 잔뜩 낮추고 말했다.

"가족들이 나더러 당신을 지켜보라고 했어요. 당신이 너무 제멋대로라면서."

"당신도 동의하고 나한테 애 보기가 필요할 거라 생각했겠네요."

노에미는 콧방귀를 뀌었다.

"당신이 제멋대로인 것 같기는 합니다만 이번에는 그 사람들 말을 듣지 않을 생각입니다."

그는 비밀을 털어놓듯 고개를 숙이고 속삭였다.

"다른 사람들이 일어나 돌아다니기 전에, 내일 아침 8시쯤 출발하죠. 외출할 거란 얘기 아무한테도 하지 말아요."

"안 할게요. 고마워요."

"별것 아닙니다."

프랜시스는 고개를 돌려 노에미를 바라보았다.

그의 시선은 노에미에게 1분 가까이 머물렀다. 그러다 화들짝 뒤로 물러서더니 탁자를 다시 빙 돌아서 원래 서 있던 자리로 돌아갔다. 몹시 초조해하는 모습이었다.

그를 보면서 노에미는 상처를 입어 피를 흘리는 심장을 떠올렸다. 그 이미지가 그녀의 머릿속에 한참 남아 있었다. 로테리아* 카드에 있는, 정맥과 동맥이 그려진 해부학적 모양새의 진홍색 심장. 카드의 심장과 관련된 노래 가사가 뭐더라? '나를 놓치지 말아요, 그대, 나는 버스를 타고 돌아갈게요.' 노에미는 사촌들과 함께 로테리아 카드를 가지고 놀며 숱한 오후 시간을 나른하게 보내곤 했다. 각 카드에 맞춰 관련된 노래를 부르며 진행하는 게임이었다.

나를 놓치지 말아요, 그대.

마을에 가면 로테리아 카드를 구할 수 있을까? 그 카드 게임이 있으면 카탈리나와 할 수 있을 텐데. 예전에 같이 했던 게임이니 즐거웠던 과거의 기억을 떠올리는 데도 도움이 될 것이다.

서재 문이 열리더니 플로렌스가 들어왔다. 들통과 걸레를 든 하

---

* 멕시코의 전통 카드 게임.

녀 리지도 그 뒤를 따라 들어왔다. 플로렌스는 방 안을 훑어보더니 싸늘한 눈빛으로 노에미와 자기 아들을 차례로 바라보았다.

"어머니, 오늘이 서재를 청소하는 날인 줄 몰랐어요."

프랜시스는 벌떡 일어서며 주머니에 두 손을 집어넣었다.

"너도 알잖니, 프랜시스. 우리가 제대로 관리하지 않으면 다 허물어져 버려. 누군가 게으름을 떨고 있으니 다른 사람이 나서서 메꿔야지."

"예, 그렇죠."

프랜시스는 가져온 물건들을 주섬주섬 챙겼다.

노에미가 플로렌스에게 제안했다.

"서재를 청소하시는 동안 제가 언니를 돌볼게요."

"카탈리나는 쉬고 있어요. 메리가 곁에 있으니 굳이 그럴 필요 없어요."

"저도 이 집에서 쓸모 있게 굴려고요. 방금 그렇게 말하셨잖아요."

노에미가 도전적으로 고집을 세웠다. 아무것도 안 하고 무위도식한다며 투덜대는 플로렌스의 꼴이 보기 싫었다.

"그럼 따라 와요."

노에미는 서재를 나서면서 어깨 너머로 프랜시스에게 미소를 지어 보였다. 노에미를 식당으로 데려간 플로렌스는 은식기가 잔뜩 놓인 장식장을 가리키며 말했다.

"이런 물건들에 관심이 있다고 했으니 윤이라도 내든지요."

도일 가문이 보유한 은식기는 양이 어마어마했다. 장식장 유리 너머를 보니 쟁반, 차 세트, 그릇, 촛대 등에 먼지가 부옇게 내려앉아 있었다. 한 사람이 다 할 수 있는 일이 아닌 것 같았지만 노에미는 플로렌스 앞에서 자신의 가치를 증명해 보이리라 결심했다.

"천과 광택제를 주시면 해 볼게요."

식당 안이 무척 어두워서 노에미는 램프와 초 여러 개를 켜고 일을 해야 했다. 구석구석 곡선마다 광택제를 바르고 꼼꼼하게 닦아 나갔다. 에나멜을 입힌 식기의 덩굴과 꽃무늬를 천으로 문질러 광택을 냈다. 설탕 그릇은 광택을 내기가 무척 까다로웠는데 노에미는 대체로 잘 해냈다.

얼마 후 플로렌스가 돌아왔을 때 은식기 중 상당수가 반짝반짝 윤기가 나는 채로 탁자 위에 놓여 있었다. 노에미는 양식화된 버섯 모양으로 만들어진 재미난 컵 두 개 중 하나를 신중하게 닦아 윤을 내고 있었다. 컵의 아랫부분은 작은 잎사귀와 딱정벌레 모양으로 장식돼 있었다. 이게 진짜 존재하는 버섯의 모양을 따서 만들었는지, 그렇다면 버섯의 이름이 무엇인지 나중에 프랜시스에게 물어봐야겠다는 생각을 했다.

가만히 서서 노에미를 지켜보던 플로렌스가 말했다.

"부지런히 작업했네요."

"마음이 내키면 작은 꿀벌처럼 열심히 해요."

플로렌스는 탁자로 다가와 노에미가 닦아 놓은 은식기들을 손으로 훑었다. 컵 하나를 집어 들고 이리저리 돌려 보면서 제대로 광택을 냈는지 확인했다.

"이쪽 방면으로 열심히 해서 나한테 칭찬을 듣고 싶다면 앞으로 좀 더 열심히 하도록 해요."

"칭찬보다는 존중을 받고 싶은데요."

"내 존중을 받을 필요가 있나요?"

"필요가 있는 건 아니고요."

컵을 내려놓고 두 손을 모아 잡은 플로렌스는 마치 숭배하듯 감탄의 눈으로 은식기들을 바라보았다. 이렇게 많은 은식기가 눈앞에서 반짝이고 있으니 압도당할 수도 있을 것이다. 이 좋은 물건들은 안타깝게도 그동안 먼지를 뒤집어쓰고 장식장 안에 방치돼 있었다. 사용하지도 않는데 은식기를 산처럼 쌓아 두고 있으면 무슨 소용일까? 이 일가에 비하면 마을 사람들이 가진 은은 너무나도 적을 것이다. 이렇게 장식장 안에 줄줄이 넣어 둘 수도 없겠지.

"이 식기들의 대부분은 우리 광산에서 나온 은으로 만들어졌어요. 우리 광산에서 생산되는 은이 어느 정도인지 알고 있나요? 아찔할 정도의 양이에요! 백부님께서 채굴에 필요한 모든 기계와 지식을 들여와 어둠 속에서 은을 캐내셨어요. 도일은 그만큼 중요한 가치가 있는 이름이에요. 당신 사촌언니가 우리 집안의 일원이 된 게 얼마나 대단한 행운인지 당신이 알까 모르겠네요. 도일 가문의 일원이 된다는 것만으로도 정말 어마어마한 거예요."

노에미는 복도에 줄줄이 붙어 있는 오래된 사진들을 떠올렸다. 먼지 낀 벽감에서 황폐해져 간 사람들의 모습. 도일 가문의 일원이 된다는 것만으로도 어마어마한 거라니, 대체 무슨 의미일까? 하이플레이스에 오기 전까지 카탈리나는 아무것도 아닌 사람이었다는 건가? 이 집 사람들은 노에미를 운이 따라 주지 못해 보잘것없이 살아가는 부류로 보는 건가?

노에미의 회의적인 표정을 읽어 낸 플로렌스는 그녀를 빤히 쳐다보다가 두 손을 다시 마주 잡고 물었다.

"아까 서재에서 내 아들이랑 무슨 얘기를 하고 있었죠? 둘이 무슨 얘기를 했잖아요?"

"포자문 얘기요."

"그게 전부예요?"

"세세하게 기억은 안 나지만 주로 포자문에 대한 얘기였어요."

"당신이 도시 얘기도 꺼냈겠죠."

"몇 번요."

노에미는 하워드를 보면 곤충이 생각났다. 플로렌스는 파리를 잡아먹는 벌레잡이 식물 같았다. 오래전 노에미의 오빠가 파리지옥풀을 길렀는데, 어렸을 때라 노에미는 그 식물을 무서워했다.

"내 아들한테 쓸데없는 얘기 하지 말아요. 괜히 고통만 심어 줄 뿐이에요. 프랜시스는 이곳 생활에 만족하고 있어요. 멕시코시티에 관해 당신이 떠들어 대는 파티며, 음악, 술, 경박한 짓거리들을 내 아들이 들을 필요는 없다고 봐요."

"앞으로는 부인이 지시하고 사전에 허락한 주제에 대해서만 얘기하도록 할게요. 지구에서 세상의 모든 도시를 다 지워 버리고 없는 척 살면 되겠네요."

플로렌스의 태도가 위협적이었지만 노에미는 어린애처럼 겁에 질려 구석에 숨을 생각 따위는 없었다.

"건방지군요. 우리 백부님이 당신 얼굴을 마음에 들어 한다고 해서 당신이 이 집에서 대단한 힘이라도 있는 줄 아나 보네. 그건 힘이 아니라 골칫거리가 될 뿐이에요."

플로렌스는 탁자 앞에서 허리를 굽히고 직사각형 모양의 큼직한 서빙 쟁반을 내려다보았다. 가장자리에 화환 무늬가 들어가 있는 쟁반이었다. 은 표면에 비친 플로렌스의 얼굴이 길게 변형된 듯 보였다. 플로렌스는 쟁반 가장자리의 꽃무늬를 손가락으로 문질렀다.

"젊었을 때는 바깥세상이 대단한 미래를 약속하는 경이로운 곳이라고 생각했어요. 잠시 이곳을 떠나 살면서 근사한 청년을 만나기도 했죠. 그 남자가 나를 멀리 데려가 줄 거라고, 모든 걸 바꿔 주고 나도 달라지게 해 줄 거라고 믿었어요."

플로렌스의 얼굴이 잠시 부드러워졌다.

"하지만 우린 본성을 부정할 수가 없어요. 나는 하이 플레이스에서 살고 죽어야만 해요. 프랜시스도 마찬가지예요. 프랜시스는 이런 삶을 본인의 운명으로 받아들였어요. 그렇게 사는 게 더 쉬워요."

플로렌스는 푸른 눈으로 노에미를 똑바로 바라보며 말했다.

"은식기는 내가 정리해서 치울게요. 더는 안 도와줘도 됩니다."

그렇게 돌연 대화를 끝내 버렸다.

방으로 돌아간 노에미는 카탈리나에게 들은 동화를 떠올렸다. '옛날 옛적에 탑에 사는 공주가 있었는데, 옛날 옛적에 왕자가 탑에 사는 소녀를 구해 주었는데.'로 시작되는 동화들이었다. 침대에 걸터앉은 노에미는 결코 깨지지 않는 마법에 걸린 삶에 대해 생각했다.

11장

심장이 북을 두드리듯 쿵쾅쿵쾅 뛰며 노에미를 부르는 듯했다. 노에미는 그 소리에 잠을 깼다.

심장이 숨어 있는 장소를 찾아 조심스럽게 방을 나섰다. 벽에 손바닥을 대 보니 그 안에서 심장 박동이 느껴졌다. 벽지는 긴장한 근육처럼 팽팽하고 미끄러웠고, 바닥은 습기에 젖어 부드러웠다. 마치 상처 자리 같았다. 거대한 상처 자리를 밟고 걸어가는 기분이었다. 벽도 온통 상처투성이였다. 벽지가 벗겨진 자리에는 벽돌이나 나무판 대신 역겨운 모양새의 다양한 장기가 들여다보였다. 비밀로 넘치다 못해 콱콱 막혀 버린 혈관들이 이리저리 뻗어 있었다.

박동 소리를 따라, 카펫에 놓인 붉은 실을 따라 걸어갔다. 언뜻 보면 깊이 베인 상처 같기도 했다. 피일까. 노에미는 복도 한가운데에서 여자를 마주하고 멈춰 섰다. 여자는 노에미를 물끄러미 바라보고 있었다.

사진에서 본 루스였다. 흰 가운을 입은 루스. 금빛 광륜 같은 머리카락, 핏기 없는 얼굴. 루스는 어두컴컴한 이 집에 홀로 서 있는 가느다란 설화석고 기둥 같았다. 루스는 두 손에 소총을 들고 노에미를 바라보았다.

그들은 나란히 걷기 시작했다. 그들의 움직임은 완벽하게 일치했다. 호흡까지도. 루스와 노에미는 동시에 머리카락을 얼굴 뒤로 쓸어 넘겼다.

주변의 벽에서 마치 길 안내를 하듯 희미한 인광이 뿜어져 나왔다. 발밑의 카펫은 여전히 질척했다. 벽의 무늬를 바라보던 노에미는 벽이 사람의 살로 만들어져 있음을 알았다. 보송보송한 곰팡이가 장식 무늬처럼 벽에 피어 있었다. 이 집은 너무 익어 상해 버린 과일이었다.

심장이 점점 더 빠르게 뛰었다.

심장은 피를 밀어 보내며 신음하고 부들부들 떨었다. 그 소리가 너무 커서 노에미는 귀가 먹을 것 같았다.

루스가 문을 열었다. 그곳이 바로 요란한 심장 소리의 근원이었다. 그 안에 쿵쾅쿵쾅 뛰는 심장이 있었다. 노에미는 이를 악물었다.

문이 활짝 열리자 침대에 누운 남자가 보였다. 그런데 사람이라고 볼 수 없는 형상이었다. 익사해서 수면 위로 떠오른 시신처럼 퉁퉁 부은 모습이었다. 창백한 몸뚱이에는 푸른 혈관이 불거지고 다리와 손, 배에는 종양이 가득했다. 사람이 아니라 농포 그 자체였다. 살아서 숨 쉬는 농포였다. 남자의 가슴이 오르내렸다.

살아 있을 것 같지 않은 상태인데 남자는 살아 있었다. 루스가 문을 열자 남자는 침대에서 일어나 앉아 마치 안아 달라는 듯 그녀에게 두 팔을 뻗었다. 노에미가 문 옆에 가만히 서 있는 동안 루스는 침대로 다가갔다.

남자는 탐욕스러운 손가락을 달달 떨며 손을 뻗었다. 루스는 침대 발치에 서서 그를 노려보았다.

루스가 소총을 들어 올렸다. 노에미는 차마 볼 수 없어 고개를 돌렸다. 하지만 무시무시한 총성과 남자의 조그마한 비명, 숨넘어가는 소리가 고스란히 귀에 꽂혔다. 노에미는 생각했다.

'그는 죽어야 해. 그래야 해.'

고개를 들어 루스를 바라보았다. 루스는 노에미 곁을 지나 복도에 나가 서 있었다. 루스가 노에미를 쳐다보며 말했다.

"난 죄송하지 않아."

그러더니 자기 턱에 총구를 대고 소총 방아쇠를 당겼다.

벽에 시커먼 피가 튀었다. 눈앞에서 루스가 바닥에 쓰러졌다. 꽃줄기처럼 구부정하게 쓰러진 모습이었다. 자살 장면을 보고도 노에미는 신경이 곤두서지 않았다. 응당 이렇게 됐어야 한다는 느낌이었다. 안정감마저 느낀 노에미의 얼굴에 미소가 퍼져 나갔다.

복도 저 끝에 서 있는 누군가를 본 순간 노에미의 얼굴에서 미소가 걷혔다. 그 형상은 노에미를 바라보고 있었다. 황금색으로 희미하게 빛나는 그 형상은 여자 같았다. 얼굴은 흐릿해서 보이지 않았다. 여자는 온몸을 액체처럼 꿀렁대면서 거대한 입을 벌리고 노에미에게 달려오고 있었다. 보이지 않는 입으로 끔찍하게 악을 쓰며 노에미를 산 채로 잡아먹으려 했다.

그제야 노에미는 두려움을 느꼈다. 이게 제대로 된 공포구나 싶었다. 어떻게든 막아 보려 두 손을 들어 올렸는데……

굳건한 손이 팔을 잡자 노에미는 놀라서 펄쩍 뛰었다.

"노에미."

버질의 목소리였다. 뒤돌아보니 그가 서 있었다. 노에미는 이게 어떻게 된 일인지 이해해 보려 안간힘을 썼다.

노에미는 복도 한가운데에 서 있었고, 버질은 오른손에 석유램프를 들고 그녀 앞에 서 있었다. 길쭉하고 화려하게 장식된 램프였다. 램프 유리는 희뿌연 초록색을 띠었다.

노에미는 아무 말도 못 하고 그를 쳐다보기만 했다. 조금 전까지 황금색 괴물이 저 앞에 있었는데 감쪽같이 사라졌다! 그리고 그 자리에는 황금색 덩굴무늬가 들어간 고급스러운 벨벳 가운을 입은 버질이 서 있는 것이다.

노에미는 잠옷 차림이었다. 실내복 세트의 일부지만 걸쳐 입는 옷을 입고 있지 않아 두 팔이 고스란히 드러났다. 노출된 기분이고 춥기도 해서 노에미는 손으로 팔을 문지르며 물었다.

"어떻게 된 거예요?"

"노에미."

버질의 입술에서 흘러나오는 그녀의 이름이 마치 비단 조각처럼 부드럽게 느껴졌다.

"몽유병 증세가 있군. 몽유병 환자를 함부로 깨우지 말라는 말도 있지. 잠들어 있는 상태인데 큰 충격을 줄 수도 있으니까. 하지만 다칠까 봐 걱정이 돼서 깨웠어. 나 때문에 겁먹은 건 아니지?"

노에미는 그의 질문을 이해할 수가 없었다. 잠시 후에야 말뜻을 알아듣고 고개를 저었다.

"아뇨. 그런데 이건 말도 안 돼요. 수년째 이런 증상 없었는데. 어렸을 때만 좀 그랬지."

"본인도 몰랐을 수 있어."

"알지 왜 모르겠어요."

"아까 몇 분 동안 따라가면서 지켜봤어. 흔들어서 잠을 깨워야 하나 고민되더라고."

"몽유병 아니라니까요."

"그래. 내가 잘못 알았나 보네. 그냥 어둠 속에서 걸어 다닌 것뿐일 텐데."

맙소사. 잠옷 차림으로 복도에 서서 얼빠진 얼굴로 버질을 바라보고 있는 자신이 한심스러웠다. 언쟁하고 싶지 않았다. 그럴 이유도 없었다. 그의 말이 옳았다. 무엇보다 어서 방으로 돌아가고 싶었다. 복도는 너무 춥고 어두워서 주변이 거의 보이지도 않았다. 어쩌면 그들은 지금도 어느 짐승의 배 속에 들어앉아 있는지도 몰랐다.

악몽 속에서 그들은 괴물의 배 속에 있었다. 그렇지 않나? 아니, 장기들로 이루어진 우리 속에 갇혀 있었던 건가. 벽은 인간의 살이었다. 노에미가 본 대로라면 그랬다. 지금이라도 벽에 손을 대 보면 살처럼 흔들릴지도 몰랐다. 노에미는 손으로 머리카락을 쓸어 넘겼다.

"그래요. 몽유병인지도 몰라요. 하지만……."

꿈속에서 들었던 목쉰 신음이 또다시 들렸다. 나지막하지만 부정할 수 없는 분명한 소리였다. 노에미는 또다시 놀라 움찔하다가 버질에게 부딪힐 뻔했다.

"저게 무슨 소리죠?"

복도 저쪽을 바라보던 노에미는 초조한 눈빛으로 버질을 돌아보았다.

"아버지가 아프셔. 오래된 상처인데 낫지 않아서 통증에 시달리고 계시거든. 밤만 되면 힘들어하셔."

그는 침착하게 석유램프의 불꽃을 조절해 더 밝은 빛을 뿌리도록 했다. 그제야 군데군데 곰팡이가 흐릿하게 핀 꽃무늬 벽지가 제대로 보였다.

벽을 타고 꿀렁거리는 혈관 따위는 없었다.

제기랄. 낮에 프랜시스에게 하워드가 아프다는 얘기를 들었다. 하지만 지금 어떻게 그 노인의 방에 이토록 가까이 와 있을 수 있을까? 그녀의 방과는 한참 떨어진 곳인데? 방 밖으로 나가 몇 걸음 걸었던 것뿐이었다. 이 저택의 이쪽 끝에서 저쪽 끝까지 걸어갔을 리 없었다.

"의사를 불러야 하잖아요."

"설명했듯이 종종 통증에 시달리셔. 우린 익숙해. 커민스 선생이 일주일에 한 번씩 와서 검진을 하고. 노인이시니 어쩔 수 없지. 아버지 때문에 놀랐다면 미안해."

노인이기는 했다. 이 집 사람들이 멕시코에 도착한 것은 1885년이었다. 당시 하워드 도일이 청년이었다고 해도 70년이라는 세월이 흘렀다. 하워드는 도대체 나이가 몇일까? 아흔? 거의 100살이 다 된 건가? 버질을 낳았을 때도 이미 노인이었다는 얘기였다. 노에미는 두 팔을 다시 손으로 문질렀다.

"추운 모양이네."

버질은 바닥에 석유램프를 내려놓고 입고 있던 가운의 끈을 풀었다.

"괜찮아요."

"입어."

그가 가운을 벗어 노에미의 어깨에 둘러 주었다. 너무 컸다. 그는 키가 큰 편이고 노에미는 아니었다. 전에는 키 큰 남자가 거슬린 적이 없었다. 그냥 위아래로 훑어보면 그만이었다. 하지만 지금은 괴상한 꿈 때문에 불안해서인지 움츠러드는 기분이었다. 팔짱을 끼고 카펫을 내려다보았다.

버질은 석유램프를 집어 들었다.

"방까지 데려다줄게."

"안 그래도 돼요."

"괜찮아. 어둠 속에서 걷다가 정강이를 부딪쳐 다칠 수도 있어. 복도가 많이 어두워."

이번에도 그의 말이 옳았다. 전구에 불이 들어오는 몇 안 되는 벽등에서 희미한 빛이 흘러나왔지만 그 사이사이는 짙은 어둠이 차 있는 웅덩이였다. 버질의 램프에서 나오는 빛이 초록색이라 한층 더 으스스했다. 그래도 빛이 있는 게 어디냐 싶었다. 이 집은 귀신이라도 들린 듯했다. 원래 밤에 귀신을 만날 수도 있다고 믿는 편은 아닌데, 지금은 카탈리나가 예전에 들려준 이야기처럼 귀신이나 악마 같은 사악한 존재가 지상을 돌아다닐 것 같은 기분이었다.

함께 걸어가는 동안 버질은 말이 없었다. 집에 감도는 정적이 기분 나쁘고 발밑에서 삐걱대는 널빤지 소리에 움츠러들었지만 그래도 버질과 대화하는 것보다는 나았다. 이런 때에 굳이 얘기를 주고받고 싶지 않았다.

'난 어린애구나.'

오빠가 보면 얼마나 비웃을까. 노에미가 유령을 믿는다고 사람들에게 떠벌릴 오빠의 모습이 머릿속에 그려졌다. 오빠와 가족, 멕시코시티를 생각하니 마음이 편안해졌다. 가운보다 그 기억이 몸을 더 따뜻하게 해 주는 느낌이었다.

방에 도착하자 드디어 마음이 놓였다. 방으로 돌아왔으니 이제 다 괜찮겠지. 노에미는 방문을 열었다.

버질이 램프를 가리키며 말했다.

"원한다면 램프 여기 두고 써."

"아뇨. 램프도 없이 돌아가다가 어둠 속에서 정강이를 다치실 수도 있잖아요. 잠시만요."

노에미는 문 옆 화장대로 손을 뻗었다. 아기 천사 장식이 붙어 있는 나뭇가지 모양의 화려한 은촛대가 그 자리에 놓여 있었다. 성냥갑을 집어 들고 초에 불을 붙였다.

"빛이 있으라.* 어때요? 이제 괜찮아요."

노에미는 가운을 벗으려 했다. 버질은 그녀의 어깨에 한 손을 얹고 물끄러미 그녀를 바라보면서 가운의 널찍한 옷깃 가장자리를 조심스럽게 매만졌다. 그리고 비단처럼 부드러운 목소리로 말했다.

---

* 창세기 1장 3절에서 인용.

"내 옷을 입고 있으니 보기 좋네."

얼핏 들어도 부적절한 말이었다. 대낮에 다른 사람들 앞에서 했다면 농담으로 받아들일 수도 있을 것이다. 하지만 밤에 느끼한 말투로 내뱉으니 상스러웠다. 미묘하게 잘못된 말임을 알면서도 노에미는 받아칠 수가 없었다. '멍청한 소리 마.'라고 속으로 생각했다. '당신 옷 따위 필요 없어.'라고도. 하지만 소리 내어 말할 수가 없었다. 명백한 잘못이라고 여겨질 만한 말도 아니었고 어두운 복도 한가운데서 말다툼을 시작하고 싶지도 않았다. 어쩌면 아무것도 아닌 말일 수도 있었다.

"그럼 잘 자."

버질이 느긋하게 옷깃을 손에서 놓고 뒤로 물러서더니, 석유램프를 눈높이까지 올리며 그녀에게 미소 지었다. 버질은 매력적인 남자고 방금 그 미소도 유쾌한 미소였다. 장난기가 담긴 쾌활한 미소. 하지만 미소로 덮어 가리지 못한 날카로운 표정이 일순간 엿보였다. 노에미는 기분이 나빴다. 꿈속 내용이 확 떠올랐다. 침대에 앉아 두 팔을 뻗은 남자도 생각났다. 버질의 푸른 눈에 잠깐 금색 빛이 돈 것도 같았다. 고개를 홱 돌린 노에미는 눈을 질끈 감았다 뜨면서 바닥을 내려다보았다.

"잘 자라는 말 안 해 줄 거야?"

재미있어하는 말투였다.

"고맙다는 말도 안 해 주겠네? 무례하군."

노에미는 고개를 돌려 버질의 눈을 마주 보았다.

"고마워요."

"또 자다가 집 안을 돌아다니지 말고 문 잘 잠그고 자, 노에미."

버질은 석유램프의 광량을 조절했다. 마지막으로 한 번 더 노에미를 쳐다보는 푸른 눈동자에 금색은 섞여 있지 않았다. 곧 복도 저쪽으로 물러간 버질과 함께 초록색 불빛이 멀어져 가다가 돌연 사라졌다. 이내 집 전체가 어둠 속에 내던져졌다.

12장

햇빛이 마음 상태를 완전히 바꿔 놓다니 우스울 정도였다. 밤에 자다가 복도로 나가 돌아다닌 후 노에미는 너무 겁이 나서 침대에 누워 이불을 턱까지 끌어 올렸다. 창문 너머로 환하게 갠 하늘을 내다보면서 왼 손목을 긁고 있자니 간밤의 일이 겸연쩍을 정도로 별것 아닌 듯 느껴졌다.

커튼을 활짝 열어젖히자 방 안으로 햇빛이 쏟아져 들어왔다. 낡고 울적한 방이지만 유령이나 괴물이 숨어 있을 여지는 없었다. 귀신이 뭐고 저주가 뭐냐. 칫! 노에미는 긴 소매로 된 옅은 크림색 버튼다운 블라우스와 감청색 킥 플리트 스커트를 입고 단화를 신었다. 약속시간보다 일찍 아래층으로 내려갔다. 가만히 기다리고 있자니 지루해져서 서재로 들어가 식물들의 무덤이 된 책장 앞에 섰다. 프랜시스는 버섯에 대한 지식을 책에서 얻었을 것이다. 좀 쓴 책들을 들여다보며 지혜를 찾으려 했겠지. 복도로 나가 은으로 된 사진 액자들을 손으로 만지작거렸다. 손가락 끝에 소용돌이무늬가 느껴졌다. 마침내 프랜시스가 아래층으로 내려왔다.

프랜시스는 별로 말이 없어서 노에미도 두어 마디 하고 말았다. 담배를 손으로 만지작거리기는 했지만 굳이 피우고 싶진 않았다. 원래 빈속에 담배를 피우지는 않는 편이었다.

프랜시스는 마을의 교회 옆에 노에미를 내려 주었다. 카탈리나가 일주일에 한 번 마을에 올 때마다 내려 준 장소가 여기인 모양이었다.

"정오에 데리러 올게요. 그 정도면 시간이 충분하겠어요?"

"예. 고마워요."

그는 고개를 끄덕이고는 차를 몰고 떠났다.

노에미는 곧장 치료사의 집으로 향했다. 지난번에 만났을 때 치료사 여자는 집 앞에서 빨래를 하고 있었는데 오늘은 아니었다. 빨랫줄은 비어 있었다. 마을 사람의 절반은 아직 자고 있는지 마을 전체가 고요했다. 마르타 두발은 현관문 옆 햇볕에 토르티야를 내놓고 말리는 중이었다. 칠라킬레스*를 만들 때 쓰려는 모양이었다.

"좋은 아침이에요."

노에미가 인사를 건네자 나이 지긋한 치료사 여자는 미소로 맞아 주었다.

"안녕하세요. 시간을 잘 맞춰서 왔네요."

"약 준비되셨어요?"

"그럼요. 들어와요."

노에미는 마르타를 따라 주방으로 들어가 식탁 앞에 앉았다. 앵

* 계란 프라이, 소스, 치즈, 토르티야 칩 등으로 만든 전통 멕시코 아침 식사.

무새는 보이지 않았다. 노에미와 마르타 둘뿐이었다. 마르타는 앞치마에 두 손을 쓱쓱 문질러 닦고 서랍을 열더니 노에미 앞에 작은 약병을 내려놓았다.

"자기 전에 1테이블스푼이면 사촌분에게 충분할 거예요. 이번에는 좀 세게 만들기는 했지만 2테이블스푼을 먹어도 해로울 건 없어요."

노에미는 약병을 집어 들고 내용물을 바라보았다.

"잠자는 데 도움이 되나요?"

"도움이라. 그렇죠. 하지만 그분의 모든 문제를 해결해 주진 못해요."

"집 자체가 저주를 받았으니 그렇겠죠."

"그 집과 가족 모두 저주를 받았어요."

마르타는 어깨를 으쓱했다.

"그러니 어느 쪽이든 차이는 없겠죠. 저주는 저주니까."

노에미는 약병을 내려놓고 손톱으로 병의 옆면을 문지르며 물었다.

"루스 도일이 가족을 왜 살해했는지 아세요? 혹시 소문 들은 거라도 있으세요?"

"그런 일엔 온갖 소문이 다 돌게 마련이죠. 그래요. 들었어요. 담배 더 있어요?"

"양을 제한해서 드리지 않으면 조만간 바닥날 것 같네요."

"더 사면 되잖아요."

"근처에서는 이런 담배를 살 수 있는 곳이 없어요. 치료사님이 모시는 성인들은 담배 취향이 참 고급이세요. 앵무새는 어디 있어요?"

노에미는 골르와즈 담배 한 갑을 꺼내 마르타에게 건넸다. 마르타는 그 담배를 자그마한 성인 석고 조각상 옆에 내려놓았다.

"담요를 덮어 놓은 새장 안에 있어요. 오늘은 베니토 얘기를 해 줄게요. 커피 마실래요? 마실 것도 없이 이야기할 수는 없죠."

"좋아요."

노에미는 배가 고프지 않았다. 커피를 마시면 식욕이 돌아올 수도 있지 않을까. 이상한 일이었다. 오빠는 노에미더러 늘 아침을 전투적으로 먹는다고 놀리곤 했다. 그런데 지난 이틀 동안 노에미는 아침에 음식을 거의 먹지 못했다. 그렇다고 저녁에 많이 먹어 배가 꺼지지 않아서 그런 것도 아니었다. 몸 상태가 좀 안 좋기는 했다. 병이 나기 시작한 걸까. 감기에 걸릴 것 같을 때의 느낌이었다. 부디 감기는 아니기를.

마르타는 찻주전자를 불에 올려놓고 서랍을 뒤져 작은 깡통을 꺼냈다. 물이 끓자 백랍 컵 두 개에 물을 붓고 깡통에 들어 있던 커피를 타서 식탁 위에 내려놓았다. 이 집에서는 로즈마리 향기가 진하게 풍겼다. 그 향기에 이제 커피 향이 섞였다.

"난 블랙으로 마시는데. 아가씨는 설탕 넣어 줄까요?"

"괜찮아요."

마르타는 자리에 앉아 두 손으로 컵을 감싸 쥐었다.

"얘기를 짧게 해 줄까요, 길게 해 줄까요? 길게 얘기하려면 세월을 한참 거슬러 가야 해요. 베니토를 알려면 우선 아우렐리오에 대해 알아야 해요. 그래야 이야기를 제대로 한다고 할 수 있어요."

"담배는 다 떨어져 가지만 시간은 많아요."

마르타는 미소를 지으며 커피를 한 모금 마셨다. 노에미도 커피를 마셨다.

"광산이 다시 열리자 일대가 들썩였어요. 하워드 도일 씨는 영국에서 일꾼들을 데려왔지만 광산을 운영하기에는 인원이 부족했어요. 광산 일을 감독하면서 도일 저택을 짓는 일도 같이 해야 했으니까요. 영국인 일꾼 60명으로 광산을 운영하면서 동시에 하이 플레이스 같은 저택을 건축할 수는 없는 거죠."

"하워드 씨 전에는 누가 그 광산을 운영했어요?"

"스페인 사람들이요. 무척 오래전 일이에요. 그래서 광산이 다시 문을 열자 마을 사람들은 무척 기뻐했어요. 마을 사람들 입장에서는 일자리가 생기는 거니까요. 이달고 주의 다른 지역에서도 사람들이 일자리를 찾아왔어요. 알다시피 광산이 열리면 돈이 돌고 마을이 번성해요. 하지만 사람들은 얼마 안 있어 불평하기 시작했어요. 일이 고된 것도 있지만 하워드 씨가 일꾼들에게 너무 혹독했어요."

"함부로 대했나요?"

"짐승 대하듯 했어요. 저택 건축을 진행하는 일꾼한테는 그나마 나았다고 해요. 적어도 그들은 땅속 구덩이에 들어가 일하는 건 아니었으니까요. 하워드 씨는 멕시코인 광부들을 특히 무자비하게 대했어요. 그분의 남동생이랑 툭하면 일꾼들에게 고래고래 고함을 질러 댔고요."

프랜시스가 보여 준 사진 속 릴랜드는 하워드의 남동생이었다. 그런데 릴랜드가 어떻게 생겼는지 노에미는 잘 생각이 나지 않았다. 도일 집안 사람들은 골상이 다들 비슷했다. 노에미는 그걸 '도일 집안 인상'이라고 부르기로 했다. 찰스 2세의 합스부르크 턱처럼 도일 집안도 특징적인 외모가 있었다. 합스부르크 턱 같은 경우는 도일 집안과는 달리 심각한 주걱턱을 지칭하는 대명사가 됐으니 비할 바는 아니지만 말이다.

"하워드 씨는 저택 건축을 서둘러 마무리하길 바랐어요. 그러면서 영국식으로 장미 화단을 갖춘 멋진 정원도 만들고 싶어 했죠. 꽃을 심으려고 유럽에서 흙까지 퍼다 날랐어요. 그래서 인부들은 저택 건축을 진행하고 광부들은 광산에서 은을 캤죠. 그러다 전염병이 돌았어요. 건축 인부들에게 먼저 발병했고 그다음이 광부들이었어요. 얼마 안 있어 다들 숨을 몰아쉬면서 몸에 열이 펄펄 끓었죠. 하워드 씨는 유럽에서 흙을 퍼 나르듯이 영국인 의사도 데려왔는데 그 잘난 의사는 전염병 치료에 별 도움이 되지 않았어요. 건축 인부와 광부 상당수가 죽어 나가기 시작했어요. 결국 저택 건축 일을 하던 인부 몇 명과 하워드 씨의 부인까지 세상을 떠났고, 광부들 대다수가 급사를 했어요."

"그래서 영국인 묘지를 만든 거군요."

"맞아요."

마르타는 고개를 끄덕였다.

"전염병이 가라앉자 하워드 씨는 새로운 일꾼을 고용했어요. 이 달고 주 사람들도 일하러 왔고, 다른 광산에서 일하던 영국인들도 여기서 영국인이 광산을 운영한다는 소식을 듣고 일거리를 찾아왔어요. 여기서 일하면 은도 손에 넣고 짭짤한 수익도 올릴 수 있다는 생각에 한몫 벌어 보려고 오는 사람들도 있었죠. 자카테카스 주도 은으로 유명하잖아요? 이달고 주도 못지않아요.

사람들이 밀려 들어오면서 광산은 다시 꽉 찼고 그 무렵 저택도 완성이 됐어요. 대저택이라 살림을 할 직원들도 많이 고용해야 했고요. 모든 일이 순조롭게 풀려 나갔어요. 하워드 씨는 여전히 일꾼들에게 모질었지만 급료는 제때 지급했어요. 원래 광부들은 일을 마치고 나면 이곳 관습대로 은도 약간 챙겨 갈 수 있었거든요. 새로 온 광부들도 자기 몫으로 은을 챙겨 갈 수 있을 줄 알았을 거예요. 그런데 하워드 씨가 재혼하면서 분위기가 안 좋게 바뀌었어요."

노에미는 하워드 도일의 두 번째 아내의 모습이 담긴 결혼식 초상화를 떠올렸다. 1895년. 아그네스를 빼닮은 동생 앨리스. 생각해 보니 이상한 점이 있었다. 하워드는 묘지에 석상까지 세워 아그네스를 기리면서, 앨리스에게는 그 정도 대우를 해 주지 않았다. 하워드는 아그네스와 오래 같이 살지 않아 잘 모른다고 했었다. 하워드와 오랜 세월을 함께하고 자식까지 낳아 준 사람은 두 번째 부인 앨리스였다. 하워드는 첫 번째 부인보다 두 번째 부인을 덜 좋아했나? 아니면 아그네스의 석상은 그냥 일시적인 기분에 이끌려 만들게 했을 뿐, 별 의미는 없었던 걸까? 아그네스의 석상 근처에 명판이 있었는지 생각해 보았다. 본 기억은 없지만 있을지도 모른다. 자세히 보지 않아서 지금은 알 수 없었다.

"그리고 또 한 차례 전염병이 돌았어요. 그 전보다 훨씬 독했어요. 사람들이 파리 떼처럼 죽어 나갔답니다. 열이 끓고 오한이 나다가 얼마 못 가 숨이 끊어졌어요."

노에미는 카마리요 선생에게 들은 얘기가 떠올랐다.

"그때 마을 사람들을 묻으려고 집단 무덤을 만든 건가요?"

마르타는 미간을 찌푸렸다.

"집단 무덤요? 아뇨. 죽은 이가 마을 사람인 경우 가족들이 시신을 가져가 마을에 있는 묘지에 매장했어요. 광산에 일하러 온 이들 중에는 일가친척 하나 없는 사람들이 많았어요. 마을에 가족이 없는 영국인의 시신은 영국인 묘지에 묻혔죠. 멕시코인 일꾼들은 묘비도 없이, 하다못해 십자가 하나 없이 한 구덩이에 묻혔는데, 그게 사람들이 얘기하는 집단 무덤일 거예요. 화환이나 장례식도 없이 구덩이를 파고 묻어 버렸으니 집단 무덤인 거죠."

생각만 해도 우울했다. 서둘러 묻어 버린 이름 없는 일꾼들. 그들의 삶이 어디서 어떻게 끝났는지는 아무도 알아주지 않았다. 노에미는 백랍 컵을 내려놓고 손목을 박박 긁었다.

"광산에서 일어난 문제는 전염병이 전부가 아니었어요. 하워드 씨는 광부들이 급료와 함께 은을 조금씩 챙겨 가던 관습을 폐지하기로 했어요. 광부 중에 아우렐리오라는 남자가 있었어요. 아우렐리오는 하워드 씨의 그런 결정을 달가워하지 않았죠. 남들은 혼자 투덜거리고 말았지만 아우렐리오는 소리 내서 불평을 했어요."

"뭐라고 했는데요?"

"당연히 해야 할 말을 한 거죠. 광부 숙소가 너무나 열악하다. 영국인 사장이 데려온 의사는 병을 치료하지 못하니 제대로 된 의사를 구해야 한다. 광부들이 죽어 나가 과부와 고아가 생겨나는데 그들은 생계를 꾸려 나갈 돈이 없다. 영국인 사장은 광부들 몫의 은까지 빼앗아 자기 주머니만 불리면서 은을 잔뜩 쌓아 놓고 산다. 그러면서 아우렐리오는 광부들에게 파업을 하자고 요구했어요."

"그래서 다른 광부들이 호응했나요?"

"했죠. 하워드 씨는 광부들을 위협하면 쉽게 일터로 돌려보낼 수 있을 거라고 생각했어요. 하워드 씨의 동생과 심복들이 소총을 들고 광부 숙소로 쳐들어가 위협했지만 아우렐리오와 광부들은 마구 돌을 던지며 저항했어요. 하워드 씨 동생은 간신히 도망을 쳤죠. 그 일이 있고 얼마 후에 아우렐리오는 시체로 발견됐어요. 자연사라고 했지만 그 말을 믿은 사람은 없었어요. 파업 주동자가 갑자기 죽었다? 뭔가 있는 거죠."

"전염병이 돌고 있었다면서요."

"그렇기는 하지만 아우렐리오의 시신을 본 사람들 얘기로는 얼굴이 괴상했다고 해요. 공포에 질려 죽은 사람 얘기 들어 봤어요? 시신을 본 사람들은 아우렐리오가 겁에 질려 죽었다고 했어요. 눈이 불거지고 입은 딱 벌린 채로 마치 악마라도 본 듯한 얼굴이었다고. 다들 그걸 보고 두려움에 떨었고 파업도 흐지부지됐어요."

프랜시스도 파업과 광산 폐쇄를 잠깐 언급한 적이 있었다. 그때 노에미는 좀 더 자세히 물어볼 생각을 하지 못했다. 앞으로는 좀 더 유의해야 할 것이다. 지금은 마르타의 얘기에 집중하기로 했다.

"아까 아우렐리오가 베니토와 관계가 있다고 하셨잖아요. 베니토는 누구예요?"

"인내심을 가져요, 아가씨. 그러다 내가 생각의 흐름을 놓칠 수도 있어요. 이 나이가 되면 언제 무슨 일이 어떻게 일어났는지 기억하기도 쉽지 않아요."

마르타는 커피를 몇 모금 더 마시고 나서 말을 이었다.

"어디까지 얘기했더라? 아, 그래요. 광산에서는 채굴이 계속됐어요. 하워드 씨는 재혼을 했고 새 부인이 딸 루스 아가씨를 낳았죠. 제법 시간이 흐른 후 아들도 낳았고요. 동생 릴랜드 씨도 자식이 생겼어요. 아들 하나 딸 하나. 그 아들이 루스 아가씨와 약혼을 했어요."

"친척들끼리 또 사이좋게 약혼을 했네요."

근친결혼 얘기가 나오자 노에미는 합스부르크 턱을 떠올렸다. 그보다 더 적합한 비교 대상은 없을 것이다. 근친결혼을 거듭한 합스부르크 집안은 끝이 좋지 않았다.

"사이좋게는 아니었던 것 같아요. 그 결혼이 문제였죠. 베니토가 끼어 있었으니까. 베니토는 아우렐리오의 조카인데 도일 저택에 일을 하러 들어갔어요. 파업 사건이 있고 몇 년이나 흐른 뒤라 하워드 씨는 베니토와 아우렐리오의 관계에도 개의치 않고 직원으로 들인 것 같아요. 죽은 광부 따위는 신경 쓰지 않았기 때문일 수도 있고, 둘이 친척 관계인 줄 몰랐을 수도 있고요. 어쨌든 베니토는 그 집에서 식물을 돌보는 일을 했어요. 그 무렵 도일 집안 사람들은 정원보다는 온실 가꾸기에 더 열을 올렸어요.

베니토는 죽은 삼촌과 닮은 점이 많았어요. 똑똑하고 재미난 청년이었죠. 말썽을 피해 사는 법도 몰랐고요. 삼촌은 파업을 주도했는데, 베니토는 더 무시무시한 일을 저질렀어요. 루스 아가씨와 서로 사랑에 빠진 거예요."

"루스의 아버지가 질색했겠네요."

하워드는 딸 루스에게 우생학을 거들먹거리며 훈계를 했을 것이다. 우월한 인종이니 열등한 인종이니 해 가면서. 하워드가 그의 방 벽난로 앞에 앉아 딸을 질책하는 모습이 머릿속에 그려졌다. 루스는 바닥만 내려다보고 있었겠지. 가여운 베니토는 어떤 기회도 얻지 못했을 것이다. 웃기는 일이었다. 하워드 도일은 우생학에 심취한 나머지 가까운 친척끼리 결혼해야 한다고 믿은 모양이었다. 사촌과 결혼한 찰스 다윈의 삶을 모방하고 싶었던 걸까.

마르타가 나지막하게 말했다.

"사람들 얘기로는 하워드 씨가 루스 아가씨를 거의 죽이려고 했대요."

하워드가 딸의 가느다란 목을 손가락으로 휘감은 모습이 상상이 됐다. 강인한 손가락으로 있는 힘껏 목을 눌렀을 것이다. 루스는 숨도 쉴 수 없었을 테니 반항의 말조차 못 했겠지. **아빠, 제발요.** 그 장면이 생생하게 머릿속에 그려져 노에미는 식탁을 한 손으로 꽉 붙잡고 잠시 눈을 감아야 했다.

"괜찮아요?"

"예."

노에미는 눈을 뜨고 고개를 끄덕였다.

"괜찮아요. 좀 피곤해서 그래요."

노에미는 커피를 마셨다. 따뜻한 액체의 쓴맛이 입 안에 기분 좋게 감돌았다. 컵을 내려놓으며 말했다.

"얘기 계속해 주세요."

"더 길게 할 얘기도 없어요. 루스 아가씨는 처벌을 받았고 베니토는 실종됐어요."

"살해당한 건가요?"

마르타는 흐릿한 눈으로 노에미를 바라보며 앞으로 몸을 기울였다.

"더 안 좋았어요. 어느 날 갑자기 사라졌거든요. 하워드 씨에게 해코지를 당할까 봐 겁나서 도망쳤을 거라는 얘기도 있었고, 하워드 씨가 베니토를 실종되게 만들었다는 얘기도 있었어요.

루스 아가씨는 그해 여름에 사촌인 마이클과 결혼하기로 돼 있었는데, 베니토가 실종됐다고 해서 그 계획이 바뀔 리가 없었죠. 무슨 일이 일어나도 그런 계획은 안 바꾸는 사람들이니까. 혁명 중인데다 격변의 시대라서 광산에서 일하는 사람의 수는 많지 않았어요. 그럭저럭 굴러가기는 했지만요. 누군가 채굴 기계를 작동시키고 물을 퍼내지 않으면 광산에는 물이 차 버리기 일쑤였어요. 이 지역에는 비가 많이 오거든요.

대저택이라 하인들이 계속 리넨 천을 갈아 주고 가구에 먼지도 털어 줘야 했어요. 전쟁 중에도 그 집안 사람들의 생활은 별로 달라지지 않았는데 사람 하나 사라졌다고 달라졌겠어요? 하워드 씨는 아무 일도 없다는 듯 결혼식에 쓸 장신구를 주문했어요. 베니토가 실종됐든 말든 알 게 뭐냐는 듯이. 물론 루스 아가씨에게는 중요한 일이었겠죠.

정확히 무슨 일이 일어났는지 아는 사람은 없어요. 소문으로는 루스 아가씨가 가족들이 먹을 음식에 수면제를 탔다고 해요. 수면제를 어디서 얻었는지 모르겠어요. 똑똑한 사람이었으니 식물과 약에 대한 지식이 풍부했을 수도 있을 거예요. 본인이 쓰려고 이것저것 섞어 만든 수면제일 수도 있고. 아니면 연인이 구해다 준 약이거나요. 처음에는 가족들을 다 재워 놓고 도망칠 생각이었을 거예요. 그런데 베니토가 실종된 후 루스 아가씨는 생각을 바꿨어요. 그리고 결국 잠들어 있는 아버지에게 총을 쐈죠. 아버지가 자기 연인에게 한 짓 때문일 거예요."

"아버지만 쏜 게 아니라면서요. 어머니를 비롯해 다른 사람들도 쐈다던데. 죽은 연인에 대한 복수를 하려고 한 거면 아버지만 쐈어야 하지 않아요? 다른 사람들은 왜 쐈을까요?"

"그 사람들도 잘못한 게 있다고 생각했겠죠. 미쳐서 그런 것일 수도 있고요. 누가 알겠어요. 그래서 내가 그 집 사람들이 저주받았다고 한 거예요. 그 집에는 유령이 나와요. 아가씨도 유령 나오는 집에서 살고 있으니 멍청하거나 용감하거나 둘 중 하나겠네요."

노에미의 꿈속에서 루스는 '난 죄송하지 않아.'라고 말했다. 집안을 돌아다니며 핏줄들에게 총을 발사하면서 루스는 아무런 후회도 없었을까? 노에미가 당시에 대한 꿈을 꾸긴 했지만 꼭 그런 식으로 일어난 일이 아닐 수도 있었다. 악몽 속에서 저택은 도저히 불가능할 것 같은 방식으로 뒤틀리고 변형돼 있었다.

컵을 바라보던 노에미는 인상을 쓰다가 커피를 몇 모금 마셨다. 아침부터 위장이 영 협조를 안 해 주고 있었다.

"유령이나 빙의 같은 현상이 나타났을 때 사람이 할 수 있는 일이 별로 없는 게 문제예요. 밤에 유령들을 위해 초를 켜 놓고 빌면 그것들이 좋아할 수도 있겠죠? 나쁜 공기라는 개념 알아요? 도시에서 어머니한테 들은 적 있어요?"

"조금 듣기는 했어요. 나쁜 공기를 쐬면 몸에 병이 든다는 얘기였죠."

"공기가 무거운 집이 있어요. 사악한 기운이 내리눌러서 공기 자체가 묵직하게 느껴지는 집인 거죠. 그 기운은 죽음일 수도 있고 다른 무언가일 수도 있어요. 문제는 나쁜 공기가 몸에 스며들어 그 안에 자리를 잡고 사람을 내리누른다는 거예요. 하이 플레이스에 사는 도일 가문 사람들의 문제도 바로 그거고요."

그 말을 들으며 노에미는 생각했다.

'동물에게 꼭두서니 덩굴 풀을 먹여 뼈와 몸속을 죄다 붉게 물들이는 것과 비슷하겠구나.'

마르타는 의자에서 일어나 주방 서랍을 열었다. 그 안에서 구슬 팔찌를 꺼내 식탁 앞으로 가져와 노에미에게 내밀었다. 자그마한 파란색과 하늘색 유리구슬로 된 팔찌였다. 그중 한가운데에 끼워진, 검은 점이 있는 큼직한 파란 구슬이 눈에 띄었다.

"사악한 눈으로부터 지켜 주는 팔찌예요."

"저도 알아요."

노에미는 이런 장신구를 본 적 있었다.

"손목에 찰래요? 도움이 될 거예요. 해로울 거 없어요. 내가 모시는 성인들에게 아가씨를 잘 지켜 달라고 부탁할게요."

노에미는 핸드백을 열고 그 안에 약병을 집어넣었다. 마르타의 감정을 상하게 하고 싶지 않아서 순순히 팔찌를 팔목에 찼다.

"감사합니다."

마을 중앙으로 돌아가면서 노에미는 도일 집안에 대해 새로이 알게 된 사실을 머릿속으로 곱씹었다. 그중 카탈리나에게 도움이 될 만한 정보는 없었다. 귀신의 출몰이 멋대로 뻗어 나간 상상의 산물이 아니라 실제로 일어난 일임을 받아들인다고 해도 무슨 의미가 있을까. 어젯밤에 느낀 두려움은 이미 사라졌고 찝찝한 뒷맛이 남아 있을 뿐이었다.

노에미는 카디건 소매를 당겨 올리고 손목을 다시 긁었다. 심하게 가려웠다. 지금 보니 손목에 화상이라도 입은 것처럼 얇게 붉은 줄이 죽죽 가 있었다. 노에미는 눈살을 찌푸렸다.

카마리요 선생이 있는 공공 보건소가 근처에 있어 들르기로 했다. 환자가 없기를 바랐는데 운이 좋았다. 의사는 접수 구역에서 토르티야를 먹고 있었다. 흰 가운 대신 외줄 단추로 된 단순한 트위드 재킷 차림이었다. 노에미가 다가가자 훌리오 카마리요는 토르티야를 바로 옆 탁자에 내려놓고 손수건으로 입과 손을 닦았다.

"산책 나오신 겁니까?"

"비슷해요. 제가 아침 식사를 방해했나 봐요?"

"방해랄 것도 없습니다. 별로 맛도 없어요. 직접 만들었는데 맛이 영 아니네요. 사촌언니는 좀 어떻습니까? 그 집에서 전문의에게 보이던가요?"

"형부는 언니를 다른 의사에게 보여야 한다는 생각을 안 하는 것 같아요. 아서 커민스 선생님으로 충분하대요."

"제가 커민스 선생에게 말을 해 드릴까요?"

노에미는 고개를 저었다.

“그랬다가는 상황만 더 나빠질 거예요.”

“안타깝네요. 노에미 씨는 어때요?”

“모르겠어요. 손목에 이렇게 발진이 생겼어요.”

노에미는 손목을 들어 의사에게 보여 주었다.

훌리오는 자세히 들여다보았다.

“특이하네요. 말라 무헤르라는 풀에 접촉한 상처처럼 보이는데 이 근방에서는 자라지 않는 풀입니다. 그 풀의 잎사귀를 만지면 이런 피부염이 발생하죠. 알레르기 있으세요?”

“없어요. 어머니는 제가 말도 안 되게 건강한 체질이라고 하셨어요. 어머니가 어렸을 때는 다들 맹장염을 앓는 게 유행이었다고, 여자들은 촌충 다이어트까지 하면서 살을 뺐다고 하시면서 저를 타박하셨죠.”

“촌충 다이어트 얘기는 농담으로 하신 말씀일 겁니다. 아무 근거 없는 방식이거든요.”

“생각만 해도 소름 끼치는 얘기죠. 어쨌든 제가 무언가에 알레르기가 있다는 건가요? 식물이나 풀에요?”

“알레르기의 원인은 무수히 많습니다. 일단 손을 씻고 통증 완화 연고를 바르도록 하죠. 이쪽으로 오세요.”

그는 노에미를 진료실로 데려갔다.

노에미는 진료실 한쪽 구석의 작은 세면대에서 손을 씻었다. 훌리오는 손목에 아연 연고를 바르고 붕대를 감아 주면서, 피부 상태가 더 안 좋아질 수 있으니 되도록 그 부위를 긁지 말라고 경고했다. 그리고 내일 붕대를 갈면서 아연 연고를 새로 발라 주라고 말했다.

"염증이 가라앉으려면 며칠 걸릴 겁니다."

그는 노에미를 보건소 출구로 데려다주었다.

"일주일 정도 지나면 괜찮을 겁니다. 낫지 않으면 다시 찾아와요."

"고맙습니다."

노에미는 자그마한 아연 연고 통을 핸드백에 집어넣었다.

"물어볼 게 하나 더 있어요. 몽유병 증상이 도지는 원인이 있을까요?"

"도져요?"

"어렸을 때 몽유병 증상이 있었는데 크면서 괜찮았거든요. 그런데 어젯밤에 다시 잠결에 돌아다녔어요."

"몽유병은 성인보다 어린아이에게 더 흔한 증상이긴 합니다. 최근에 새로 복용하기 시작한 약이 있습니까?"

"아뇨. 아까도 말씀드렸다시피 저는 말도 안 될 정도로 건강한 체질이에요."

"근심 때문에 그럴 수도 있습니다."

의사는 말끝에 미소를 지었다.

"잠결에 걸으면서 정말 괴상한 꿈을 꿨어요. 어렸을 때 몽유병으로 돌아다닐 때랑은 기분이 많이 다르더라고요."

몹시 음울한 꿈이었다. 그러다 깨서 버질과 얘기를 나눴지만 불안한 마음은 가라앉지 않았다. 그 생각을 하며 노에미는 인상을 찌푸렸다.

"제가 이번에도 별로 도움이 못 된 것 같군요."

"그런 말씀 마세요."

"다음에 또 그런 증상이 나타나면 찾아오세요. 손목 상처 잘 살피시고요."

"그럴게요."

보건소를 나온 노에미는 마을 광장을 에워싸고 있는 자그마한 가게 중 한곳에 들러 담배 한 갑을 샀다. 로테리아 카드는 찾을 수가 없어서 대신 포커 카드를 샀다. 하루를 즐겁게 보내게 해 줄 컵, 몽둥이, 주화, 칼 같은 그림이 그려진 카드였다. 카드 점을 쳐서 미래를 알 수 있다고 한 사람도 있었지만 노에미는 그저 친구들과 돈내기를 하며 카드놀이를 하고 싶을 뿐이었다.

가게 주인은 느릿느릿 잔돈을 셌다. 나이가 무척 많은 할아버지인데 안경알 한가운데에 금이 가 있었다. 가게 입구에 퍼질러 앉은 누런 개가 더러운 그릇에 담긴 물을 할짝거렸다. 노에미는 가게를 나서면서 개의 귀 뒤를 긁어 주었다.

우체국도 마을 광장에 있었다. 노에미는 아버지에게 하이 플레이스의 상황에 대해 알리는 짤막한 편지를 보냈다. 다른 의사에게 카탈리나를 진찰하게 했는데 정신과적 치료가 필요하다고 진단했다는 내용이었다. 버질이 다른 의사에게 카탈리나를 보이는 걸 무척 싫어하더라는 얘기는 굳이 쓰지 않았다. 괜히 아버지를 걱정시키고 싶지 않았다. 악몽에 대한 얘기나 잠결에 돌아다닌 얘기도 언급하지 않았다. 손목에 생겨난 발진도 이번 여정의 불쾌한 점 중 하나였지만 주저리주저리 늘어놓을 필요 없다고 판단했다.

볼일을 마친 노에미는 광장 한가운데 서서 주변의 몇 안 되는 가게들을 둘러보았다. 아이스크림 가게나 장식품을 파는 기념품 가게, 음악가들이 연주를 하는 연주대는 보이지 않았다. 가게 중 두 곳은 진열장 쪽이 널빤지로 막혀 있었는데, 널빤지에 페인트로 '매물'이라고 적혀 있었다. 성당은 그나마 볼 만했지만 나머지는 울적하기만 한 풍경이었다. 말라죽은 세상 같았다. 루스의 나날도 이렇게 우울했을까? 루스가 마을을 방문할 수나 있었을까? 하이 플레이스에서 갇혀 살았던 건가?

프랜시스가 차에서 내려 준 장소로 돌아갔다. 2분쯤 지났을까. 연철 벤치에 앉아 담배에 불을 붙이려는데 프랜시스가 차를 몰고 나타났다.

"빨리 왔네요."

"어머니가 지각을 싫어하셔서요."

노에미 앞에 선 그는 감청색 띠를 두른 중절모를 벗었다. 아침에 쓰고 나온 모자였다.

"우리 행선지를 말했어요?"

"집에 갔다 온 건 아닙니다. 그랬으면 어머니나 버질이 왜 당신을 혼자 마을에 내려놓고 왔냐고 캐물었겠죠."

"혼자 차를 타고 이리저리 돌아다닌 거예요?"

"좀 돌아다니다가 저 나무 밑에 차를 세우고 낮잠을 잤어요. 거기는 왜 그래요?"

그는 붕대를 감은 그녀의 손목을 가리켰다.

"발진이 생겨서요."

노에미는 일어서게 도와 달라는 뜻으로 손을 내밀었다. 프랜시스가 손을 잡아 주었다. 어마어마한 높이의 하이힐을 안 신어서인지 노에미의 머리가 그의 어깨높이에 겨우 닿았다. 이 정도 키 차이가 나면 노에미는 까치발로 서곤 했는데, 그런 노에미를 보며 사촌들은 발레리나냐며 놀려 댔다. 상냥해서 남을 놀릴 줄 모르는 카탈리나는 아니었지만, 마리루루는 놀릴 기회를 놓치는 법이 없었다. 이번에도 노에미는 반사적으로 까치발을 들었다. 별 의미 없는 행동이었지만 깜짝 놀란 프랜시스는 손에 힘이 풀렸는지 쥐고 있던 모자를 놓치고 말았다. 갑자기 불어온 바람에 모자가 휙 날아갔다.

"아, 이런."

노에미가 말했다.

두 사람은 모자를 쫓아 두 블록쯤 달려갔다. 노에미가 모자를 가까스로 붙잡았다. 몸에 딱 붙는 치마에 스타킹까지 신고 있었으니 쉬운 일은 아니었다. 가게 앞에서 본 누런 개가 그 광경이 재미있는지 노에미에게 왈왈 짖다가 그녀의 주변을 빙글빙글 돌았다. 노에미는 모자를 가슴에 껴안고 웃으며 말했다.

"이 정도면 오늘 할 미용 체조를 다 한 것 같아요."

프랜시스도 즐거운지 평소와 달리 신이 난 표정으로 노에미를 바라보았다. 평소 그는 나이에 어울리지 않게 우울하고 체념한 분위기였는데, 한낮의 햇빛 때문인지 울적하던 기운이 걷히고 뺨도 상기되어 있었다. 버질과 달리 프랜시스는 잘난 외모는 아니었다. 윗입술은 몹시 얇고 눈썹은 지나칠 정도로 곡선형이며 졸린 눈을 하고 있었다. 그래도 노에미는 프랜시스가 마음에 들었다.

특이하지만 귀여운 면이 있었다.

노에미가 모자를 내밀자 그는 두 손으로 조심스럽게 받아들었다. 노에미가 계속 쳐다보자 그는 수줍어하며 물었다.

"왜요?"

"모자를 구해 줬는데 고맙다는 인사도 안 해요?"

"고마워요."

"바보."

노에미는 프랜시스의 뺨에 입을 맞췄다.

프랜시스가 또 놀라서 모자를 떨어뜨려 다시 또 쫓아가야 할까 봐 걱정했지만, 그는 모자를 꼭 쥐고 있었다. 미소 띤 얼굴로 노에미와 함께 차로 돌아가며 그가 물었다.

"마을에서 일은 다 봤어요?"

"예. 우체국도 다녀오고 의사도 만났어요. 어떤 사람을 만나 하이 플레이스 얘기도 들었고요. 그 집에서 일어난 얘기를 해 주더라고요. 루스에 대해서."

노에미는 루스 생각을 떨칠 수 없었다. 수십 년 전에 일어난 살인 사건을 굳이 지금 와서 계속 신경 쓸 필요는 없는데 자꾸 그쪽으로 관심이 갔다. 그 사건 얘기를 또 하고 싶어졌다. 그 화제로 얘기를 나눌 대화 상대로 프랜시스만 한 사람이 또 있을까?

프랜시스는 모자로 자기 다리를 툭툭 치며 물었다.

"무슨 얘기요?"

"연인이랑 달아나려고 했대요. 그러다 결국 가족을 전부 총으로 쏘게 됐다고. 왜 그렇게까지 했는지 이해가 안 돼요. 그냥 하이 플레이스에서 도망치면 되는 거잖아요? 떠나 버리면 그만일 텐데."

"하이 플레이스를 떠날 수는 없어요."

"왜 못 떠나요. 성인 여자인데."

"여자니까요. 당신 같으면 원하는 대로 살 수 있겠어요? 가족들이 속상해할 텐데?"

"그럴 일이 없어서 그렇지, 할 수는 있을걸요."

그 순간, 스캔들을 질색하고 신문 사교계 면에 창피스러운 기사가 날까 봐 두려워하는 아버지가 생각났다. 노에미가 과연 가족에게 반기를 들 수 있을까?

"어머니는 하이 플레이스를 떠나 결혼을 하셨다가 결국 돌아오셨어요. 하이 플레이스를 영원히 벗어날 수 없는 거예요. 루스도 그걸 알았겠죠. 그래서 그런 짓을 했을 겁니다."

"뿌듯해하는 것 같네요."

프랜시스는 모자를 머리에 쓰고 엄숙한 눈으로 노에미를 바라보았다.

"아뇨. 솔직히 그분이 하이 플레이스를 불태워 잿더미로 만들었어야 했다고 생각합니다."

너무 충격적인 발언이라 노에미는 잘못 들었나 했다. 하지만 차를 타고 집으로 돌아가는 내내 프랜시스는 말이 없었다. 따라서 잘못 들은 게 아님을 알 수 있었다. 날카로운 침묵은 그가 농으로 한 말이 아님을 확인시켜 주었다. 침묵은 그의 말을 한층 강조해 줄 뿐이었다. 노에미는 차창 쪽으로 고개를 돌렸다. 불을 붙이지 않은 담배를 손에 쥐고, 나뭇가지 사이로 흘러드는 햇살을 바라보았다.

13장

그날 밤 노에미는 소소하게 카지노의 밤 놀이를 하기로 했다. 예전부터 친구들과 즐기곤 하던 놀이였다. 조부모님 옷장에서 골라 온 오래된 옷을 입고 다 같이 식당에 모여 앉아 마치 몬테카를로나 아바나에서 돈을 펑펑 써 대는 부자인 양 카드놀이를 하는 거였다. 어렸을 때부터 그러고 놀았고 좀 더 나이가 들어서도 마찬가지였다. 타보아다 사촌들은 탁자에 둘러앉아 레코드플레이어로 음악을 틀어 놓고 경쾌한 곡에 맞춰 발을 까딱거리며 신중하게 카드놀이를 했다. 하이 플레이스에는 음반이 없으니 분위기가 같지는 않겠지만 노에미는 예전처럼 카지노의 밤 놀이를 해 보기로 했다.

커다란 스웨터의 한쪽 주머니에 카드 한 벌을, 다른 쪽 주머니에 작은 약병을 집어넣고 카탈리나의 방 안쪽을 살그머니 들여다보았다. 카탈리나는 혼자였고 깨어 있었다. 지금이 딱 좋은 때였다.

"선물 가져왔어."

창가에 앉아 있던 카탈리나가 고개를 돌려 노에미를 바라보았다.

"지금?"

노에미는 카탈리나에게 다가가며 말했다.

"왼쪽 주머니인지 오른쪽 주머니인지 언니가 골라. 그럼 그 안에 들어 있는 걸 줄게."

"잘못된 선택을 하면?"

카탈리나의 머리카락이 어깨 아래로 흘러 내려와 있었다. 카탈리나는 짧은 머리를 한 적이 없었다. 그 긴 머리카락을 보니 노에미는 괜히 반가웠다. 카탈리나의 윤기 나는 사랑스러운 머리카락. 노에미는 어렸을 때 그 머리카락을 빗질하고 땋으면서 놀았던 즐거운 추억이 있었다. 카탈리나는 어린 노에미가 자기를 살아 있는 인형 취급을 하는데도 가만히 참아 주었다.

"다른 쪽 주머니에 뭐가 들었는지 영원히 모르게 되는 거지 뭐."

"웃겨."

카탈리나는 미소 띤 얼굴로 말했다.

"좋아, 할게. 오른쪽."

"짜잔."

노에미는 카탈리나의 무릎에 카드 한 벌이 담긴 작은 상자를 내려놓았다. 뚜껑을 연 카탈리나는 미소 지으며 카드를 꺼내 손에 들었다.

"게임 몇 판 하자. 첫 판은 내가 져 줄게."

"퍽이나 그렇겠다! 너처럼 경쟁심이 센 애는 본 적이 없어. 그런데 우리가 밤늦게 카드놀이를 하면 플로렌스가 가만히 있지 않을 텐데."

"조금만 하면 되지."

"판돈이 없어. 넌 판돈 없으면 게임 안 하잖아."

"안 할 핑계를 찾고 있는 거야 뭐야. 잔소리쟁이 플로렌스가 무서워서 그래?"

카탈리나는 재빨리 일어나 화장대 옆에 서서 거울의 각도를 조정했다. 그리고 거울 속 자신의 모습을 들여다보며 빗 옆에 카드를 내려놓았다.

"아니, 전혀."

카탈리나는 빗을 손에 쥐고 머리카락을 두어 번 빗어 내렸다.

"잘됐네. 언니한테 주려고 다른 선물도 가져왔는데 겁쟁이한테는 주고 싶지 않았거든."

노에미는 초록색 약병을 주머니에서 꺼냈다. 고개를 돌린 카탈리나는 놀라워하며 조심스럽게 약병을 손에 쥐었다.

"가져왔구나."

"가져오겠다고 했잖아."

"고마워. 정말 고마워."

카탈리나는 노에미를 끌어안았다.

"네가 나를 안 버릴 줄 알았어. 우리가 예전에 이야기책에서 본 괴물이랑 유령 있잖아. 그것들은 실제로 있어."

카탈리나는 노에미를 품에서 놓아주고 서랍을 열었다. 그 안에서 손수건 두 장, 흰 장갑 한 벌, 그리고 원하던 것을 꺼냈다. 작은 은스푼이었다. 약병에 든 내용물을 그 스푼에 따라 마셨다. 손가락을 파르르 떨면서 한 스푼, 또 한 스푼 따라 마셨다. 네 스푼째 또 따라 마시려는 카탈리나를 노에미가 말리며 약병을 빼앗아 스푼과 함께 화장대에 내려놓았다.

"맙소사. 너무 많이 마시지 마. 마르타가 한 스푼이면 충분할 거라고 했단 말이야. 이러다가는 카드놀이 한판을 다 하기도 전에 코 골면서 열 시간을 내리 자 버리겠어."

"그래. 그렇겠지."

카탈리나는 힘없이 미소 지었다.

"카드를 내가 섞을까, 아니면 언니가 할래?"

"내가 해 볼게."

카드를 향해 손을 뻗던 카탈리나가 우뚝 멈췄다. 카드가 놓여 있는 곳 위에서 손이 그대로 얼어 버린 듯했다. 녹갈색 눈을 휘둥그렇게 뜨고 입을 꾹 다물었다. 그 표정이 너무 낯설었다. 무아지경에 빠져든 여자 같았다. 노에미는 인상을 쓰며 물었다.

"언니? 괜찮아? 좀 앉을래?"

카탈리나는 대답하지 않았다. 노에미는 카탈리나의 팔을 잡고 침대 쪽으로 데려가려 했지만 카탈리나는 그 자리에서 꿈쩍도 하지 않았다. 손가락을 구부려 주먹을 쥐더니 휘둥그레진 눈으로 앞만 바라보았다. 심상치 않은 모습이었다. 노에미는 카탈리나를 전혀 앞으로 밀어 보낼 수 없었다. 차라리 코끼리를 미는 게 낫다 싶을 정도였다.

"언니. 이러지 말고……."

요란한 소리가 났다. 맙소사, 관절이 부러진 게 아닐까. 카탈리나가 부들부들 떨기 시작했다. 머리부터 발끝까지 잔물결 치듯 마구 흔들리고 있었다. 그 떨림은 점차 심해져 거의 발작에 가까워졌다. 카탈리나는 두 손으로 배를 부여잡고 머리를 흔들어 댔다. 카탈리나의 폐에서 몹시도 지독한 비명이 터져 나왔다.

노에미는 카탈리나를 안아서 침대 쪽으로 끌고 가려고 했지만 카탈리나는 완강했다. 약해 보이는 몸에서 어떻게 그런 힘을 발휘하는지 놀라웠다. 끌려가지 않으려 버티는 카탈리나와 함께 노에미는 결국 바닥으로 쓰러져 나뒹굴고 말았다. 카탈리나는 입을 발작적으로 벌렸다 다물었다 하며 두 팔을 마구 휘저었다. 다리도 격하게 떨었다. 입 한쪽 가장자리로는 침이 질질 흘러내렸다. 노에미가 소리쳤다.

"도와줘요! 도와주세요!"

예전에 같은 학교에 다니던 학생 중에 뇌전증을 앓는 여학생이 있었다. 그 애는 학교에서 발작을 일으킨 적은 없지만, 발작이 시작되면 바로 입에 물 수 있도록 작은 막대기를 지갑에 넣어 가지고 다닌다는 얘기를 노에미에게 한 적이 있었다.

카탈리나의 발작이 점점 심해지자—믿기지 않지만 부정할 수 없는 사실이었다—노에미는 화장대 위에 있던 은스푼을 카탈리나의 입에 물려 혀를 깨물지 않도록 조치했다. 그 와중에 노에미는 화장대 위에 놓아둔 카드를 손으로 치고 말았다. 카드들이 바닥에 떨어져 부채꼴 모양으로 쫙 퍼졌다. 펜타클 시종이 그려진 카드가 노에미를 비난하듯 올려다보았다.

노에미는 복도로 달려 나가 소리쳤다.

"도와주세요!"

이렇게 난리가 났는데 아무도 못 들었나? 노에미는 이 문 저 문 두드리며 목청을 있는 대로 높여 소리쳤다. 갑자기 프랜시스가 나타났고 바로 뒤따라서 플로렌스도 다가왔다.

"카탈리나 언니가 발작을 일으켰어요."

그들은 카탈리나의 방으로 달려 들어갔다. 카탈리나는 여전히 부들부들 떨며 바닥에 늘어져 있었다. 프랜시스가 그녀에게 다가가 두 팔로 몸을 감싸 일으켜 앉히고 진정시키려 애썼다. 노에미가 도우려 하자 플로렌스가 앞을 가로막았다.

"나가 있어요."

"저도 도울게요."

"나가 있으라니까요."

플로렌스는 노에미의 등을 떠밀어 방 밖으로 내보내고 코앞에서 방문을 세차게 닫았다.

노에미는 미친 듯이 방문을 두드렸지만 안에서는 열어 주지 않았다. 웅얼웅얼 말하는 소리 간간이 크게 한두 마디 하는 소리가 들려왔다. 노에미는 복도를 서성이기 시작했다.

마침내 방에서 나온 프랜시스가 얼른 방문을 닫았다. 노에미가 그의 곁으로 달려가 물었다.

"어떻게 된 거예요? 언니는 좀 어때요?"

"침대에 눕혔어요. 커민스 선생을 데려올게요."

그들은 함께 계단 쪽으로 서둘러 걸어갔다. 그의 보폭이 커서 노에미는 보속을 맞추느라 종종걸음을 쳐야 했다.

"같이 가요."

"아닙니다."

"뭐든 돕고 싶어요."

걸음을 멈춘 프랜시스는 고개를 저으며 노에미의 두 손을 잡았다. 그가 부드럽게 달랬다.

"나랑 같이 가면 상황이 악화될 겁니다. 거실에 가 있어요. 돌아와서 같이 데리고 가 줄게요. 오래 안 걸려요."

"약속하죠?"

"예."

프랜시스는 계단을 달려 내려갔다. 노에미도 뛰다시피 계단을 내려가 두 손으로 얼굴을 부여잡았다. 계단 맨 아래 칸에 다다랐을 때쯤 눈가에 눈물이 고이기 시작했다. 거실로 들어가자 눈물이 왈칵 쏟아졌다. 두 손을 모으고 카펫에 주저앉았다. 시간이 계속 흘러갔다. 스웨터 소매로 코를 문질러 닦고 손등으로 눈물도 닦았다. 일어서서 프랜시스가 오길 기다렸다.

그는 거짓말을 했다. 시간이 너무 오래 걸렸다. 무엇보다 커민스, 플로렌스까지 대동하고 거실로 돌아왔다. 그래도 그동안 여기서 혼자 침착을 되찾을 수 있었으니 다행이었다.

노에미는 서둘러 의사에게 다가가 물었다.

"언니는 어때요?"

"잠들었습니다. 위기는 지나갔어요."

"감사합니다, 하느님."

노에미는 긴 안락의자에 주저앉아 덧붙였다.

"도대체 이게 무슨 일인지 모르겠어요."

"이거 때문이지 모르긴 뭘 몰라요. 어디서 났어요?"

플로렌스는 노에미가 마르타 두발에게 받아 온 약병을 들어 올리며 날카롭게 내뱉었다.

"그냥 수면보조제예요."

"당신이 가져온 수면보조제 때문에 카탈리나가 탈이 났잖아요."

노에미는 고개를 저었다.

"아니에요. 언니가 그 약이 필요하다고 했어요."

"댁이 의료 전문가입니까?"

커민스가 따지고 나섰다. 그는 몹시 불쾌한 얼굴이었다. 노에미는 입 안이 바짝 말랐다.

"그렇지는 않지만……."

"이 약병에 뭐가 들었는지 모르죠?"

"말씀드렸잖아요. 카탈리나 언니가 잠을 잘 수 있게 도와줄 약을 필요로 했다고요. 언니가 그 약을 구해 달라고 했어요. 전에도 복용한 적 있다고. 그러니 그 약 때문에 탈이 났을 리 없어요."

"이 약 때문에 탈 난 거 맞습니다."

의사가 말하자 플로렌스도 노에미에게 삿대질을 하며 거들었다.

"이건 아편 팅크예요. 당신은 아편 팅크를 사촌언니에게 먹인 거라고요."

"그런 거 아니라고요!"

커민스가 중얼거렸다.

"아주 무분별하군요. 무분별해. 이런 추잡한 약물을 구해 오다니 도무지 이해가 안 되는군요. 게다가 사촌의 입 안에 스푼까지 집어

넣다니. 발작을 하다 혀를 씹어 삼킨 사람들에 대한 바보 같은 얘길 어디서 들었나 보죠? 개소리입니다. 다 개소리예요."

"저는……."

플로렌스가 노에미의 말을 가로막고 따졌다.

"아편 팅크를 어디서 구했어요?"

아무한테도 말하지 마. 카탈리나는 그렇게 부탁했었다. 이 자리에서 마르타 두발 얘기를 하면 당장 비난의 화살은 피할 수 있겠지만 카탈리나의 부탁 때문에 말할 수가 없었다. 노에미는 손톱이 의자의 직물을 파고들 정도로 안락의자 등받이를 한 손으로 꽉 잡으며 참았다.

플로렌스가 계속해서 말했다.

"당신이 카탈리나를 죽일 수도 있었어요."

"아니에요!"

노에미는 울음이 터져 나올 것 같았지만 이런 상황에서, 이 사람들 앞에서 울 수는 없었다. 프랜시스가 안락의자 뒤로 와 서서 손을 잡아 주었다. 그의 손가락이 유령처럼 희미하게 느껴졌다. 위안을 받은 노에미는 용기를 내 비밀을 지켰다.

"이 약을 누구한테 받아왔습니까?"

의사가 물었지만 노에미는 의자를 손으로 꽉 붙잡고 그들을 똑바로 쳐다볼 뿐 대답하지 않았다.

"뺨이라도 한 대 올려붙여야겠네. 얼굴에서 저따위 무례한 표정을 걷어 내려면."

그렇게 말하며 플로렌스가 앞으로 다가왔다. 당장이라도 뺨을 후려칠 기세였다. 노에미는 일어서기 위해 프랜시스의 손을 옆으로 밀어냈다.

그때 버질이 나섰다.

"가서 아버지 상태를 확인해 주시면 고맙겠습니다, 커민스 선생님. 오늘 밤에 일어난 소동으로 걱정하고 계세요."

버질은 아무렇지 않게 거실로 들어왔다. 사이드보드로 걸어가 디캔터를 들여다보는 모습도 편안하기 그지없었다. 혼자였으면 여느 저녁때처럼 술이라도 한잔 따라 마실 것 같은 분위기였다.

의사가 대답했다.

"알았네. 그렇게 하지."

"다른 두 사람도 같이 나가 줘. 처제와 단둘이 얘기 좀 나눠야겠으니까."

"나는……."

플로렌스가 반발했지만 버질은 날카롭게 명령했다.

"처제와 단둘이 얘기를 해야겠다니까."

비단처럼 부드럽던 그의 목소리가 사포처럼 거칠었다.

의사는 "지금 바로 가서 확인하겠네."라고 중얼거리며 거실을 나섰다. 음침하게 입을 다문 플로렌스가 그 뒤를 따랐고 프랜시스가 마지막으로 거실을 나갔다. 프랜시스는 노에미를 불안한 눈빛으로 한 번 쳐다보고는 거실 문을 천천히 닫았다.

버질은 와인을 따르고 잔을 빙글빙글 돌리며 그 안을 물끄러미 바라보았다. 그러다 노에미에게 다가오더니 긴 안락의자에 나란히 앉았다. 바로 옆에 앉은 그의 다리가 노에미의 다리를 스쳤다.

"카탈리나한테 들은 적 있어. 처제가 의지가 무척 강한 편이라고. 지금까지 그게 무슨 뜻인지 몰랐는데 이제 알겠네."

그는 길쭉한 협탁에 잔을 내려놓았다.

"언니는 몸이 좀 약한 편이잖아? 그런데 처제는 뼛속까지 패기가 있어."

목소리가 너무 유쾌해서 노에미는 놀라 숨이 막혔다. 버질은 이게 무슨 게임인 것처럼, 카탈리나는 걱정할 정도로 아프지도 않다는 듯이 말하고 있었다.

"사람을 존중할 줄 아셔야죠."

"처제야말로 존중할 줄 좀 알라고. 여긴 내 집이야."

"그건 죄송하게 됐고요."

"전혀 죄송한 말투가 아닌데."

노에미는 그의 눈빛을 읽을 수가 없었다. 아마 경멸이 담겨 있지 않을까.

"죄송하다고요! 언니를 도우려고 한 일이에요."

"참 재미있는 방법으로 도움을 주려고 했네. 어떻게 내 아내를 이렇게 끊임없이 흔들어 놓을 수가 있지?"

"뭘 끊임없이 흔들어요? 언니는 내가 찾아와서 기뻐하고 있잖아요. 언니가 직접 그렇게 말했어요."

"처제는 낯선 사람을 집에 들여 카탈리나를 진찰하게 했고 카탈리나에게 독까지 먹였어."

"맙소사."

노에미는 기가 막혀 의자에서 일어섰다.

버질은 노에미의 손목을 잡아당겨 도로 앉혔다. 붕대를 감은 손목이라 그가 만진 순간 불에 덴 듯 쓰라렸다. 노에미가 움찔하자 그는 노에미의 옷소매를 걷어 붕대를 확인하고는 히죽 웃었다.

"팔 놔요."

"카마리요가 치료해 줬나 봐? 아편 팅크도 그 친구가 준 건가? 그래?"

"내 몸에 손대지 말라고요."

하지만 버질은 손목을 놓아주지 않았다. 오히려 가까이 다가와 팔까지 꽉 잡았다. 지금까지 노에미는 하워드는 벌레, 플로렌스는 식충 식물 같다고 생각했다. 그런데 버질은 먹이 사슬의 저 위쪽에 있는 육식 동물이었다.

"플로렌스가 한 말이 맞아. 처제는 뺨 몇 대 맞고 교훈을 좀 얻어야 해."

"이 방에 뺨을 맞아야 할 사람이 있다면 그건 내가 아닐 텐데요."

버질은 고개를 젖히고 큰 소리로 거칠게 웃어 댔다. 그러더니 손을 뻗어 잔을 찾았다. 버질이 잔을 들어 올린 순간 잔에서 넘친 짙은 색깔의 와인 몇 방울이 협탁에 떨어졌다. 버질의 웃음소리에 노에미는 움찔했지만 적어도 그의 손아귀에서 벗어나기는 했다.

노에미는 손목을 다른 쪽 손으로 문지르며 말했다.

"미쳤네요."

"걱정돼서 미치겠기는 해."

그는 와인을 쭉 들이켜더니 잔을 다시 탁자에 내려놓지 않고 바닥에 아무렇게나 던졌다. 잔은 깨지지 않고 카펫 위로 굴러갔다. 깨지든 말든 노에미는 알 바 아니었다. 저 남자의 잔이니까. 이 집에 있는 다른 모든 물건들과 마찬가지로, 깨고 안 깨고도 그가 알아서 할 일이었다.

"카탈리나가 겪는 일에 신경 쓰는 사람이 처제뿐인 것 같아?"

그는 잔에 시선을 고정한 채 물었다.

"그런 모양이네. 카탈리나가 처제네 가족에게 보낸 편지를 보고 이렇게 생각했겠지. '아, 이제 우리가 저 골치 아픈 남자한테서 카탈리나 언니를 데려올 수 있겠구나.' 그리고 지금은 이렇게 생각할 거야. '나쁜 놈인 줄 진즉에 알았어.' 처제의 아버지는 나를 카탈리나의 남편감으로 영 탐탁잖아 하셨지.

광산 문이 열린 상태였으면 결혼을 반기셨을 거야. 나를 값어치 있는 놈으로 보셨을 테니까. 지금처럼 하찮게 여기지도 않으셨겠지. 지금도 속에서는 불이 나실 거야. 카탈리나가 하필 나를 남편으로 골랐으니까. 하지만 재산 따위를 노리고 한 결혼이 아니야. 난 도일 집안 사람이거든. 그 점을 기억해 주면 좋겠어."

"이제 와서 그런 얘길 왜 하는지 모르겠네요."

"처제는 나를 남편 노릇도 못 하는 사람 취급하면서 본인이 직접 카탈리나한테 약까지 먹였어. 내가 아내를 형편없이 대하는 놈이라, 나 몰래 내 아내의 입에 쓰레기를 집어넣은 거지. 우리가 모를 줄 알았어? 이 집에서 일어나는 일은 전부 우리 손안에 있어."

"언니가 이 약을 구해다 달라고 했어요. 사촌분과 의사한테도 이미 말했다시피 난 이런 일이 일어나게 될 줄 몰랐어요."

"그래, 처제는 아는 게 별로 없지. 그런데도 모든 걸 다 아는 척 나

대고 있어. 안 그래? 제멋대로인 꼬맹이가 내 아내를 다치게 했어."

그는 잔인할 정도로 싸늘하게 말을 맺었다.

자리에서 일어선 그는 잔을 집어 벽난로 선반에 올려 두었다. 노에미는 심장 속에서 두 개의 불꽃이 치솟는 걸 느꼈다. 분노와 수치심의 불꽃이었다. 버질이 일갈한 말투도, 지금 나눈 대화도 모두 혐오스러웠다. 노에미는 정말 어리석은 짓을 한 걸까? 비난받을 만한 짓을 한 건가? 무어라 받아쳐야 할지 머릿속에 떠오르지 않았다. 다시 눈에 눈물이 맺히려는데 가여운 카탈리나의 얼굴이 떠올랐다.

노에미의 혼란스러운 감정을 알아챘는지 아니면 그만하면 충분히 혼냈다고 여겼는지 그의 목소리가 약간 흔들렸다.

"오늘 처제 때문에 홀아비가 될 뻔했어. 내가 좀 차갑게 대했다면 미안해. 이만 자러 가야겠어. 긴 하루였어."

그는 피곤한 정도가 아니라 거의 기진맥진해 보였다. 푸른 눈동자는 갑작스레 올라온 열로 더욱 형형해 보였다. 노에미는 오늘 일어난 일에 더욱 자책감을 느꼈다.

"카탈리나의 치료는 커민스 선생에게 전적으로 맡겨 주면 좋겠군. 어디서 엉뚱한 약물이나 치료제를 구해서 이 집에 갖고 들어오지 마. 알겠어?"

"예."

"간단한 지침이니까 따를 수 있지?"

노에미는 주먹을 꼭 쥐었다.

"알겠어요."

어린애 취급을 받는 기분이었다.

버질은 거짓말인지 확인해 보려는 듯 한 걸음 다가와 노에미의 표정을 살폈다. 하지만 노에미는 거짓으로 대답하지 않았다. 솔직하게 한 대답이었다. 버질은 유기체의 세밀한 부분을 분석하는 과학자처럼 가까이 다가와 노에미의 얼굴과 오므린 입술을 자세히 살펴보았다.

"고마워. 이해하기 힘든 부분이 많을 거야, 노에미. 우리는 카탈리나의 건강을 무엇보다 중요하게 생각하고 있어. 처제가 카탈리나를 다치게 하면, 그건 나를 다치게 한 것과 같아."

노에미는 옆으로 고개를 돌렸다. 곧 이 자리를 떠날 줄 알았는데 버질은 옆에서 한참 더 머물다가 돌아서서 거실을 나갔다.

14장

모든 꿈은 미래의 사건을 예고하지만, 어떤 꿈은 좀 더 명확하게 미래를 보여 주기도 한다.

노에미는 연필로 '꿈'이라는 단어에 동그라미를 쳤다. 원래 책의 여백에 끄적거리는 걸 좋아했다. 이런 인류학 관련 책을 읽는 것도 즐겼다. 풍성한 단락, 각주의 숲에 빠져드는 게 좋았다. 하지만 지금은 아니었다. 도저히 집중할 수가 없었다. 손등에 턱을 괴고 연필을 입에 넣고 멍하니 앉아 있었다.

벌써 몇 시간째 기다리는 중이었다. 기다리는 동안 할 일을 찾아보았다. 읽어 볼 만한 책도 찾아보고 시간을 보낼 만한 소일거리를 찾아보았다. 그러다 손목시계를 확인하고는 한숨을 푹 쉬었다. 오후 5시가 다 되어 가고 있었다.

그날 아침 일찍 노에미는 카탈리나를 만나려고 했는데 플로렌스가 가로막고 나서며 카탈리나는 쉬고 있으니 방에 들어가지 말라고 했다. 정오 무렵에 노에미는 카탈리나의 방을 찾아가려 했지만 또다시 거절당했다. 플로렌스는 그날 밤까지 환자를 면회하지 말라고 못을 박았다.

노에미는 억지로 카탈리나의 방에 들어가는 짓을 해서는 안 되었다. 속으로는 그러고 싶은 마음이 굴뚝같았지만 그럴 수가 없었다. 그랬다간 이 집에서 쫓겨나고 말 것이다. 게다가 버질의 말이 옳았다. 노에미는 잘못을 저질렀고 참담한 기분이었다.

이 집에 라디오라도 있으면 좋았을 텐데. 음악을 듣거나 누군가와 대화라도 하고 싶었다. 친구들과 함께 참석했던 파티를 떠올렸다. 파티에서 노에미는 손에 칵테일 잔을 들고 피아노에 기대어 서서 음악 소리에 귀를 기울이곤 했다. 대학에서는 수업을 들었고 시내 카페에서는 사람들과 활기차게 토론을 했었다. 그런데 이 고요한 집에서 노에미의 심장은 근심으로 차오르고 있을 뿐이었다.

……**이 책에 기록되지 않은, 유령에 관한 꿈들은 죽은 자들 사이에서 일어난 일에 관해 사람들에게 알려 주기도 한다.**

노에미는 입에 물고 있던 연필을 빼고 책을 옆으로 밀어 두었다. 아잔데 족에 관한 내용을 읽어 봤지만 별 도움은 되지 않았다. 생각이 다른 데로 돌려지지가 않았다. 자꾸만 카탈리나의 얼굴과 뒤틀린 팔다리, 어제 있었던 무시무시한 일만 계속 생각났다.

프랜시스가 준 스웨터를 집어 들고 밖으로 나갔다. 담배라도 피울 생각이었다. 그런데 저택이 드리운 그림자 속에 선 순간 이 집에서 좀 더 멀어져야겠다는 생각이 들었다. 여기는 집과 너무 가까웠다. 이 집은 적대적이고 차가운 기운을 뿜어냈다. 창문들이 눈꺼풀 없이 빤히 쳐다보는 눈처럼 느껴지기에 그 앞에서 서성이며 담배를 피우고 싶은 마음이 들지 않았다. 집 뒤로 뱀처럼 구불구불 뻗어 나간 길을 따라 묘지로 향했다.

둘, 셋, 네 걸음. 딱 그만큼 걸었더니 묘지 대문이었다. 쇠로 된 대문을 열고 묘지로 들어갔다. 전에 안개 속에서 길을 완전히 잃은 적이 있었다. 또다시 길을 잃으면 어쩌나 하는 생각은 하고 싶지도 않았다.

마음 한편으로는 차라리 여기서 길을 잃고 싶었다.

카탈리나. 노에미는 카탈리나를 다치게 했다. 그런데 지금 카탈리나의 상태가 어떤지 알 수도 없는 상황이었다. 플로렌스는 입을 꾹 닫고 있었고 버질은 코빼기도 보이지 않았다. 사실 버질은 별로 보고 싶지도 않았다.

어제 그는 몹시 불쾌하게 굴었다.

오늘 처제 때문에 홀아비가 될 뻔했어.

노에미가 일부러 한 짓은 아니었다. 하지만 나쁜 의도가 있었는지 여부가 중요할까? 사실 관계가 중요할 뿐이었다. 아버지는 늘 그렇게 말했다. 그 생각을 하니 더욱 참담했다. 노에미는 문제를 해결하러 여기 온 것이지 더 큰 문제를 만들려고 온 게 아니었다. 카탈리나도 노에미에게 화가 났을까? 카탈리나를 만나면 무슨 말을 해야 할까? 미안해, 언니. 내가 언니를 독살할 뻔했어. 지금은 괜찮아 보이네.

노에미는 스웨터 주름을 손으로 모아 잡고 턱을 낮춘 채 묘비와 이끼, 야생화 사이로 걸어갔다. 영묘 앞에 세워진 아그네스의 대리석 조각상이 보였다. 노에미는 검은 곰팡이가 점점이 피어 있는 조각상의 얼굴과 손을 올려다보았다.

고인의 이름이 새겨진 명판이나 표지가 있을까. 찾아보니 있는 것 같았다. 지난번 여기에 왔을 때는 못 봤다. 워낙 안개가 심했으니 못 본 것도 무리는 아니었다. 지금 보니 명판은 무성하게 자란 잡초에 가려져 있었다. 잡초를 뽑아 치우고 청동 명판에 묻은 흙을 털어냈다.

아그네스 도일. 어머니. 1885년.

하워드 도일이 첫 아내를 떠나보내며 새겨 넣은 글은 그게 전부였다. 그는 아그네스에 대해 잘 몰랐다고, 결혼하고 1년도 채 안 돼서 아내가 세상을 떠났다고 했었다. 아그네스의 모습을 본뜬 조각상까지 세워 놓고, 고인을 기리는 글 한두 줄도 새겨 놓지 않았다니 앞뒤가 맞지 않았다.

노에미는 아그네스의 이름 아래 새겨진 단어가 어쩐지 마음에 걸렸다. 어머니. 노에미가 알기로 하워드 도일은 두 번째 아내한테서 자식들을 보았다. 왜 아그네스에게 '어머니'라는 칭호를 붙였을까? 어쩌면 지나치게 꼬아서 생각한 것일 수도 있었다. 아그네스의 시신이 쉬고 있는 저 영묘 안에는 고인에 관한 제대로 된 명판과 적절한 추모 글이 있을지도 모른다. 하지만 마치 깨끗한 식탁보의 비뚤어진 솔기나 작은 얼룩을 본 것처럼, 무어라 콕 집어 말할 수 없는 불안한 기분이 엄습했다.

노에미는 조각상의 발치에 앉아 풀잎 하나를 잡아당기며 생각에 잠겼다. 누군가 저 영묘 안이나 이곳의 다른 무덤에 꽃을 놓아둔 적이 있기는 할까. 묘지에 묻힌 이들의 가족은 전부 이곳을 떠났을까? 영국인 일꾼 대부분은 혼자 이곳을 찾아왔다고 하니 묘지에 꽃을 놓아줄 가족 친지는 없었을 것이다. 이 지역 출신 일꾼들을 위한 아무런 표시 없는 무덤들도 있다고 했다. 이름을 새긴 묘비를 세운 것도 아니니 그들 앞에 꽃이 놓일 일도 없었을 것이다.

'카탈리나 언니가 죽으면 여기에 묻히겠지. 그 무덤은 꽃 한 송이 없이 휑한 모습일 거야.'

무시무시한 생각이었다. 겁이 나서 진저리가 쳐질 지경이었다. 두려웠다. 노에미는 뜯어낸 풀잎을 바닥에 던지고 깊게 숨을 들이마셨다. 묘지 안에 절대적인 정적이 흐르고 있었다. 숲에서는 새들의 노랫소리나 곤충들이 날개를 파닥이는 소리도 들리지 않았다. 사방을 무언가로 뒤덮어 소리를 죽여 놓은 듯했다. 흙과 돌에 의해 세상과 차단된 상태로 깊은 우물 속 바닥에 앉아 있는 기분이기도 했다.

무자비한 정적을 깬 것은 풀과 잔가지를 밟고 걸어오는 장화 발소리였다. 고개를 돌려보니 프랜시스였다. 두툼한 코르덴 재킷의 주머니에 손을 깊이 찔러 넣고 걸어오는 모습이었다. 그는 종종 이렇게 몹시 약해 보였다. 스케치로만 희미하게 그려 놓은 사람 같기도 했다. 아래로 축 늘어진 버드나무 가지, 묘비를 핥고 다니는 듯한 안개. 이런 묘지에서 오히려 그는 존재감이 느껴졌다. 도시에서라면 자동차 경적과 요란한 자동차 엔진 소음에 산산이 부서졌을 것이다. 벽에 던지면 박살이 나 버릴 고운 도자기 같은 사람이니까. 약해 보이든 아니든, 노에미는 오래된 재킷을 입고 구부정하게 서 있는 그의 모습이 보기 좋았다.

"여기 있을 줄 알았습니다."

"또 버섯 채집하러 나왔어요?"

노에미는 무릎에 손을 얹고 부자연스럽지 않게 목소리를 냈다. 어젯밤 이 집 사람들 앞에서 울음을 터뜨릴 뻔했다. 지금도 살짝 울컥했지만 울고 싶지 않았다.

"아까 집에서 나가는 걸 봤습니다."

"뭐 필요한 거 있어요?"

"내 스웨터를 당신이 입고 있어서."

노에미가 기대한 대답은 아니었다. 그녀는 미간을 찌푸리며 물었다.

"돌려줘요?"

"아뇨."

노에미는 지나치게 긴 소매를 걷어 올리며 어깨를 으쓱했다. 다른 때 같으면 이런 대화를 기분 좋은 농담으로 받아들이고 프랜시스에게 장난을 치면서 그가 허둥대는 모습을 재미있게 지켜봤을 것이다. 지금은 그러고 싶은 기분이 아니라 풀잎만 만지작거렸다.

프랜시스가 옆에 와 앉았다.

"당신 잘못이 아니에요."

"여기서 그렇게 생각하는 사람은 당신뿐일걸요. 당신 어머니는 언니가 깨어 있는지 나한테 말도 안 해 줘요. 버질은 내 목을 졸라 죽이고 싶어 하고요. 당신 큰할아버지인 하워드 씨도 아마 나를 죽이고 싶어 하겠죠."

"카탈리나는 잠깐 깼다가 다시 잠들었어요. 수프도 조금 먹었고.

괜찮을 거예요."

"예. 그래야죠."

"당신 잘못이 아니라고 한 말은 진심입니다."

프랜시스가 노에미의 어깨에 손을 얹었다.

"날 좀 봐요. 절대 당신 잘못이 아니에요. 이런 일이 이번이 처음도 아니고요. 전에도 있었어요."

"무슨 뜻이에요?"

그들은 서로를 마주 보았다. 프랜시스는 풀잎을 하나 뽑아 손가락으로 잡고 배배 돌렸다. 노에미는 그의 손에서 풀잎을 빼앗으며 다시 물었다.

"말해 봐요. 방금 그 말 무슨 뜻이에요?"

"카탈리나는 전에도 그 팅크제를 마신 적이 있어요……. 그때도 이번과 같은 반응을 보였고요."

"전에도 그 약을 먹고 자기 몸을 상하게 한 적이 있다는 거예요? 자살 시도라도 한 건가요? 우린 가톨릭 교인이에요. 자살은 죄라고요. 언니가 절대 그랬을 리 없어요."

"죽고 싶어서 그 약을 마신 게 아닐 겁니다. 카탈리나가 그렇게 된 걸 당신 탓으로 생각하는 것 같아 한 말이에요. 당신 때문에 카탈리나가 아픈 게 아닙니다. 전혀 아니에요. 카탈리나는 여기서 불행하게 살고 있어요. 당장 카탈리나를 데리고 여길 떠나요."

"버질이 가만히 두고 보지 않을 거예요. 내가 그렇게 하게 둘 리도 없고요. 언니는 이 집에 감금돼 있는 거나 마찬가지 아닌가요? 난 지금 언니를 볼 수도 없어요. 언니를 보겠다고 하면 당신 어머니가 화를 내고……."

"당신 혼자라도 떠나요."

프랜시스가 무뚝뚝하게 말했다.

"못 가요!"

그냥 돌아가면 아버지가 크게 실망할 거라는 생각부터 들었다. 아버지는 주변에 좋지 않은 소문이 돌지 않도록 노에미를 집안 대표로 보내 문제를 해결하려 했다. 그런데 이대로 돌아가면 아무런 성과도 올리지 못한 셈이었다. 석사 과정을 놓고 아버지와 한 거래도 없던 일이 되고 만다. 무엇보다 실패하고 돌아간다는 것 자체를 참을 수가 없었다.

카탈리나를 지금 이 상태로 두고 훌쩍 떠날 수도 없었다. 카탈리나가 노에미를 필요로 하는 상황이면 어쩌지? 카탈리나를 다치게 해 놓고 도망치는 게 되는 거 아닌가? 괴로워하고 있는 카탈리나를 두고 어떻게 떠난단 말인가?

"언니는 내 가족이니 내가 지켜야 해요. 당신은 당신 가족 편에 서야겠죠."

"당신이 카탈리나를 도울 수 없다면요?"

"그건 모르는 거잖아요."

"여긴 당신이 있을 곳이 아니에요."

"그 사람들이 당신한테 날 내쫓으라고 시켰어요?"

화가 치민 노에미는 벌떡 일어섰다.

"날 이 집에서 내보내고 싶어요? 내가 그렇게 싫어요?"

"난 당신을 무척 좋아합니다. 알잖아요."

그는 주머니에 두 손을 찔러 넣고 바닥을 내려다보았다.

"그럼 나를 도와줘요. 우선 마을에 좀 가 봐야겠어요."

"마을에는 굳이 왜요?"

"언니가 마신 게 무슨 약인지 정확히 알아야겠어요."

"알아봤자 도움이 안 될 텐데요."

"도움이 되든 안 되든 가서 확인하고 싶어요. 데려다줄 거죠?"

"오늘은 안 됩니다."

"그럼 내일요."

"모레면 가능할 수도 있고. 아닐 수도 있어요."

"한 달 후에나 된다고 하지 그래요?"

노에미는 화가 나서 쏘아붙였다.

"당신이 안 도와주면 혼자 걸어서라도 마을에 갈 거예요."

노에미는 홱 돌아서서 쌩하니 걸어갈 생각이었는데 발부리가 걸리면서 휘청하고 말았다. 프랜시스는 팔을 뻗어 부축해 주었다. 노에미의 손가락이 프랜시스의 소매를 붙잡자 그는 한숨을 쉬며 말했다.

"당신을 돕고 싶지만 내가 지금 지쳐 있습니다. 우리 모두 그래요. 하워드 큰할아버지는 밤에 우리를 못 자게 하세요."

그는 고개를 절레절레 흔들었다. 다시 보니 두 뺨이 전보다 더 홀쭉해졌고 눈 밑의 다크서클은 진해지다 못해 보랏빛이었다. 노에미는 또다시 이기적인 인간이 된 기분이라 마음이 좋지 않았다. 오직 자신만 생각한 나머지 하이 플레이스에 사는 이들도 나름의 문제를 안고 있으리라는 생각을 하지 못했다. 프랜시스만 해도 밤마다 아픈 큰할아버지를 돌보고 있을 수도 있었다. 아들에게 석유램프를 들고 있으라고 지시한 후 하워드의 얼굴에 냉습포제를 붙이고 있는 플로렌스의 모습이 머릿속에 그려졌다. 그 외에도 온갖 일을 이 집 젊은 남자들에게 떠맡기고 있을지도 몰랐다. 임박한 죽음의 냄새가 풍기는 답답한 방 안에서 버질과 프랜시스가 하워드 도일의 옷을 벗기고 약해 빠진 허연 몸뚱이에 연고와 각종 약을 바르는 모습도 상상이 됐다.

노에미는 프랜시스의 소매를 잡고 있던 손가락을 거둬들여 입가로 가져갔다. 그 순간 창백한 남자가 그녀에게 두 팔을 뻗던 끔찍한 악몽이 어렴풋이 떠올랐다.

"버질은 하워드 씨가 오래된 상처를 갖고 있다고 했어요. 어쩌다 그렇게 되신 거예요?"

"궤양인데 잘 낫지를 않아요. 하지만 그 정도로 끝장날 분은 아닙니다. 지금까지 늘 그래 왔듯이요."

프랜시스는 아그네스 조각상을 바라보며 조용히 서글프게 웃었다.

"내일 아침 일찍, 다른 사람들이 잠에서 깨기 전에 마을에 데려다줄게요. 지난번처럼 아침 식사 전에 출발하도록 하죠. 여행 가방을 챙겨 갈 거면……."

"나를 이 집에서 내보내려면 좀 더 창의적인 방법을 생각해 내야 할 거예요."

그들은 묘지 대문 쪽으로 말없이 돌아갔다. 걸어가면서 노에미는 묘비의 시원한 윗부분을 손으로 쓸었다. 바닥에 쓰러져 있는 회색빛 참나무 옆을 지나가는데 고목의 썩은 껍질에 뭉텅이로 자라는 꿀 색깔의 버섯들이 보였다. 프랜시스는 허리를 굽히고 부드러운 버섯 모자를 손으로 쓰다듬었다. 노에미는 묘비 윗부분에 손을 얹은 채 물었다.

"카탈리나 언니는 이 집에서 왜 그렇게 불행하게 살고 있는 거죠? 결혼할 때는 행복해했거든요. 아버지 얘기로는 바보 같을 정도로 행복해한다고 했어요. 버질이 언니한테 잔인하게 대해요? 어젯밤에 얘기할 때 보니까 인정사정없이 냉혹해 보이기는 했어요."

"이 집 때문입니다."

프랜시스가 웅얼거리며 대답했다. 뱀이 휘감은 모양을 한 검은 대문이 저 앞에 보였다. 지상에 그림자를 드리운 우로보로스였다.

"사랑을 위해 지어진 집이 아닙니다."

"모든 집은 사랑을 위해 지어지잖아요."

"이 집은 그렇지가 않아요. 우리도 마찬가지고요. 2, 3세대만 거슬러 올라가 봐도 알 수 있어요. 사랑 따위는 찾아볼 수 없죠. 우린 사랑은 할 수가 없는 사람들입니다."

프랜시스의 손가락이 정교한 무늬가 들어간 대문의 철봉을 붙잡았다. 그는 잠시 그 자리에 서서 바닥을 내려다보다가 노에미를 위해 문을 열어 주었다.

그날 밤 노에미는 또다시 괴상한 꿈을 꾸었다. 꿈을 꾸는 내내 차분한 기분이라 악몽으로 분류해야 할지 알 수 없었다. 감각이 없이 멍한 느낌이었다.

이번 꿈에서도 집은 다른 형태로 변형되어 있었지만 살과 힘줄로 되어 있지는 않았다. 노에미는 카펫처럼 깔린 이끼를 밟고 걸어갔다. 벽에는 꽃과 덩굴 식물이 자라고 있었고 천장과 바닥에는 길고 가느다란 버섯들이 노르스름한 빛을 내며 붙어 있었다. 마치 숲이 한밤중에 몰래 집에 들어와 자신의 일부를 남겨 놓고 떠난 듯했다. 노에미는 꽃으로 뒤덮인 난간을 손으로 쓸며 계단을 내려갔다.

버섯들이 허벅지 높이까지 빽빽하게 자란 복도를 지나가면서 잎사귀에 가려진 그림들을 바라보았다.

꿈이지만 어디로 가야 하는지 알았다. 묘지에는 그녀를 맞아 줄 대문도 없었다. 있어야 할 이유가 있을까? 여기는 그 묘지가 만들어지기 전인데. 산비탈에 장미 정원을 만들던 시기였다.

정원에는 어떤 꽃도 자라지 않았다. 아직 꽃을 가져다 심지 않았으니까. 소나무 숲 가장자리에 위치한 이곳은 바위와 관목을 둘러싼 부연 안개가 깔려 있어 평화로운 분위기였다. 여럿이 떠드는 목소리, 그리고 귀청을 찢을 듯한 비명이 들려왔다. 그러다 다음 순간 다시 고요하고 차분해졌고 노에미도 덩달아 침착을 유지했다. 비명이 높낮이를 달리하며 점점 강해졌지만 노에미는 두렵지 않았다.

공터에 도착해서 보니 한 임신부가 바닥에 누워 있었다. 잔뜩 팽창한 배를 드러내고 아이를 낳는 중인 듯했다. 아까 들은 비명이 이해가 됐다. 임신부 옆에는 여자 몇 명이 자리했는데 임신부의 손을 잡아 주거나 얼굴에 들러붙은 머리카락을 뒤로 쓸어 넘겨 주거나 말을 걸어 주고 있었다. 남자들은 손에 초나 랜턴을 들었다.

노에미는 의자에 앉아 있는 소녀를 보았다. 금발을 하나로 땋아 내린 소녀였다. 소녀는 아기가 태어나면 감싸 주려는 듯 흰 천을 품에 안고 있었다. 소녀 옆에 앉은 남자는 반지 낀 손을 소녀의 어깨에 올렸다. 호박 반지였다.

그 장면은 다소 터무니없게 느껴졌다. 벨벳 의자에 앉은 남자와 소녀가 마치 연극을 보듯 구경하고 있는 가운데, 임신부는 흙바닥에서 숨을 헐떡이며 아이를 낳고 있었다.

남자는 소녀의 어깨에 대고 손가락을 두드렸다. 한 번, 두 번, 세 번.

그들은 이 어두컴컴한 곳에서 얼마나 오래 앉아 있었을까? 진통이 시작된 지는 얼마나 됐을까? 앞으로 오래 걸릴 것 같지는 않았다. 출산의 때가 가까워졌다.

누군가의 손을 부여잡은 임신부는 길고 낮은 신음을 토해 냈다. 물이 흐르는 소리에 이어 축축한 살덩어리가 젖은 흙바닥에 툭 떨어지는 소리가 들렸다.

남자가 일어나 임신부에게 다가갔다. 주변 사람들은 마치 바다가 갈라지듯 양옆으로 물러섰다.

남자는 천천히 허리를 굽히더니 임신부가 낳은 아이를 조심스럽게 들어 올리며 말했다.

"죽음을 극복하라."

남자가 두 팔을 들어 올리자 노에미는 그가 안고 있는 게 갓난아기가 아님을 알았다. 임신부가 낳은 것은 회색빛을 띤 계란 모양의 살덩어리였다. 두툼한 막에 둘러싸인 그것의 표면에는 미끈거리는 피가 묻어 있었다.

그것은 종양 덩어리였다. 살아 있을 리 없는 그것은 조금씩 진동하듯 움직였다. 파르르 떨리더니 막이 찢어지고 옆으로 쑥 빠졌다. 덩어리가 터지면서 금빛 먼지구름이 허공에 퍼져 나갔다. 남자가 그 먼지를 들이마셨다. 임신부를 둘러싸고 있던 사람들, 초와 랜턴을 든 사람들, 구경꾼들까지 죄다 가까이 다가가 금빛 먼지에 손을 대려는 듯 두 손을 뻗어 올렸다. 먼지는 천천히, 아주 천천히 땅으로 떨어져 내렸다.

다들 임신부에 대해서는 잊은 듯했다. 그들은 오직 남자가 머리 위로 들어 올린 덩어리를 바라보고 있었다.

어린 소녀만이 바닥에서 부들부들 떨고 있는 기진맥진한 여자에게 눈길을 주었다. 여자에게 다가간 소녀는 신부에게 베일을 씌우듯이 들고 있던 천을 여자의 얼굴에 씌우고 끄트머리를 조였다. 숨을 못 쉬게 된 여자가 허우적거렸다. 여자는 소녀를 할퀴려 했지만 기운이 소진됐고 소녀는 얼굴이 빨갛게 달아오르도록 천을 쥔 손에 힘을 주었다. 여자가 덜덜 떨며 질식해 가는 동안 남자는 같은 말을 되풀이했다.

"죽음을 극복하라."

남자는 눈을 들어 노에미를 바라보았다.

남자의 시선이 닿은 순간 노에미는 지금이 두려워해야 하는 상황임을 기억했다. 혐오와 공포를 떠올린 노에미는 고개를 돌렸다. 입 안에 구리 같은 피 맛이 돌고 귓속에 희미하게 위잉위잉 소리가 들어찼다.

정신을 차린 노에미는 계단 발치에 서 있었다. 색유리 창문을 통해 흘러든 달빛이 그녀의 흰 잠옷을 노란색과 붉은색으로 물들였다. 정각을 알리는 시계 종소리와 함께 마룻장이 삐걱거렸다. 노에미는 난간에 손을 얹은 채 가만히 귀를 기울였다.

15장

노에미는 노크를 하고 기다렸다. 조금 더 기다렸지만 문을 열고 나오는 사람은 없었다. 마르타의 집 앞에 서서 핸드백 끈을 초조하게 잡아당겼다. 그러다 결국 포기하고 프랜시스에게 돌아왔다. 프랜시스는 궁금해하는 눈빛으로 그녀를 바라보았다. 그들은 마을 광장 근처에 차를 세워 두고 이 집 앞까지 함께 걸어온 거였다. 노에미가 그에게 지난번처럼 기다려 주면 된다고 말했지만 그는 굳이 노에미를 이 집 앞까지 데려다주었다. 감시를 하려는 건가 싶었다. 노에미가 말했다.

"집에 아무도 없나 봐요."

"기다릴래요?"

"아뇨. 보건소에 들러야 해요."

프랜시스는 고개를 끄덕였다. 그들은 엘 트리운포의 시내라고 할 수 있는 구역으로 천천히 걸어갔다. 그 구역에는 진창길 대신 제대로 된 도로가 갖춰져 있었다. 노에미는 의사도 보건소에 없을까 봐 걱정했는데 보건소 문 앞에 도착했을 때 마침 훌리오 카마리요가 모퉁이를 돌아 나왔다.

"카마리요 선생님."

"좋은 아침입니다."

훌리오는 한쪽 팔 밑에는 종이 가방을, 다른 쪽 팔 밑에는 진료 가방을 끼워 들고 있었다.

"일찍 일어나셨네요. 이거 잠깐 들어 주실래요?"

프랜시스가 손을 뻗어 진료 가방을 받아 들었다. 훌리오는 열쇠 꾸러미를 꺼내 보건소 문을 열고 그들이 먼저 들어갈 수 있도록 문을 잡아 주었다. 그러고는 카운터로 걸어가 그 뒤에 종이 가방을 놓고 그들에게 미소 지었다.

"정식으로 인사를 드린 적은 없습니다만 전에 커민스 선생님이랑 같이 우체국에 계신 걸 봤습니다. 프랜시스 씨죠?"

프랜시스는 고개를 끄덕이며 간단히 대답했다.

"프랜시스 맞습니다."

"겨울에 코로나 선생님께 진료를 인계받으면서 프랜시스 씨와 아버님 얘기를 들었습니다. 두 분이 카드놀이를 같이 하셨던 모양이에요. 코로나 선생님, 참 괜찮은 분이죠. 손은 좀 어때요, 노에미? 손 때문에 온 거죠?"

"얘기 좀 할 수 있을까요? 시간 되세요?"

"그럼요. 들어와요."

노에미는 훌리오를 따라 사무실로 들어갔다. 프랜시스가 따라 들어오려고 하는지 보려고 고개를 돌려 보니, 그는 주머니에 양손을 찔러 넣고 로비의 의자에 앉아 바닥만 내려다보고 있었다. 그녀를 감시하는 중이라면 그 일을 별로 잘하는 것 같지는 않았다. 물론 마음만 먹으면 대화 전체를 다 엿들을 수도 있을 것이다. 프랜시스가 엿들을 생각은 없는 것 같아 마음이 놓였다. 등 뒤로 문을 닫은 노에미는 책상에 가 앉은 훌리오를 마주 보고 앉았다.

"무슨 일로 왔어요?"

"카탈리나 언니가 발작을 일으켰어요."

"발작이요? 뇌전증이 있나요?"

"아뇨. 제가 그 마르타 두발이라는 할머니한테서 약을 샀거든요. 카탈리나 언니가 수면에 도움이 된다면서 사다 달라고 해서요. 그런데 제가 받아다 준 약을 마시고 발작을 일으킨 거예요. 그래서 오늘 아침에 마르타 씨를 만나러 찾아갔는데 집에 없더라고요. 혹시 이 마을에서 그런 일이 있었다는 얘기를 들은 적 있으신지, 그 할머니가 준 약을 먹고 그렇게 아픈 사람이 있었는지 선생님한테 물어보고 싶었어요."

"마르타는 딸을 만나러 파추카에 가지 않았으면 약초를 채집하러 돌아다니고 있을 겁니다. 그래서 못 만났을 거예요. 그리고 전에 그런 일이 있었는지에 대해 얘기하자면 들은 바 없습니다. 있다면 코로나 선생님이 말씀을 하셨을 겁니다. 아서 커민스 선생이 사촌 언니를 검진하셨나요?"

"아편 팅크 때문에 발작을 일으켰다고 하더라고요."

훌리오는 펜을 집어 들고 손가락 위에서 빙글빙글 돌렸다.

"얼마 전까지만 해도 아편은 간질 치료에 쓰였습니다. 약 때문에 알레르기 반응을 일으켰을 가능성도 배제할 수 없겠지만 마르타는 그런 종류의 약제에 대해 무척 신중한 편이에요."

"커민스 선생님은 그 사람더러 돌팔이라고 하더라고요."

훌리오는 고개를 저으며 펜을 책상에 내려놓았다.

"마르타는 돌팔이가 아니에요. 요즘도 많은 사람이 마르타한테 치료를 받습니다. 마르타는 그런 사람들을 잘 도와주고 있고요. 마르타가 마을 사람들의 건강을 위협하는 짓을 하고 있는 것 같았으면 나도 묵과하지 않았을 거예요."

"아편 팅크를 너무 많이 마셔서 문제가 됐을 수도 있을까요?"

"과용이요? 물론 약물 과용은 몸에 좋지 않겠죠. 의식을 잃거나 구토를 했을 수 있습니다. 그런데 문제는, 마르타가 아편 팅크를 확보할 수 없다는 거예요."

"무슨 뜻이죠?"

훌리오는 팔꿈치를 책상에 대고 양손을 모아 깍지를 꼈다.

"마르타가 제공할 수 있는 약이 아니라는 겁니다. 아편 팅크는 약국에 가야 구할 수가 있어요. 마르타는 이 지역에서 나는 약초와 식물을 이용해 약을 만듭니다. 이 근처에는 아편의 원료인 양귀비도 없어요."

"언니를 아프게 한 원인이 따로 있을 수도 있다는 건가요?"

"장담은 할 수 없겠죠."

노에미는 인상을 찌푸렸다. 이 정보를 어떻게 받아들여야 할지 판단이 서지 않았다. 쉬운 대답을 찾아보려 했지만 불가능했다. 여기서 쉬운 일 따위는 없었다.

"더 도움이 되지 못해 미안합니다. 떠나기 전에 손의 발진을 봐 드릴게요. 붕대는 갈았어요?"

"아뇨. 까맣게 잊고 있었어요."

노에미는 아연 연고가 담긴 작은 통을 열어 보지도 않았다. 훌리오가 붕대를 벗겼다. 노에미는 지난번처럼 피부가 빨갛게 부풀어 있을 거라고 생각했다. 지난번보다 더 상태가 나빠졌을 수도 있었다. 그런데 붕대 안쪽의 살이 깨끗하게 치료돼 있었다. 조그맣게 부어오른 흔적조차 없었다. 의사도 놀란 눈치였다.

"이거 놀랍네요. 허어. 완전히 사라졌네. 이런 경우는 처음 봅니다. 보통 그런 발진이 사라지려면 7일 내지 10일, 길게는 몇 주일이 가는데 이틀도 안 되어서 다 나았군요."

"운이 좋았나 봐요."

"엄청요. 놀라워요. 달리 필요한 거 있나요? 없으면, 마르타에게 당신이 찾더라고 전해 주겠습니다."

노에미는 괴상한 꿈과 또다시 나타난 몽유병 증상에 대해 얘기를 해야 할지 망설였다. 하지만 이 의사가 어느 쪽으로든 도움을 줄 수 있을 것 같지가 않았다. 누구 말처럼 그는 별로 쓸모가 없었다. 카마리요가 너무 젊고 미숙하다고 했던 버질의 판단이 옳았을 수도 있다는 생각이 들기 시작했다. 아니면 괜히 신경이 곤두서서 이런 생각이 드는 것일 수도 있었다. 몹시 피로했다. 어제 일 때문에 별안간 걱정이 됐다.

"그래 주시면 고맙겠어요."

노에미는 아무도 모르게 방으로 돌아갈 수도 있을 줄 알았는데, 당연하게도 지나친 요구였다. 프랜시스와 노에미가 집에 돌아와 차를 세운 지 한 시간도 채 안 되었을 때 플로렌스가 노에미를 찾으러 왔다. 플로렌스는 노에미의 점심 식사가 담긴 쟁반을 탁자에 내려놓았다. 불쾌한 말을 하지는 않았지만 표정이 몹시 안 좋아 보였다. 마치 폭동을 진압할 준비가 된 교도소장 같은 얼굴이었다.

"버질이 얘기를 나누고 싶다고 하네요. 한 시간 내로 식사를 마치고 옷매무새를 가다듬을 수 있겠죠?"

"알겠어요."

"그래요. 이따가 데리러 올게요."

플로렌스는 정확히 한 시간 후에 방으로 와서 노에미를 버질의 방으로 데려갔다. 그의 문 앞에 선 노에미는 손가락 관절로 나무문을 아주 살짝, 딱 한 번 노크했다. 그 소리가 너무 약해서 못 들었을 것 같은데 버질은 크고 또렷하게 대답을 했다.

"들어와요."

플로렌스는 손잡이를 돌리고 문을 열어 노에미를 방으로 들여보냈다. 노에미가 안으로 들어가자 플로렌스는 조심스럽게 도로 문을 닫았다.

버질의 방에 들어가자마자 노에미의 눈에 띈 것은 벽에 걸린 하워드 도일의 인상적인 초상화였다. 호박 반지를 손가락에 낀 하워드는 두 손을 포개고 방 이쪽에 서 있는 노에미를 내려다보는 모습이었다. 세 폭으로 된 가리개가 버질의 침대를 반쯤 가렸다. 가리개에는 백합과 장미 가지 그림이 그려져 있었다. 가리개 앞쪽에는 색 바랜 러그 위에 낡은 가죽 의자 두 개가 놓여 있었다.

버질의 목소리가 가리개 뒤에서 들려왔다.

"오늘 아침에 또 마을에 갔었다며. 플로렌스는 처제의 그런 행동이 마음에 안 드는 모양이야. 아무 말도 없이 멋대로 돌아다니니까."

노에미는 그림이 그려진 가리개 쪽으로 걸어갔다. 그림 속 꽃과 양치식물 사이에 뱀 한 마리가 있었다. 뱀은 장미 덤불 뒤에서 교묘하게 숨어서 바깥을 내다보았다. 에덴동산의 뱀처럼 때를 기다리는 모습이었다.

"혼자 마을에 갔다 오겠다고 하면 또 뭐라고 할 것 같아서요."

"길이 험하다니까. 갑자기 비가 세차게 내릴 수도 있어. 폭우 말이야. 그럼 흙바닥이 온통 진창이 돼. 내가 태어난 해에도 폭우 때문에 광산에 물난리가 나서 우린 모든 것을 잃었어."

"비가 잘 오는 곳인 거 알아요. 길 상태도 좋지 않고요. 그래도 통행이 불가능할 정도는 아니던데요."

"그렇게 될 수도 있어. 지금은 소강상태지만 이러다 얼마 안 가서 폭우가 쏟아지기도 해. 의자에 있는 가운 좀 집어 줘."

노에미는 의자 등받이에 걸려 있는 묵직한 진홍색 가운을 집어서 나무 가리개 쪽으로 들고 갔다. 그녀는 버질이 셔츠도 입지 않은 채 태연하게 상반신을 드러내고 서 있는 모습을 보고 깜짝 놀랐다. 너무 아무렇지 않은 모습이라 무례하게 느껴졌다. 노에미는 수치심에 얼굴을 붉혔다.

"커민스 선생님은 그럼 여길 어떻게 방문하죠? 매주 오잖아요."

노에미는 재빨리 시선을 옆으로 돌리고 가운을 내밀었다. 얼굴이 달아올랐지만 침착한 목소리를 내려고 애썼다. 버질이 그녀를 당황하게 할 작정이었다면 더 노력해야 할 것이다.

"커민스 선생은 트럭을 타고 다녀. 처제가 보기에는 우리 집에 있는 차들이 줄곧 산을 오르내리면서 타기에 적합할 것 같아?"

"위험한 상황이면 프랜시스가 알려 줄 것 같았어요."

"프랜시스라."

노에미는 그 이름을 내뱉는 버질을 힐끗 쳐다보았다. 그는 가운의 끈을 묶으며 말했다.

"요즘 처제는 카탈리나보다는 프랜시스와 시간을 많이 보내는 것 같네."

비난하는 걸까? 아니, 말투가 미묘하게 달랐다. 그는 지금 평가하고 있었다. 투명도를 측정하려 다이아몬드를 들여다보는 보석상처럼, 현미경으로 나비의 날개를 관찰하는 곤충학자처럼.

"많다기보다는 적당한 시간이라고 생각하는데요."

그러자 버질이 싸늘하게 미소 지었다.

"말을 신중하게 골라서 하는군. 너무 침착해. 칵테일 파티에서 만난 사람들 앞에서 신중하게 말을 골라 하는 처제의 모습이 상상되네. 그런 파티에서 가면을 벗고 진솔하게 얘기해 본 적은 있어?"

그는 아무 가죽 의자에 앉으라며 손짓을 했다. 노에미는 일부러 그 손짓을 무시했다.

"재미있네요. 가면을 쓰고 하는 대화라면 형부도 저 못지않을 것 같은데요."

"무슨 뜻이지?"

"언니가 이런 식으로 몸이 아팠던 게 처음이 아니잖아요. 전에도 같은 팅크제를 마시고 똑같이 안 좋은 반응을 나타냈다고 들었어요."

그 얘기를 입에 올릴 생각은 없었지만 어쩐지 버질의 반응을 보고 싶었다. 버질이 노에미를 평가했으니, 이제 노에미가 버질을 평가할 차례였다.

"처제가 프랜시스와 시간을 많이 보내긴 했나 보네."

버질이 혐오감을 드러내며 덧붙였다.

"전에 그런 일이 있었는데 내가 깜박 잊고 말을 안 했어."

"참 편리하네요."

"뭐? 의사가 카탈리나의 우울 성향에 대해 설명했을 때 처제는 거짓말이라고 생각했잖아. 만약 내가 카탈리나가 자살 충동에 사로잡히는 성향이 있다고 말했으면……."

"언니는 자살 충동 같은 거 없어요."

"그래, 처제는 모르는 게 없겠지."

버질이 나지막하게 이죽거렸다. 그러고는 지루해졌는지 한 손을 휘저었다. 보이지 않는 벌레를 쫓듯이. 그는 노에미를 쫓아 버리려 했다. 그 손짓에 노에미는 분노했다.

"형부는 도시에 살던 언니를 여기로 데려왔어요. 언니가 여기 살면서 자살 충동이 생겼다면 그건 형부 탓이죠."

노에미는 잔인하게 말하고 싶었다. 아까 버질이 그녀를 비난할 때와 똑같은 방식으로 되갚아 주고 싶었다. 하지만 막상 입으로 독을 뱉고 나니 후회가 됐다. 그는 당황한 표정이었다. 마치 그녀에게 맞기라도 한 듯 고통스럽고 참담해하는 모습이었다.

"형부."

노에미가 입을 열자 그는 고개를 절레절레 흔들며 입을 다물게 했다.

"그래, 처제 말이 맞아. 내 탓이야. 카탈리나는 잘못된 이유로 나와 사랑에 빠졌어."

버질은 의자 팔걸이에 두 손을 얹은 채 허리를 곧게 펴고 앉아 노에미를 똑바로 쳐다보았다.

"일단 앉아."

노에미는 그의 뜻에 굴복하고 싶지 않았다. 그래서 앉지 않았다. 그냥 의자 뒤에 서서 등받이에 몸을 기댔다. 이렇게 서 있어야 언제든 이 방에서 도망쳐 나가기 쉬울 거라는 막연한 생각에서였다. 왜 그런 생각이 들었는지는 알 수 없었다. 언제든 가젤처럼 벌떡 일어나 도망칠 수 있어야 한다는 불안한 기분이 들었다. 생각해 보니 버질과 이 방에서 단둘이 대화를 나누는 이 상황이 불안한 거였다.

여기는 그의 영역이었다. 그가 파 놓은 굴이었다.

문득 카탈리나가 이 방에는 한 번도 안 들어와 봤을 것 같다는 생각이 들었다. 들어와 봤다고 해도 잠깐이었을 것이다. 방에는 카탈리나의 흔적이 전혀 없었다. 가구부터 버질의 아버지가 그려진 대형 그림, 나무로 된 가리개, 희미한 줄무늬처럼 곰팡이 흔적이 있는 오래된 벽지에 이르기까지 온통 버질 도일의 물건들뿐이었다. 버질의 취향이 담긴 버질의 물건들. 그의 생김새도 이 방에 잘 어울렸다. 금발이 검은 가죽에 대비되어 도드라졌고, 얼굴은 붉은 벨벳 천으로 감싸 놓은 설화석고 같았다.

"처제 언니는 엉뚱한 상상을 즐겨 하는 사람이야. 나를 보며 비극적이고 낭만적인 인물이라고 생각했던 것 같아. 비극적인 사건으로 어렸을 때 어머니를 잃은 소년. 가족이 가진 재산은 혁명 시기 때 사라져 버렸고, 소년은 산기슭의 다 부서져 가는 대저택에서 병든 아버지와 살고 있지."

그래, 그런 상상을 하며 카탈리나는 흡족했을 것이다. 처음에는 버질의 열정적인 모습을 매력적이라 여겼을 것이다. 밖에는 안개가 흐르고 실내에는 나뭇가지 모양 은촛대가 반짝이는 이 집에서 버질은 무척이나 환하게 빛나는 모습이었을 것이다. 그런 색다른 모습이 언제부터 매력을 잃었을까?

노에미의 의문을 감지한 것처럼 버질은 히죽 웃었다.

"카탈리나는 이 집을 재미나고 소박한 은신처라고 생각했어. 자기가 조금만 노력을 기울이면 쾌활한 분위기로 바꿀 수 있다고 여겼어. 하지만 내 아버지는 이 집에 커튼 하나 바꿔 다는 것조차 허락하지 않으실 분이야. 우린 아버지 뜻에 맞춰 살아야만 해."

버질은 고개를 돌려 하워드 도일의 모습을 그대로 박아 넣은 듯한 초상화를 돌아보았다. 그리고 의자의 팔걸이를 손가락으로 가만히 툭 쳤다.

"그래서 커튼 하나 안 바꾸겠다고요?"

"나도 이것저것 바꾸고 싶어. 아버지는 수십 년 동안 이 집에 머무르셨어. 아버지에게 이 집은 그 자체로 이상향이야. 아버지는 앞으로도 쭉 그러실 테니 우리는 어쩔 수가 없어."

"아무리 그렇더라도 변화는 가능한……."

"어느 정도까지는 가능하겠지. 하지만 내가 아주 다른 사람이 될 정도의 큰 변화는 불가능하단 얘기야. 본질을 바꿀 수는 없어. 그게 문제인 거야. 카탈리나는 완전히 다른 사람을 원했어. 피와 살이 있고 흠이 있는 내가 아니라. 카탈리나는 여기 와 살면서 곧 불행해졌어. 그래, 내 탓이야. 내가 카탈리나의 기대에 부응하지 못했어. 카탈리나는 내 안에서 본인 마음에 드는 모습을 봤겠지만, 그런 나는 애초에 존재한 적도 없었어."

여기 와 살면서 곧이라니. 카탈리나는 왜 곧장 집으로 돌아오지 않았을까? 하지만 노에미는 이 질문에 대한 답을 이미 알았다. 가족 때문이었다. 카탈리나가 결혼하자마자 남편과 헤어져 집으로 돌아왔으면 다들 경악했을 것이다. 신문의 사교계 관련 페이지에 지독한 추문처럼 실렸을 것이다. 노에미의 아버지가 두려워하는 게 바로 그런 거였다.

"형부는 언니한테서 뭘 봤어요?"

노에미의 아버지는 버질이 카탈리나를 돈으로 봤다고 확신했다. 물론 버질은 인정할 리 없었다. 노에미는 숨겨진 의미를 알아내 진실을 판별할 수 있을 거라고 자신했다. 아무리 부옇게 가려져 있어도 답은 찾을 수 있으니까.

"아버지가 아프셔. 사실, 죽어 가고 계시지. 아버지는 돌아가시기 전에 나를 결혼시키고 싶어 하셨어. 내가 아내, 자식들과 함께 사는 모습을 보고 싶으셨겠지. 그래야 혈통이 끊어지지 않을 테니까. 아버지가 나더러 결혼하라고 하신 건 이번이 처음이 아니었어. 내가 아버지의 뜻에 부응한 것도 이번이 처음이 아니야. 나는 전에 결혼한 적이 있어."

노에미는 무척 놀랐다.

"몰랐어요. 어떻게 된 거예요?"

"그 여자는 아버지가 생각한 이상적인 아내의 조건을 모두 갖추고 있었어. 아버지는 나한테 물어보지도 않으시고 결정을 내리셨지."

버질은 피식 웃었다.

"커민스 선생의 딸이었어. 아버지는 우리가 어렸을 때부터 우리 둘을 결혼시킬 생각을 하셨지. '언젠가 너희가 결혼하면'이란 말을 종종 하셨거든. 아버지는 그 말을 되풀이했지만 도움이 되기는커녕 역효과만 났어. 내가 스물세 살 때 결혼을 했지. 그런데 그 여자는 나를 싫어했고 나는 그 여자가 지루했어.

유산을 몇 번이나 겪지 않았다면 우리 둘 사이에 전에 없던 감정이 생겼을지도 몰라. 네 번 유산을 하고 나자 그 여자는 무너져 버렸어. 그리고 나를 버리고 떠났지."

"이혼했어요?"

버질이 고개를 끄덕였다.

"어. 그리고 얼마 후부터 아버지는 내게 재혼을 하라는 말을 은연중에 하셨어. 나는 과달라하라 시와 멕시코시티로 몇 번 놀러 갔지. 흥미롭고 예쁜 여자들을 만나긴 했지만 아버지 눈에 찰 리가 없는 여자들이었어. 그런데 카탈리나가 내 눈을 사로잡은 거야. 그 다정한 성격은 하이 플레이스에는 별로 없는 자질이었거든. 그런 점이 마음에 들었어. 부드러운 말투, 낭만적인 생각도 좋았어. 카탈리나는 동화를 원하는 사람이었고 난 카탈리나에게 동화 같은 삶을 살게 해 주고 싶었어.

그런데 뜻대로 되질 않더라고. 카탈리나는 몸에 병이 들었고 외로움과 우울감에 사로잡혔어. 나는 카탈리나가 나와 함께하는 삶이 어떤 의미인지 이해해 줄 거라고, 나 역시 그녀와 함께하는 삶의 의미를 깨닫게 될 거라고 생각했어. 그런데 내 생각은 틀렸고, 지금 우리는 이런 상태가 되고 말았어."

동화. 그럴 것이다. 마법의 키스를 받은 백설 공주, 짐승을 사람으로 되돌려 놓은 미인. 카탈리나는 어린 소녀들을 대상으로 하는 그런 동화들을 한 줄 한 줄 극적인 확신을 가지고 읽곤 했다. 그렇게 연기를 하며 꿈을 꾸었다. 그리고 카탈리나가 꾼 백일몽의 결과가 이거였다. 이게 카탈리나의 동화였다. 맞지 않는 결혼을 한 카탈리나는 몸에 병이 들고 정신적으로 고통 받았다. 그 괴로움이 지금도 카탈리나의 어깨를 무겁게 짓누르고 있었다.

"언니는 이 집을 싫어하니 다른 곳으로 데려가세요."

"아버지는 우리가 하이 플레이스에 머무르길 바라셔."

"주체적으로 좀 살아 봐야 하지 않나요?"

그러자 버질이 미소 지었다.

"주체적인 삶이라. 알아챘는지 모르겠지만, 우리 중 주체적인 삶을 사는 사람은 아무도 없어. 아버지는 내가 여기서 살길 바라셔. 아내는 병이 들었고. 늘 똑같은 이야기지. 우린 여기서 살아야 해. 바꿀 수 없는 상황이라는 걸 모르겠어?"

노에미는 두 손을 맞잡고 비볐다. 그래, 그녀는 알고 있었다. 기분 나쁘지만 알고는 있었다. 피곤했다. 계속 제자리를 맴도는 듯했다. 프랜시스의 말대로 짐을 싸서 여길 떠나는 게 최선일 수도 있었다. 하지만 그러고 싶지 않았다.

버질이 노에미를 바라보았다. 그의 강렬한 푸른 눈동자는 신중하게 가공한 청금석 같았다.

"처제를 이 방으로 부르면서 원래 하려던 얘기가 있었는데 주제에서 많이 벗어났네. 지난번에 만났을 때 했던 말을 사과하고 싶었어. 그때 내 마음이 많이 좋지 않았거든. 지금도 그렇지만. 어쨌든 처제를 화나게 했다면 미안해."

사과를 하다니 뜻밖이었다.

"고마워요."

"친하게 지내면 좋겠어. 우리가 서로를 적대할 이유도 없잖아."

"우리가 적은 아니죠."

"우리가 첫 단추를 잘못 끼우기는 했지. 다시 잘 지내 보자. 커민스 선생한테 파추카 시 중심가에서 일하는 정신과 의사들에 대해 알아보라고 얘기할게. 처제랑 의논해서 그중 한 명으로 결정할게. 그 의사한테 같이 편지를 보내도 좋고."

"좋아요."

"그럼 휴전인가?"

"우리가 언제 전쟁 중이었나요?"

"그래, 그렇진 않지."

버질이 손을 내밀었다. 망설이던 노에미는 의자 앞으로 걸어가 그의 손을 잡고 악수를 했다. 그는 커다란 손으로 노에미의 작은 손을 뒤덮으며 확고하게 쥐었다.

노에미는 이만 가 보겠다고 말하고 버질의 방을 나섰다. 본인 방으로 돌아가던 중 어느 열린 문 앞에 프랜시스가 서 있는 모습이 보였다. 그는 노에미의 발소리를 들었는지 가만히 서서 노에미를 쳐다보았다. 그러고는 조용히 인사를 건네며 고개를 끄덕일 뿐 아무 말도 하지 않았다.

노에미의 부탁을 들어줬다고 플로렌스에게 혼이 났을까? 버질 앞에 불려 가 서게 될지도 모른다. 버질은 노에미에게 했던 말을 고대로 프랜시스에게 하겠지. 넌 노에미와 너무 많은 시간을 함께 보내는 것 같다. 그 둘이 목소리를 잔뜩 낮추고 말다툼하는 장면이 머릿속에 그려졌다. 하워드가 큰 소리를 싫어한다고 하니 말다툼마저도 속삭임으로 해야 할 것이다.

노에미는 그의 주저하는 얼굴을 바라보며 생각했다.

'이제 다시는 날 도와주지 않겠지. 내가 그의 선의를 이용해 먹은 것처럼 됐으니까.'

"프랜시스."

그는 노에미의 목소리를 듣지 못한 척, 조용히 등 뒤로 문을 닫고 시야에서 사라졌다. 이 집의 무수한 방 중 하나가 그를 집어삼킨 듯했다. 그는 거대한 짐승의 여러 배 중 하나 속으로 끌려 들어갔다.

노에미는 방문에 손바닥을 얹고 잠시 고민했다. 생각해 보니 이대로 가는 게 좋을 것 같아 계속 걸어갔다. 그에게는 이미 충분히 민폐를 끼쳤다. 상황을 개선해야 했다. 플로렌스를 찾아보기로 했다. 주방에 가서 보니 플로렌스는 리지와 목소리를 낮추고 대화 중이었다.

"부인, 잠깐 시간 있으세요?"

"당신 사촌언니는 지금 낮잠을 자고 있어요. 그러니까……."

"언니를 보러 가겠다는 말을 하려는 게 아니에요."

플로렌스는 하녀에게 손짓을 하고는 노에미를 돌아보며 따라오라고 손을 흔들었다. 노에미는 처음 보는 방에 플로렌스와 함께 들어갔다. 크고 견고한 탁자 위에 구식 재봉틀이 놓여 있었다. 개방형 선반 위에는 반짇고리와 누렇게 변색된 패션 잡지들이 놓였다. 지금은 액자의 흔적만 희미하게 남아 있지만 한때 그림들을 걸어 두었던 자리인 듯, 낡은 못 몇 개가 벽에 박혀 있었다. 방은 정돈이 잘 되어 있었고 깔끔했다.

"무슨 얘기인데요?"

"오늘 아침에 프랜시스한테 마을까지 차로 데려다 달라고 부탁했어요. 말없이 외출하는 걸 싫어하시는 거 알아요. 제 잘못이라고 말씀드리고 싶었어요. 그러니까 프랜시스한테 화내지 마세요."

탁자 옆에 놓인 커다란 의자에 앉은 플로렌스는 두 손을 맞잡아 깍지 끼고 노에미를 쳐다보았다.

"나를 가혹하다고 생각하죠? 아뇨. 부정할 필요 없어요."

"가혹하다기보다는 엄격한 분이라고 생각하고 있어요."

노에미는 예의를 갖춰 말했다.

"나는 어느 집이든 질서를 유지하는 게 중요하다고 생각해요. 그래야 세상에서 내 자리가 어디인지, 내가 어디 속하는지를 잘 결정할 수가 있어요. 그런 분류 방식은 각 생물이 올바른 가지에 자리를 잡게 하는 데도 도움이 되죠. 나 자신이 누구인지, 내 의무가 무엇인지를 잊지 말아야 하죠. 프랜시스도 본인이 해야 할 의무가 있어요. 그런데 당신은 프랜시스가 의무를 이행하지 못하게 방해하고 있어요. 해야 할 의무가 있다는 걸 자꾸 잊게 하고 있어요."

"프랜시스가 종일 할 일이 있는 건 아니잖아요."

"그럴까요? 그걸 당신이 어떻게 알아요? 프랜시스가 종일 시간이 남아돌아 빈둥댄다고 해도 왜 당신이랑 어울려 다녀야 하죠?"

"아드님의 시간을 다 잡아먹으려던 건 아니었어요. 저는……."

"프랜시스는 당신이랑 같이 있으면 바보가 돼요. 자기가 어떤 사람이어야 하는지도 깡그리 잊죠. 프랜시스가 당신을 갖도록 백부님이 가만히 두고 볼까요? 불쌍한 녀석."

고개를 가로저은 플로렌스가 중얼거리듯 물었다.

"원하는 게 뭐예요? 우리한테 뭘 원해요? 우린 내줄 게 아무것도 없어요."

"그냥 사과드리고 싶었어요."

플로렌스는 오른쪽 관자놀이를 손으로 누르며 눈을 감았다.

"알았어요. 그만 가 봐요."

노에미는 플로렌스가 말한, 자기가 있어야 할 자리를 모르거나 그 자리를 찾을 줄 모르는 생물이 된 기분이었다. 잠시 계단에 앉아 중심 기둥의 님프 조각상을 바라보다가 빛줄기 속에서 춤추는 먼지를 보며 생각에 잠겼다.

16장

플로렌스는 노에미가 카탈리나와 단둘이 있게 두지 않았다. 메리라는 하녀를 방 한쪽 구석에 감시하라고 세워 두었다. 노에미를 다시는 믿을 수 없는 사람으로 취급하면서. 아무도 그렇다고 말은 안 했지만 노에미가 카탈리나의 침대로 다가가자 메리가 괜히 가까이에서 왔다 갔다 하며 장식장 안의 옷을 정리하거나 담요를 갰다. 굳이 그때 하지 않아도 되는 일이었다.

노에미가 메리에게 물었다.

"그 일 나중에 하면 안 돼요?"

"아침에는 시간이 없어서요."

대꾸하는 메리의 목소리는 흔들림 없었다.

"메리, 제발요."

"메리는 신경 쓰지 말고 앉아."

카탈리나가 그렇게 말했다.

"아, 나는…… 그래, 알았어."

노에미는 신경을 곤두세우지 않으려 애썼다. 카탈리나에게 긍정적인 모습을 보여 주고 싶었다. 게다가 플로렌스가 카탈리나와 30분만 같이 있을 수 있다고 해서 그 시간을 최대한 활용해야 했다.

"상태가 괜찮아 보이네."

"거짓말."

카탈리나는 그렇게 말하면서도 미소를 지어 보였다.

"언니 베개를 부풀려 줄까? 「춤추는 열두 명의 공주들」 속 공주처럼 밤에 춤을 추러 갈 수 있게 실내화를 갖다줄까?"

카탈리나가 조용히 말했다.

"넌 그 동화책 그림을 좋아했지."

"맞아. 할 수만 있으면 지금 다시 읽고 싶어."

하녀는 돌아서서 커튼을 정리한다고 부산을 떨었다. 카탈리나는 노에미를 바라보며 기대에 찬 눈빛으로 말했다.

"시를 읽어 줄래? 저기 내 오래된 시집이 있어. 내가 소르 후아나*를 좋아하잖아."

노에미는 그 시집을 기억했다. 지금은 침실용 탁자 위에 놓여 있었다. 동화로 가득 채워진 두툼한 책과 마찬가지로 이 시집도 익숙한 보물이었다.

"어떤 시를 읽어 줄까?"

"「어리석은 사람들」."

페이지를 펼쳤다. 눈에 익은 닳고 닳은 페이지들 사이에 못 보던 게 끼워져 있었다. 접어 놓은 누런 쪽지였다. 노에미는 카탈리나를

* 1648~1695. 17세기 멕시코의 수녀이자 시인, 수학자.

힐금 쳐다보았다. 카탈리나는 말없이 입을 꾹 다물고 있었지만 눈에는 적나라한 공포가 담겼다. 노에미는 메리 쪽을 돌아보았다. 여전히 커튼을 정리하고 있었다. 노에미는 쪽지를 주머니에 넣고 시를 읽기 시작했다. 차분한 목소리를 유지하며 시 몇 편을 읽었다. 마침내 플로렌스가 은쟁반을 들고 방으로 들어왔다. 쟁반에는 은제 찻주전자와 컵, 그리고 쿠키 몇 개가 담긴 도자기 접시가 놓여 있었다.

플로렌스가 말했다.

"카탈리나를 이제 그만 쉬게 해요."

"알겠어요."

노에미는 책을 덮고 순순히 카탈리나에게 잘 쉬라고 인사를 했다. 방으로 돌아가 보니 플로렌스가 다녀간 흔적이 있었다. 카탈리나에게 가져온 것과 똑같은, 차와 쿠키 몇 개가 담긴 쟁반이 놓여 있었다.

노에미는 차는 거들떠보지도 않고 문을 닫았다. 식욕도 없고 담배 생각이 난 지도 오래됐다. 이 모든 상황에 신경이 있는 대로 곤두섰다.

주머니에 넣어 온 쪽지를 펼쳤다. 귀퉁이에 카탈리나의 글씨로 '이게 증거야.'라고 적혀 있었다. 노에미는 미간을 찌푸리며 쪽지를 한 번 더 펼쳤다. 카탈리나가 여기에 뭐라고 적어 놓았을까. 아버지에게 보냈던 것과 같은 이상한 편지를 또 쓴 건 아니겠지? 그 이상한 편지가 이 모든 일의 발단이었다.

그런데 예상과 달리 쪽지는 카탈리나가 쓴 게 아니었다. 종이부터가 꽤 오래됐고 바스라질 것처럼 얇았다. 일기장에서 찢어 낸 것 같았다. 날짜는 적혀 있지 않았지만 일기의 일부인 것만은 분명했다.

> 나는 결심을 확고하게 유지하기 위해 이 생각을 종이에 적기로 했다. 내일 용기를 잃더라도 이 글을 보면 지금의 굳은 결심을 떠올릴 수 있겠지. 지금도 끝없이 속삭이는 그들의 목소리가 들린다. 그들은 밤이면 빛을 낸다. 그것까지는 참을 수 있다. 그 남자만 아니면 이 집도 참을 수 있다. 우리의 주인이자 지배자. 우리의 신. 부서진 알, 그리고 그 알에서 나온 강력한 뱀이 아가리를 쩍 벌린다. 연꽃과 피, 뿌리 깊숙한 곳에 우리의 위대한 유산이 담겨 있다. 신은 죽지 않는다. 우리는 그렇게 들었고, 어머니도 그렇게 믿고 있다. 하지만 어머니는 나를 비롯해 우리 중 어느 누구도 구해 주지 못한다. 이제 나한테 달렸다. 이것은 신성모독이거나 단순한 살인일 수도 있다. 아니면 둘 다일 수도 있겠지. 베니토에 대해 알게 된 그가 나를 구타했다. 나는 그 자리에서 절대 아이를 갖지 않을 것이며 그의 뜻에 따르지도 않겠다고 맹세했다. 이 죽음은 죄가 아니라고 굳게 믿는다. 이는 해방이며 내 구원이다. R.

이름 대신 머리글자인 R만 적혀 있었다. 루스(Ruth)의 머리글자일 것이다. 루스의 일기일까? 카탈리나가 아버지에게 보낸 횡설수설한 편지와 비슷한 내용이 담기긴 했지만 카탈리나가 루스인 척 가짜로 쓴 일기 같지는 않았다. 카탈리나는 이걸 어디서 찾았을까?

이 집은 무척 넓고 오래됐다. 카탈리나가 어두운 복도를 걸어가는 모습이 머릿속에 그려졌다. 어느 헐렁한 마룻장 아래 숨겨져 있던 낱장의 일기를 발견하는 모습도.

일기를 들여다보며 노에미는 입술을 꾹 깨물었다. 괴상한 문장이 가득한 이런 글을 읽으면 누구든 유령이나 저주를 믿게 되지 않을까. 물론 노에미는 음침한 밤의 존재를 믿지는 않았다. 환상과 공상일 뿐이었다. 『황금가지』*라는 책에서 악의 축출에 관한 장(章)을 읽은 적이 있었다. 통가의 유령과 병의 연관성에 관해 상세히 기술한 논문도 흥미롭게 읽었고, 잡지 《포크로어》 편집자에게 어느 독자가 머리 없는 유령을 만난 일에 관해 상세히 적어 보낸 편지도 재미있게 읽었다.

이게 증거야. 카탈리나는 그렇게 적었다. 하지만 무엇에 대한 증거라는 걸까? 노에미는 탁자 위에 편지를 내려놓고 구김을 편 후 다시 읽어 보았다.

'사실 정보를 잘 모아서 생각해 봐, 바보야.'

노에미는 손톱을 물어뜯으며 생각했다. 어떤 사실 정보가 있을까? 카탈리나는 목소리를 비롯해 이 집에 어떤 존재가 있다는 얘기를 했다. 루스도 목소리에 대해 썼다. 노에미는 목소리를 들은 적은 없지만 악몽을 꾸었고 수년 만에 몽유병 증상을 보이기까지 했다.

누군가는 멍청하고 신경이 곤두선 세 여자의 하소연에 불과하다고 말할 수도 있다. 구닥다리 의사들은 히스테리증이라고 진단할

* 1890년에 간행된 영국의 민속학자 겸 인류학자 J. G. 프레이저의 저서.

지도 모른다. 하지만 노에미는 절대 히스테리증이 아니었다.

세 여자가 히스테리증이 아니라면, 그들 모두가 이 집 안에 있는 무언가와 접촉했다는 얘기다. 초자연 현상일까? 저주인가? 유령? 좀 더 이성적인 답은 없을까? 다른 곳과 구별되는 일정한 패턴이 있을까? 결국 다 사람이 하는 일이다. 패턴을 찾아보자. 세 사람의 이야기를 하나로 엮어 볼 수 있을 것이다.

누군가와 이런 얘기를 하고 싶었다. 그렇지 않으면 신발 바닥이 닳도록 이 방을 계속 서성일 것만 같았다. 쪽지를 스웨터 주머니에 집어넣고 석유램프를 집어 들었다. 프랜시스를 만나야 했다. 그는 지난 이틀 동안 노에미를 피하고 있었다. 플로렌스가 그에게 해야 할 일과 의무에 대한 잔소리를 한 게 분명했다. 하지만 노에미가 방으로 찾아가면 그가 문전박대를 할 것 같지는 않았다. 이번에는 부탁을 하러 가는 것도 아니고 그냥 얘기나 좀 하고 싶다는 거니까. 용기가 생긴 노에미는 프랜시스의 방으로 갔다.

그가 문을 열어 주었다. 마치 그가 인사를 건네기도 전에 노에미가 먼저 말했다.

"들어가도 돼요? 할 얘기가 있어요."

"지금요?"

"5분이면 돼요. 괜찮죠?"

그는 잘 모르겠다는 듯 눈을 껌벅이다가 헛기침을 했다.

"그래요. 들어와요."

방 벽에는 다채로운 색깔의 그림들, 식물 표본 인쇄물이 붙어 있었다. 유리판 아래 핀으로 고정된 나비는 열두 마리, 버섯을 그린 사랑스러운 수채화는 다섯 점이었다. 각 수채화에는 작은 글씨로 버섯 이름을 적어 놓았다. 책장에는 가죽 장정의 두툼한 책들이 꽂혀 있었고, 깔끔한 타일 바닥에도 몇 권이 쌓여 있었다. 방 안에 배어 있는 건조한 종이와 잉크 냄새는 마치 이국적인 꽃다발에서 풍기는 향기 같았다.

버질의 방에는 앉을 수 있는 공간이 있었지만 프랜시스의 방은 그렇지가 않았다. 진녹색 침대보가 깔린 좁은 침대. 침대 머리판 중앙에는 나뭇잎과 이 집 곳곳에 있는 상징물인 제 꼬리를 먹는 뱀 조각이 화려하게 새겨져 있었다. 방 분위기와 어울리는 책상에도 책이 쌓여 있었다. 한쪽 구석에 빈 컵과 접시가 보였다. 책상에서 식사를 한 모양이었다. 방 한가운데 있는 탁자는 쓰지 않는 듯했다.

탁자 옆으로 걸어간 노에미는 곧 그 이유를 알게 됐다. 탁자에는 종이와 그림 도구가 잔뜩 올려져 있었다. 뾰족하게 깎은 연필들과 먹물 병, 펜촉. 수채물감 통, 컵 안에 넣어 둔 붓. 목탄화도 여러 점 있었고 펜화도 보였다. 식물 스케치화도 꽤 많았다.

"예술가였군요."

노에미는 석유램프를 들지 않은 손으로 민들레 그림 가장자리를 만져 보았다. 프랜시스는 겸연쩍은 목소리로 말했다.

"내 그림이긴 해요. 대접할 게 없네요. 차도 다 마셔 버렸고."

"이 집에서 끓인 차는 영 별로예요. 맛이 없어요."

노에미는 달리아 그림을 들여다보며 말을 이었다.

"예전에 그림을 그려 보려고 했던 적이 있어요. 그러는 게 논리적으로 맞는 판단이라고 생각했죠. 아버지가 염료와 페인트 사업을 하시거든요. 그런데 잘 그리지 못하겠더라고. 사실 사진이 더 좋았어요. 순간을 포착하는 게 내 취향에도 맞았고요."

"그림을 그리려면 대상에 수차례 노출이 되어야 해요. 그래야 대상의 핵심을 포착할 수 있죠."

"시적이기까지 하네요."

프랜시스는 당황한 표정이었다.

"앉아요."

노에미한테서 석유램프를 받아 든 그는 초 몇 개를 올려 둔 책상에 내려놓았다. 노에미가 들고 온 것과 비슷하지만 크기는 좀 더 큰 석유램프가 침실용 탁자 위에 놓여 있었다. 그 석유램프의 유리가 노르스름해서 방 안이 따뜻한 호박색으로 물들었다.

그는 장미 화환 문양이 들어간 덮개를 씌운 큼직한 의자를 가리키더니, 그 의자에 올려 둔 책 두 권을 서둘러 치웠다. 그리고 책상 의자를 들어 그녀의 앞에 놓고는 두 손을 깍지 끼고 앞으로 몸을 약간 기울여 앉았다.

"가족 사업장에 자주 가나 봐요?"

"어렸을 때 아버지 사무실에 가서 보고서를 타이핑하고 메모를 하는 척하면서 놀았어요. 그 이상 관심이 있지는 않았고요."

"사업에 관여할 생각은 없어요?"

"오빠가 그 일을 좋아해요. 가족이 페인트 사업을 한다고 해서 내가 꼭 그림을 그릴 필요는 없겠더라고요. 더 안 좋은 경우는 회사 규모를 키우기 위해 또 다른 페인트 회사의 상속자와 결혼을 하는 거겠죠. 난 뭔가 다른 일을 하고 싶어요. 아직 내 안에 숨겨진 다른 재능이 있을 수도 있잖아요. 지금 당신은 최고의 인류학자가 될 사람이랑 얘기하고 있는지도 몰라요."

"전문 피아니스트가 되지는 않겠군요."

"둘 다 하면 안 된다는 법 있나요?"

"하긴 그렇죠."

의자가 편안했다. 프랜시스의 방도 마음에 들었다. 노에미는 고개를 돌려 버섯 수채화를 바라보았다.

"저것도 당신이 그린 건가요?"

"예. 며칠 전에요. 별로 잘 그리지는 못했어요."

"아름다워요."

"그렇게 말해 주니 고마워요."

프랜시스가 기품 있게 말하며 미소 지었다.

그는 살짝 조화가 흐트러진 평범한 얼굴이었다. 노에미가 우고 두아르테를 좋아한 이유는 잘생겨서였다. 말을 잘하고 옷도 잘 입고 매력 발산을 잘하는 스타일을 좋아하는 편이었다. 그런데 뭔가 특이하고 불완전한 이 남자가 좋았다. 바람둥이 같은 매력은 없지만 조용하고 지적인 매력이 있었다.

프랜시스는 코르덴 재킷을 다시 입고 다녔는데, 지금 이 방에서는 맨발이었고 구겨진 낡은 셔츠를 입었다. 사랑스럽고 친밀한 느낌이었다.

앞으로 몸을 기울여 그에게 키스하고 싶었다. 성냥에 불을 붙여 환하게 타는 모습을 보고 싶은 기분이었다. 하지만 망설였다. 별 의미가 없을 때는 키스가 쉽지만, 의미를 띨 때는 어려워진다.

상황을 복잡하게 만들고 싶지 않았다. 그와 단순히 즐기고 싶지도 않았다.

"설마 내 그림을 칭찬하러 온 건 아니겠죠."

망설이는 마음을 눈치챈 것처럼 프랜시스가 말했다.

그랬다. 그러려고 온 게 아니었다. 노에미는 헛기침을 하며 고개를 저었다.

"이 집에 유령이 나온다는 생각, 해 봤어요?"

프랜시스는 희미한 미소를 지었다.

"이상한 말을 하는군요."

"그렇게 들릴 거예요. 물어볼 만한 이유가 있어서 그래요. 생각해 봤어요?"

침묵이 흘렀다. 그는 천천히 두 손을 주머니에 넣고 발밑의 깔개를 내려다보며 인상을 찌푸렸다.

노에미가 말했다.

"당신이 유령을 봤다고 해도 웃지 않을 거예요."

"유령 같은 건 없습니다."

"있다면요? 궁금하지 않아요? 사슬을 질질 끌고 이불 밑으로 파고드는 유령을 얘기하는 게 아니에요. 예전에 티베트에 관한 책을 읽은 적 있어요. 알렉산드라 다비드 넬이라는 여자가 쓴 책인데, 사람이 유령을 만들 수 있다는 내용이 들어 있어요. 의지로 상상의 존재를 현실에 만들 수 있다는 거죠. 그걸 뭐라고 불렀더라? 툴파라고 했어요."

"허무맹랑한 얘기처럼 들리는데요."

"그렇죠. 듀크 대학교에 초심리학*을 연구하는 J. B. 라인이라는 교수가 있는데, 그 사람은 텔레파시를 일종의 초감각적 지각이라고 보고 있어요."

프랜시스가 무척 조심스럽게 물었다.

"정확히 무슨 얘기를 하고 싶은 겁니까?"

"어쩌면 카탈리나 언니가 완벽하게 정상일 수도 있다는 얘길 하는 거예요. 이 집에 정말 유령이 있고 논리적으로 설명이 가능하다는 거죠. 어떻게 설명할지는 아직 모르겠어요. 초심리학과 무관할 수도 있어요. '모자장이처럼 미친'이라는 말처럼 특정 물질과 관계가 있을 수도 있고요."

"무슨 말인지 이해가 안 되는데요."

"모자를 만드는 사람이 정신이상이 될 가능성이 높다고 하잖아요. 그 이유는 모자 재료와 관계가 있어요. 중절모를 만들 때 테두리를 빳빳하게 하려고 수은을 사용하거든요. 모자장이는 모자를 만들면서 수은을 흡입하게 되는 거죠. 요즘도 수은은 조심스럽게 다뤄야 해요. 흰곰팡이 방지를 위해 페인트에 수은을 섞는데, 안 좋은 쪽으로 조건이 맞아떨어지면 수은 증기가 발산되면서 병을 일으켜요. 방 안에 있던 사람 모두가 정신이상이 되고, 그건 페인트 탓인 거죠."

프랜시스는 벌떡 일어서더니 노에미의 손을 잡고 스페인어로 속삭였다.

---

* 일반심리학으로 설명할 수 없는 정신 영역을 다루는 학문.

"더는 말하지 말아요."

이 집에 온 후로 프랜시스와는 영어로만 대화를 나눴다. 하이 플레이스에서 스페인어로 말하는 그를 본 적이 없었다. 이렇게 손을 잡은 적도 없었다. 어쩌다 몸이 닿았다고 해도 일부러 그런 건 아니었다. 하지만 지금 그의 손은 노에미의 손목을 확고하게 잡고 있었다.

노에미도 스페인어로 물었다.

"당신도 내가 모자장이처럼 미쳤다고 생각해요?"

"맙소사. 아닙니다. 당신은 멀쩡하고 똑똑해요. 지나칠 정도로 똑똑하죠. 이제 내 얘기 잘 들어요. 귀 기울여 잘 들어야 합니다. 오늘 이 집을 떠나요. 지금 당장. 여긴 당신이 있을 곳이 아닙니다."

"뭘 숨기고 있는 거예요?"

그는 노에미의 손을 잡고 그녀를 가만히 바라보았다.

"노에미, 유령이 없다고 해서 무언가에 홀리지 않는다는 법은 없어요. 현혹될 수 있으니 조심해야 됩니다. 당신은 너무 겁이 없어요. 아버지도 당신 같았어요. 대가를 톡톡히 치르셨죠."

"협곡에 떨어져 돌아가셨다고 들었어요. 그게 전부가 아닌가요?"

"누구한테 들었어요?"

"내가 먼저 물었어요."

싸늘한 두려움이 노에미의 심장에 작은 구멍을 뚫어 놓은 듯했다. 프랜시스는 불안해하며 노에미한테서 몸을 돌렸다. 이번에는 노에미가 그의 손을 잡아당겼다.

"말해 줘요. 다른 얘기가 더 있죠?"

"아버지는 술에 취해 목이 부러지셨어요. 협곡에 떨어지신 것도 사실이고요. 우리가 지금 꼭 이 얘기를 해야 합니까?"

"예. 나랑은 아무 얘기도 안 하려 하잖아요."

"그건 사실이 아니에요. 당신이 제대로 듣기만 했으면 내가 많은 얘기를 해 줬다는 걸 알 텐데요."

프랜시스는 노에미에게 잡힌 손을 빼더니 침통한 얼굴로 그녀의 어깨를 잡았다.

"듣고 있으니 말해 줘요."

그러자 프랜시스는 갈등이 되는지 한숨 섞인 숨을 내뱉었다. 드디어 입을 여나 싶은 순간, 복도 저쪽에서 요란한 신음이 한 번, 또 한 번 들려왔다. 프랜시스가 뒤로 물러섰다.

이 집에서는 기괴할 정도로 소리가 잘 퍼져 나갔다. 왜 그렇게 잘 퍼지는지 궁금할 지경이었다.

"하워드 큰할아버지예요. 또 통증이 있으신가 봐요."

프랜시스는 마치 고통을 겪는 사람이 자신인 것처럼 미간을 찌푸렸다.

"오래 못 버티시겠군요."

"유감이에요. 당신도 힘들겠어요."

"몰라서 하는 소리예요. 돌아가시면 차라리 좋겠는데."

끔찍한 말이었다. 하지만 삐걱삐걱거리고 퀴퀴한 냄새가 풍기는 이런 집에서, 노인의 심기를 거스르지 않으려 늘 발끝으로 살금살금 걸어 다니며 사는 생활이 쉽지만은 않을 것이다. 애정과 사랑도 받아 보지 못하고 자란 이 젊은이의 가슴속에 얼마나 깊은 반감이 쌓였을까? 어느 누구도 프랜시스를 사랑해 준 것 같지 않았다. 그의 큰할아버지도, 그의 어머니도. 버질과 친구로 지내며 자라기는 했을까? 지친 눈으로 서로를 바라보며 불만을 토로할 정도의 사이이기는 할까? 버질 역시 불만이 쌓였겠지만 세상 구경이라도 하고 왔다. 그러나 프랜시스는 이 집에 매여 옴짝달싹 못 하는 처지였다.

노에미는 손을 뻗어 그의 팔을 잡았다.

"저기요."

"어렸을 때 큰할아버지는 지팡이로 나를 때리곤 했어요."

프랜시스는 목쉰 소리로 나지막하게 말했다.

"'힘에 대해 가르쳐 주겠다.'라는 이유였죠. 그때 생각했어요. 맙소사, 루스가 옳았어. 루스가 옳았던 거였어. 하지만 큰할아버지를 끝장내시지는 못했죠. 죽이려고 해 봤자 소용이 없었어요. 그래도 그분이 옳기는 했어요."

프랜시스는 너무나도 비참한 얼굴이었다. 그의 입에서 나온 말이 끔찍했지만 노에미는 공포보다는 안타까움을 느꼈다. 그녀는 움찔하지 않고 그의 팔을 가만히 잡고 있었다. 프랜시스는 그녀의 눈을 마주 보지 않으려 고개를 돌렸다.

"하워드 큰할아버지는 괴물이에요. 그 사람을 믿지 말아요. 내 어머니도, 버질도 믿지 말고요. 당장 이 집에서 떠나야 합니다. 나도 당신이랑 이렇게 빨리 헤어지고 싶지 않지만 어쩔 수 없어요."

그들은 한동안 아무 말도 없었다. 프랜시스는 고개를 숙이고 눈을 내리깔았다.

노에미가 말했다.

"당신이 원하면 난 좀 더 머물러도 괜찮아요."

그는 노에미를 바라보며 희미하게 미소 지었다.

"당신이 이 방에 와 있는 걸 어머니가 알면 화를 내실 겁니다. 아마 곧 이 방에 올 거예요. 큰할아버지 상태가 저러면 어머니는 우리를 가까이에 두려고 하시니까요. 방으로 돌아가서 자요, 노에미."

"잠이 올 것 같지가 않아요."

그러면서 노에미는 한숨을 푹 쉬었다.

"양이라도 세어야 할까 봐요. 양을 세면 잠이 올까요?"

노에미는 자신이 앉아 있는 의자 옆에 쌓여 있는 책의 표지를 손가락으로 훑었다. 더는 할 말이 없지만, 프랜시스가 무슨 말이든 더 해 주기를 바라며 뭉그적거리고 있었다. 유령 얘기나 현혹에 대한 얘기라도 좋았다. 하지만 더 이상 대화가 이어지지 않았다.

프랜시스는 책을 만지고 있는 노에미의 손을 잡고 그녀를 내려다보며 나지막하게 말했다.

"노에미, 제발요. 그 사람들이 나를 데리러 올 거라고 한 말은 거짓이 아니에요."

그는 노에미에게 석유램프를 도로 들려 주고 방문을 열어 주었다. 그녀는 어쩔 수 없이 방을 나섰다.

모퉁이를 돌아가기 전에 뒤를 힐끗 돌아보았다. 문 앞에 서 있는 프랜시스의 모습이 흡사 유령처럼 보였다. 방에서 흘러나오는 랜턴과 초의 불빛을 받아 프랜시스의 금발이 기이한 불꽃처럼 빛났다. 이 나라의 칙칙한 작은 마을에는 마녀들이 불덩어리로 변해 허공을 날아다닌다는 전설이 있었다. 도깨비불을 보고 하는 얘기였다. 문득 꿈에서 본 금발 여자가 생각났다.

17장

양이라도 세어야겠다고 한 노에미의 말은 거짓이 아니었다. 유령 출몰이라든지, 퍼즐의 답 같은 생각 때문에 머릿속이 번잡해서 잠이 쉬이 오지 않았다. 앞으로 몸을 기울여 프랜시스의 입술에 키스하고 싶다는 생각이 여전히 마음속에 남아 있어 전기에 오른 듯 들뜬 상태였다.

이럴 때는 목욕을 하는 게 최선이었다.

낡은 욕실은 타일이 몇 장 깨져 있었고 천장에 곰팡이까지 흉측하게 피어 있었다. 그래도 석유램프 빛에 비춰 보니 욕조는 온전해 보였고 그럭저럭 깨끗한 것 같았다.

의자에 석유램프를 올려 두고 의자 등받이에 목욕용 가운을 걸쳐 놓은 뒤 수도꼭지를 틀었다. 플로렌스는 찬물로 씻는 게 좋다고 주장했지만 노에미는 차가운 물에 몸을 담그고 싶지 않았다. 이 집 보일러에 무슨 문제가 있는지 알 수 없지만 일단은 뜨끈한 물이 나오는 걸 보니 목욕은 가능할 듯했다. 수증기가 곧 욕실을 가득 채웠다.

집에서라면 달콤한 향기가 나는 오일이나 배스 솔트를 물에 넣었을 테지만 여기는 그런 게 없었다. 욕조로 들어가 몸을 담그고 머리를 뒤로 기댔다.

하이 플레이스는 쓰레기장까지는 아니지만 소소하게 여러 곳이 망가져 있었다. 한눈에 봐도 곳곳에 방치된 흔적이 역력했다. 방치. 그게 딱 적당한 단어였다. 카탈리나가 망가진 곳을 찾아 고쳤으면 집 안 분위기가 조금은 달라졌을까. 그럴 것 같지는 않았다. 이 집은 이미 썩어 버렸다.

그런 생각을 하니 기분만 나빠졌다. 노에미는 눈을 감았다.

수도꼭지에서 물이 똑똑 떨어졌다. 머리를 물에 완전히 집어넣고 숨을 참았다. 마지막으로 수영을 하러 갔던 게 언제였더라? 조만간 항구도시인 베라크루스 시에 놀러 가야겠다. 아카풀코 시도 괜찮지. 어디든 하이 플레이스와는 거리가 먼 곳이었다. 태양과 해변, 칵테일이 있는 곳이니까. 우고 두아르테에게 전화를 걸어서 올 수 있는지 물어봐야지.

물 밖으로 나온 노에미는 눈을 뒤덮은 머리카락을 신경질적으로 뒤로 쓸어 넘겼다. 우고 두아르테라니. 미친 건가? 지난 며칠 동안 우고 두아르테 생각은 한 번도 하지 않았다. 프랜시스의 방에서 느낀 갈망이 다소 우려스럽기는 했다. 예전에 한 번씩 느끼곤 했던 욕정과는 종류가 달랐다. 노에미 정도 되는 사회적 지위의 여자라면 욕정에 대해 더 알려고 들면 안 되었다. 하지만 이미 키스나 포옹, 어느 정도 수위의 애무는 경험을 해 보았다. 그동안 데이트를 한 남자들과 동침까지 진전되지 않은 이유는 죄책감 때문이 아니라 그들이 친구들에게 자랑삼아 떠벌리거나, 더 안 좋은 경우 그녀를 덫으로 옭아맬 수도 있기 때문이었다. 다른 남자들을 만날 때는 그런 부분에 대한 걱정을 비롯해 온갖 두려움이 앞섰는데 프랜시스와 함께 있으면 그런 두려움을 잊게 됐다.

'감상적으로 구는구나. 프랜시스는 잘생기지도 않았잖아.'

노에미는 손으로 가슴뼈를 위아래로 문지르며 천장에 핀 곰팡이를 올려다보다가 한숨과 함께 고개를 옆으로 돌렸다.

그 순간 그것이 보였다. 문간에 서 있는 누군가. 노에미는 착시인가 싶어 눈을 깜박였다. 석유램프를 욕실로 가지고 들어온 터라 욕실 안은 충분히 밝았다. 그러니 어둑한 조명 탓은 아닐 것이다.

그 형체가 욕실로 가까이 다가왔다. 곧 그게 버질임을 알 수 있었다. 가느다란 감청색 세로 줄무늬가 들어간 정장에 넥타이까지 맨 차림이었다. 버질은 마치 자기 방의 욕실을 들어오듯 자연스럽게 그녀의 욕실로 걸어 들어왔다.

"여기 있었네. 이 귀여운 것. 말할 필요 없어. 움직일 필요도 없어."

노에미는 수치심과 놀라움, 분노에 휩싸였다. 대체 무슨 생각으로 이런 짓을 하는 거지? 그에게 악을 쓰고 싶었다. 소리를 지르며 몸을 가운으로 덮어 가릴 작정이었다. 소리를 지르는 게 전부가 아니라 그의 뺨을 올려붙이고 싶었다. 가운만 입고 나면 뺨을 갈기고 말 것이다.

그런데 몸이 움직여지지 않았다. 입으로 어떤 소리도 낼 수 없었다.

버질이 희미한 미소를 지으며 가까이 다가왔다.

그들은 네가 어떤 생각을 하게 만들 수 있어. 목소리가 노에미에게 속삭였다. 전에 이 집에서 들은 적 있는 목소리였다. **그들은 네가 어떤 행동을 하게 만들 거야.**

노에미는 왼손으로 욕조 가장자리를 짚었다. 안간힘을 쓰며 간신히 손을 모아 쥐었다. 입을 약간 벌리기는 했지만 말은 할 수 없었다. 버질에게 여기서 나가라고 말하고 싶은데 할 수가 없었다. 겁이 나서 몸이 덜덜 떨렸다.

"착하게 굴어야 돼. 알았지?"

버질이 욕조로 다가와 무릎을 굽히고 미소 띤 얼굴로 노에미를 바라보았다. 완벽한 조각상 같은 얼굴이 한쪽 입술을 위로 올리며 교활하게 미소 지었다. 바로 앞이라 노에미는 그의 눈동자에 담긴 금색 점들을 볼 수 있었다.

버질은 넥타이를 당겨 풀고 셔츠 단추도 풀었다.

방심하다가 당하고 마는 옛 신화 속 인물처럼, 고르곤*에게 당하는 희생자처럼, 노에미는 그저 겁에 질려 어쩔 줄 몰랐다.

"착하지. 그래, 알아. 나한테 잘해 주면 돼."

눈 떠. 목소리가 말했다.

노에미는 이미 눈을 뜬 채였다. 버질의 손가락이 그녀의 머리카락 속으로 파고 들어와 고개를 뒤로 젖혔다. 거친 손길이었다. 상냥하게 굴던 태도는 온데간데없었다. 그를 밀어내려 했지만 몸이 움직여지지 않았다. 버질이 그녀의 머리카락을 휘어잡고 가까이 다가와 입을 맞췄다.

---

* 고대 그리스 신화에 나오는 괴물. 머리카락이 뱀으로 되어 있는 세 자매로, 이 괴물을 보는 사람은 누구나 돌로 변했다 함.

입술에서 달콤한 맛이 났다. 와인 맛일 것이다. 기분이 좋아져서 노에미는 몸에 긴장을 풀었다. 욕조 가장자리를 붙잡고 있던 손도 놓았다. 속삭이던 목소리는 어느새 사라졌다. 욕조에서 올라오는 수증기와 남자의 입술, 그녀의 몸을 뱀처럼 휘감는 두 손이 있을 뿐이었다. 버질은 노에미의 긴 목에 입을 맞추다가 가슴 위쪽을 살짝 물었다. 노에미의 입에서 탄식이 흘러나왔다. 남자의 얼굴에 난 수염 자리가 피부에 닿자 거칠게 느껴졌다.

노에미가 목을 뒤로 젖혔다. 드디어 몸이 움직여졌다.

노에미는 손을 뻗어 버질의 얼굴을 잡고 가까이 끌어당겼다. 이제 그는 침입자가 아니었다. 적도 아니었다. 그에게 소리를 치거나 빰을 올려붙일 이유는 없었다. 그를 계속해서 만질 이유가 있을 뿐이었다.

버질의 손이 노에미의 배를 훑고 물속으로 내려가 다리 사이를 어루만졌다. 노에미는 더 이상 두려움으로 떨지 않았다. 그녀를 떨게 한 것은 달콤하고 끈적하게 사지로 퍼져 나가는 욕정이었다. 묵직한 손길은 노에미를 장난감 다루듯 했다. 노에미는 숨이 차오르는 걸 느꼈다. 뜨끈한 몸이 피부에 닿았다. 그의 손가락이 움직이자 노에미는 깊게 숨을 내쉬었다. 그 순간……

눈 떠. 목소리가 날카롭게 외쳤다. 몸이 뒤로 확 잡아당겨진 느낌이었다. 노에미는 버질한테서 고개를 돌려 천장을 올려다보았다. 천장이 녹아 사라지고 없었다.

눈앞에 알이 보였다. 그 알 속에서 가늘고 흰 줄기 같은 것이 올라왔다. 뱀이었다. 전에 본 적 있는 이미지였다. 두 시간 전 프랜시스의 방에서. 벽에서. 깔끔하게 제목이 붙어 있는 버섯 수채화. 그 중 한 그림에 '외피막'이라고 적혀 있었다. 그래, 바로 그것이었다. 알이 깨지고 막이 벗겨지자, 땅에서 솟아 올라온 버섯처럼 뱀이 나타났다. 설화석고처럼 하얀 뱀이 스르르 움직여 몸을 말고는 제 꼬리를 먹기 시작했다.

그리고 어둠이 깔렸다. 석유램프에서 흘러나오던 빛은 사라졌다. 노에미는 더 이상 욕조에 있지 않았다. 두꺼운 천으로 온몸이 싸여 있어 옴짝달싹할 수가 없었다. 간신히 천을 잡아당겨 치웠다. 천은 마치 막처럼 어깨에서 아래로 깔끔하게 떨어졌다.

나무. 축축한 흙과 나무 냄새가 났다. 손을 들자 손가락 관절이 단단한 나무 표면에 닿으면서 피부에 가시가 박혔다.

관. 여긴 관이었다. 그녀의 몸을 감싸고 있던 천은 수의였다.

하지만 노에미는 죽지 않았다. 절대 아니었다. 입을 열고 소리치려 했다. 나는 죽지 않았다고 말해야 했다. 머릿속으로 그녀는 자신이 절대 죽은 상태가 아님을 잘 알고 있었다.

백만 마리의 벌이 어딘가에서 풀려난 것처럼 요란하게 윙윙 소리가 울려 퍼졌다. 두 손으로 귀를 틀어막았다. 눈부신 황금색 빛이 흔들거렸다. 그 빛은 그녀의 발가락부터 가슴, 얼굴로 올라왔다. 질식할 것 같았다.

눈 떠. 루스가 말했다. 루스의 손과 얼굴은 피투성이였고 손톱에는 피가 잔뜩 말라붙었다. 노에미의 머릿속에서 벌 떼가 윙윙거리며 이쪽 귀에서 저쪽 귀를 오갔다.

다음 순간 노에미는 눈을 번쩍 떴다. 등과 손가락 끝에서 물이 뚝뚝 떨어지고 있었다. 목욕용 가운을 입고 있긴 했지만 끈을 묶지 않아서 벗은 몸이 드러났다. 게다가 맨발이었다.

그녀는 어둑한 방 안에 서 있었다. 어둠 속에서 가구의 배치를 살펴보니 여긴 그녀가 쓰던 방이 아니었다. 반딧불이 같은 희미한 램프 불이 켜졌다. 날렵한 손가락으로 조정하자 램프 불이 한층 더 밝아졌다. 침대에 앉은 버질 도일이 침대 옆에 놓아두었던 램프를 들어 올리더니 노에미를 쳐다보았다.

"이게 어떻게 된 거죠?"

노에미는 손으로 목을 잡았다.

드디어 목소리가 나왔다. 맙소사. 목쉰 소리이긴 했지만 드디어 말을 할 수가 있었다. 온몸이 덜덜 떨렸다.

"몽유병 때문에 자다가 내 방으로 들어왔나 보네."

너무 빠르게 공기를 들이마신 탓에 현기증이 났다. 이대로 이 방에서 달아나야 할까. 그랬다가는 분위기가 더 이상해지고 말 것이다. 가운 앞쪽을 두 손으로 잡고 대충 여몄다.

버질이 이불을 젖히더니 벨벳 가운을 입고 다가오며 말했다.

"몸이 다 젖었네."

"목욕을 하던 중이었어요. 형부는요?"

"자고 있었지."

버질이 노에미 옆으로 다가왔다.

몸을 만지려는 듯한 기색에 뒤로 한 걸음 물러서던 노에미는 가리개를 쓰러뜨릴 뻔했다. 버질이 한 손으로 가리개를 잡아 세웠다.

"수건 갖다 줄게. 춥겠어."

"안 추워요."

"거짓말."

버질이 장식장 안을 뒤졌다.

노에미는 그가 수건을 찾아 건넬 때까지 기다리고 싶지 않았다. 마음 같아서는 캄캄한 복도를 지나 당장 방으로 돌아가고 싶었다. 하지만 밤의 기운에 멈칫했다. 이미 몹시 불안한 상태라 발이 떨어지지 않았다. 꿈에서처럼 노에미는 겁에 질려 있었다.

"여기 수건."

수건을 받아 들고 잠시 가만히 서 있던 노에미는 얼굴을 닦아 내고 천천히 머리카락의 물기도 닦았다. 욕조 안에 얼마나 오래 있었는지, 복도에서는 얼마나 오래 돌아다녔는지 알 수 없었다.

버질이 그림자 속으로 들어가고 유리잔 부딪치는 소리가 달그락 달그락 났다. 그는 와인이 담긴 잔 두 개를 손에 들고 돌아왔다.

"앉아서 와인 한 모금 마셔. 몸을 따뜻하게 해 줄 거야."

"램프를 빌려주시면 들고 나갈게요."

"와인 마셔, 노에미."

그는 지난번과 똑같은 의자에 앉아 탁자 위에 석유램프와 노에미의 잔을 나란히 내려놓았다. 자신의 잔은 손에 들었다. 노에미는 두 손으로 수건을 비틀어 쥐고 의자에 앉았다. 수건을 바닥에 내려놓고 잔을 들어 한 모금을 얼른 들이켰다. 그가 말한 대로 한 모금만. 그러고는 잔을 내려놓았다.

잠에서 깼는데도 여전히 꿈속에서 부유하는 기분이었다. 머릿속이 연무로 뒤덮인 듯했다. 이 방에서 또렷하게 보이는 건 버질뿐이었다. 약간 헝클어진 머리를 한 잘생긴 얼굴이 노에미의 얼굴을 유심히 바라보았다. 그는 노에미가 무슨 말이라도 하기를 기대하는 눈빛이었다. 노에미는 애써 할 말을 찾았다.

"형부가 내 꿈에 나왔어요."

그 얘기를 꺼낸 건 버질 때문이라기보다는 자신을 위해서였다. 꿈에서 본 것, 꿈에서 일어난 일을 이해하고 싶었다.

"악몽이 아니었길 바랄게."

버질은 이렇게 말하며 웃었다. 다 안다는 듯 음흉한 미소였다. 꿈에서 본 심술궂은 미소와 똑같았다.

꿈에서 생생하고 기분 좋게 느꼈던 열정은 이제 불쾌한 기분으로 남았다. 버질의 미소를 보니 꿈에서 열정적으로 받아들였던 그의 손길이 떠올랐다.

"내 방에 왔었어요?"

"내가 처제 꿈에 나왔다며."

"꿈 같지가 않았거든요."

"어땠는데."

"침입당한 것 같았어요."

"난 자고 있었어. 처제가 들어온 바람에 깼고. 오늘 밤 침입자는 처제야."

노에미는 그가 자다 깬 듯 침대에서 일어나 벨벳 가운을 집어 드는 모습을 보기는 했지만 그가 무고하게 느껴지지 않았다. 하지만 그가 중세의 인큐버스*처럼 노에미의 방 욕실에 스르르 들어와 가

* 여러 신화와 전설에서 잠자는 여자를 덮친다고 여겨지던 남자 악령.

슴에 올라타고 그녀를 강간하려 했을 리는 없지 않은가. 헨리 푸셀리*의 그림처럼 말이다.

노에미는 파란색과 하얀색 구슬로 된 팔찌를 손에 쥐고 싶어서 손목에 손을 가져다 댔다. 목욕을 하느라 사악한 눈으로부터 지켜준다는 그 팔찌를 벗어 놓은 터라 손목이 휑했다. 노에미는 여전히 흰 목욕용 가운 하나 달랑 걸친 채 물을 뚝뚝 떨어뜨리고 있었다.

일어서며 말했다.

"그만 돌아갈게요."

"꿈을 꾸면서 돌아다니다가 잠에서 깨면 곧장 다시 잠들기가 쉽지 않아. 와인을 좀 더 마시면 도움이 될 거야."

"아뇨. 이미 끔찍한 밤이었어요. 이런 시간을 더 오래 끌고 싶지 않아요."

"으음. 내가 램프를 안 빌려주면 여기서 몇 분 더 있다가 가는 수밖에 없지 않겠어? 벽을 손으로 더듬거리면서 방으로 돌아가고 싶지 않으면 말이야. 이 집은 무척 어둡거든."

"알아요. 형부가 예의를 갖춰 도와주지 않으면 손으로 더듬거리면서라도 돌아가야죠."

"도와줄 거야. 머리카락을 말리라고 수건도 내주고, 의자도 내주고, 신경을 가라앉히라고 와인까지 줬잖아."

"내 신경은 멀쩡해요."

버질은 재미있어하는 눈빛으로 노에미를 주시하며 손에 와인을 들고 일어섰다.

---

* 1741~1825. 스위스 출신으로 영국에서 활동한 화가.

"오늘 밤에는 무슨 꿈을 꿨는데?"

버질 앞에서 얼굴을 붉히고 싶지 않았다. 좀스럽게 적대감을 내비치는 이 남자 앞에서 바보처럼 얼굴이 빨개지는 꼴은 보이고 싶지 않았다. 하지만 꿈에서 입술에 와닿던 입술, 허벅지를 만지던 손길을 생각하니 척추를 타고 전기가 흐른 듯 찌르르한 기분이었다. 그날 밤, 그 꿈은 욕망과 위험, 추문의 결정체였다. 노에미의 몸과 열정적인 마음이 그동안 조용히 갈망해 온 비밀스러운 욕정이었다. 그와 파렴치한 짓을 하면서 노에미는 짜릿함을 느꼈었다.

결국 노에미는 얼굴을 붉히고 말았다.

버질이 미소 지었다. 그럴 리 없겠지만, 노에미는 그가 꿈의 내용을 정확히 알고 있다는 느낌을 받았다. 그리고 그녀가 그를 초대하고 받아들이는 기미를 보이기를 기다리고 있는 듯했다. 뇌 안에 들어찼던 안개가 걷히자 귀에 들리던 말이 떠올랐다. 단순한 말이었다. 눈 떠.

노에미는 주먹을 쥐고 손톱으로 손바닥을 꾹 누르며 고개를 저었다.

"끔찍한 꿈이었어요."

버질은 당황하고 실망한 표정이었다. 인상을 찌푸린 얼굴은 흉측했다.

"자다가 프랜시스의 방으로 들어갔으면 했나 보네?"

그 말에 노에미는 충격을 받았지만 오기가 나서 그를 쏘아보았다. 어떻게 감히 그런 말을 하지. 지난번 대화를 나눈 후로 버질과 친구가 될 수도 있을 거라고 생각했다. 하지만 이제 알았다. 이 남자는 노에미를 그저 가지고 놀려고 하는 거짓말쟁이였다. 기회만 생기면 노에미를 혼란에 빠뜨리고 마음을 흔들어 놓으려 했다. 본인 기분이 내킬 때는 잠깐 친절했다가 홱 돌아서기 일쑤였다.

"잘 자요 그럼."

노에미는 속으로 '엿 먹어.'라고 하며 말투로 속내를 드러냈다. 램프를 낚아채듯 집어 들고 버질을 어둠 속에 놓아둔 채 방을 나섰다.

방으로 돌아와 보니 비가 내리고 있었다. 끝없이 창문을 두드리는 빗소리는 노에미의 마음을 전혀 달래 주지 못했다. 욕실로 들어가 욕조를 바라보았다. 물은 차갑게 식어 있었고 수증기는 흩어져 사라졌다. 노에미는 욕조 마개를 잡아 뽑았다.

18장

노에미는 또 잠결에 돌아다니게 될까 봐 잠을 설치다가 겨우 수면에 빠졌다.

그러다 방 안에서 천이 바스락거리는 소리, 마룻장 삐걱대는 소리가 들려 퍼뜩 놀라며 일어나서는 이불을 두 손으로 움켜쥐고 문 쪽으로 고개를 돌렸다.

짙은 색깔의 단정한 드레스를 입고 진주 목걸이를 한 플로렌스였다. 플로렌스는 은쟁반을 들고 노에미의 방으로 들어오던 참이었다.

"뭐 하세요?"

노에미는 일어나 앉으며 물었다. 입 안이 바짝 말라 있었다.

"점심시간이라서요."

"뭐라고요?"

그렇게 늦었을 리가 없는데? 노에미는 일어서서 커튼을 젖혔다. 햇빛이 들어왔다. 비는 아직도 내리고 있었다. 기진맥진해서 오전 내내 잠을 자 버린 모양이었다.

플로렌스는 점심이 담긴 쟁반을 내려놓고 노에미가 마실 차를 컵에 따랐다.

노에미는 고개를 저었다.

"아뇨, 괜찮아요. 식사 전에 언니부터 만나고 싶어요."

"카탈리나는 아까 일어났다가 다시 잠들었어요."

플로렌스는 찻주전자를 내려놓으며 말을 이었다.

"약 때문에 잠이 계속 오는 모양이에요."

"그럼 의사 선생님이 언제 오는지 알려 주시겠어요? 오늘 오시는 날이잖아요?"

"오늘은 안 올 거예요."

"매주 오시는 줄 알았는데요."

플로렌스는 차갑게 대꾸했다.

"비가 오고 있잖아요. 이렇게 비가 오는 날에는 안 오세요."

"내일도 비가 올 것 같은데요. 우기잖아요. 이럴 때는 어떻게 하세요?"

"언제나 그랬듯이 우리끼리 알아서 해요."

사무적인 대답이 딱딱 나왔다! 모든 질문에 대한 알맞은 답을 종이에 적어 놓고 달달 외우기라도 한 것처럼.

"그럼 언니가 언제 잠에서 깨는지 알려 주세요."

"난 당신 하인이 아니에요, 타보아다 양."

플로렌스의 목소리에 반감은 담겨 있지 않았다. 이 여자는 그저 사실을 말한 거였다.

"나도 알아요. 하지만 미리 얘기를 하지 않고 언니를 만나려고 하지 말라면서요. 그래 놓고 도대체 언제 만나면 좋은지 알려 주질 않잖아요. 이 정도면 부인 탓 아닌가요?"

상당히 무례한 말투였다. 노에미는 플로렌스의 차분한 표정에 균열이라도 일으키고 싶었다.

"불만 있으면 버질에게 얘기하든가 해요."

버질. 어떤 문제든 버질과 상의하는 것만은 피하고 싶었다. 노에미는 팔짱을 끼고 플로렌스를 노려보았다. 플로렌스도 싸늘한 눈으로 쏘아보았다. 살짝 비딱하게 올라간 그 입가에는 조롱이 담겨 있었다.

"점심 맛있게 먹어요."

이번 싸움에 이겼다고 생각했는지 플로렌스는 우월한 감정이 담긴 미소를 지었다.

노에미는 스푼으로 수프를 휘젓고 차를 한 모금 마셨다. 둘 다 도저히 먹을 수가 없었다. 골이 지끈거리기 시작했다. 기운을 내려면 먹어야 한다는 걸 알면서도 결국 집부터 한 바퀴 돌아보고 오기로 결정했다.

스웨터를 집어 들고 아래층으로 내려갔다. 뭘 발견할 거라고 생각했을까? 문 뒤에서 빼꼼히 내다보는 유령들? 이 집에 그런 유령이 있다고 해도 지금은 노에미의 눈에 띄지 않게 피해 있는 듯했다.

가구에 시트를 덮어 놓은 방들은 하나같이 상태가 좋지 않았다. 시들어 빠진 식물들이 들어찬 온실도 마찬가지였다. 사람 기분을 울적하게 하는 것 말고는 더 볼 것도 없었다. 서재에서 마음의 안정을 찾아보기로 했다. 닫혀 있는 커튼부터 열어젖혔다.

바닥에 깔린 원형 깔개에는 처음 이곳을 방문했을 때 보았던 뱀 문양이 그려져 있었다. 노에미는 그 깔개를 밟지 않고 옆으로 빙 돌아서 갔다. 꿈에서도 뱀을 보았다. 알을 깨고 나온 뱀. 아니, 자실체*를 찢고 나온 뱀이었다. 꿈은 의미를 품고 있다는데, 그 꿈은 어떤 의미였을까?

그 꿈에 성적인 요소가 있는지 알기 위해 정신 분석 전문의에게 전화해서 물어볼 필요도 없었다. 터널을 지나가는 기차가 비유하는 의미가 무엇인지 노에미는 프로이트 덕분에 명확히 알고 있었다. 흙에서 자라 올라온 남근 모양 버섯도 비슷한 의미일 것이다.

꿈에서 버질 도일은 **그녀를** 범하려 했다.

그건 비유가 아니었다. 명확한 기억이었다.

머리카락을 움켜잡은 손, 입술에 와닿던 입술을 떠올리자 몸이 떨렸다. 기분 좋은 기억은 전혀 아니었다. 차갑고 충격적인 기억이었다. 화가 치민 노에미는 읽을 만한 책을 찾아 책장으로 눈을 돌렸다.

책 두 권을 대충 뽑아 들고 방으로 돌아갔다. 창가에 서서 손톱을 잘근잘근 물어뜯으며 창밖을 내다보았다. 신경이 곤두서자 담배를 피우고 싶어졌다. 담배와 라이터, 컵을 찾아냈다. 반나체의 큐피드 조각이 새겨진 그 컵을 노에미는 재떨이로 사용하고 있었다. 담배를 한 모금 빨고 나서 침대에 걸터앉았다.

제목도 보지 않고 잡히는 대로 가져온 책이었다. 그중 한 권의 제목은 『유전: 인간 개량에 적용된 법칙과 사실』이었다. 다른 한 권은

---

* 균류의 포자를 만드는 영양체.

그리스와 로마 신화에 관한 것으로 좀 더 흥미를 당겼다.

그 책을 펼치자 첫 페이지의 한쪽 귀퉁이에 희미하게 붙어 있는 곰팡이 자국이 눈에 띄었다. 페이지를 천천히 넘겼다. 안쪽 페이지들은 구석에 한두 점 곰팡이가 보이기는 했지만 대체로 온전한 편이었다. 점점이 핀 곰팡이를 보니 어쩐지 모스 부호가 떠올랐다. 자연이 종이와 가죽으로 된 책에 적어 놓은 모스 부호일까.

왼손에 담배를 들고 컵에 재를 떨어뜨린 뒤 협탁에 컵을 놓아두었다. 펼쳐 놓은 페이지에는 하데스에게 붙잡혀 지하 세계로 끌려 내려가는 금발의 페르세포네 그림이 있었다. 페르세포네는 석류 몇 알을 먹었다가 지하 세계에 발이 묶이게 됐다.

그 그림은 페르세포네가 하데스에게 붙잡혀 가는 순간을 포착한 판화였다. 페르세포네의 머리카락에 꽂힌 꽃 중 몇 개가 바닥에 떨어졌다. 페르세포네는 맨가슴을 드러낸 채였다. 하데스는 뒤에서 손을 뻗어 페르세포네를 붙잡았다. 페르세포네는 한 손을 허공으로 뻗고 비명을 내지르며 쓰러져 가는 모습이었다. 페르세포네의 얼굴은 공포로 얼어붙었고, 하데스의 시선은 정면을 향했다.

노에미는 책을 덮고 옆으로 눈길을 돌렸다. 방 한쪽 구석에 장미색 벽지를 물들인 시커먼 곰팡이가 보였다. 그걸 쳐다보고 있는데 곰팡이가 **움직였다**.

맙소사. 이건 또 무슨 착시 현상이지?

노에미는 침대에 앉은 채 한 손으로 이불을 움켜쥐었다. 다른 손에는 담배를 쥐고 있었다. 천천히 일어서서 눈도 깜박이지 않고 그 벽으로 다가갔다. 움직이는 곰팡이를 보고 있자니 최면에 걸릴 것만 같았다. 곰팡이는 이리저리 움직이며 여러 가지 문양을 만들었다. 끝없이 자리를 바꾸고 변화하는 만화경을 보는 듯했다. 거울에 반사된 유리 조각이 아니라 유기체인 곰팡이가 이리저리 방향을 틀면서 소용돌이무늬, 화환 무늬를 만들고 어느 한쪽에서 녹았다가 다시 나타나길 되풀이했다.

색깔도 있었다. 처음에는 검은색과 회색이었는데 노에미가 지켜보는 동안 일부가 금색을 띠기 시작했다. 금색과 노란색, 호박색의 무늬들이 흐려졌다 진해졌다를 반복하면서 아름다운 대칭 문양들을 계속해서 만들어 냈다.

노에미는 곰팡이로 얼룩진 벽의 그 부분을 향해 손을 뻗었다. 곰팡이는 그녀의 손을 피해 또다시 움직이다가 마음을 바꿨는지 타르처럼 보글보글 솟아오르며 진동했다. 그리고 마치 손짓을 해 부르듯 길고 가느다란 손가락 문양을 만들어 냈다.

벽 안에 천 마리의 벌이 숨어 있는 것 같았다. 멍하니 가까이 다가가는 동안 계속 윙윙 소리가 들렸다. 벽지의 곰팡이에 입술을 가까이 가져다 대고 두 손으로 은은하게 빛나는 금색 무늬를 어루만졌다. 무늬에서 흙과 초목, 빗물 냄새가 났다. 그것들은 천 가지 비밀을 곧 털어놓을 것만 같았다.

곰팡이는 노에미의 심장 박동에 맞춰 진동했다. 그들은 하나가 되어 고동쳤고 노에미는 입술을 벌렸다.

손가락 사이에 끼우고 잊고 있던 담배가 타들어 가면서 피부를 지지는 바람에 노에미는 짧게 소리치며 담배를 손에서 놓았다. 얼른 허리를 굽히고 집어 들어 임시 재떨이에 집어넣었다.

다시 곰팡이를 돌아보니 전혀 움직이지 않고 있었다. 벽에는 낡고 더러운 벽지가 붙어 있을 뿐, 변한 건 전혀 없었다.

노에미는 욕실로 달려 들어가 문을 닫았다. 세면대를 붙잡고 마음을 안정시키려 애썼다. 다리에 자꾸 힘이 빠져 이대로 있다가는 기절할 것만 같았다.

수도꼭지를 틀고 찬물을 얼굴에 끼얹었다. 쓰러지지 않으려고 온 힘을 다해 버텼다. 그저 숨을 쉬고 또 쉬었다.

"제기랄."

손으로 세면대를 붙잡고 나지막하게 내뱉었다. 아찔한 마법의 순간은 지나갔다. 하지만 다시 방으로 돌아갈 수가 없었다. 적어도 지금은 그랬다. 확신이 필요했다……. 무엇에 대한 확신이냐고? 환각이 보이지 않는다는 확신, 미치지 않았다는 확신이 필요했다.

한 손으로 목을 쓸어내리며 다른 손을 살펴보았다. 검지와 중지 사이에 보기 싫은 화상 자국이 생겼다. 담배가 타들어 가면서 지져 놓은 상처였다. 상처에 바를 연고가 필요했다.

얼굴에 물을 몇 번 더 끼얹고 얼굴을 들여다보며 손가락 끝을 입술에 가져다댔다.

밖에서 문을 두드리는 소리에 노에미는 화들짝 놀랐다.

"그 안에 있어요?"

플로렌스의 목소리였다. 노에미가 대답하기도 전에 여자가 벌컥 문을 열었다.

"잠깐만요."

"집 안에서 금연이라고 했잖아요."

노에미는 고개를 들고 같잖은 소리를 하는 플로렌스를 마주 보았다.

"그래요? 이 집에는 더 중요한 일이 있을 텐데요. 대체 이 집구석은 뭐가 어떻게 된 거죠?"

악을 쓰지는 않았지만 속에서 고함이 터져 나오기 직전이었다.

"말조심해요! 말 함부로 하지 말아요, 나이도 어린 사람이."

노에미는 고개를 저으며 수도꼭지를 잠갔다.

"카탈리나 언니를 봐야겠어요. 지금 당장."

"나한테 명령하지 말아요. 버질이 곧 올 테니까……."

노에미는 플로렌스의 팔을 붙잡았다.

"내 말 잘 들어요……."

"나한테서 손 떼요!"

플로렌스가 밀어내려 했지만 노에미는 그 팔을 더욱 꽉 움켜잡았다.

"무슨 일이야?"

버질의 목소리였다. 그는 문간에 서서 그들을 흥미로운 눈초리로 쳐다보고 있었다. 꿈에서처럼 가느다란 세로 줄무늬 재킷 차림이었다. 그 옷을 본 노에미는 속으로 놀랐다. 물론 전에도 그 옷을 입은 버질의 모습을 본 적이 있으니 꿈에서도 봤을 것이다. 그래도 이렇게 가까이에서 자세히 보고 싶지는 않았다. 현실과 환상이 뒤섞이는 기분이었다. 불안해진 노에미는 플로렌스의 팔을 놓았다.

"언제나 그렇듯 이 아가씨가 규칙을 어기고 있었어."

흐트러진 곳도 없는데 플로렌스는 조심스럽게 손으로 머리카락을 쓰다듬어 올렸다. 잠깐 서로 대립했을 뿐인데 잘 손질된 머리모양이 망가지기라도 한 것처럼.

"정말 골치 아픈 아가씨지 뭐야."

노에미는 팔짱을 끼며 버질에게 물었다.

"여기서 뭐 하세요?"

"처제가 소리를 질러서 무슨 일이 있나 하고 와 봤지. 플로렌스가 이 방에 찾아온 것과 같은 이유일 거야."

"맞아."

플로렌스가 버질의 말에 맞장구를 쳤다.

"난 누구한테 와 달라고 소리 지른 적 없는데요."

"우리 둘 다 소리를 들었어요."

플로렌스가 고집을 세웠다.

노에미는 방 밖까지 들릴 정도로 소리를 지른 적이 없었다. 물론 소음이 있기는 했지만 노에미가 들은 건 벌 떼 소리였다. 물론 진짜 벌 떼는 아니었다. 어쨌든 노에미는 크게 소리를 지른 적이 없었다. 그 정도로 소리를 질렀으면 기억이 날 것이다. 담배 때문에 손에 화상을 입긴 했지만 그렇게 크게 악을 쓰지는 않았다…….

두 사람은 노에미를 가만히 쳐다보았다.

"언니를 만나야겠어요. 당장. 못 만나게 하면 가서 문을 때려 부술 거예요."

버질은 어깨를 으쓱했다.

"그럴 필요 없어. 따라와."

노에미는 그들 뒤를 따라갔다. 버질은 뒤를 힐끗 돌아보더니 싱긋 웃었다. 노에미는 손목을 손으로 문지르며 시선을 옆으로 돌렸다. 카탈리나의 방으로 들어간 노에미는 카탈리나가 멀쩡하게 깨어 있는 걸 보고 놀랐다. 메리도 같이 있었다. 이 방에서 모임이라도 하는 것 같은 분위기가 되어 버렸다.

손에 책을 들고 있던 카탈리나가 물었다.

"노에미, 무슨 일이야?"

"잘 있나 보러 왔어."

"어제랑 똑같지 뭐. 계속 쉬고 있어. 잠자는 숲속의 미녀가 된 기분이야."

잠자는 숲속의 미녀니 백설 공주니 하는 말은 지금 노에미의 귀에 들어오지도 않았다. 지금 카탈리나는 예전처럼 다정하게 미소 짓고 있었다.

"피곤해 보이네. 무슨 일 있는 거 아니지?"

노에미는 망설이다 고개를 저었다.

"별일 아니야. 책 읽어 줄까?"

"차를 마시려던 참이었어. 너도 같이 마실래?"

"아니."

이 방에서 어떤 광경을 볼 거라 예상했을까. 기분 좋게 쉬고 있는 카탈리나, 온실에서 가져온 꽃 몇 송이를 꽃병에 조용히 담고 있는 하녀의 모습을 보게 될 줄은 몰랐다. 꽃향기가 다소 인공적으로 느껴졌지만 잘못된 분위기는 느껴지지 않았다. 노에미는 조금이라도 불편해하는 기색은 없는지 카탈리나의 얼굴을 찬찬히 살펴보았다.

카탈리나가 물었다.

"너 좀 이상해 보여, 노에미. 혹시 감기에 걸린 거 아니야?"

"괜찮아. 차 마셔."

노에미는 다른 사람들 앞에서 속내를 드러낼 수가 없었다. 그들은 기분 나쁠 정도로 관심 있게 두 사람의 대화를 지켜보고 있었다.

마침내 노에미는 방을 나갔다. 버질도 따라 나와서 문을 닫았다. 그들은 서로를 바라보았다.

"이제 만족해?"

"일단은요."

노에미는 그만 방으로 돌아가려고 짧게 대답했다. 노에미가 무뚝뚝하게 대꾸했는데도 버질은 대화를 더 이어 가고 싶다는 듯 같은 방향으로 걸어가며 말을 붙였다.

"만족한 것 같지가 않은데?"

"무슨 뜻이에요?"

"눈에 불을 켜고 트집 잡을 거리를 찾고 있잖아."

"트집이요? 트집이 아니라 답을 찾고 있는 거죠. 상당히 큰 문제에 대한 답을 찾고 있어요."

"그래?"

"끔찍한 무언가가 움직이는 걸 봤어요……."

"어젯밤에? 아니면 지금?"

"지금요. 어젯밤에도 봤고요."

노에미는 손으로 이마를 짚었다.

지금 방으로 돌아가면 검은 곰팡이로 얼룩진 흉측한 벽지를 다시 마주 봐야 할 것이다. 아직 그 벽지를 대면할 마음의 준비가 되어 있지 않았다. 노에미는 방향을 바꿔 계단 쪽으로 향했다. 이럴 때는 거실에서 시간을 보내는 편이 나았다. 이 집에서 제일 마음 편한 곳이 거실이었다.

"계속 악몽을 꾸고 있으면 의사한테 다음에 올 때 수면보조제를 가져오라고 말해 둘게."

노에미는 버질과 거리를 벌리려 걷는 속도를 빨리 했다.

"꿈에서 본 게 아니라서 도움이 안 될 거예요."

"어젯밤에 꿈을 꾸고 있던 게 아니었어? 잠을 자면서 내 방으로 걸어 들어왔잖아."

노에미는 홱 돌아섰다. 그들은 계단에 서 있었고 버질은 노에미보다 세 칸 위에 있었다.

"이번에는 달라요. 오늘은 깨어 있었다고요. 오늘은……."

"혼란스럽게 들리네."

"내가 설명할 틈을 안 주니까 그런 거잖아요."

"많이 피곤해 보이는군."

그는 오만하게 말하며 계단을 세 칸 내려왔다.

노에미는 그와 거리를 유지하려고 세 칸 더 아래로 내려갔다.

"언니한테도 그렇게 말했어요? 많이 피곤해 보인다고? 언니는 형부 말을 믿던가요?"

잠시 후 그는 노에미 옆을 지나 계단을 마저 내려갔다. 1층에 선 그는 노에미를 돌아보며 말했다.

"이 얘기는 이쯤에서 그만두기로 하지. 처제가 신경이 곤두선 것 같으니까."

"그만두고 싶지 않은데요."

"그래?"

버질은 계단 아래쪽 중심 기둥을 안고 있는 님프 조각상의 어깨를 손으로 쓰다듬었다. 그의 눈동자에 불꽃이 춤추듯 일었다. 이것도 노에미의 상상일까? 아무렇지 않게 내뱉은 '그래?'라는 말, 그의 입가에 퍼져 나가는 미소에 뭔가 다른 의미가 담겨 있는 걸까?

노에미는 반항적인 눈빛으로 버질을 쏘아보며 계단을 내려갔다. 하지만 그가 어깨에 손이라도 얹을 듯이 가까이 다가오자 노에미는 용기가 꺾이고 말았다.

꿈에서 그의 입술은 묘한 맛이 났다. 잘 익은 과일 같은 맛이었다. 가느다란 세로 줄무늬 재킷을 입고 노에미를 내려다보던 버질은 옷을 벗고 욕조로 손을 넣어 그녀를 만졌다. 노에미는 두 팔로 그를 안았다. 그 기억이 떠오르자 흥분이 되면서 동시에 심한 굴욕감이 느껴졌다.

착하지. 꿈에서 그는 그렇게 말했다. 훤하게 눈을 뜨고 있는 지금 이 자리에서도 그는 얼마든지 그런 말을 할 수 있는 남자였다. 낮이든 밤이든 아무렇지 않게 그런 말을 내뱉으면서 강한 두 손으로 그녀를 안고도 남았다.

버질이 손을 댈까 봐 두려웠다. 그가 손을 댔을 때 자신이 내보일 반응도 걱정스러웠다.

"하이 플레이스를 그만 떠나야겠어요. 마을까지 차로 태워다 주라고 누구한테든 얘기를 해 주세요."

"오늘은 계속 충동적으로 구네, 노에미. 왜 떠나려는 건데?"

"이유는 없어요."

떠났다가 다시 돌아오면 된다. 그래, 그러면 될 것이다. 이 마을을 아주 떠나지 않고 기차역까지만 가더라도 거기서 아버지에게 편지라도 보내고 싶었다. 그러면 기분이라도 나아질 것 같았다. 지금은 세상이 온통 무너지고 있었다. 사방이 혼란스러웠고 깨어 있는 시간마저도 꿈에 물들었다. 이 집에서 나갈 수만 있다면, 하이플레이스에서 한 괴상한 경험에 대해 카마리요 선생과 얘기라도 할 수 있으면 다시 제정신을 차리는 데 도움이 되지 않을까. 그 사람이라면 이 집에서 뭐가 어떻게 돌아가는 건지, 이 상황에서 그녀가 어떻게 해야 하는지 답을 찾을 수 있게 도와줄 것이다. 공기. 무엇보다 신선한 공기가 필요했다.

"지금은 안 돼. 비가 와서 차로 마을에 데려다줄 수가 없어. 말했잖아. 비가 오면 길이 위험해진다고."

빗방울이 2층 층계참의 색유리 창을 두드리고 있었다.

"그럼 걸어서라도 갈게요."

"길이 온통 진흙탕인데 여행 가방을 끌고 가겠다고? 여행 가방을 보트 삼아서 타고 노를 저어서 갈 생각이야? 바보 같은 소리 마. 오늘 비가 그칠 테니까 내일 아침에 차로 데려다줄게. 됐지?"

마을까지 데려다준다는 말에 노에미는 비로소 숨을 쉴 수 있었다. 긴장해서 깍지를 끼고 있던 두 손에 힘을 풀고 고개를 끄덕였다.

"내일 이 집을 떠날 거면 오늘 저녁에 마지막으로 우리와 식사라도 해."

버질은 님프 조각상에서 손을 떼고 식당이 있는 복도 저쪽을 바라보며 말했다.

"그럴게요. 카탈리나 언니랑 얘기도 해야겠어요."

"그래. 또 필요한 거 있어?"

"아뇨. 없어요."

거짓말은 아니었지만 노에미는 버질의 눈을 마주 볼 수 없어 시선을 줄곧 피했다. 그가 거실로 따라오려 할까 봐 노에미는 그 자리에 가만히 서서 기다렸다. 하지만 계속 이렇게 서 있는 것도 이상해 보일 것 같았다.

노에미는 결국 걸어가기 시작했다.

"노에미?"

걸음을 멈추고 그를 돌아보았다.

"다시는 담배 피우지 마. 우리가 신경이 곤두서서 그래."

"걱정 마세요."

문득 담배에 덴 일이 생각나 손가락을 내려다보았다. 빨간 화상 자국은 보이지 않았다. 흔적조차 남아 있지 않았다.

혹시 손을 착각했나 싶어 다른 쪽 손을 들어 살펴보았다. 그 손도 깨끗하기는 마찬가지였다. 손가락을 이리저리 구부려 보다가 서둘러 거실로 들어갔다. 일부러 소리 내어 성큼성큼 걸었다. 뒤에서 버질의 웃음소리가 들린 것 같기도 했다. 확실하지는 않았다. 이 집에서는 모든 게 불확실했다.

19장

노에미는 천천히 여행 가방을 챙겼다. 카탈리나를 배신하고 떠나는 기분이라 자꾸만 생각을 달리하게 됐다. 가야 하나. 안 돼. 여기 남아 있는 게 최선일지도 몰라. 카탈리나를 혼자 남겨 두고 가려니 발이 떨어지지 않았다. 하지만 마을로 데려다 달라고 이미 말을 해 둔 상태였고, 마을로 가야 머리라도 맑아질 것 같았다. 멕시코시티로 돌아가지는 않을 것이다. 대신 파추카 시로 가서 아버지에게 편지를 쓰고 괜찮은 의사를 찾아 하이 플레이스로 함께 돌아오면 된다. 도일 가 사람들이 마뜩잖아 하겠지만, 이대로 아무것도 안 하고 있는 것보다는 나았다.

공격 계획을 세우고 나니 용기가 난 노에미는 짐을 마저 싸고 저녁 식사를 하러 내려갔다. 하이 플레이스에서 보내는 마지막 밤인데다가 그들 앞에서 초췌한 패배자처럼 보이고 싶지 않아 파티 드레스를 입기로 했다. 금으로 장식이 되고 자수가 놓인 담황색 튈 드레스였다. 허리에는 아세테이트 소재의 노란 리본이 달려 있고 완벽한 형태의 보디스까지 갖춰져 있었다. 평소 같으면 스커트를 차려입겠지만 이만하면 꽤 돋보였고 저녁 식사 자리에서 입기에는 완벽한 차림이었다.

도일 집안 사람들도 이번 식사를 꽤 중요한 행사처럼 생각하는 듯했다. 흰색 다마스크 천으로 된 식탁보를 씌운 식탁 위에는 나뭇가지 모양의 은촛대를 비롯해 여러 개의 초를 올려 불을 밝혔다. 노에미를 떠나보내는 자리인 만큼 식사 중 대화 금지 규칙도 오늘은 적용되지 않았다. 사실 노에미는 오늘 조용히 식사를 하고 싶었다. 괴상한 환각을 경험하고 난 후라 여전히 신경이 곤두서 있는 상태였다. 대체 무엇 때문에 그런 이상한 경험을 했는지 아직도 원인을 알 수 없었다.

머리가 지끈거리기 시작했다. 와인 탓일까. 맛이 강하고 심하게 달았다. 한 모금 마셨을 뿐인데 혀에서 그 맛이 사라지지 않았다.

식사 자리에 동석한 사람들 때문에도 마음이 편치 않았다. 다정한 태도를 유지해야 하는 걸 알고 있지만 노에미의 인내심은 이미 바닥을 친 후였다. 버질 도일은 사람을 괴롭혔고 플로렌스도 마찬가지였다.

옆자리에 앉은 프랜시스를 힐끗 보았다. 도일 가족 중 그녀가 좋아하는 사람이 그나마 옆에 앉아 있었다. 가여운 프랜시스. 그날 저녁 프랜시스는 울적해 보였다. 내일 아침 그가 그녀를 차에 태워 마을까지 데려다 줄까. 그러면 좋겠다는 생각이었다. 가는 동안 오붓하게 얘기를 나눌 수 있을 테니까. 카탈리나를 잘 돌봐 달라고 부탁해도 될까? 어떻게든 프랜시스에게 도움을 요청해야 했다.

프랜시스는 노에미를 짧게 돌아보았다. 그가 입을 열어 무어라 속삭였는데 버질의 큰 목소리가 그 소리를 뒤덮어 버렸다.

"식사 마치고 위층으로 다 같이 올라가지."

노에미는 고개를 들고 버질을 쳐다보았다.

"뭐라고요?"

"아버지가 식사 마치고 올라오라고 하셨거든. 처제한테 작별 인사를 하고 싶다고. 아버지 방까지 거리도 얼마 안 되는데, 괜찮지?"

"인사도 안 하고 떠날 생각은 하지도 않았어요."

"몇 시간 전에는 당장 떠날 것처럼 말을 해서 말이야."

대놓고 비꼬는 투였다.

노에미는 프랜시스를 좋아하는 만큼 버질에 대한 혐오감이 치밀어 올랐다. 버질은 가혹하고 불쾌한 인간이었다. 교양 있는 척하고 있지만 그 속은 짐승이나 다름없었다. 무엇보다 지금 자신을 쳐다보는 눈길이 끔찍하게 싫었다. 그는 전에도 그랬던 것처럼 소름 끼치게 히죽거리며 노에미를 빤히 쳐다보았다. 노에미는 그 눈길이 싫어 얼굴을 손으로 가리고 싶은 심정이었다.

꿈에서, 욕조에서 노에미는 같은 기분을 느꼈다. 그때는 물론 온몸에 또 다른 감정이 흐르기는 했다. 썩은 치아에 생긴 구멍에 혀를 대고 꾹 눌러 일부러 통증을 유발할 때와 같은 더러운 쾌감이었다.

숨이 헐떡여지는 맹렬하고 역겨운 욕정이었다.

저녁 식사 자리에서 맞은편에 앉아 있는 남자를 두고 하기에는 사악한 생각임이 분명했다. 노에미는 접시를 내려다보았다. 저 남자는 모호한 욕구를 귀신같이 알아채는 남자였다. 비밀을 들킬 것만 같아서 마주 볼 수가 없었다.

긴 침묵이 흐르고 드디어 하녀가 들어와 접시를 치우기 시작했다.

하녀가 와인을 더 따르고 디저트를 내오자 플로렌스가 말했다.

"길이 험해서 아침에 마을로 가기가 쉽지 않을 거예요."

노에미는 고개를 끄덕였다.

"예. 비가 많이 왔으니 그렇겠죠. 예전에 홍수 때문에 광산 문을 닫았다면서요?"

"오래전에요."

플로렌스는 한 손을 허공에 대고 흔들며 덧붙였다.

"버질이 아기였을 때였죠."

그 말에 버질은 고개를 끄덕였다.

"광산이 온통 침수가 됐었어. 도저히 채굴을 할 수 있는 상황이 아니었지. 혁명이 계속되는 동안에는 인력을 충분히 구하기도 어려웠어. 다들 이쪽 편이나 저쪽 편을 들어 참전 중이었으니까. 이런 광산을 운영하려면 일꾼 수급이 꾸준히 이루어져야 하거든."

"혁명이 끝난 후에 일꾼들을 다시 데려올 수 없었어요? 다들 떠난 거예요?"

"그렇기도 했고. 새로운 일꾼을 고용할 여력이 안 됐어. 아버지가 오랫동안 편찮으셔서 광산 일을 감독할 수도 없으셨고. 하지만 곧 상황이 달라질 거야."

"어떻게요?"

"카탈리나가 말 안 했어? 우린 다시 광산을 열 계획이야."

"오랫동안 닫아 뒀잖아요. 자금도 없을 텐데."

"카탈리나가 투자를 하기로 했어."

"그런 얘기 안 했잖아요."

"깜박했네."

태연한 어투라 다른 사람 같으면 버질의 말을 곧이곧대로 믿었을 것이다. 하지만 그가 지금껏 그 얘기를 하지 않았던 이유는 노에미가 어떤 결론을 내릴지 알기 때문이었다. 카탈리나가 이 집안에서 고분고분한 돈줄 노릇을 하게 됐다는 것 말이다.

하필 지금 그 얘기를 털어놓은 건 노에미를 화나게 하려는 의도임이 분명했다. 언제나 그랬듯이 버질은 노에미를 향해 날카로운 미소를 짓고 있었다. 그는 흡족해하고 있었다. 이제 노에미가 이 집을 떠나 멀리 가게 됐으니 기분 좋은 속내를 드러내도 괜찮다고 생각한 걸까.

"아내가 아픈데 지금 그런 일을 하는 게 현명한 일일까요?"

"광산 문을 연다고 카탈리나가 더 아프게 되는 것도 아니잖아."

"냉정한 짓 같아서요."

"우리가 하이 플레이스에서 오랫동안 아무것도 안 하고 살았어, 노에미. 너무 오래됐지. 이제 다시 번성해야 할 때가 온 거야. 공장도 다시 돌리고 우리도 이 세상에서 나아갈 길을 찾아야 해. 냉정하게 보일 수도 있지만, 이건 자연스러운 일이야. 그리고 요전 날에 변화가 필요하다고 말한 건 바로 처제였어."

일이 이렇게 된 걸 노에미 탓으로 돌리다니 어이가 없었다. 노에미는 의자를 뒤로 밀고 일어섰다.

"하워드 씨에게 작별 인사를 하러 올라가야겠어요. 피곤하네요."

버질은 와인 잔을 위로 들어 올리며 노에미를 향해 한쪽 눈썹을 치켜떴다.

"그럼 디저트는 건너뛰어야겠군."

"버질, 아직 너무 일러."

그 항의는 그날 저녁 프랜시스가 한 유일한 말이었는데, 버질과 플로렌스는 그가 저녁 내내 공격적인 말을 내뱉기라도 한 것처럼 싸늘한 시선으로 돌아보았다. 프랜시스는 이 집에서 그 정도 의견도 낼 수 없는 처지인 모양이었다. 노에미는 그런 모습이 놀랍지도 않았다.

버질이 말했다.

"지금이 딱 좋은 시간인 것 같아."

그들은 다 같이 일어섰다. 플로렌스가 사이드보드에 놓아둔 석유램프를 들고 앞장섰다. 그날 저녁 집 안은 무척 쌀쌀해서 노에미는 두 팔로 가슴을 감싸고 걸어야 했다. 하워드 씨가 말을 길게 하려나. 제발 짧게 하기를 바랐다. 아침 일찍 일어나 차를 타고 떠나야 하니, 노에미는 그만 이불 덮고 누워 잠이나 자고 싶었다.

플로렌스가 하워드의 방문을 열고 들어갔다. 노에미도 뒤따라 들어갔다. 방 안에는 불이 피워져 있었고 커다란 침대 주변에는 커튼이 쳐져 있었다. 기분 나쁜 냄새가 났다. 익은 과일에서 풍기는 톡 쏘는 냄새 같기도 했다. 노에미는 인상을 찌푸렸다.

플로렌스가 벽난로 위 선반에 석유램프를 내려놓으며 말했다.

"저희 왔어요. 방문객도 데려왔어요."

플로렌스는 침대 옆으로 다가가 커튼을 걷었다. 노에미는 예의

바르게 미소를 지었다. 깔끔하게 이불을 덮고 누워 있거나 초록색 가운을 입고 베개에 등을 기댄 채 느긋하게 앉아 있는 하워드 도일의 모습을 보게 될 것이라 예상했다.

뜻밖에도 하워드는 벌거벗은 채 담요 위에 누워 있었다. 피부는 무서울 정도로 창백했고, 그래서 온몸에 퍼져 나간 남색 혈관이 더욱 두드러졌다. 그게 다가 아니었다. 한쪽 다리가 큼직하고 시커먼 종기 수십 개로 뒤덮인 채 끔찍하게 부풀어 있었다.

그게 정확히 무엇인지는 알 수 없었다. 빠르게 맥박치고 있는 걸 보면 종양 덩어리는 아닌 것 같았다. 팽팽하게 부푼 종기에 비해 몸은 수척했고 피부는 뼈에 바짝 붙어 있었다. 오직 그 다리만 잔뜩 부풀어 있었다. 선체에 빽빽하게 붙어 있는 따개비들을 보는 듯했다.

너무나도 무시무시한 광경이었다. 심하게 부패한 시신인가 싶었는데 가만히 보니 하워드는 살아 있었다. 가슴이 오르내리는 것을 보니 분명 호흡을 하고 있었다.

"가까이 가."

버질이 노에미의 귀에 속삭이며 팔을 꽉 잡았다.

충격을 받은 노에미는 발이 떨어지지 않았다. 그런 상태에서 버질이 팔을 잡기에 밀어내고 문 쪽으로 달아나려 했다. 버질은 뼈를 으스러뜨릴 듯 세게 그녀를 붙잡았다. 노에미는 아파서 헉 하고 숨을 토하며 그에게 저항했다.

버질이 프랜시스를 쳐다보며 말했다.

"이리 와서 도와."

"이거 놔요!"

프랜시스가 다가오지 않자 플로렌스가 노에미의 다른 쪽 팔을 잡았다. 두 사람은 노에미를 질질 끌고 침대 머리 쪽으로 데려갔다. 노에미는 몸을 비틀며 침실용 탁자를 걷어찼다. 탁자에 놓여 있던 도자기 요강이 바닥에 떨어져 박살났다.

"무릎 꿇어."

노에미는 버질의 명령에 거부했다.

"싫어요."

그들은 억지로 노에미의 무릎을 꿇렸다. 버질이 노에미의 목 뒤를 손으로 꽉 찍어 눌렀다. 어찌나 세게 누르는지 손가락이 그녀의 피부로 파고 들어올 것만 같았다.

하워드 도일은 고개를 돌려 노에미를 바라보았다. 입술도 다리처럼 부풀어 있었고 시커먼 종기로 뒤덮였다. 검은 액체가 턱으로 흘러내려 침대보까지 얼룩져 있었다. 방 안에서 풍기는 악취의 근원이 바로 이거였다. 가까이에서 맡으니 냄새가 너무 지독해서 구역질이 날 것 같았다.

"맙소사."

노에미는 일어서서 도망치려 했지만 버질의 손이 족쇄처럼 그녀의 목을 움켜잡고 있었다. 버질은 노에미를 하워드 쪽으로 가까이 끌고 갔다.

침대에서 일어나 앉은 하워드는 몸을 돌리더니 앙상한 손을 뻗어 노에미의 머리카락을 손으로 휘감아 쥐고 얼굴을 가까이 당겼다.

욕지기가 날 정도로 가까이 있으니 하워드의 눈동자 색깔이 명확히 보였다. 푸른색이 아니었다. 마치 녹인 금 같은, 환하게 빛나는 황금색이었다.

하워드는 시커멓게 얼룩진 치아를 드러내며 미소 지었다. 그러더니 노에미의 입에 자기 입을 갖다 댔다. 하워드의 혀가 입으로 들어오는 게 느껴졌다. 그의 침이 노에미의 목구멍을 타고 몸 안으로 흘러 들어갔다. 목구멍이 불에 타는 것 같았다. 하워드가 그렇게 노에미에게 몸을 붙이고 있는 동안 버질이 뒤에서 단단히 받쳐 주었다.

그대로 몇 분이 지났을까. 마침내 하워드가 놓아주자, 노에미는 그제야 숨을 쉬면서 고개를 옆으로 돌렸다.

눈을 질끈 감았다.

머릿속이 가벼워졌다. 생각이 이리저리 흩어지면서 나른한 기분이 들었다.

'맙소사, 일어나. 도망쳐야 해.'

속으로 계속 생각했다.

주변을 둘러보며 눈에 초점을 맞췄다. 여기는 동굴 안이었다. 사람들이 보였다. 한 남자가 컵을 받아 그 안에 담긴 내용물을 마셨다. 무시무시한 액체에 입이 타 버려 남자는 곧 쓰러질 것 같은 모습인데 주변 사람들은 웃으면서 친근하게 그의 어깨를 잡아 주었다.

처음 왔을 때 그는 낯선 자에 불과했다. 저들은 그다지 다정하게 대해주지 않았다. 그를 경계했기 때문이었다. 물론 그럴 만한 이유가 있었다.

남자는 금발에 눈이 파랬다. 하워드, 버질과 비슷한 생김새였다. 턱선도 그렇고 코도 비슷했다. 그런데 남자도 그렇고 동굴 안에 있는 다른 사람들의 옷과 신발은 현재가 아닌 이전 시대의 것이었다.

'어느 시대 복장이지?'

어지러웠다. 파도 소리가 들렸다. 동굴 근처에 바다가 있는 걸까? 동굴 안은 무척 어두웠다. 한 남자가 랜턴을 들고 있기는 했지만 빛이 그다지 밝지 않았다. 다른 이들은 계속 농담을 하며 떠들었고 두 남자가 금발 남자를 부축했다. 금발 남자는 비틀거리며 일어섰다.

남자는 걸음이 온전치 않았는데 이 사람들 탓이 아니었다. 남자는 오랫동안 병을 앓았다. 의사들은 치료약이 없다고 했다. 절망적인 상황이었지만 도일은 희망을 잃지 않았다.

도일. 그렇다. 그게 이 남자의 성이었다. 지금 노에미는 도일과 함께 있었다.

도일은 죽어 가고 있었다. 그는 절박해진 마음에 이곳을 찾아왔다. 이 사람들은 치료가 불가능한 이들을 위한 약을 갖고 있었다. 여느 신성한 곳으로 여행을 떠나는 대신 도일은 이 기분 나쁜 동굴을 찾아온 것이다.

이 사람들은 그를 마음에 들어 하지 않았다. 하지만 그들은 가난했고 도일은 지갑 안에 은화가 가득 있었다. 도일은 그들이 자기 목을 따고 은을 빼앗아 갈까 봐 겁이 났지만 어쩔 수 없었다. 약속을 지켜만 주면 더 큰 돈을 지불하겠다고 약속하는 것 말고는 다른 방법이 없었다.

물론 돈이 다가 아니었다. 도일도 그 정도는 알고 있었다. 그들은 영국인인 도일을 자기네보다 우월한 존재라 여겼다. 아마도 습관적으로 그렇게 생각하지 않았을까. 그들은 쓰레기 더미나 뒤지며 사는 처지였지만 도일은 훨씬 부유했으니까.

동굴 한구석에 있는 여자가 노에미의 눈에 보였다. 여자의 머리는 너저분했고 창백한 얼굴은 소박한 편이었다. 여자는 앙상한 손으로 어깨에 숄을 두르며 흥미로운 눈으로 도일을 바라보았다. 늙은 남자 사제가 그들이 모시는 신을 위해 마련한 제단을 돌보고 있었다. 이곳은 어느 낯선 신을 모시는 성스러운 장소였다. 동굴 벽에는 초 대신 균류가 붙어 있었다. 발광체인 균류가 엉성한 제단에 빛을 뿌렸다. 제단 위에는 그릇과 컵, 오래된 뼈들이 놓여 있었다.

내가 죽으면 내 뼈도 저 제단 위에 올라가겠구나. 도일은 그렇게 생각했다. 하지만 두렵지 않았다. 이미 반은 죽은 몸이나 다름없었다.

노에미는 한 손으로 관자놀이를 문질렀다. 머릿속에 지독한 두통이 일었다. 눈을 가늘게 떴다. 동굴 안이 마치 불길처럼 너울거렸다. 눈의 초점을 맞추려 애쓰며 노에미는 도일을 바라보았다.

도일. 병색인 얼굴로 힘없이 비틀대고 있던 도일이 지금은 원기왕성한 모습이었다. 너무 달라져서 다른 사람을 본 줄 알았다. 도일은 기운을 완전히 회복했다. 이대로 곧장 집으로 돌아가도 될 것 같았다. 하지만 도일은 돌아가지 않고 그 자리에 서서 여자의 벗은 등을 손으로 문질렀다. 이 사람들의 관습에 따라 도일은 이 여자와 결혼했다. 여자의 등을 만지는 도일이 혐오감을 느끼고 있음을 노에미는 알아챘다. 도일은 미소 띤 얼굴로 혐오감을 감추고 있을 뿐이었다.

도일은 이 사람들이 필요했다. 이 거친 사람들에게 받아들여져 그들과 하나가 되어야 했다. 그래야 그들의 비밀을 전부 알아낼 수 있었다. 바로 영생의 비밀을! 그 비밀이 코앞에 있었다. 이 바보들은 그 비밀을 제대로 알지 못했다. 그저 상처 치료와 건강 보존을 위해 그 균류를 사용

하고 있을 뿐이었다. 하지만 균류는 그 이상의 효과가 있었다. 도일은 그걸 알았다. 이들이 맹목적으로 따르는 사제가 바로 그 증거였다. 그는 눈으로 직접 보지 않아도 알 수 있었다. 충분히 가능성 있는 얘기였다!

이 여자. 이 여자는 모를 것이다. 처음부터 도일은 알았다. 그에게는 두 여동생이 있었다. 그의 멋진 집에서 그가 돌아오기를 기다리고 있는 두 동생. 피를 통해 이루어지는 그것이 지금 그의 핏속에 있다고 사제가 말했다. 그의 핏속에 담길 수 있다면 동생들의 핏속에도 담길 수 있을 것이다.

노에미는 손가락 끝으로 이마를 짚었다. 두통이 점점 심해지고 눈앞이 흐려졌다.

도일. 그는 교활한 자였다. 언제나 그랬고, 몸이 망가지고부터 마음은 칼날처럼 날카로워졌다. 이제 몸이 활기차게 살아나자 그는 열정으로 불타올랐다.

그의 힘을 알아본 사제가 속삭였다. 그들 집단의 미래가 되어 달라고, 그들은 도일 같은 남자가 필요하다고. 늙은 사제는 미래를 두려워하고 있었다. 동굴 안에 모여 사는 이 소심한 사람들의 미래를 걱정하고 있었다. 이들은 하루하루를 간신히 힘들게 살아남았다. 안전한 곳을 찾아 이곳까지 흘러왔고 여태 목숨을 부지해 왔지만 세상이 변하고 있었다.

사제가 옳았다. 너무 옳아서 탈이었다. 도일은 이미 큰 변화를 계획하고 있었다.

폐 안 가득 물을 채우자 사제는 물 밑으로 무겁게 가라앉았다. 참으로 단순한 죽음이었다!

혼란이 닥치고 폭력 속에 연기가 피어올랐다. 사방이 불에 탔다. 이 사람들에게 동굴은 요새나 마찬가지였다. 밀물이 들어오면 이 동굴은 육지와 분리되어 배로만 드나들 수 있으니 아늑하고 안전한 은신처가 됐다. 그들은 가진 건 별로 없지만 이 동굴에 만족하며 살아갔다.

도일은 혼자였고 이들은 서른 명이 넘었다. 하지만 도일은 사제를 죽인 뒤 이 사람들을 지배했다. 그는 성스러운 자였다. 도일이 그들의 옷과 소지품이 담긴 보따리를 불에 던지는 동안 그들은 꼼짝 않고 엎드려 기다렸다. 동굴 안은 연기로 가득 찼다.

보트가 한 척 있었다. 도일은 여자를 끌고 가 보트에 태웠다. 여자는 두려워하며 복종할 뿐이었다. 그가 노를 저어 동굴을 떠나는 동안 여자는 그를 바라보았다. 그는 여자를 보지 않고 다른 곳으로 눈길을 돌렸다.

도일의 눈에 여자는 매력이 없었다. 배는 잔뜩 부풀고 눈빛은 탁해서 무척 못생긴 외모였다. 하지만 목적을 달성하려면 꼭 필요한 존재였다.

그림자처럼 도일 옆에 있던 노에미는 이제 그 옆에 있지 않았다. 이제 어깨까지 금발을 늘어뜨린 여자 옆에 있었다. 여자가 어떤 소녀에게 속삭였다.

"오빠는 변했어. 네 눈에도 보이지? 눈빛이 예전 같지 않아."

땋은 머리를 한 어린 소녀는 고개를 저었다.

노에미도 덩달아 고개를 저었다. 그들의 오빠는 멀리 여행을 떠났다가 돌아왔다. 물어볼 게 많았는데 오빠는 그들이 질문을 하게 두지 않았다. 여자는 오빠가 무시무시한 일을 겪은 모양이라고, 악한 기운에 사로잡힌 것 같다고 생각했다. 반면에 소녀는 오빠가 원래 그런 사람임을 알고 있었다.

오래전부터 나는 악이 무서웠어. 이제 오빠가 무서워.

노에미는 자신의 손을, 손목을 내려다보았다. 손목이 지독하게 가려웠다. 손으로 긁으려는데 그 부위의 농포가 툭 터지더니 머리카락 같은 덩굴손이 자라기 시작했다. 노에미의 벨벳처럼 부드러운 몸이 열매를 맺었다. 그녀의 척수와 근육을 가르며 통통하고 하얀, 부채꼴의 모자들이 자라 나왔다. 노에미가 입을 벌리자 금색과 검은색이 섞인 액체가 강처럼 쏟아져 바닥을 더럽혔다.

누군가 노에미의 어깨를 잡더니 귀에 대고 뭐라고 속삭였다.

"눈 떠."

그렇게 노에미가 똑같이 따라 했다. 입 안이 피로 가득 차 있었다. 노에미는 이빨을 잔뜩 뱉어 냈다.

20장

"숨 쉬어요. 숨 쉬어."

남자가 말했다. 노에미가 들은 건 그의 목소리였다. 두통 때문에 눈앞이 흐리고 눈물까지 나는 바람에 그의 모습이 잘 보이지 않았다. 남자는 구토를 하는 노에미의 머리카락을 잡아 주고, 그녀를 부축해 일으켜 세워 주었다. 눈을 감고 있는데 눈꺼풀 안쪽에서 검은색과 황금색 점이 춤을 추었다. 노에미는 평생 이렇게 속이 울렁거렸던 적이 없었다.

"죽을 것 같아요."

노에미가 목쉰 소리로 말했다.

"죽지 않을 겁니다."

이미 죽은 게 아니었나? 노에미는 자신이 죽었다고 생각했다. 입안에 피와 담즙이 가득했는데.

눈을 뜨고 남자를 바라보았다. 아는 남자 같은데 이름이 생각나지 않았다. 제대로 생각도, 기억도 할 수 없었다. 자신의 생각과 다른 이의 기억이 잘 분리되지 않았다. 다른 기억들도 섞여 있었다. 나는 누구지?

도일, 그녀는 도일이었다. 그 도일이 사람들을 전부 죽이고 불태웠다.

뱀. 제 꼬리를 먹는 뱀이었다.

마른 체격의 젊은 남자가 노에미를 부축해 욕실 밖으로 데리고 나왔다. 그러고는 그녀의 입술에 물컵을 가져다 댔다.

노에미는 침대에 누운 채 고개를 옆으로 돌렸다. 의자에 앉은 프랜시스가 그녀에게 몸을 기울여 이마에 송골송골 맺힌 땀을 닦아 주었다. 그래. 그는 프랜시스였다. 그녀는 노에미 타보아다이고, 여기는 하이 플레이스였다. 기억이 났다. 끔찍한 경험, 하워드 도일의 종기로 부풀어 오른 몸뚱이, 하워드가 그녀의 입에 집어넣은 침.

노에미가 움찔하자 프랜시스는 그대로 얼어붙었다. 잠시 후 그는 들고 있던 손수건을 천천히 건넸다. 노에미는 한 손으로 손수건을 받아 쥐었다.

"나한테 무슨 짓을 한 거예요?"

말을 하는데 목이 아팠다. 목 안이 긁히는 기분이었다. 입 안으로 흘러 들어갔던 오물 같은 액체가 생각났다. 다시 욕실로 달려 들어가 속을 다 게워 내고 싶어졌다.

"일어날래요?"

프랜시스가 부축해 주려 손을 내밀었다.

"아뇨."

혼자서는 화장실에 갈 수 없는 상태임을 알고 있었지만 그의 손이 몸에 닿는 게 싫었다.

프랜시스는 두 손을 재킷 주머니에 집어넣었다. 노에미가 그에게 잘 어울린다고 생각했던 코르덴 재킷이었다. 개새끼. 그를 좋게 생각했던 게 후회됐다.

프랜시스가 나지막하게 말했다.

"설명을 해 줘야 할 것 같네요."

"뭘 어떻게 설명하려고요? 하워드…… 그 사람이…… 당신은…… 대체 어떻게?"

맙소사. 말도 잘 나오지 않았다. 지독한 공포가 느껴졌다. 입 안으로 들어간 검은 담즙, 그리고 그녀가 본 환영 때문이었다.

"먼저 설명을 해 줄 테니까 듣고 나서 질문을 해요. 그렇게 하는 게 제일 쉬울 것 같아요."

노에미는 말하고 싶지 않았다. 이대로 말을 길게 할 수 있을 것 같지도 않았다. 당장 프랜시스에게 주먹질을 하고 싶지만 그냥 그가 말하게 두는 편이 나았다. 노에미는 몹시 지쳤고 속도 울렁거렸다.

"우리가 다른 사람들과 다르다는 것, 이 집이 다른 집과 다르다는 걸 이제 당신도 알았을 겁니다. 오래전, 하워드는 인간의 수명을 늘려주는 균류를 발견했어요. 그 균류는 병을 치료해 건강을 유지시켜 줬죠."

"나도 봤어요. 그 사람도 봤어요."

"그래요? 어둠 속으로 들어갔나 보네요. 얼마나 깊은 곳까지 들어갔어요?"

노에미는 프랜시스를 가만히 쳐다보았다. 그의 말 때문에 더 혼란이 왔다. 그는 고개를 저으며 설명을 이어 갔다.

"균류는 이 집 아래를 지나 묘지까지 쭉 퍼져 있어요. 벽 속에도 있고요. 거대 거미가 쳐 놓은 거미줄처럼. 그 거미줄 속에 우리는 기억과 생각을 보존해요. 거미줄에 날아든 파리처럼 생각과 기억이 그 안에 담기는 겁니다. 우린 그걸 우리 생각과 기억의 저장소라고 불러요. 그게 바로 **어둠**이에요."

"어떻게 그게 가능해요?"

"균류는 숙주 식물과 공생 관계를 맺을 수 있어요. 균근*이라고도 하죠. 인간과도 공생 관계를 맺을 수가 있어요. 이 집의 균근이 **어둠**을 만들어 낸 거고요."

"균류로 조상의 기억을 볼 수 있다는 거네요."

"맞아요. 그중 일부는 완전한 기억이 아닐 수 있어요. 희미한 메아리 같은 것만 남아 있고 뒤죽박죽일 수도 있어요."

'라디오 방송국 주파수가 잘 안 맞을 때처럼 그렇구나.'

노에미는 검은 곰팡이로 오염됐던 벽 한쪽 구석을 바라보았다.

"정말 괴상한 것들을 실제로도 보고 꿈에서도 봤어요. 그게 이 집이 한 일이라는 건가요? 집 안 곳곳에 퍼져 있는 균류가 원인이라고요?"

"예."

"나한테 왜 그런 짓을 한 건데요?"

"목적성이 있는 건 아니고, 자연적인 속성일 거예요."

노에미가 지금까지 경험한 환영은 끔찍하기 이를 데 없었다. 그

---

* 菌根. 균류와 고등식물의 뿌리와의 공생체.

본성이라는 걸 도저히 이해할 수가 없었다. 노에미가 보기에 그것은 악몽이었다. 살아 있는 악몽과 사악한 비밀의 결합이었다.

"이 집에 유령이 나온다고 했던 내 말이 틀린 게 아니었네요. 카탈리나 언니도 미친 게 아니라 바로 그 어둠이라는 걸 본 거고요."

프랜시스는 고개를 끄덕였다. 노에미는 웃음이 났다. 노에미가 카탈리나의 이상한 행동, 유령을 봤다는 얘기에 대해 합리적인 설명이 가능할 거라고 했을 때 프랜시스가 불안해했던 것도 이제 이해가 됐다. 그런 현상이 이 집의 버섯 균류와 관계되어 있다는 걸 노에미가 알아챌까 봐 그랬던 모양이었다.

침대 옆에서 타오르고 있는 석유램프를 돌아본 노에미는 그동안 시간이 얼마나 흘렀는지 감이 오지 않았다. 얼마나 오랫동안 그 어둠 속에 있었을까. 몇 시간일까 아니면 며칠일까. 창밖에서 비 떨어지는 소리도 더는 들리지 않았다.

"하워드 도일이 나한테 무슨 짓을 한 거죠?"

"이 집 벽에는 균류들이 살고 있어요. 공기 중에도 퍼져 있죠. 당신도 모르게 그걸 들이마셨어요. 천천히 당신한테 영향을 미친 거죠. 다른 방식으로 균류와 접촉을 할 경우 효과가 가속화될 수 있습니다."

"그 사람이 나한테 무슨 짓을 한 거냐고요?"

"이 균류와 접촉을 할 경우 대부분의 사람은 목숨을 잃어요. 광산에서 일하던 광부들도 그래서 죽은 거예요. 균류가 죽인 거죠. 다른 이들보다 더 빨리요. 하지만 다 죽는 건 아닙니다. 저항력이 있는 사람들이 있어요. 그런 경우 죽지는 않지만 정신에 영향을 받죠."

"카탈리나 언니처럼요?"

"카탈리나보다 더 적은 영향을 받기도 하고 더 심하게 받기도 해요. 대체로 자아를 태워 없애버립니다. 이제 알아챘겠지만 우리 집 하인들은 말수가 거의 없어요. 자아가 거의 남아 있지 않은 상태라 그래요. 정신이 도려내진 겁니다."

"말도 안 돼요."

프랜시스는 고개를 흔들었다.

"알코올 중독자 상태가 어떤지 알죠? 알코올이 뇌에 영향을 미치는 것과 비슷해요."

"언니한테 일어난 일이 그런 거라고요? 그 일이 나한테도 일어났다고요?"

그러자 프랜시스가 다급하게 답했다.

"아뇨! 그렇지는 않아요. 하인들은 특별한 경우예요. 하워드는 하인들을 노예라고 불러요. 광부들은 뿌리덮개라고 부르고요. 하지만 당신은 균류와 공생 관계를 맺을 수 있어요. 당신은 하인들처럼 되지 않을 거예요."

"나한테는 이제 어떤 일이 **일어나게** 되죠?"

프랜시스는 주머니에 두 손을 넣은 상태로, 여전히 초조해하고 있었다. 그가 손가락을 모았다 폈다 하는 걸 어렴풋이 볼 수 있었다. 시선은 노에미가 누워 있는 침대보에 가 있었다.

"**어둠**에 대한 얘기는 했지만 혈통 얘기는 아직 하지 않았어요. 우린 특별합니다. 균류는 우리와 결합을 하기 때문에 우리에게 독성은 없어요. 오히려 우리를 불멸의 존재로 만들어 주죠. 하워드는 다른 몸으로 여러 생을 거듭해 살았어요. 어둠으로 의식을 전이한 후 자식 중 하나의 몸으로 옮겨 와 어둠에서 다시 살아나곤 했어요."

"자식들 몸에 빙의가 된 건가요?"

"아뇨…… 하워드가 그 자식이 되고…… 자식이 하워드가 된 겁니다…… 결합을 통해 새로운 사람으로 태어나는 거죠. 그건 오직 자식들을 통해, 혈통으로만 내려올 수 있어요. 여러 세대를 거치면서 혈통이 고립이 됐죠. 우리 모두 균류와 상호작용을 할 수 있게 되고 공생 관계를 유지하게 됐어요. 외부인을 들이지 않고요."

"근친상간을 했군요. 하워드는 동생들과 결혼을 했고 루스를 사촌인 마이클과 결혼시키려 했어요. 동생들을…… 범한 거잖아요."

환영에서 본 두 소녀가 문득 떠올랐다.

"하워드는 동생이 두 명 있었어요. 맙소사. 그 동생들을 통해서 자식을 봤군요."

"예."

도일 집안의 특징적인 외모. 초상화 속 사람들이 서로 닮아 있던 이유였다.

"몇 년이나 그렇게 살아온 거예요? 하워드의 나이는요? 몇 세대나 됐어요?"

"잘 몰라요. 아마 300년쯤 됐을 겁니다. 더 되었을 수도 있고."

"300년. 친족과 결혼해 자식을 낳고, 그 자식들 중 하나의 몸으로 자신의 의식을 전이시킨 거군요. 몇 번이나 거듭해서. 댁들은 이런 짓을 그냥 두고 보고 있는 건가요?"

"우린 선택의 여지가 없어요. 하워드는 신이니까요."

“선택의 여지가 왜 없어요! 그 역겨운 놈은 신이 아니에요!”

프랜시스는 노에미를 바라보다가 주머니에 넣고 있던 손을 뺐다. 손에 무언가를 쥐고 있었다. 그는 지친 얼굴로 한 손을 뻗어 이마를 짚더니 고개를 흔들며 말했다.

“우리에게 하워드는 신이에요. 하워드는 당신이 우리 가문의 일원이 되길 바라고 있어요.”

“그래서 내 목구멍에 검은 액체를 집어넣었나 보네요.”

“그들은 당신이 이 집을 떠날까 봐 두려워했어요. 그래서 당신을 못 떠나게 만든 거예요. 이제 당신은 이 집을 떠날 수 없어요.”

“나는 이 망할 집안의 일원이 되고 싶은 생각 없어요, 프랜시스. 당장 집으로 돌아갈 거예요. 돌아가서…….”

“그것은 당신을 놓아주지 않을 겁니다. 내가 전에 우리 아버지 얘기를 자세히 안 했죠?”

방 한쪽 구석의 시커먼 곰팡이 자국을 보고 있던 노에미는 천천히 고개를 돌려 프랜시스를 바라보았다. 프랜시스가 주머니에서 꺼낸 건 자그마한 사진이었다. 지금까지 주머니에 넣고 쥐고 있던 모양이었다.

“리처드.”

프랜시스는 노에미에게 한 남자의 흑백 사진을 보여 주며 나지막하게 말을 이었다.

“그분의 이름은 리처드였어요.”

그동안 프랜시스의 누르께한 얼굴을 보면서 날카로운 선이 버질 도일과 비슷하다고 생각했는데 지금 보니 뾰족한 턱이며 넓은 이

마가 아버지를 닮았다.

"루스는 큰 피해를 입혔어요. 가족들을 죽였을 뿐 아니라 하워드에게 큰 손상을 주었죠. 평범한 사람 같으면 루스가 쏜 총을 맞고 살아남지 못했을 거예요. 그런데 하워드는 살아남았어요. 다만 장악력이나 힘은 그 전에 비해 확연히 줄어들었죠. 우리가 광부들을 잃게 된 것도 그래서였어요."

"광부들에게 최면을 걸어 일을 시키고 있었어요? 이 집에서 일하는 세 하인처럼?"

"아뇨. 꼭 그런 건 아니었습니다. 하워드는 그렇게 많은 인원을 한 번에 조종하지는 못해요. 미묘하게 밀고 당기는 거라서. 어쨌든 그들에게 영향을 미치고는 있었어요. 이 집과 균류가 광부들에게 영향을 줬죠. 하워드가 누군가를 필요로 하면 안개가 그 사람의 감각을 둔하게 만들어 주는 식이에요."

"당신 아버지는 어떻게 됐어요?"

노에미가 사진을 돌려주자 프랜시스는 그 사진을 주머니에 도로 집어넣었다.

"하워드는 총에 맞은 뒤 천천히 몸을 회복시켜 나갔어요. 하지만 그 후로 가족 내에서 자식을 낳기가 힘들어졌어요. 내 어머니가 어느 정도 자라자 하워드는 어머니한테서…… 자식을 보려고 했지만 너무 늙고 몸이 망가져서 아이를 갖게 할 수가 없었어요. 그 외에 다른 문제도 있었고요."

'조카딸이잖아. 조카딸과의 사이에서 자식을 낳으려고 하다니.'

하워드가 플로렌스에게 쇠약한 몸뚱이를 문질러 대며 관계를 맺는 끔찍한 광경이 머릿속을 스치고 지나가자 또다시 구역질이 치밀어 올랐다. 노에미는 손수건으로 얼른 입을 막았다.

"노에미, 괜찮아요?"

"어떤 문제가 있었는데요?"

노에미는 설명을 재촉했다.

"돈 문제요. 하워드의 장악력이 약해지자 남아 있던 광부가 모두 떠나 버렸어요. 광산 일을 감독할 사람도 없어진 데다 광산에 홍수까지 났어요. 돈이 전혀 들어오지 않는 상황이 된 거죠. 안 그래도 혁명을 거치면서 집안 재정이 거의 파탄이 난 상태였어요. 그들은 돈과 자식들이 필요했어요. 그게 없으면 혈통을 유지할 수 없었으니까요. 아버지를 찾아낸 어머니는 그 정도면 적당하다고 생각했어요. 아버지는 재산도 약간 있었어요. 큰 재산은 아니었지만 우리가 위기를 넘기게 해 줄 만큼은 됐어요. 제일 중요한 건 아버지를 통해 자식을 낳을 수 있다는 거였어요. 아버지는 하이 플레이스로 와서 살았고 두 분은 나를 낳았어요. 하지만 내가 아들이어서 어머니는 자식을 더 낳으려고 했죠. 딸을 낳아야 했으니까요.

어둠이 아버지에게 영향을 주었고 아버지는 본인이 미쳐 가고 있다고 생각했어요. 이 집을 떠나려고 했지만 뜻대로 할 수도 없었고 멀리 갈 수도 없었지요. 결국 협곡에 몸을 던지고 말았어요. 균류의 뜻에 따르지 않고 저항하면 그렇게 다치게 돼요. 안 좋게 끝이 나죠."

프랜시스는 경고를 하며 말을 이었다.

"하지만 그 뜻에 복종하고 결합하면, 가문의 일원이 되기로 동의하면, 다 괜찮아지는 거죠."

"카탈리나 언니는 저항을 한 거죠?"

"예. 그런데 사실 카탈리나는…… 당신만큼…… 이 집안과 화합이 잘 되는 몸이 아닙니다……."

노에미는 고개를 가로저었다.

"왜 내가 언니보다 이 집안의 뜻에 더 순순히 따를 거라고 생각해요?"

"당신은 화합이 잘 되는 몸이에요. 버질이 카탈리나를 골라 결혼한 이유는 이 집안과 화합이 잘 되는 걸 알았기 때문입니다. 그런데 당신이 이곳에 오고 나서 보니까 카탈리나보다 당신이 더 이 집안에 적합한 거예요. 그들은 당신이 이 집 상황을 더 잘 이해해 줄 거라고 기대하고 있어요."

"내가 기꺼이 당신네 집안의 일원이 되어서 뭘 해 주기를 바라는 거죠? 내 재산을 넘기라고요? 애들을 낳아 주라고요?"

"그래요. 둘 다를 기대하고 있을 겁니다."

"당신들은 괴물이야. 특히 당신! 난 당신을 믿었다고."

프랜시스는 입술을 떨며 노에미를 지그시 바라보았다. 울음을 터뜨릴 것 같은 얼굴이었다. 노에미는 화가 치밀었다. 이 상황에 무너져 울 것 같은 얼굴을 하다니.

'울기만 해 봐.'

"미안합니다."

"미안하다고! 이 나쁜 자식아!"

노에미는 소리를 질렀다. 묵지근하게 아픈 몸으로 벌떡 일어서기까지 했다.

"미안해요. 난 이런 걸 원한 게 아니었어요."

프랜시스도 의자를 뒤로 밀며 일어섰다.

"미안하면 날 도와줘요! 여기서 빠져나가게 해 줘요!"

"못 해요."

노에미는 그를 주먹으로 쳤다. 하지만 속 시원하게 때리지는 못했다. 주먹을 뻗자마자 노에미는 바닥에 쓰러질 것처럼 기운이 쭉 빠져 버렸다. 온몸의 뼈가 없어진 기분이었다. 프랜시스가 잡아 주지 않았다면 그대로 바닥에 부딪쳐 머리가 쪼개지고 말았을 것이다. 프랜시스의 품에 안긴 노에미는 그를 밀어내려 애썼다.

"이거 놔요."

하지만 그의 재킷에 입을 대고 말하면서 목소리는 확 줄어들었다. 고개를 들 수조차 없었다.

"쉬어요. 내가 해결 방법을 생각해 볼게요. 당신은 쉬고 있어요."

"꺼져!"

프랜시스는 노에미를 조심스럽게 다시 침대에 눕히고 이불을 덮어 주었다. 노에미는 그에게 마지막으로 한 번 더 꺼지라고 소리치고 싶었지만 눈이 스르륵 감겼다. 방 한쪽 구석에서 곰팡이가 심장처럼 고동치며 뻗어 나가 벽지를 일렁이게 했다. 마룻장이 마치 살아 있는 생물의 피부처럼 떨리고 흔들거렸다.

마룻장 아래서 매끈하고 검은 거대한 뱀이 나타나 이불 위로 기어 올라왔다. 노에미가 쳐다보고 있는 동안 뱀은 그녀의 다리를 건드렸다. 열이 오른 피부에 뱀 가죽이 닿자 시원하기도 했다. 노에미는 뱀이 고개를 치켜 들고 물어뜯을까 봐 꼼짝할 수도 없었다. 뱀의 가죽에는 수천 개의 자잘한 종기들이 돋아 있었다. 종기들은 곳곳에서 팔딱거리며 파르르 떨다가 포자를 퍼뜨렸다.

'또 꿈을 꾸는 거야. 이건 어둠이야. 어둠은 현실이 아니야.'

하지만 이걸 보고 싶지 않았다. 정말이지 싫었다. 뱀을 걷어차려 다리를 움직여 보았다. 뱀을 건드리자 가죽이 쭉 찢어지더니 하얗게 죽은 사체로 변했다. 썩어 버린 뱀의 사체였다. 이 사체에 생명이 움트고 곰팡이가 그 위를 꽃처럼 뒤덮었다.

에트 베르붐 카로 팍툼 에스트. 뱀이 말했다.

노에미는 무릎을 꿇었다. 돌로 된 방은 차갑고 어두웠다. 창문이 하나도 없었다. 그들은 제단에 초를 켜 두었지만 여전히 너무나 어두웠다. 이 제단은 지난번에 동굴에서 본 제단보다 정교해 보였다. 붉은 벨벳 천으로 덮어 놓은 탁자 위에 나뭇가지 모양의 은촛대가 놓여 있었다. 하지만 어둡고 습하고 춥기는 마찬가지였다.

하워드 도일이 이곳에 벽걸이 융단을 걸어 놓았다. 벽걸이 융단에는 붉은색과 검은색으로 된 우로보로스 그림이 그려져 있었다. 화려한 치장이 이 게임의 중요한 부분임을 도일은 알고 있었다. 그는 진홍색 옷을 차려입었다. 옆에는 동굴에서 본 여자가 잔뜩 부른 배로 서 있었다. 여자는 몸이 무척 안 좋아 보였다.

에트 베르붐 카로 팍툼 에스트. 뱀이 말하며 여자의 귀에 대고 비밀을 속삭였다. 이윽고 뱀은 사라졌지만 여자는 여전히 그 소리를 듣고 있었다. 괴상하게 쉰 목소리. 노에미는 그 목소리가 자기에게 말하는 건지 아닌지 알 수가 없었다.

두 여자가 배부른 여자를 연단에서부터 부축해 제단 발치로 데려와 눕혔다. 금발의 두 여자. 노에미는 그들을 본 적이 있었다. 도일의 두 동생이었다. 이 의식도 본 적이 있었다. 전에 묘지에서 여자가 아이를 낳는 모습을 보았더랬다.

이윽고 아기가 태어나 울어 댔다. 도일은 아기를 안아 올렸다. 그제야 노에미는 알 수 있었다.

에트 베르붐 카로 팍툼 에스트.

지난번 꿈에서 제대로 보지 못했던 것을 이제야 보고 깨달았다. 차마 보고 싶지 않았지만 이미 눈앞에 펼쳐졌다. 칼과 아기. 노에미는 눈을 질끈 감았다. 하지만 눈꺼풀이 내리덮인 상황에서도 노에미는 다 볼 수가 있었다. 진홍색과 검은색, 그리고 갈가리 찢어 놓은 아기. 그들은 아기를 먹고 있었다.

신의 살이니까.

그들이 두 손을 들어 올리자 하워드는 아기의 살과 뼈를 조금씩 나눠 주었고, 그들은 그 하얀 고기를 우걱우걱 씹어 먹었다.

그들은 전에도 동굴에서 똑같은 짓을 해 왔다. 동굴에서 죽어 살을 제공한 것은 사제들이었다. 도일은 그들이 해 오던 의식을 제대로 완성시켰다. 영리한 도일은 애초에 그들보다 배운 게 많았다. 그는 답을 찾기 위해 신학, 생물학, 의학 관련 서적을 읽어 댔고 마침내 찾아냈다.

노에미는 여전히 눈을 감고 있었다. 아기를 낳은 여자도 눈을 감은 채였다. 그들은 여자의 얼굴에 천을 덮었다. 노에미는 그들이 여자도 죽여 몸을 갈가리 찢어서 먹어 치울 줄 알았다. 하지만 노에미의 예상은 빗나갔다. 그들은 몸을 천으로 둘둘 감아 바짝 묶었다. 그리고 제단 옆 구덩이에 여자를 산 채로 집어 던졌다.

'그 여자는 죽지 않았어.'

노에미는 그들에게 말했다. 하지만 소용없었다. 이건 기억일 뿐이었다.

언제나 그렇듯, 꼭 필요한 일이었다. 저 여자의 몸에서 균류가 자라날 것이다. 흙을 뚫고 올라와 벽 속으로 스며들어 건물의 토대로 퍼져 나갈 것이다. 어둠은 정신을 필요로 했다. 어둠은 그 여자를 필요로 했다. 어둠은 살아 있었다. 어둠은 여러 가지 방식으로 삶을 이어 갔다. 어둠의 썩은 핵심에는 여자의 시체가 있었다. 팔다리가 뒤틀리고 머리카락이 헝클어진 여자. 입을 벌린 채 땅속에서 울부짖는 시신. 여자의 마른 입술에서 창백한 버섯이 자라 나왔다.

사제는 그 나름으로 만족했을 것이다. 그들은 사제의 몸 일부를 먹고 나머지는 땅에 묻었다. 그의 시체에서 생명이 자라났다. 신자들은 사제에게 묶여 있었다. 그들의 신에게 묶여 있었다. 하지만 도일은 신자들에게 자신을 희생 제물로 바칠 만큼 멍청하지 않았다.

도일은 신이 될 것이므로 그들의 불가사의하고 어리석은 규칙에 복종할 필요가 없었다.

도일은 신이었다.

도일은 존재했고 그대로 계속 살아 나갔다.

언제나 그랬다.

괴물. 몬스트룸.* 아, 넌 나를 괴물로 생각하느냐, 노에미?

"충분히 봤나, 호기심 많은 아가씨?"

---

* Monstrum. '괴물'이란 뜻의 라틴어.

도일은 노에미의 방 한쪽 구석에서 카드놀이를 하고 있었다. 노에미는 촛불 아래서 카드를 섞고 있는 주름진 두 손을 바라보았다. 검지에 낀 호박 반지가 불빛에 반짝였다. 도일이 고개를 들어 노에미를 바라보았다. 노에미도 그를 마주 보았다. 그는 현재의 도일이었다. 등이 굽고 힘겹게 숨을 들이쉬고 내쉬는 하워드 도일. 그는 카드 세 장을 엎어 놓고 한 장씩 조심스럽게 뒤집었다. 칼을 든 기사 카드. 동전을 든 시종 카드. 얇은 셔츠 안쪽으로 등에 점점이 박힌 검은 종기들이 들여다보였다.

"이걸 나한테 왜 보여 주는 거지?"

"이 집이 아가씨한테 보여 주는 거야. 이 집은 아가씨를 좋아해. 우리의 환대가 마음에 들어? 나랑 같이 놀 텐가?"

"아니."

"안됐네."

하워드는 세 번째 카드를 뒤집었다. 텅 빈 컵 카드였다.

"결국 아가씨도 포기하게 될 거야. 아가씨는 이미 우리와 같아. 우린 한 가족이야. 아가씨는 아직 모르겠지만."

"난 당신이 무섭지 않아. 당신은 꿈으로 사람을 조종하는 엿 같은 괴물일 뿐이야. 이건 현실이 아니고, 당신은 나를 여기 묶어 둘 수 없어."

"정말 그렇게 생각해?"

하워드의 등에 돋아난 종기들이 물결쳤다. 잉크처럼 새까만 액체가 줄줄 흘러 그가 앉아 있는 바닥으로 후두둑 떨어졌다.

"난 내가 원하는 대로 널 조종할 수 있어."

그는 농포 하나를 긴 손톱으로 가르더니 은컵에 대고 꾹 눌렀다. 그 은컵은 바로 카드 속 빈 컵이었다. 농포가 터지며 더러운 액체가 컵 안에 찼다.

"마셔."

일순간 노에미는 앞으로 다가가 마실 뻔했다. 혐오감을 동반한 충격에 노에미는 팔다리가 얼어붙었다.

남자는 미소를 지었다. 노에미에게 자신의 힘을 과시하려 한 것이었다. 꿈속에서도 그는 지배자였다.

"잠에서 깨어나면 당신을 죽여 버릴 거야. 보는 즉시 죽여 버리겠어."

노에미는 그에게 달려들어 살에 손톱을 박아 넣고 가느다란 목을 비틀었다. 피부가 양피지처럼 찢어지고 근육과 혈관이 드러났다. 그는 싱긋 웃었다. 버질의 짐승 같은 미소를 꼭 닮아 있었다. 그는 버질이었다. 노에미는 더욱 세게 목을 졸랐다. 다음 순간 그는 노에미에게 바짝 가까이 다가와 엄지를 그녀의 입술에, 그녀의 치아에 가져다 댔다.

프랜시스가 고통스러운 눈으로 노에미를 바라보고 있었다. 그의 손이 아래로 내려갔다. 노에미는 그를 놓아주고 뒤로 물러섰다. 프랜시스가 그녀에게 애원하려는 듯 입을 열었다. 그의 입에서 구더기 백 마리가 기어 나왔다.

풀밭의 벌레와 줄기, 뱀이 몸을 꼿꼿이 세우며 일어나 노에미의 목을 휘감았다.

좋든 싫든 너는 우리 것이다. 너는 우리 것이고, 너는 우리다.

노에미는 목에서 뱀을 떼어 내려 했지만 뱀은 그녀의 살을 파고 들며 더욱 세게 조여들었다. 뱀은 노에미를 통째로 집어삼키려는 듯 주둥이를 벌렸다. 노에미가 뱀에게 손톱을 박아 넣자 뱀이 속삭였다. **"에트 베르붐 카로 팍툼 에스트."**

그때 여자의 목소리가 들렸다.

"눈 떠."

노에미는 생각했다.

'기억해야 해. 눈을 떠야 한다는 걸 기억해야 해.'

21장

햇빛이었다. 늘 보아 오던 그 풍경인데 무척이나 반가웠다. 커튼 아래로 흘러 들어오는 빛줄기에 노에미는 심장이 뛰었다. 커튼을 젖히고 손바닥을 유리창에 가져다 댔다. 방문을 열려고 했지만 예상대로 잠겨 있었다.

그들은 음식이 담긴 쟁반을 방 안에 놓아두었다. 차는 이미 식어 있었다. 안에 무엇을 넣었는지 알 수가 없으니 마시고 싶지 않았다. 하지만 토스트를 보니 망설여졌다. 빵 조각 끄트머리를 조금씩 씹어 먹다가 욕실 수도꼭지에서 물을 받아 마셨다.

공기 중에 균류가 퍼져 있는데, 굳이 이럴 필요가 있을까? 노에미는 이미 균류를 들이마시고 있었다. 옷장 문이 열려 있어 확인해 보니 그들은 노에미가 싸 둔 여행 가방을 열어서 옷을 전부 꺼내 옷장에 도로 걸어 놓았다.

날씨가 추워서 노에미는 긴 소매 격자무늬 드레스를 꺼내 입었다. 둥근 깃이 달려 있고 흰 소맷동이 붙어 있는 드레스였다. 원래 격자무늬를 별로 좋아하지 않는데 입고 나니 몸이 따뜻해졌다. 왜 가져왔는지 기억도 나지 않지만 챙겨 오길 잘했다는 생각이었다.

머리를 빗고 신발을 신은 뒤 창문을 다시 열어 보았다. 창문은 꿈쩍도 하지 않았다. 방문도 마찬가지였다. 그들이 음식을 먹을 때 쓰라고 준 날붙이 류는 스푼 하나가 전부였다. 스푼은 별 쓸모도 없었다. 혹시 스푼으로 문을 딸 수 있을까를 궁리하고 있는데 문의 자물쇠에 열쇠가 들어와 돌아갔다. 문이 열리고 문 앞에 서 있는 플로렌스가 보였다. 여느 때처럼 노에미를 보고 짜증이 치솟은 표정이었다. 그날은 노에미도 마찬가지 기분이었다.

"굶어 죽을 작정이에요?"

플로렌스는 문 옆에 놓인 쟁반을 쳐다보며 물었다. 노에미는 음식에 거의 손도 대지 않았다.

"이번에 겪은 일 때문에 도저히 식욕이 나질 않아서요."

노에미는 차분하게 받아쳤다.

"어떻게든 먹어야 해요. 버질이 아가씨를 만나고 싶어 해요. 서재에서 기다리고 있어요. 따라와요."

노에미는 플로렌스를 따라 복도를 지나서 계단을 내려갔다. 플로렌스는 말없이 걷기만 했다. 노에미는 두 걸음쯤 뒤에서 걷다가 1층에 도착하자마자 현관문 쪽으로 달려갔다. 문이 잠겨 있을까 봐 걱정했는데 문손잡이가 돌아갔다. 노에미는 안개 낀 아침 공기 속으로 곧장 달려 나갔다. 안개가 짙었지만 상관없었다. 무작정 뛰었다.

긴 풀잎이 몸을 스치고 드레스가 무언가에 걸렸다. 드레스가 찢어지는 느낌이 났지만 억지로 치맛자락을 잡아당기며 계속 앞으로 나아갔다. 비가 내리고 있었다. 촉촉한 보슬비에 머리카락이 젖어 들어갔다. 천둥 번개가 치고 우박이 떨어져도 멈추지 않을 것이다.

하지만 결국 멈춰야 했다. 별안간 숨이 찼다. 가만히 서서 마음을 진정시키며 호흡을 고르려 했지만 뜻대로 되지 않았다. 보이지 않는 손이 목을 조르는 기분이었다. 숨이 막혀 비틀대다가 나무에 기대어 섰다. 낮게 드리워진 나뭇가지가 노에미의 관자놀이를 긁다가 그녀의 손가락 끝에 묻은 피를 감지했는지 별안간 날카롭게 쌔액 소리를 내며 머리를 홱 스쳤다.

좀 더 천천히 걸으면서 위치를 가늠해야 했다. 안개가 너무 짙은 데다 숨이 계속 가빠 왔다. 발이 미끄러져 바닥에 주저앉으면서 신발 한 짝을 잃어버렸다. 방금까지 눈앞에 있던 신발이 순식간에 사라졌다.

다시 일어서려 안간힘을 썼다. 무자비하게 목을 조여 대는 힘 때문에 일어서기가 너무 힘이 들었다. 가까스로 무릎을 바닥에 대고 몸을 일으켰다. 잃어버린 신발을 찾으려 무작정 손을 뻗다가 포기했다. 신발이 어디 있든 무슨 상관일까. 신고 있던 신발마저 벗어 버렸다.

맨발로 걸어가기로 했다. 벗은 신발을 한쪽 손에 들고 어떻게든 똑바로 생각을 해 보려 애썼다. 안개가 사방을 뒤덮었다. 나무며 관목, 집까지 죄다 안개에 가려 보이지 않았다. 어느 방향으로 가야 할지 가늠이 되지 않았다. 그때 풀잎이 바스락거리는 소리가 들려왔다. 누군가 그녀를 잡으러 오는 게 분명했다.

숨을 쉴 수가 없었다. 목 안이 불에 타는 듯했다. 억지로 공기를 폐로 집어넣으려 숨을 들이쉬었다. 손가락으로 젖은 흙을 움켜쥐고 일어서서 앞으로 몸을 끌고 나아갔다. 네 걸음, 다섯 걸음, 여섯 걸음 걸어가다가 또 쓰러졌다. 죽을힘을 다해 다시 일어섰다.

하지만 이미 늦고 말았다. 안개 사이로 키 크고 시커먼 누군가가 옆으로 다가와 허리를 굽혔다. 노에미가 두 손을 들어 밀어내려 했지만 소용없었다. 남자는 마치 헝겊인형을 집어 들듯 노에미를 손쉽게 안아 올렸다. 노에미는 고개를 저었다.

팔을 휘두르며 신발로 남자의 얼굴을 쳤다. 남자는 성난 신음을 흘리며 노에미를 진흙탕에 내던졌다. 노에미는 앞으로 기어가며 도망치려 했다. 하지만 남자는 별로 크게 다치지 않았는지 다시 노에미를 들어 안았다.

남자는 노에미를 집으로 데려가고 있었다. 노에미는 그에게서 벗어날 수가 없었다. 발버둥을 치는데 어느 순간 목구멍이 완전히 막혀 숨이 쉬어지지 않았다. 집까지는 무척 가까웠다. 노에미는 쓰러지기 전까지 집에서 겨우 몇 미터 달아났을 뿐이었다.

저 앞에 베란다와 현관문이 보였다. 고개를 돌려 남자의 얼굴을 보았다.

버질이었다. 그는 문을 열고 노에미를 안은 채 2층으로 올라갔다. 계단 맨 위에 있는 둥그런 색유리창의 테두리에 붉은색의 가느다란 뱀 무늬가 새겨져 있었다. 지금까지 알아보지 못했는데 지금 보니 뱀이었다. 제 꼬리를 먹고 있는 뱀.

그는 노에미의 방으로 들어가 욕실로 직행했다. 그리고 그녀를 조심스럽게 욕조에 집어넣었다. 그가 수도꼭지를 틀 때까지도 노에미는 계속해서 숨을 헐떡였다. 욕조 안에 물이 차오르기 시작했다.

"옷 벗고 씻어."

그때부터는 숨이 막히지 않았다. 마치 스위치를 켠 것처럼 숨이 쉬어졌다. 심장은 여전히 미친 듯이 뛰고 있었다. 노에미는 두 손으로 욕조 가장자리를 잡고 입을 벌린 채 버질을 노려보았다.

"그러다 감기 걸려."

버질이 노에미의 드레스 윗 단추를 벗기려는 듯 손을 뻗었다.

노에미는 그 손을 쳐내고 목깃을 잡았다.

"건드리지 마!"

혀가 아팠다. 단어가 마치 혀를 가르고 나오는 것 같았다.

버질이 재미있다는 듯 큭큭 웃었다.

"네 탓이야. 네가 비 오는 날 진흙탕에서 굴렀잖아. 더러워졌으니 씻어야지. 내가 벗기기 전에 알아서 벗어."

위협하는 말투는 아니었다. 목소리는 침착했지만 얼굴에는 분노와 짜증이 섞여 있었다.

노에미는 떨리는 손으로 단추를 풀고 드레스를 벗어 뭉친 뒤 바닥에 내려놓았다. 이제 그녀는 속옷 차림이었다. 이만하면 충분히 모욕감을 줬을 텐데도 버질은 욕실 벽에 기대어 서서 고개를 옆으로 기울이며 그녀를 빤히 쳐다보았다.

"몸이 더러워졌잖아. 다 벗고 씻어야지. 머리카락도 엉망이야."

"당신이 욕실에서 나가면요."

그는 다리 셋 달린 의자를 집어 와 앉더니 뚫어지게 그녀를 쳐다보았다.

"안 나가."

"당신 앞에서 속옷 안 벗어요."

그는 비밀 얘기라도 해 줄 것처럼 앞으로 몸을 기울였다.

"내가 벗겨 줄 수도 있어. 1분도 안 걸려. 그러다 널 다치게 할 수도 있어. 싫으면 착하게 굴면서 알아서 벗어."

진심으로 그렇게 할 것 같은 눈빛이었다. 노에미는 머리가 빙빙 돌았다. 물도 너무 뜨거웠다. 어쩔 수 없이 속옷을 모두 벗어 욕실 구석에 던져 놓았다. 도자기 접시에 놓인 비누를 집어 머리카락에 대고 문질렀다. 팔과 손을 씻은 뒤 서둘러 비눗물을 헹궜다.

버질이 수도꼭지를 잠갔다. 그의 왼쪽 팔꿈치가 욕조 가장자리에 닿아 있었다. 그는 노에미가 아니라 욕실 바닥을 내려다보고 있었다. 욕실 바닥의 타일을 보면서 흡족해하는 듯했다. 그가 손가락으로 입술을 문지르며 말했다.

"네가 신발로 친 바람에 입술이 찢어졌잖아."

그의 입술에 피가 흘러나와 있는 걸 보고 노에미는 속이 약간 후련했다.

"그래서 지금 그 분풀이로 날 고문하는 거예요?"

"고문? 네가 욕실에서 기절할까 봐 여기 있어 주는 거야. 욕조에서 익사라도 하면 안 되니까."

"욕실 문 밖에서 지키고 있어도 되잖아요. 개소리를 하고 있어."

노에미는 젖은 머리카락을 얼굴 뒤로 넘겼다.

"그래. 하지만 그렇게 하면 별로 재미가 없으니까."

누구인지 모른 채로 파티에서 봤으면 버질의 미소를 매력적이라고 생각했을 것이다. 버질은 바로 저 미소로 카탈리나를 속여 넘겼다. 지금 보니 포식자의 미소였다. 그를 한 대 더 치고 싶어졌다. 카탈리나의 이름으로 패 주고 싶었다.

수도꼭지에서 물이 떨어졌다. 똑, 똑, 똑. 욕실 안에서 나는 유일한 소리였다. 노에미는 손을 들어 그의 등 뒤를 가리켰다.

"저기 있는 가운 좀 줘요."

대답은 없었다.

"가운 좀 달라고요……."

버질은 별안간 물속으로 손을 집어넣어 노에미의 다리를 잡았다. 노에미는 놀라 뒤로 물러나며 욕조에 몸을 부딪쳤다. 물이 바닥으로 넘쳐흘렀다. 본능적으로 일어나 욕조 밖으로, 욕실 밖으로 도망치려 했다. 하지만 그가 몸으로 막고 있었다. 그도 노에미가 도망칠 수 없는 위치임을 잘 알고 있었다. 지금은 이 욕조와 그 안에 담긴 물이 노에미가 몸을 피할 수 있는 유일한 곳이었다. 노에미는 무릎을 가슴에 대고 바짝 웅크렸다.

노에미는 겁먹지 않은 티를 내지 않으려고 확고한 목소리로 말했다.

"나가요."

"뭐라고? 왜 갑자기 수줍은 척을 하고 그래? 지난번에 나랑 여기 있을 땐 안 그러더니."

"그건 꾸……꿈이었어요."

"그렇다고 현실이 아닌 건 아니지."

노에미는 믿기지가 않아 눈을 껌벅였다. 입을 열어 저항하려는데 버질이 앞으로 달려들면서 손으로 목 뒤를 잡았다. 노에미는 비명을 지르며 버질을 밀어내려 했지만 그는 이미 노에미의 머리카락을 틀어쥐고 고개를 뒤로 젖혔다.

꿈에서 했던 짓과 똑같았다. 꿈에서 버질이 머리를 잡아 젖히고 강제로 입을 맞추자 노에미는 그를 원하는 마음을 품게 됐었다.

노에미는 격하게 저항하며 고개를 옆으로 돌렸다.

"버질."

프랜시스가 큰 소리로 불렀다. 프랜시스는 주먹을 꽉 쥐고 욕실 문간에 서 있었다.

버질이 고개를 돌리며 거친 목소리로 물었다.

"왜?"

"커민스 선생님이 노에미 씨 상태를 확인하러 오셨어."

버질은 한숨을 쉬며 노에미를 놓아주고는 어깨를 으쓱했다.

"우리 대화는 나중에 이어서 하자고."

버질은 그렇게 말하며 욕실을 나갔다.

놓여날 줄 예상 못 한 노에미는 안심이 되자 두 손으로 입을 가리고 헐떡이며 앞으로 몸을 숙였다.

프랜시스가 부드러운 목소리로 물었다.

"커민스 선생이 당신 상태를 보러 왔어요. 욕조 밖으로 나올 수 있게 도와줄까요?"

노에미는 고개를 저었다. 치욕감에 얼굴이 벌겋게 달아올라 있었다.

프랜시스는 선반에 쌓여 있는 접은 수건을 하나 집어서 말없이 건네주었다. 노에미는 그를 쳐다보며 수건을 받아들었다.

"방에 가 있을게요."

프랜시스는 욕실을 나가 등 뒤로 문을 닫았다. 노에미는 몸의 물기를 닦고 목욕용 가운을 입었다.

욕실 밖으로 나가자 커민스가 침대 옆에 서 있었다. 그는 노에미에게 와서 침대에 앉으라고 손짓했다. 그러고 나서 노에미의 맥박과 심박수를 잰 뒤 소독용 알코올 병을 열고 그 안에 조그마한 솜 덩어리를 담갔다. 그리고 그 솜으로 노에미의 관자놀이를 문질렀다. 그 자리에 언제 상처가 생겼는지 알 수 없었다. 솜이 닿자 노에미는 몸을 움찔했다.

"어떻습니까?"

프랜시스가 의사에게 물었다. 그는 걱정스러운 눈빛으로 의사 뒤에 서서 보고 있었다.

"괜찮을 거야. 두 군데 긁힌 상처가 났지만 붕대를 감을 필요는 없겠어. 이런 일이 일어나지 않게 했어야지. 이 아가씨한테 본인이 처한 상황에 대해 진즉에 설명해 줬으면 좋았잖아. 이 아가씨가 얼굴에 상처를 입으면 하워드 씨가 크게 화를 낼 거야."

"프랜시스한테 뭐라고 하실 필요 없어요. 이 집에 근친상간을 저지르는 괴물들과 그 밑에 붙어 아첨하는 작자들이 살고 있다는 얘기를 이미 해 줬으니까."

노에미의 말에 커민스는 손가락을 멈추더니 인상을 찌푸렸다.

"음. 어른한테 예의를 갖춰 말하는 방법을 잊어버렸나 보군. 컵에 물 따라, 프랜시스."

의사는 노에미의 머리카락 선을 따라 솜을 톡톡 두드리며 지시했다.

"이 아가씨는 지금 탈수가 왔어."

"내가 할게요."

노에미는 솜을 낚아채서 머리에 대고 문질렀다.

의사는 어깨를 으쓱하고는 청진기를 검은 가방에 던져 넣었다.

"프랜시스가 아가씨한테 말을 해 줬어야 했는데 어젯밤에 제대로 얘기를 안 해 준 모양이군. 자네는 이 집을 떠날 수 없네, 타보아다 양. 아무도 그렇게 못 하지. 집이 그렇게 두지 않으니까. 이 집에서 도망치려고 하면 또다시 이번처럼 공격을 받게 될 거야."

"집이 어떻게 그런 짓을 하죠?"

"할 수 있어. 중요한 건 바로 그거지."

프랜시스가 침대로 다가와 노에미에게 물컵을 건넸다. 노에미는 컵을 받아 들고 두 남자를 조심스럽게 쳐다보면서 두어 모금 마셨다. 커민스의 얼굴에서 노에미는 전에는 알아채지 못했지만 이제는 확연히 보이는 특징을 잡아냈다.

"선생님도 이 집안과 혈연관계가 있죠? 도일 가문과 핏줄로 연결되어 있잖아요."

"먼 친척이네. 이 집안 사람들을 돌봐 주면서 마을에서 살고 있는 이유도 그래서지."

먼 친척이라. 웃기는 소리였다. 도일 가문의 가계도에서 먼 친척이 있을 것 같지가 않았다. 그렇게 멀리까지 가지가 뻗어 나가지도 못했을 테니까. 버질은 커민스의 딸과 결혼했었다고 했다. 이들은 그런 식으로 '먼' 친척을 다시 가족으로 끌어들이려 했을 것이다.

하워드는 당신이 우리 가문의 일원이 되길 바라고 있어요. 프랜시스는 말했었다. 노에미는 두 손으로 물컵을 꼭 쥐었다.

"아침 식사 꼭 하게나. 프랜시스, 쟁반 이쪽으로 가져와."

"입맛 없어요."

"바보 같은 소리 하지 말고. 프랜시스, 쟁반 가져오라니까."

"차가 아직 뜨거워요? 마음씨 좋은 의사 선생님 면상에다가 뜨거운 차를 뿌려 버리고 싶은데요."

노에미가 가볍게 내뱉었다.

의사는 안경을 벗어 손수건으로 안경알을 닦았다. 그는 이마에 주름이 잡힐 정도로 찡그리며 말했다.

"오늘 까탈스럽게 굴기로 작정했나 보군. 놀랍지도 않아. 여자들은 변덕이 죽 끓듯 하니."

"선생님 따님도 까탈스러웠나요?"

노에미의 물음에 의사는 고개를 홱 치켜들고 그녀를 바라보았다. 제대로 신경을 건드린 모양이었다.

"딸을 내주셨다면서요."

"무슨 소리를 하는지 모르겠군."

"버질은 첫 아내가 이혼하고 집을 떠났다고 했지만 사실이 아닐 거예요. 아무도 이 집을 떠날 수 없다고 선생님이 본인 입으로 말씀하셨잖아요. 이 집이 그 여자를 놔줬을 리 없죠. 죽은 거 아닌가요? 버질이 죽였어요?"

노에미와 의사는 서로를 조용히 쳐다보았다. 의사는 뻣뻣하게 일어서더니 노에미의 손에서 컵을 낚아채 탁자에 올려 두었다.

프랜시스가 노의사에게 말했다.

"저희 둘이 얘기 좀 하겠습니다."

커민스는 프랜시스의 팔을 한 번 잡아 주고는 노에미를 날카롭게 쳐다보며 말했다.

"그래. 자네가 이 아가씨한테 이성적으로 잘 얘기해 봐. 그분은 이런 태도를 용납하지 않으실 거야."

방을 나서기 전에 의사는 진료 가방을 손에 들고 침대 발치에 서서 노에미에게 말했다.

"내 딸은 아이를 낳다가 죽었네. 가문이 필요로 하는 아이를 낳아 주지 못했지. 하워드 씨는 아가씨와 카탈리나의 경우 아이를 낳기가 더 어려울 거라고 하더군. 피가 달라서. 어떻게 될지 두고 보자고."

그러고는 방을 나가 문을 닫았다.

은쟁반을 침대로 가져온 프랜시스는 이불을 붙잡고 앉아 있는 노에미에게 말했다.

"조금이라도 먹어요."

"독이 들었으면요?"

프랜시스는 가까이 다가와 쟁반을 노에미의 무릎에 내려놓고 스페인어로 그녀의 귀에 속삭였다.

"당신이 먹는 음식과 차에 그들이 뭔가를 넣기는 했어요. 하지만 계란은 괜찮으니까 그것부터 먹어요. 다른 것도 말해 줄게요."

"그게 무슨……."

"스페인어로 해요. 그자는 벽을 통해 집 전체에서 나는 소리를 모두 들을 수 있어요. 하지만 스페인어는 못 알아들어요. 목소리 낮추고 먹어요. 진심으로 하는 말이에요. 당신은 지금 탈수 상태예요. 어젯밤에도 계속 토했잖아요."

노에미는 프랜시스를 쳐다보며 천천히 스푼을 들었다. 삶은 계란을 스푼으로 두드려 껍데기를 까는 동안에도 프랜시스한테서 시선을 떼지 않았다.

"당신을 돕고 싶은데 쉽지 않아요. 이 집이 무슨 짓까지 할 수 있는지 당신도 봐서 알 겁니다."

"이 집에 잡아 두려고 했어요. 내가 이 집을 못 떠난다는 게 사실이에요?"

"이 집은 당신이 어떤 행동을 하게끔 유도하고 남에게 어떤 행동을 못 하게 막기도 합니다."

"내 정신을 지배하는 거군요."

"그렇기는 한데 좀 더 기본적인 수준에서 작용을 해요. 어떤 본능 같은 걸 건드리는 거죠."

"아까 숨을 쉴 수가 없었어요."

"맞아요. 그런 식으로 작용해요."

노에미는 계란을 조금씩 입에 넣고 천천히 씹었다. 계란을 어느 정도 먹자 프랜시스는 토스트를 고갯짓으로 가리켰고 잼은 먹지 말라고 고개를 저었다.

"빠져나갈 방법이 있을 거예요."

"있을 수도 있죠."

그는 주머니에서 작은 약병을 꺼내 보여 주었다.

"이거 뭔지 알죠?"

"내가 언니한테 준 약병이잖아요. 그걸 왜 당신이 가지고 있어요?"

"커민스 선생이 그날 나더러 이걸 치우라고 했는데 안 치우고 갖고 있었어요. 이 집에는 균류가 공기 중에 떠다녀요. 어머니가 당신이 먹는 음식에도 균류를 넣고 있고요. 균류는 그런 식으로 천천히 당신을 장악할 겁니다. 그런데 균류가 민감하게 반응하는 게 있어요. 과도한 빛이나 특정한 냄새를 싫어하죠."

노에미는 손가락을 딱 소리가 나게 튕겼다.

"내 담배 냄새. 이 집은 내 담배 냄새를 거슬려하는군요. 이 아편팅크제도 그렇고요."

마을 치료사는 그 사실을 알고 이 약을 준 걸까? 아니면 그저 우연이었을까? 카탈리나는 이 약이 집에 미치는 영향을 알고 있었던 게 분명했다. 우연이든 고의든 카탈리나는 이 집에 맞설 수 있는 핵심 요소를 발견해 냈다. 이 약을 더 쓰려다가 빼앗기기는 했지만.

"그게 다가 아닙니다. 이 집의 작용을 방해하는 역할을 해요. 이 약을 복용하면 이 집과 균류는 당신에 대한 지배력이 약해져요."

"어떻게 확신해요?"

"카탈리나를 보면서 알았어요. 카탈리나도 도망치려 했는데 버질과 커민스 선생이 붙잡아서 도로 데려온 겁니다. 그들은 카탈리나가 마시는 약물이 카탈리나에 대한 이 집의 지배력에 영향을 미친다고 판단해서 그 약을 빼앗았어요. 하지만 한동안 쭉 복용하고 있던 건 몰랐겠죠. 그렇게 지배력이 약해진 틈을 타서 카탈리나는 마을 사람한테 부탁해 친정으로 편지를 보냈어요."

카탈리나는 역시 똑똑했다. 나름의 안전장치를 만들고 도움을 요청한 거였다. 카탈리나를 구하러 온 노에미마저 이곳에 붙잡힌 신세가 되어 버리기는 했지만 말이다.

노에미가 약병으로 손을 뻗자 프랜시스는 그녀의 손을 잡고 고개를 저었다.

“카탈리나가 어떻게 됐는지 알죠? 한 번에 너무 많이 마시면 발작을 일으킬 수 있어요.”

“그럼 이 약도 쓸모가 없는 거네요.”

“그렇지는 않아요. 한 번에 조금씩 마셔야 해요. 커민스 선생은 이유가 있어서 지금 이 집에 와 있는 겁니다. 하워드의 숨이 곧 끊어질 거예요. 죽음은 막을 수 없어요. 균류가 수명을 연장시켜 주긴 하지만 영원히 살아 있게 해 주지는 못해요. 하워드의 몸이 조만간 더는 못 버티게 될 겁니다. 그럼 환생을 하려고 들겠죠. 버질의 몸을 차지하려 할 거예요. 그렇게 되면, 하워드가 죽으면 모두의 주의가 흐트러질 게 분명해요. 하워드와 버질 주변에 모여서 일을 처리하느라 바쁠 테니까. 그럼 이 집의 지배력도 약해질 겁니다.”

“그게 언제일까요?”

“오래 걸리지 않아요. 하워드의 상태를 봤잖아요.”

노에미는 지난번에 본 장면을 떠올리고 싶지 않았다. 그녀는 조금씩 먹고 있던 계란을 내려놓고 인상을 찌푸렸다.

“하워드는 당신이 가문의 일원이 되길 바라고 있어요. 그러니 순순히 따르는 척해요. 인내심을 갖고 기다려요. 당신을 이 집에서 나가게 해 줄게요. 이 집에서 묘지로 이어지는 터널이 있어요. 짐을 챙겨서 터널에 몰래 가져다 둘 생각이에요."

"순순히 따르는 척하라는 게 정확히 어떤 의미예요?"

노에미가 묻자 프랜시스는 그녀의 시선을 피했다.

그녀는 그의 턱을 한 손으로 잡아 눈을 바라보게 했다. 숨을 멈추고 가만히 서 있던 그가 드디어 대답했다.

"하워드는 당신을 나랑 결혼시키고 싶어 해요. 당신과 나 사이에서 자손을 보려는 거죠. 당신을 우리 중 하나로 만들려는 거예요."

"내가 싫다고 하면요? 그럼 어떻게 되는데요?"

"다른 방법을 쓰겠죠."

"하인들한테 했듯이 내 정신을 도려낼까요? 아니면 그냥 나를 강간할까요?"

"그 정도까지는 아닐 겁니다."

"어째서요."

"하워드는 여러 가지 방법으로 사람들을 지배하는 걸 좋아해요. 강제로 하는 건 하워드의 기준에 너무 상스러운 짓이에요. 하워드는 내 아버지가 몇 년 동안 마을을 왔다 갔다 하게 뒀고, 카탈리나가 성당에 나가게도 허락했어요. 버질과 내 어머니가 마을을 떠나 다른 곳에서 배우자를 찾아오게도 해 줬고요. 그자는 사람들이 본인 의지로 자기에게 복종하길 바라는 거예요. 자기 뜻을 순순히 받아들이게요. 안 그러면 복종시키느라 진이 다 빠질 테니까요."

"하워드가 사람들을 항상 다 지배하지는 못하잖아요. 그러니 루스도 소총을 손에 들었을 테고 카탈리나도 나한테 진실을 털어놓을 수 있었겠죠."

"맞아요. 하워드가 알아내려고 갖은 수를 다 썼지만 카탈리나는 누구한테 아편 팅크제를 받았는지 끝까지 불지 않았어요."

하워드의 지배하에서 광부들은 파업을 계획해 실행한 적이 있었다. 하워드는 신 행세를 하고 싶어 하면서도 매일 시시각각 모든 사람을 자기 뜻에 복종시키지는 못했다. 하지만 수십 년 전까지만 해도 그는 꽤 많은 사람을 미묘하게 조종할 수 있었다. 그리고 그의 뜻에 따르지 않으면 죽이거나 베니토처럼 실종자로 만들어 버렸다.

"대놓고 맞서면 도망치기 어려워요."

노에미는 버터 칼을 들여다보면서 생각했다. 프랜시스의 말이 옳았다. 지금 무엇을 할 수 있을까? 주먹질, 발길질로 저항하려 했다가 결국 이런 처지가 됐다. 더 안 좋게 끝날 수도 있었다.

"그들 뜻에 따르는 척할 테니까 카탈리나 언니도 같이 빼내 줘요."

프랜시스는 대답하지 않았다. 두 명을 데리고 도망치는 게 쉬운 일은 아닐 것이다. 그는 말없이 인상을 썼다.

"언니를 두고 갈 수가 없어서 그래요."

노에미는 약병을 들고 있는 프랜시스의 손을 꼭 잡았다.

"언니한테도 그 약을 조금씩 먹게 해서 자유롭게 해 줘요."

"그러겠습니다. 목소리 낮춰요."

노에미는 그의 손을 놓고 목소리를 낮췄다.

"목숨 걸고 약속해요."

"약속할게요. 그럼 이거부터 해 보죠."

그는 약병의 유리 마개를 열었다.

"먹고 나면 졸릴 거예요. 어차피 쉬어야 하니까 문제없을 겁니다."

노에미는 오므린 손으로 잠시 입을 막으며 말했다.

"버질은 내 꿈을 들여다볼 수 있어요. 그럼 내가 이러는 것도 알아채지 않을까요? 내가 어떤 생각을 하고 있는지도 버질이 알 수 있지 않아요?"

"꿈이 아니라 **어둠**이에요. 그러니 **어둠** 속에 있게 되면 조심해요."

"당신을 믿어도 되는지 모르겠어요. 왜 나를 돕는 거죠?"

프랜시스는 버질과는 여러모로 달랐다. 강하고 단호한 인상인 버질과는 달리, 프랜시스는 손도 호리호리하고 입매도 약해 보였으며 막대기처럼 마른 체구였다. 젊고 파리한 프랜시스는 이 집의 나머지 가족과는 달리 다정함이라는 병에 감염된 듯 보였다. 하지만 그 모든 게 쇼인지 누가 알까. 그도 언제 무자비하고 냉담하게 변할지 알 수 없었다. 이 집에서는 겉만 봐서는 아무것도 알 수 없었다. 비밀에 비밀이 켜켜이 쌓여 있었다.

노에미는 버질이 머리카락을 움켜쥐었던 뒤통수를 손으로 만져 보았다.

프랜시스는 유리 마개를 한 손에 들고 빙글빙글 돌렸다. 커튼으로 흘러 들어온 햇빛이 그 마개에 비췄다. 작은 프리즘이 노에미의 침대 가장자리에 무지개를 만들었다.

"매미 균류라는 게 있어요. 학명은 '마소스포라 시카다이나'라고 합니다. 이 균류의 생김에 관한 논문을 읽은 적이 있어요. 이 균류는 매미의 복부를 따라 자라 올라와 매미를 노란 가루 덩어리로 만들죠. 매미는 몸이 대부분 감염된 상태에서도 여전히 노래를 해요. 반쯤 죽은 상태에서도 짝을 찾기 위해 노래를 계속하는 겁니다. 상상이 돼요? 당신 말이 맞아요. 나한테는 선택의 여지가 있어요. 나는 아무렇지도 않은 척 노래나 하다가 인생을 끝내지 않을 겁니다."

프랜시스는 유리 마개를 만지작거리다가 노에미를 바라보았다.

"그동안 속내를 잘도 숨기고 살았네요."

그러자 그는 진중한 눈빛으로 노에미를 마주 보며 대답했다.

"그러게요. 당신이 여기 와 있으니 더는 그렇게 살고 싶지 않아요."

노에미는 조용히 그를 바라보았다. 프랜시스는 아편 팅크 약간을 스푼에 따라 주었다. 노에미는 그 팅크를 받아 마셨다. 맛이 썼다. 프랜시스는 접시 옆에 놓인 냅킨을 내밀었다. 노에미는 냅킨을 받아 입가를 닦았다.

"내가 치울게요."

프랜시스는 약병을 주머니에 넣고 쟁반을 집어 들었다. 노에미가 팔을 잡자 그는 그대로 움직임을 멈췄다.

"고마워요."

"고마워할 필요 없어요. 내가 미리 알려 줬어야 했는데. 겁쟁이라 말을 못 했습니다."

노에미는 베개에 머리를 대고 누웠다. 졸음이 밀려와 깜빡 잠이 들었다. 시간이 얼마나 흘렀을까. 천이 버스럭거리는 소리에 잠에서 깬 노에미는 일어나 앉았다. 루스 도일이 침대 발치에 걸터앉아 바닥을 내려다보고 있었다.

진짜 루스가 아니었다. 기억일까? 아니면 유령? 유령 같지는 않았다. 지금까지 노에미가 환영처럼 보아온 것, 눈을 뜨라고 재촉하며 속삭이던 목소리는 바로 루스의 정신이었다. 루스의 정신은 어둠 속에, 이 집의 균열과 곰팡이로 뒤덮인 벽 속에 존재하고 있었다. 벽지 밑에는 다른 이들의 정신도 숨겨져 있을 테지만 루스처럼 또렷하고 실재하는 것처럼 보이지는 않았다. 물론 노에미가 아직 정체를 파악하지 못한 황금색 존재는 예외였다. 그것은 **사람**의 정신이 아닐 수도 있었다. 루스와는 달리 사람이라는 느낌이 들지 않았다.

"내 목소리 들려요? 당신은 레코드판의 홈 같은 건가요?"

노에미는 이 여자가 무섭지 않았다. 루스는 학대당하고 버려진 젊은 여자일 뿐이었다. 무엇보다 루스는 노에미를 적대시하는 게 아니라 염려하고 있었다.

"난 죄송하지 않아."

"내 이름은 노에미에요. 전에 당신을 본 적 있어요. 내 말을 알아듣는지 모르겠네요."

"죄송하지 않아."

루스는 툭툭 내뱉는 몇 마디 말 외에 다른 정보를 줄 것 같지 않았다. 그런데 갑자기 고개를 들더니 노에미를 쳐다보며 말했다.

"어머니는 널 보호할 수도 없고 보호하려 하지도 않아. 아무도 널 보호해 주지 않을 거야."

'당신 어머니는 죽었어요. 당신이 죽였잖아요.'

노에미는 생각했다. 하지만 이미 오래전에 죽어 땅에 묻힌 루스에게 그런 사실을 일깨워 봤자 무슨 소용이 있을까. 노에미는 손을 뻗어 루스의 어깨를 만져 보았다. 손가락에 닿은 루스는 마치 실재하는 것 같았다.

"넌 그자를 죽여야 해. 아버지는 널 놓아주지 않을 거야. 이건 내 실수야. 내가 제대로 해내지 못했어."

루스는 고개를 저었다.

"어떻게 그렇게 할 수 있었어요?"

"난 제대로 하지 못했어. 그자는 신이야! 그자는 신이야!"

루스는 흐느껴 울기 시작했다. 두 손으로 입을 틀어막고 몸을 앞뒤로 흔들었다. 노에미가 안아 주려 했지만 루스는 입을 두 손으로 막은 채 바닥에 엎드려 웅크렸다. 노에미는 그 곁에 무릎을 굽히고 앉았다.

"루스, 울지 말아요."

이 말을 하는데 루스의 몸이 서서히 회색으로 변해 갔다. 하얀 곰팡이가 얼굴과 손에 점점이 퍼져 나갔다. 흐느끼는 루스의 뺨을 타고 검은 눈물이 흐르고, 입과 코에서 담즙이 흘렀다.

루스는 손톱으로 제 몸을 할퀴며 거친 비명을 토해 냈다. 노에미는 뒤로 물러나다가 침대에 부딪쳤다. 루스는 온몸을 비틀며 괴로워하고 있었다. 손톱으로 바닥의 마룻장을 긁어 뜯어내느라 손바닥에 부서진 가시가 박혔다.

겁에 질린 노에미는 이를 딱딱 맞부딪쳤다. 같이 울고 싶은 마음이었다. 그러다가 주문 같은 그 말이 생각났다.

"눈 떠."

이 말을 내뱉으며 눈을 떴다. 방 안은 어두웠고 노에미는 혼자였다. 다시 비가 내리고 있었다. 일어서서 커튼을 열어젖혔다. 천둥소리가 멀리서 들려오자 불안해졌다. 팔찌를 어디 뒀더라? 사악한 눈으로부터 지켜 준다는 팔찌. 하지만 지금은 팔찌도 소용도 없을 것이다. 침실용 탁자 서랍 안에서 담뱃갑과 라이터를 찾아냈다. 다행히 아직 그 안에 있었다.

라이터를 켰다. 꽃처럼 피어난 불길을 바라보다가 라이터 뚜껑을 닫고 도로 서랍에 넣어 두었다.

22장

다음 날 아침 프랜시스가 노에미를 보러 왔다. 그는 노에미에게 아편 팅크제를 약간 주고, 쟁반에 담긴 음식 중 먹어도 되는 것을 알려 주었다. 날이 어두워지자 프랜시스는 음식이 담긴 쟁반을 들고 다시 방으로 찾아왔다. 그는 저녁 식사를 마친 후에 버질을 만나러 가야 한다고 알려 주었다. 버질이 지금 서재와 연결된 사무실에서 그들을 기다리고 있다고 했다.

프랜시스는 손에 석유램프를 들고 안내를 해 주었다. 하지만 복도가 무척 어두웠다. 서재로 향하는 복도 벽에 쭉 걸려 있는 초상화들이 잘 보이지 않을 정도였다. 노에미는 여기서 걸음을 멈추고 루스의 초상화를 바라보고 싶었다. 호기심과 연민에서 비롯된 충동이었다. 루스도 노에미처럼 이 집의 포로였다.

프랜시스가 사무실 문을 열자 곰팡이 핀 책들의 불쾌한 냄새가 코에 훅 와닿았다. 그동안 익숙해져서 이 사무실에서 이런 냄새가 나는 줄도 몰랐다. 아편 팅크제 때문에 이곳 냄새를 불쾌하게 인식하게 된 것일 수도 있었다.

버질은 책상 뒤에 앉아 있었다. 패널로 벽을 장식한 방 안에 부드러운 불빛이 퍼져 나가서인지 버질은 마치 카라바조*의 그림 속 인물 같았다. 얼굴에 핏기가 하나도 없었다. 그는 풀숲에 몸을 숨긴 야생동물처럼 꼼짝도 하지 않고 그들을 맞아들였다. 두 손을 모아 깍지를 끼고 앉아 있다가 두 사람을 보고 몸을 약간 앞으로 기울이는 것으로 인사를 대신하며 미소 지었다.

"이제 좀 지낼 만한가 보네."

노에미는 버질의 앞에, 프랜시스는 노에미의 옆에 앉았다. 노에미는 대답 없이 버질을 쏘아보기만 했다.

"몇 가지 짚고 넘어갈 게 있어서 오라고 했어. 프랜시스 얘기로는 처제가 상황을 이해했고, 우리한테 기꺼이 협조하기로 했다며."

"이 진절머리 나는 집을 못 떠난다는 사실을 받아들였냐는 뜻이라면 맞아요. 분명하게 파악했어요."

"성질내지 마, 노에미. 이 집이 너에 대해 알게 되면 너도 이 집을 사랑스러운 곳으로 받아들일 수 있어. 네가 우리한테 골칫거리가 될 건지 아니면 자진해서 가족의 일원이 될 건지 묻고 싶어."

벽에 걸린 사슴 세 마리의 머리가 긴 그림자를 드리웠다.

"'자진해서'라는 단어를 참 재미있게 쓰시네요. 나한테 다른 선택지가 있나요? 없을 것 같은데요. 어떻게든 살아 보기로 결정했어요. 그게 당신이 원하는 답인지는 모르겠네요. 불쌍한 광부들처럼 구덩이에 대충 묻히고 싶지 않을 뿐이에요."

* 1573~1610. 17세기를 대표하는 이탈리아 화가.

"우린 그 광부들을 구덩이에 대충 묻지 않았어. 제대로 묘지에 매장됐지. 어차피 죽을 사람들이었어. 그들을 통해 흙이 비옥해지면 좋은 거잖아."

"인간의 몸으로 그렇게 한 걸 **뿌리덮개**라고 부른다면서요?"

"어차피 죽을 사람들이었다니까. 머리에는 이가 득실거리고 몸은 영양부족으로 쇠약한 소작농들이었어."

"당신의 첫 번째 아내도 머리에 이가 득실거리는 소작농이었어요? 그래서 그 여자를 땅에 대충 묻어 흙을 비옥하게 만드는 데 썼어요?"

그 여자의 사진도 다른 도일 가문 사람들의 사진처럼 이 집 안 어딘가에 걸려 있을까. 카메라를 향해 턱을 들어 올리고 미소를 계속 유지하려 애쓰는 가여운 젊은 여자의 사진 말이다.

버질은 어깨를 으쓱했다.

"아니. 하지만 그 여자는 우리에겐 부적합한 사람이었어. 그 여자가 그립다고는 말을 못 하겠네."

"참 멋진 대답이네요."

"내 기분을 꿀꿀하게 만들 생각 마, 노에미. 강한 자는 살아남고 약한 자는 도태되는 거야. 내가 보기에 넌 꽤 강한 것 같아. 얼굴도 예쁘고. 짙은 색 피부에 짙은 색 눈. 그런 것도 참신해."

'짙은 색 고깃덩어리겠지.'

이들에게 노에미는 고깃덩어리일 뿐이었다. 정육점 주인이 품질을 검사하고 자른 뒤 납지에 싸서 내주는 쇠고기. 이국적이라 그들의 아랫도리를 자극하고 입에 침이 고이게 만드는 정도의 역할은

할 것이다.

버질은 일어서서 책상을 빙 돌아 그들 뒤에 와 섰다. 그러고는 프랜시스와 노에미가 앉아 있는 의자의 등받이를 한 손으로 잡으며 말했다.

"알다시피 우리 가족은 혈통을 깨끗하게 유지하려고 애써 왔어. 선택 번식을 통해 가장 바람직한 특성을 후손에게 물려주기 위해서였지. 덕분에 우리는 이 집의 균류와 조화를 잘 이루고 있어. 한 가지 사소한 문제가 있기는 하지만."

다시 빙 돌아 책상 앞으로 온 버질은 책상을 내려다보며 연필을 만지작거렸다.

"혼자 따로 서 있는 밤나무는 수정이 되지 않는 거 알지? 다른 나무와 교잡 수분을 해 줘야 후손을 만들 수가 있어. 우리도 마찬가지야. 내 어머니는 아버지에게 자식 둘을 낳아 주셨어. 그 와중에 사산도 꽤 많이 하셨는데 그 시대 얘기를 들어 보면 비슷해. 사산도 많고 유아 돌연사도 많아. 아그네스와 결합하기 전에 아버지는 아내 둘을 두었지만 그들한테서는 자식을 보지 못하셨어.

그런 지경일 때는 새로운 피를 투입해 주는 게 좋아. 물론 아버지는 혈통에 관한 한 무척 엄격하신 편이라, 하층민과의 결합은 반대하시지만."

노에미가 건조하게 비꼬았다.

"우월한 타입과 열등한 타입 얘기겠네요."

버질은 미소를 지었다.

"맞아. 아버지는 이 집을 모국처럼 꾸미려고 영국에서 흙까지 들여오셨어. 이 지역 사람들 눈에는 별로 안 좋게 보였겠지만, 우리에게는 필요한 일이었어. 생존의 문제이기도 했고."

"그래서 리처드와 카탈리나 언니를 들였다는 거잖아요."

"맞아. 만약 카탈리나보다 너를 먼저 봤다면 난 너를 골랐을 거야. 넌 건강하고 젊은 여자라 어둠도 마음에 들어 하더라."

"내 재산도 구미가 당겼겠죠."

"그게 전제 조건이긴 하지. 망할 혁명 때문에 우리 가문은 재산을 다 털리고 말았어. 재산을 다시 회복해야 돼. 그리고 생존해야지."

"그러려고 살인도 저질렀잖아요. 광부들을 모두 죽였다면서요. 당신들은 광부들을 병들게 해 놓고 병의 원인도 알려 주지 않았어요. 이 집안 주치의는 그 사람들을 죽게 방치했고요. 당신들이 루스의 연인도 죽였겠죠. 결국 루스가 당신들한테 대가를 치르게 하기는 했지만요."

"태도가 별로 좋지 않네, 노에미."

버질은 짜증이 치솟는 목소리로 말하며 노에미를 가만히 노려보았다. 그러다 프랜시스에게 시선을 돌렸다.

"네가 노에미한테 얘기를 잘 한 줄 알았는데."

프랜시스는 노에미의 손을 잡으며 대답했다.

"다시 도망치지 않기로 했어."

"그래. 좋은 첫걸음이야. 두 번째 걸음은 노에미가 부친에게 편지를 보내는 것으로 하자. 크리스마스 때까지 카탈리나가 적적하지 않게 이 집에 머무르겠다고 편지를 보내. 그리고 크리스마스 때에는 여기서 결혼해 우리랑 같이 살기로 했다고 부친에게 다시 편지를 보내면 돼."

"아버지가 화를 내실 텐데요."

버질은 유들유들하게 받아쳤다.

"아버지의 걱정을 덜어 드려야 하니 편지를 몇 통 더 써서 보내. 지금 당장 첫 번째 편지를 써."

"지금요?"

"그래. 이리 와."

버질은 자기가 지금까지 앉아 있던 책상 뒤의 의자를 손으로 툭툭 쳤다.

망설이던 노에미는 자리에서 일어나 버질이 내준 의자에 앉았다. 책상 위에 종이와 펜이 준비되어 있었다. 노에미는 펜을 내려다보기만 할 뿐 집어 들지는 않았다.

"어서 써."

"뭐라고 써야 할지 모르겠어요."

"설득력 있게 써 봐. 그래야 네 아버지가 이 집을 방문했다가 이상한 병에 걸려 쓰러지는 일이 없을 테니까. 안 그래?"

"그럴 일 없어요."

노에미는 나지막하게 말했다.

버질은 앞으로 몸을 기울여 노에미의 어깨를 손으로 꽉 잡았다.

"영묘에 자리가 많아. 그리고 네가 지적했다시피 우리 집안 주치의는 병 치료를 잘 못해."

노에미는 버질의 손을 밀어내고 편지를 쓰기 시작했다. 버질이 그제야 돌아섰다.

노에미는 편지를 휘갈겨 쓰고 끝에 서명을 했다. 버질이 옆으로 돌아와 고개를 끄덕거리며 편지를 읽어 보았다.

프랜시스가 물었다.

"이제 만족해? 노에미는 할 일 다 했어."

"다 하기는. 아직 멀었어. 플로렌스가 루스의 웨딩드레스를 찾으려고 여기저기 뒤지고 있어. 결혼식을 올려야지."

입 안이 바짝 마르는 걸 느끼며 노에미가 물었다.

"뭐 하러 그래요?"

"아버지는 그런 사소한 부분에 엄격하셔. 그러니 예식은 꼭 해야 해. 아버지가 좋아하시거든."

"주례를 봐 줄 신부님은 어디서 찾을 건데요?"

"아버지가 하실 거야. 전에도 해 본 적 있으셔."

"그럼 우린 '성스러운 근친상간 버섯 교회'에서 결혼식을 올리는 거네요. 그런 결혼이 법적으로 유효할지 모르겠네."

"걱정 마. 예식 후에 우리가 널 치안판사 앞으로 끌고 갈 생각이니까."

"**끌고 간다**니 참 적절한 단어를 쓰시네요."

버질이 편지를 책상 위에 탁 소리 나게 내려놓자 노에미는 놀라 움찔했다. 버질은 힘이 무척 좋았다. 지난번에도 노에미를 깃털처럼 가볍게 들고 집으로 들어왔었다. 책상에 놓인 손은 큼직해서, 그 손에 맞으면 크게 다칠 듯했다.

"운 좋은 줄 알아. 아버지한테 오늘 밤 프랜시스를 시켜 널 침대에 묶어 놓고 곧장 삽입하게 할 거라고 했더니 아버지가 그건 적절하지 않은 방식이라고 하시더라. 넌 숙녀니까 그렇게 다루면 안 된다나. 내 생각은 다른데 말이야. 숙녀는 음탕한 여자를 뜻하는 말이 아니잖아. 우리 둘 다 알다시피 넌 순수한 어린양이 아닌데 말이야."

"무슨 소릴 하는지……."

"아, 잘 알면서 뭘 그래."

버질이 손가락으로 노에미의 머리를 쓸어 넘겼다. 잠깐 머문 그 손길에 그녀는 온몸을 떨었다. 샴페인을 너무 많이 빠르게 마신 것처럼, 어둡고 달콤한 기운이 혈관으로 순식간에 흘러 들어왔다. 꿈에서와 같은 기분이었다. 버질의 어깨를 이빨로 세게 물어 버리고 싶었다. 욕정과 증오가 맹렬하게 솟구쳤다.

노에미는 의자를 확 밀면서 벌떡 일어섰다.

"하지 말아요!"

"뭘?"

"그만둬."

프랜시스가 얼른 노에미 옆으로 와 서며 말렸다. 그는 노에미의 손을 잡고 진정시켰다. 그리고 빠른 눈짓으로 노에미에게 그들이 생각해 둔 계획이 있음을 상기시켰다. 그리고 버질을 돌아보며 확고하게 말했다.

"내 신부가 될 사람이야. 예의를 갖춰 주면 좋겠어."

프랜시스의 말에 버질은 짜증이 치미는 모양이었다. 입술을 살짝 벌린 음흉한 미소가 으르렁거림으로 바뀌고 있었다. 당장 프랜시스를 밀어붙이기라도 할 것 같았다. 그런데 뜻밖에도 버질은 갑자기 두 손을 들어 올리며 과장되게 알겠다는 시늉을 해 보였다.

"너도 일생에 한 번은 남자다운 모습을 보여 주는구나. 좋아. 예의를 갖춰 대해 주지. 하지만 노에미도 말조심하고 자기 처지를 잘 파악해야 할 거야."

"그럴 거니까 걱정 마. 나가죠."

프랜시스는 이렇게 말하며 노에미를 데리고 사무실을 나갔다. 프랜시스가 손에 들고 있던 석유램프가 별안간 흔들리면서 그림자도 덩달아 이리저리 일렁거렸다.

밖으로 나온 프랜시스가 노에미를 돌아보며 나지막하게 스페인어로 말했다.

"괜찮아요?"

노에미는 대답하지 않았다. 조용히 프랜시스를 데리고 복도를 걸어가 사용하지 않는 방으로 들어갔다. 흰 천으로 의자와 긴 안락의자를 덮어 놓은 먼지 낀 방이었다.

바닥부터 천장까지 닿는 대형 거울이 그들을 마주 보았다. 거울 윗부분에는 과일과 꽃, 그리고 이 집 어디에나 있는 뱀 문양이 정교하게 새겨져 있었다. 노에미는 우뚝 멈춰 서서 그 뱀 조각을 바라보았다. 그녀에게 부딪칠 뻔한 프랜시스가 조용히 사과했다.

"짐을 챙겨 두겠다고 했잖아요."

노에미가 타박하고는 거울 주변의 무시무시한 뱀 무늬 장식을 바라보며 물었다.

"무기를 준비하는 건 어때요?"

"무기요?"

"예. 소총이나 권총 같은 거 있어요?"

"루스 사건 이후로 이 집에는 소총을 두지 않아요. 하워드가 본인 방에 권총을 한 자루 보관해 두고 있기는 한데, 내가 그 권총을 손에 넣을 수 있을지 모르겠어요."

"뭐라도 있으면 좋겠어요!"

노에미는 자신의 격한 목소리에 움찔했다. 거울 속에 비친 노에미의 얼굴은 초조해 보였다. 넌더리가 난 노에미는 거울을 보기 싫어 고개를 돌렸다. 손이 파르르 떨렸다. 쓰러지지 않기 위해 의자 등받이를 손으로 잡았다.

"노에미? 왜 그래요?"

"안전한 것 같지가 않아서 그래요."

"내가……."

"속임수 아닌가 싶기도 하고. 당신이 어떤 심리 작전을 쓰는 건지도 모르겠어요. 어쨌든 버질이 근처에 있으면 평소의 나 같지가 않아요."

노에미는 얼굴에 붙은 머리카락을 떨리는 손으로 초조하게 쓸어 넘겼다.

"최근에만 그러는 게 아니에요. 자석처럼 끌려요. 카탈리나 언니도 버질에 대해 그런 말을 했었어요. 물론 그러니 결혼까지 했겠죠. 하지만 단순한 매력이 아닌 것 같아요. 이 집이 사람을 조종해 어떤 일을 강제로 하게 한다고 당신이 말하기도 했고……."

노에미는 말끝을 흐렸다. 버질은 노에미한테서 최악의 면을 이끌어냈다. 그래서 노에미는 그가 몹시 혐오스러웠다. 얼마 전 버질은 노에미의 내면에서 타락한 흥분감을 일깨우기도 했다. 프로이트가 얘기한 죽음 충동이 떠올랐다. 절벽 가장자리에 서 있던 사람이 별안간 절벽 아래로 뛰어내리고 싶게 하는 게 바로 죽음 충동이었다. 버질은 노에미에게 그런 충동을 부추겼다. 그는 노에미가 무시하고 살아온 잠재의식의 끈을 잡아당기며 그녀를 가지고 놀았다.

프랜시스가 말한 매미들도 이런 경우인지 궁금했다. 몸속부터 균류에게 먹혀 들어가고 신체 기관이 가루로 변해 가고 있는데 몸을 부비며 교미를 위한 노래를 부르는 매미들. 자그마한 몸뚱이 안에 죽음의 그림자가 깃들어 파멸을 향해 충동질하니 더욱 요란한 소리로 노래를 부르지 않을까.

버질은 폭력성과 육욕, 자극적인 쾌락 같은 감정을 충동질했다. 노에미도 잔인한 즐거움, 벨벳처럼 부드럽고 어두운 퇴폐를 살짝 맛보았다. 그녀의 탐욕스럽고 충동적인 자아가 반응한 것이다.

"당신한테는 아무 일도 일어나지 않을 겁니다."

프랜시스는 흰 천으로 덮어 둔 탁자에 석유램프를 내려놓으며 노에미를 달랬다.

"모르는 일이잖아요."

"내가 가까이에 있는 한은 괜찮아요."

"당신이 늘 내 곁에 있을 수도 없잖아요. 버질이 욕실에서 내 머리를 움켜잡았을 때도 당신은 거기 없었어요."

프랜시스는 이를 악물었다. 미묘하게 수치심과 분노가 스치고 지나간 그의 얼굴이 확 달아올랐다. 그는 용맹하게 행동하고 싶어 했다. 노에미의 기사가 되고 싶어 하는 마음은 굴뚝같았지만 능력이 되질 않았다. 노에미는 고개를 숙이고 팔짱을 끼며 말했다.

"무기로 쓸 만한 게 있을 거예요. 부탁해요, 프랜시스."

"내 면도칼이라도 괜찮다면 줄게요. 그걸로 안전한 기분을 느낄 수 있다면요."

"그럴 것 같아요."

"그럼 갖다 줄게요."

그의 진심이 느껴졌다.

노에미는 면도날로는 어림도 없으며, 근본적으로 문제를 해결할 수 없다는 것을 잘 알았다. 루스는 소총을 갖고 있었지만 스스로를 구해 내지 못했다. 만약 이게 정말 죽음 충동이라면, 이 집이 노에미의 정신적 결함을 증폭하거나 왜곡하고 있다면, 평범한 무기로는 자신을 지킬 수 없을 것이다. 하지만 도와주려는 프랜시스의 마음은 고마웠다.

"고마워요."

"별거 아닌데요 뭐. 당신한테 면도칼을 줘서 난 이제 면도를 못할 겁니다. 당신이 수염 난 남자를 싫어하지 않으면 좋겠어요."

프랜시스가 분위기를 가볍게 해 보려고 농담을 던지자 노에미도 재치 있게 받아쳤다.

"수염을 좀 길러도 탈 날 건 없죠."

프랜시스는 미소를 지었다. 그의 목소리처럼 미소에도 진심이 담겨 있었다. 온통 비틀리고 더럽혀진 하이 플레이스에서 프랜시스는 밝고 남을 배려하는 인간으로 자라났다. 어울리지 않는 화단에서 자라는 특이한 식물처럼.

"당신은 정말 내 친구 맞죠?"

노에미가 물었다. 어쩌면 이것도 계략일지 모른다는 생각이 아주 없진 않았지만, 그래도 믿고 싶었다.

"이제 알잖아요."

간단한 대답이었지만 무뚝뚝하지는 않았다.

"이 집에서는 진짜와 가짜를 구분하기가 참 힘드네요."

"그렇죠."

그들은 조용히 서로를 바라보았다. 노에미는 천으로 덮어 놓은 가구들을 손으로 만지면서 방 안을 이리저리 서성였다. 나무에 새긴 조각들을 손끝으로 느끼며, 덮개 천에 내려앉은 먼지를 흔들어 놓았다. 고개를 든 노에미는 두 손을 주머니에 찔러 넣고 그녀를 물끄러미 바라보는 프랜시스와 눈이 마주쳤다. 그녀가 흰 천 하나를 잡아당기자 파란 천을 씌운 소파가 나타났다. 노에미는 그 소파에 올라앉아 발을 가까이 끌어당겼다.

프랜시스가 옆으로 와 앉았다. 이 방의 공간을 대부분 차지하는 대형 거울이 바로 앞에 있었다. 오랜 세월 부옇게 흐려진 거울은 그들의 모습을 뒤틀어 마치 유령처럼 보이게 했다.

"스페인어는 누구한테 배웠어요?"

"아버지한테요. 아버지는 새로운 걸 배우는 걸 좋아하셨어요. 외국어를 배우는 것도 좋아하셨고요. 나한테도 가르쳐 주셨죠. 버질한테도 가르쳐 주려고 하셨는데 버질은 외국어 수업에 관심이 없었어요. 아버지가 돌아가신 후 나는 커민스 선생을 도와 문서 정리 같은 소소한 일을 했어요. 커민스 선생이 스페인어를 할 줄 알아서 같이 일하는 동안 연습이 됐죠. 그 사람이 하는 일을 언젠가 내가 하게 되겠구나 하는 생각을 늘 했어요."
"마을에서 살면서 한 번씩 이 집에 와서 가족을 돌보는 일을 말하는 거군요."
"그렇게 살게 될 거라고 생각했죠."
"가족을 돌보는 일 말고 달리 하고 싶은 일은 없었어요?"
"어렸을 땐 여길 떠나 멀리 가 보는 게 꿈이었어요. 어린애가 품어 볼 만한 꿈이었죠. 서커스의 일원이 되고 싶다는 꿈 같은 거요. 요즘은 그런 쪽으로 생각을 안 해 봤어요. 의미가 없으니까. 아버지한테 일어난 일 때문이기도 해요. 아버지는 성격이 나보다 훨씬 강하고 대담한 분이었는데도 하이 플레이스의 뜻에 따를 수밖에 없었어요."
프랜시스는 재킷 주머니에 손을 넣어 아까 노에미에게 보여 준 작은 사진을 꺼냈다. 노에미는 아까보다 좀 더 신경 써서 그 사진을 들여다보았다. 사진은 에나멜 로켓에 담겨 있었다. 파란색으로 칠해진 로켓의 한쪽 면에 골짜기에 핀 금색 백합 무늬가 그려져 있었다. 노에미는 백합 무늬를 손톱으로 만져 보았다.
"당신 아버지도 어둠에 대해 알았어요?"
"하이 플레이스에 오기 전에요? 아뇨. 아버지는 어머니와 결혼한 후 어머니에게 이끌려 이 집으로 오게 됐어요. 그 전까지는 어머니가 자세히 설명을 안 했고요. 아버지는 아는 게 별로 없는 상태였죠. 모든 진실을 알게 됐을 때는 이미 늦어 버렸고 결국 여기서 살기로 동의하셨어요."
"나랑 같은 방식으로 걸려든 거네요. 그런 식으로 가족의 일원이 되어야 하다니. 그분도 선택할 여지가 없었겠어요."

"아버지는 어머니를 사랑해서 그런 결정을 하셨을 거예요. 아마 나도 사랑하셨겠죠. 잘 모르겠지만요."

노에미는 프랜시스에게 로켓을 돌려주었다. 그는 로켓을 주머니에 집어넣었다.

"진짜 결혼식을 해야 하는 거예요? 드레스도 입고?"

노에미는 복도에 세대 순으로 걸려 있는 그림들을 떠올렸다. 하워드의 방에 걸려 있던 신부들의 초상화도 생각났다. 할 수만 있다면 이 사람들은 카탈리나의 초상화도 같은 스타일로 그리게 할 것이다. 노에미의 초상화도 그리게 하겠지. 그리고 벽난로 선반 위에 두 여자의 초상화를 나란히 걸어 둘 것이다. 고급 비단과 벨벳 옷을 차려입은 신혼부부의 사진도 어딘가에 걸어 놓지 않을까.

지금 거울 속에 비친 그들의 모습이야말로 이번 결혼식 사진으로 어울릴 만했다. 침통한 표정을 한 노에미와 프랜시스의 모습.

"전통이니까요. 옛날에는 대규모 피로연도 열었어요. 하객들은 신부에게 은으로 된 선물을 했죠. 우리 집안은 늘 광산 일을 해 와서 선물은 거의 은으로 하곤 했어요."

"영국에서요?"

"예."

"더 많은 은을 캐려고 여기로 온 거군요."

"영국에 있는 광산에서는 더 이상 나올 게 없었어요. 은도 주석도 우리 집안의 운도 바닥이 났죠. 게다가 영국에서는 사람들이 우리가 괴상한 짓을 한다고 의심했어요. 하워드는 여기로 건너와 살면 사람들이 우리에 대해 의심을 품지 않을 거라고, 본인이 하고 싶은 대로 하고 살 수 있을 거라고 생각했어요. 오판이었죠."

"죽은 일꾼이 몇 명이나 돼요?"

"잘 몰라요."

"궁금해하기는 했어요?"

"예."

그는 창피해하는 목소리로 조그맣게 대답했다.

이 집은 뼈 무더기 위에 세워졌다. 여기서 벌어진 참혹한 일을 아무도 알아채지 못했다. 무수한 사람들이 이 집과 광산으로 흘러들어와 떠나질 않았는데도 말이다. 그들은 애도하는 이도 없이, 찾아주는 이도 없이 땅에 묻혔다. 영원히 해소되지 않는 식욕을 갖고 있으니, 뱀은 제 꼬리뿐만 아니라 주변의 모든 것을 게걸스럽게 먹어치우고 만다.

노에미는 거울 주변을 장식한 뱀의 활짝 벌린 송곳니를 바라보다가, 고개를 기울여 프랜시스의 어깨에 턱을 얹었다. 그들은 그렇게 한참을 나란히 앉아 있었다. 눈처럼 흰 시트들을 배경으로, 짙은 피부의 노에미와 하얀 피부의 프랜시스는 묘한 대조를 이루었다. 집 안에 깃든 어둠이 가장자리를 흐릿하게 물들인 가운데 두 사람은 작은 삽화처럼 그렇게 조용히 앉아 있었다.

23장

더 이상 진실을 숨길 필요가 없게 됐다고 여겨서인지 그들은 감시하는 하녀를 옆에 두지 않고 노에미가 카탈리나와 편하게 얘기를 나눌 수 있게 해 주었다. 대신 프랜시스가 노에미의 곁을 지켰다. 그들은 프랜시스와 노에미를 한 세트로 보는 듯했다. 그들의 눈에 두 사람은 하나로 묶여 있는 공생적 유기체일 것이다. 아니면 간수와 죄수거나. 어떤 생각들인지 모르겠지만 카탈리나와 얘기를 나눌 기회를 얻게 되어 다행이었다. 노에미는 카탈리나가 누워 있는 침대 가까이에 의자를 붙이고 앉았다. 두 사람이 나지막하게 얘기를 나누는 동안 프랜시스는 그들이 신경 쓰지 않도록 저만치 방 한 옆에 서서 창밖을 내다보며 조용히 곁을 지켰다.

"편지를 받고 언니 말을 믿지 않았던 게 후회돼. 그때 알아봤어야 했는데."

"그때는 알 수가 없었을 거야."

"그 인간들이 반대를 하든 말든 언니를 데리고 이 집을 떠났어야 했어."

"그들이 보내 줬을 리 없어. 노에미, 네가 와 준 것만으로도 충분해. 네 덕에 많이 좋아졌어. 네가 저주를 깬 것 같아. 동화책에서처럼 말이야."

프랜시스가 꾸준히 먹여 주고 있는 아편 팅크제 덕분일 것이다. 노에미는 조용히 고개를 끄덕이며 카탈리나의 손을 잡았다. 동화처럼 끝이 나면 얼마나 좋을까! 카탈리나가 읽어 준 동화는 늘 해피엔딩이었다. 악한 자들은 벌을 받고 질서가 회복됐다. 왕자는 탑에 기어 올라가 공주를 구해 내려왔다. 못된 의붓언니들의 발꿈치를 자르는 것 같은 무시무시한 내용도 있었지만, '그 후 다들 행복하게 살았습니다.'라고 카탈리나가 선언하듯 말하면 그런 무서운 내용은 곧 잊히곤 했었다.

지금 카탈리나는 '그 후 다들 행복하게 살았습니다.'라는 마법의 말을 해 줄 수 있는 상태가 아니었다. 노에미는 계획한 탈출이 허황된 꿈으로 끝나지 않길 바랐다. 희망밖에는 가진 게 없었다.

"그는 뭔가 잘못됐다는 걸 알고 있어."

카탈리나가 별안간 천천히 눈을 깜박이며 말했다.

그 말에 불안해진 노에미가 물었다.

"누가?"

카탈리나는 더 말을 안 하고 입을 꾹 다물었다. 전에도 이런 적이 있었다. 갑자기 말수가 확 줄거나 생각의 고리를 놓쳐 버리거나. 본인은 많이 좋아졌다고 말했지만 아직 원래 상태로 돌아온 것은 아니었다. 노에미는 카탈리나의 귀 뒤로 머리카락을 쓸어 넘기며 물었다.

"언니? 왜 그래?"

카탈리나는 고개를 저으며 드러누워 노에미 쪽으로 등을 돌렸다. 노에미가 어깨를 만지자 카탈리나는 그녀의 손을 밀어냈다. 프랜시스가 침대로 다가왔다.

"피곤한가 보네요. 그만 방으로 데려다줄게요. 어머니가 당신 드레스를 준비해 뒀다고, 와서 입어 보라고 했어요."

노에미는 웨딩드레스에 대해 상상도 해 보지 않았다. 아예 마음에 두고 있지도 않았다. 기대도 없으니 만족하고 말고도 없었다. 그런데 막상 침대 위에 놓인 웨딩드레스를 본 순간 걱정부터 됐다. 손으로 건드리고 싶지도 않았다.

부드러운 시폰과 새틴으로 된 드레스였다. 높은 목깃은 기퓌르 레이스로 장식이 됐고 등에는 자잘한 자개단추가 길게 달렸다. 오랜 세월 먼지 낀 커다란 상자 안에 보관해 두었으니 좀이 잔뜩 슬었을 줄 알았는데 천이 좀 누리끼리해진 것 외에는 멀쩡했다.

못난 드레스는 아니었다. 노에미가 속이 울렁거린 이유는 그래서가 아니었다. 그 드레스는 다른 여자, 죽은 여자가 품었던 젊은 날의 꿈을 상징했다. 두 여자의 꿈일 것이다. 버질의 첫 번째 아내도 이 드레스를 입었을까?

뱀이 벗어 놓은 허물이 생각났다. 하워드도 낡은 허물을 벗고 새로운 몸으로 들어가려 하고 있었다. 생살을 찢고 들어가는 칼날처럼. 우로보로스처럼.

플로렌스가 말했다.

"몸에 맞게 고쳐야 하니까 입어 봐요."

"괜찮은 드레스들 있어요. 보라색 호박단으로 된……."

플로렌스는 턱을 약간 치켜들고 두 손을 가슴 아래 모은 채 꼿꼿하게 서서 말허리를 잘랐다.

"목깃의 레이스 보이죠? 원래 더 오래된 드레스에 붙어 있던 건데 마지막에 디자인을 수정하면서 여기 옮겨 달았어요. 단추도 원래 다른 드레스에 있던 걸 가져온 거고. 당신 자식들도 이 드레스를 재활용하게 되겠죠. 원래 그렇게 입는 거예요."

자세히 들여다보니 허리 쪽이 약간 찢어졌고 보디스에도 작은 구멍이 두 개 뚫려 있었다. 얼핏 멀쩡하게 보였던 건 착각이었다.

드레스를 들고 욕실로 들어가 갈아입었다. 노에미가 욕실 밖으로 나오자 플로렌스는 매서운 눈으로 이리저리 살펴보더니, 치수를 잰 후 수정할 곳을 표시하기 위해 핀을 여기저기 꽂았다. 플로렌스가 메리에게 조용히 몇 마디 하자 메리는 먼지 낀 또 다른 상자를 열어 구두와 면사포를 꺼냈다. 면사포의 상태는 드레스보다 처참했다. 어찌나 오래되었는지 누렇게 변색됐고 꽃무늬가 들어간 끝단에는 흰곰팡이까지 피어 있었다. 구두의 상태도 절망적이었는데 사이즈까지 컸다.

플로렌스는 조롱하듯 덧붙였다.

"이 정도면 그럭저럭 되겠어요. 당신처럼."

"내가 그렇게 마음에 안 들면 큰아버지한테 말해서 결혼식을 파투 내면 되겠네요."

"바보 같은 소리 말아요. 백부님이 그만둘 것 같아요? 이미 입맛이 동했는데."

플로렌스는 노에미의 머리카락을 쓰다듬었다.

버질도 노에미의 머리카락을 쓰다듬은 적이 있었지만 지금 플로렌스의 손길과는 의미가 달랐다. 플로렌스는 노에미의 상태를 점검하고 있었다.

"적합도를 따지는 분이에요. 생식줄과 혈류 상태를 중요시하고."

그러면서 노에미의 머리카락에서 손을 떼고 매서운 눈으로 훑어보았다.

"남자들이 일반적으로 가진 욕망이겠죠. 그분은 당신을 갖고 싶어 해요. 수집품으로 작은 나비 한 마리를 더 갖고 싶은 것처럼. 예쁜 여자 하나를 더 갖겠다는 거죠."

메리가 조용히 면사포를 내려놓더니, 군데군데 곰팡이가 핀 망가진 천이 아니라 소중한 보물이라도 되는 것처럼 고이 접었다.

"당신 몸에 어떤 퇴행적 경향이 있는지는 신만이 아시겠죠. 당신은 외부인인 데다 부조화된 인종이잖아요."

플로렌스는 지저분한 웨딩 구두를 침대 위로 휙 던졌다.

"그래도 받아들여야지 어쩌겠어요. 그분의 뜻인데."

"에트 베르붐 카로 팍툼 에스트."

노에미는 머릿속에 떠오른 이 구절을 무의식적으로 내뱉었다. 하워드는 이들의 주인이며 사제이고 아버지였다. 그들은 모두 하워드의 자녀이고 그를 맹목적으로 따르는 복사(服事)였다.

"조금씩이나마 배우고 있긴 하군요."

플로렌스는 살짝 미소 지으며 말했다.

노에미는 대꾸하지 않고 욕실로 들어가 웨딩드레스를 벗었다. 평상복으로 갈아입고 나온 노에미는 두 여자가 웨딩드레스를 상자에 넣고 조용히 방을 나가자 그나마 마음이 놓였다.

프랜시스가 준 두툼한 스웨터를 입고 주머니에 손을 넣었다. 그곳에 숨겨 둔 라이터와 구겨진 담뱃갑을 손으로 꼭 잡았다. 그 물건들을 만지자 집 생각이 나면서 조금은 마음이 놓였다. 안개가 잔뜩 짙어져 창밖 풍경도 제대로 보이지 않았다. 하이 플레이스의 담장 안에서 옴짝달싹못하는 신세가 되고 보니, 자신이 다른 도시에서 왔으며 그 도시로 다시 갈 수 있다는 사실을 자꾸 잊게 됐다.

얼마 후 프랜시스가 방으로 찾아왔다. 그는 노에미의 저녁 식사가 담긴 쟁반과 손수건에 싼 면도칼을 가져왔다. 노에미가 이건 정말 형편없는 결혼 선물이라고 농담을 하자 그가 조그맣게 웃었다. 노에미는 프랜시스와 나란히 바닥에 앉아 쟁반을 무릎에 올리고 음식을 먹었다. 그가 간간이 던지는 농담에 노에미는 미소 지었다.

멀리서 기분 나쁜 신음이 들려오자 두 사람의 얼굴에서 웃음이 사라졌다. 그 소리는 집 전체에 퍼져 나가 오싹한 기분을 자아냈다. 몇 번 더 신음이 들리다가 조용해졌다. 노에미가 전에도 들어 본 소리였다. 오늘 밤에는 특히 더 심한 것 같았다.

노에미의 눈빛에 담긴 의문을 읽어 낸 프랜시스가 말했다.

"조만간 환생이 이루어질 것 같아요. 하워드의 몸이 무너지고 있어요. 루스가 쏜 총에 맞아 생긴 상처가 온전히 낫지 않았어요. 너무 심한 상처였던 거죠."

"전에는 왜 환생을 안 했죠? 총을 맞았을 당시에요."

"할 수가 없었어요. 새로운 몸이 없어서 들어갈 수가 없었으니까. 정신이 옮겨 가려면 성인의 몸이 필요했거든요. 뇌가 어느 정도 자란 몸이라야 돼요. 스물넷에서 스물다섯 살 정도의 몸이면 환생을 하기에 알맞아요. 당시 버질은 아기였고 내 어머니는 어렸어요. 어머니가 버질보다는 나이가 많았지만 하워드는 여자의 몸으로는 들어가려 하지 않았어요. 그래서 버틴 거죠. 어느 정도 건강 상태를 유지하면서 버텨 온 거예요."

"버질이 스물넷에서 스물다섯 살 정도 되자마자 환생을 할 수 있었을 텐데 왜 그 시기를 넘기고 저렇게 다 늙을 때까지 기다리고 있는지 모르겠네요."

"다 연결이 되어 있어서 그래요. 이 집과 이 집 곳곳에 퍼져 있는 균류, 그리고 사람들이요. 가족에게 상처를 입히는 건 균류에게 상처를 입히는 것과 같아요. 루스는 우리 존재의 구조를 전체적으로 망가뜨렸어요. 하워드 혼자서는 치료가 안 되는 거죠. 다 같이 치료가 되어야 하는 거예요. 하워드는 그동안 독하게 버텨 왔고 이제 죽을 때가 됐어요. 기존의 몸을 버리고 새 몸으로 갈아타서 새로운 삶을 시작할 겁니다."

노에미는 흉터 조직이 점점 커져 가는 이 집의 모습을 떠올렸다. 천천히 숨을 들이마시고 내쉬며, 마룻장 사이로 피가 흐르는 집. 꿈에서 노에미는 이 집 벽이 고동치는 것을 보았다.

"그래서 난 당신과 함께 갈 수가 없어요."

프랜시스는 손가락 사이에 포크를 끼우고 빙글빙글 돌리다가 쟁반에 내려놓았다. 그만 쟁반을 들고 일어나 나갈 준비를 하는 모습이었다.

"우리는 모두 연결이 되어 있어요. 만약 내가 달아나면 그들이 알아차릴 거예요. 우리를 쫓아와 쉽게 찾아내겠죠."

"그래도 여기 남아 있을 수는 없어요. 당신한테 무슨 짓을 할 줄 알고요?"

"아무 짓도 안 할 수도 있습니다. 설령 무슨 짓을 한다 해도 당신이 신경 쓸 필요는 없어요."

프랜시스는 쟁반을 집어 들며 말을 이었다.

"내가 알아서 할 수 있……."

"말도 안 되는 소리 말아요."

노에미는 쟁반을 빼앗아 바닥에 내려놓은 뒤 저만치 밀어놓았다.

프랜시스가 어깨를 으쓱했다.

"당신이 쓸 물건을 준비해 뒀어요. 카탈리나도 예전에 도망치려 했는데 그때는 제대로 준비가 안 된 상태여서 실패하고 말았어요. 석유램프 두 개, 나침반 하나, 지도 한 장, 따뜻한 외투 두 벌을 준비해 뒀어요. 몸이 얼지 않고 마을까지 가려면 필요할 것 같아서. 당신이랑 사촌언니 생각만 해요. 내 걱정은 말고. 난 정말 상관없어요. 사실 내가 아는 세상은 이 집이 전부예요."

"나무와 유리, 지붕으로 이루어진 공간이 세상의 전부일 수는 없어요. 당신이 온실에서 자라는 난초도 아니고. 당신을 여기 두고는 못 떠나요. 인쇄물이랑 좋아하는 책이라도 챙겨 둬요. 우리랑 같이 가요."

"당신은 이 집에 속해 있지 않지만, 난 이 집의 일부예요. 내가 바같에 나가 뭘 할 수 있겠어요?"

"뭐든 하고 싶은 걸 하면서 살아요."

"생각처럼 쉽지가 않아요. 난 온실에서 자란 난초가 맞아요. 그들 손에서 면밀하게 만들어지고 길러진 존재죠. 그래요. 난 난초예요. 특정한 기온과 빛, 열이 갖춰져야 살 수가 있어요. 난 오직 한 가지 목적을 위해 만들어졌어요. 물고기는 물 밖에 나가면 숨을 못 쉬어요. 난 이 가족에게 속해 있어요."

"당신은 난초도 아니고 물고기도 아니에요."

"아버지도 이 집에서 도망치려고 했어요. 아버지가 어떤 최후를 맞이했는지 당신도 잘 알잖아요. 어머니와 버질도 결국 이 집으로 돌아왔고요."

프랜시스는 메마르게 웃었다. 그는 차가운 대리석으로 만들어진 케팔로포어*처럼, 어깨에 켜켜이 먼지가 쌓인 순교자 조각상처럼 이 집에 남아 있으려는 모양이었다. 이 집이 그를 서서히 조금씩 집어삼키게 둘 작정이었다.

"같이 가요."

"하지만……."

"뭐가 하지만이에요! 나랑 같이 여길 떠나고 싶지 않아요?"

그는 어깨를 축 늘어뜨리고 구부정하게 앉았다. 이러다 당장 문 밖으로 나가 버릴 것만 같았다. 그는 떨리는 숨을 들이마시며 괴로워하는 목소리로 나지막하게 말했다.

---

* 그리스어로 '머리를 나르는 자'라는 뜻. 참수형을 당해 순교한 기독교 성인이 자신의 머리를 들고 있는 모습으로 표현된 성인상을 뜻함.

"맙소사. 보면 모르겠어요? 당신이 어디로 가든 따라가고 싶어요. 당신이 남극으로 가겠다고 하면, 내 발가락이 얼어서 떨어져 나가더라도 따라가고 싶은 마음이에요. 아편 팅크제로 당신과 이 집의 연결 고리를 끊을 수 있지만, 난 그게 안 돼요. 이 집에서 너무 오래 살았어요. 루스는 방법을 찾으려고 했고 이 집에서 탈출하기 위해 하워드를 죽이려고까지 했지만 뜻을 이루지 못했죠. 아버지의 수도 통하지 않았어요. 방법이 없어요."

비참하게도 프랜시스의 말은 모두 사실이었다. 그래도 노에미는 받아들일 수가 없었다. 이 집 사람들은 전부 벌레잡이 통에 붙잡혀 박제된 뒤 핀에 꽂힌 나방 같은 신세라는 건가?

"내 말 들어요. 나를 따라와요. 내가 당신의 피리 부는 사람이 되어 줄게요."

"피리 부는 사람을 따라간 아이들은 끝이 좋지 않았잖아요."

"그 동화의 내용이 어떤지는 잊어버렸어요."

그러고 나서 노에미는 화를 내며 덧붙였다.

"어쨌든 날 따라오기만 하라고요."

"노에미……."

노에미는 손을 들어 프랜시스의 얼굴을 만졌다. 손가락으로 그의 턱선을 쓰다듬었다.

그는 말없이 노에미를 바라보았다. 어떻게든 용기를 내 보려고 입술을 달싹거렸으나 아무 말도 하지 못했다. 그는 손을 뻗어 노에미를 부드럽게 끌어당기고 손바닥으로 그녀의 등을 가만히 쓸어내렸다. 노에미는 그의 가슴에 뺨을 가져다댔다.

집이 조용했다. 기분 나쁠 정도로 아무 소리도 들리지 않았다. 평소에 조금씩 삐걱대던 마룻장들도 전부 멈췄고 벽에 걸린 시계들도 똑딱거리지 않았다. 유리창을 두드리는 빗물도 소리가 확연히 줄어들었다. 마치 짐승이 그들에게 달려들려고 기회를 엿보는 것 같은 분위기였다.

"그들이 듣고 있는 거 맞죠?"

노에미가 속삭였다. 스페인어로 대화를 나누고 있으니 내용을 알아듣지는 못할 것이다. 그래도 불안했다.

"맞아요."

프랜시스도 두려워하고 있었다. 정적 속에서 그의 심장 뛰는 소리가 노에미의 귀에 요란하게 들렸다. 노에미는 고개를 들어 그를 바라보았다. 프랜시스는 조용히 하라는 뜻으로 검지를 자기 입술에 가져다 대며 일어나 뒤로 물러섰다. 이 집은 대화를 엿들을 수도 있고 엿볼 수도 있는 걸까.

어둠이 거미줄처럼 파르르 떨며 기다리고 있었다. 노에미와 프랜시스는 은색 비단 거미줄에 붙잡힌 신세였다. 조금만 움직여도 위치가 탄로나 거미의 공격을 불러올 것이다. 소름이 끼쳤다. 이 차갑고 이질적인 공간에 자진해서 들어오다니. 한 번도 해 본 적 없는 일이었다.

생각만으로도 무섭고 끔찍했다.

하지만 루스가 어둠 속에 존재하고 있었다. 루스와 다시 한 번 얘기를 나눠 보고 싶었다. 어떻게 해야 할지는 알 수 없었다. 프랜시스가 방을 나가자 노에미는 두 손을 옆으로 붙이고 침대에 누워 자신의 숨소리에 귀를 기울였다. 그리고 사진 속 루스의 얼굴을 떠올려 보았다.

마침내 꿈을 꾸기 시작했다. 노에미와 루스는 묘지에서 묘비들 사이를 걷고 있었다. 그들 주변에 안개가 자욱하게 꼈다. 루스가 들고 있는 랜턴에서 누리끼리한 빛이 흘러나왔다. 그들은 영묘 입구에서 멈춰 섰다. 루스가 랜턴을 들어 올렸다. 둘 다 고개를 들어 아그네스 조각상을 바라보았다. 랜턴만으로는 빛이 충분하지 않아 조각상의 절반은 여전히 그림자에 묻혀 있었다.

루스가 말했다.

"이분이 내 어머니야. 지금은 주무셔."

'당신 어머니가 아니에요.'

노에미는 생각했다. 아그네스는 젊어서 아이를 임신한 채로 세상을 떠났다고 했다.

"아버지는 괴물이야. 밤마다 이 집을 살금살금 돌아다녀. 문밖에서 아버지의 발소리가 들려."

루스는 이렇게 말하며 랜턴을 위로 치켜들었다. 빛과 그림자의 패턴이 흔들리면서 조각상의 얼굴이 드러나고 손과 몸은 그림자에 가려졌다. 초점 없는 눈과 꽉 다문 입술이 보였다.

"당신 아버지는 더 이상 당신을 다치게 하지 못해요."

노에미가 말했다. 그 정도 자비는 베풀어야 한다고 생각했다. 유령이라고 해서 계속 고통받아야 한다는 법은 없으니까.

루스는 인상을 찌푸렸다.

"아버지는 언제든 우리를 다치게 할 수 있어. 아버지는 한 번도 멈춘 적이 없었어. 앞으로도 그럴 거야."

루스가 노에미 쪽으로 랜턴을 돌리자 노에미는 눈을 가늘게 뜨며 손으로 눈을 가렸다.

"한 번도, 단 한 번도, 멈춘 적이 없어. 난 널 본 적 있어. 난 널 아는 것 같아."

그들의 대화는 여전히 단편적이었다. 그래도 예전에 비하면 좀 더 앞뒤가 맞게 이어지기는 했다. 지금까지 루스는 희미한 복사본 같은 느낌이었는데, 이제는 실제 사람과 대화를 하는 것 같았다. 그게 맞지 않나? 원본은 오래전에 죽고, 복사본만 희미하게 남아 있는 상태니까. 지금의 루스가 앞뒤 안 맞는 말을 한다고 해서, 태엽 인형처럼 랜턴을 올렸다 내렸다 하며 알아들을 수 없는 말을 웅얼거린다고 해서 비난할 수는 없었다.

"그래요. 당신은 이 집에서 날 본 적 있어요."

노에미는 루스의 팔을 가만히 잡았다.

"하나만 물어볼게요. 당신이 답을 알고 있으면 좋겠어요. 이 집과 당신 가족은 얼마나 탄탄하게 연결돼 있죠? 도일 가문 사람이 이 집을 떠나 다시는 안 돌아올 수도 있나요?"

노에미는 프랜시스가 했던 얘기가 계속 머릿속을 맴돌았다.

루스는 고개를 갸웃하며 노에미를 바라보았다.

"아버지는 강력한 분이야. 뭔가 잘못됐다는 걸 알고 어머니를 보내 나를 막으려고 했어……. 다른 이들, 다른 이들도 그랬어. 나는 마음을 맑게 유지해야 했어. 그래서 단어 하나하나에 집중하면서 내 계획을 종이에 적었어."

일기장의 그 페이지를 말하는 듯했다. 계획을 기억하기 위한 장치였을까? 어둠에 맞서기 위한 핵심적인 방법이 바로 그것이었을까? 그런 식으로 어둠을 속일 수 있었을까? 계획과 지침에 집중해 한 걸음 한 걸음 나아가면 되는 건가?

"루스, 도일 집안 사람이 이 집을 떠나서도 살 수 있어요?"

멍한 눈을 보니 루스는 더 이상 노에미의 말을 듣고 있지 않았다. 노에미는 루스를 마주 보고 서서 다시 물었다.

"당신도 이 집에서 달아나려고 했잖아요. 안 그래요? 베니토랑 함께 달아나려 했잖아요?"

루스는 눈을 깜박이며 고개를 끄덕였다.

"그래, 맞아. 넌 할 수 있을 거야. 나도 할 수 있을 줄 알았어. 하지만 그것이 충동질을 했어. 그것이 핏속에 있어."

프랜시스가 얘기한 매미와 같았던 모양이었다.

'난 그를 여기서 꼭 데리고 나갈 거야.'

루스가 안심되는 말을 해 주지는 않았지만 노에미의 결심은 더욱 확고해졌다. 하워드 도일과 이 유독한 집의 손아귀에서 프랜시스를 빼낼 방법이 꼭 있을 것이다.

"여기 어둡지 않아?"

루스는 하늘을 올려다보며 말했다. 하늘에는 별도 달도 없었다. 오직 안개와 어두운 밤뿐이었다.

"이거 받아."

노에미는 루스가 건넨 랜턴을 받았다. 랜턴의 금속 손잡이를 손가락으로 감아쥐었다. 루스는 조각상 발치에 앉아 조각상의 발을 만지며 생각에 잠기는 모습이었다. 그러더니 안개와 풀잎으로 만들어진 침대에서 낮잠이라도 자려는 듯 조각상 아래에 누웠다.

루스가 노에미에게 말했다.

"눈을 떠야 한다는 걸 기억해."

"눈 떠."

그 말을 속삭이면서 창문 쪽으로 고개를 돌린 순간, 해가 이미 저물었음을 알게 됐다. 그날 저녁 노에미는 결혼식을 올리게 되어 있었다.

24장

결혼식 순서가 거꾸로였다. 피로연이 먼저였고 예식이 그다음이었다.

다들 식당에 모였다. 프랜시스와 노에미가 나란히 앉고, 플로렌스와 카탈리나가 신랑 신부 맞은편에, 그리고 버질이 식탁 상석에 앉았다. 하워드와 커민스는 참석하지 않았다.

하인들이 수많은 초에 불을 켜 두었다. 흰 다마스크 천 식탁보 위에 접시들을 놓았고, 청록색 유리로 된 높은 꽃병에는 야생화를 잔뜩 꽂아 장식했다. 그날 저녁 그들이 꺼내 놓은 접시와 컵은 모두 은이었는데 세심하게 윤을 냈음에도 불구하고 무척 오래돼 보였다. 노에미가 얼마 전에 닦은 은식기보다 훨씬 오래된 것 같았다. 한 400년 전, 어쩌면 그보다 더 오래전부터 사용해 왔을 수도 있었다. 하워드가 영국에서 이 나라로 퍼 나른 흙처럼, 세심하게 상자에 담아 금고에 보관해 둔 귀중품일 것이다. 그들이 주인으로 군림하게 된 세상에서 꺼내 쓰려고 준비해 두었겠지.

노에미의 오른쪽에 앉은 프랜시스는 더블 단추로 된 회색 프록코트 정장에 흰 조끼를 입고 진회색 넥타이를 맸다. 루스의 신랑 될 사람의 옷이었을까. 아니면 또 다른 친척이 남긴 유물일까. 그들은 어느 상자에서 적당한 면사포를 찾아내 노에미에게 씌워 주었다. 흰색 튈 머리띠인데 빗과 핀을 이용해 이마 위쪽에 고정시켰다.

노에미는 음식에는 손을 대지 않고 물만 마셨다. 노에미뿐만 아니라 식탁에 둘러앉은 이들 모두 말이 없었다. 식사 중에 말을 하지 않는 규칙이 또다시 적용되고 있어, 냅킨을 손으로 우아하게 만지는 소리만 들릴 뿐이었다. 노에미는 카탈리나 쪽을 힐끗 쳐다보았다. 카탈리나도 노에미를 바라보았다.

어렸을 때 본 동화책 속 그림이 떠올랐다. 결혼식 피로연장으로 사악한 요정이 걸어 들어오는 그림이었다. 높은 머리 장식을 한 여자들과 헐렁한 소매의 두툼한 모직 외투를 입은 남자들이 둘러앉은 식탁 위에는 고기와 파이가 그득했다. 노에미는 은컵을 손으로 만지며 대체 얼마나 오래된 컵일까를 다시 생각했다. 하워드의 나이는 300살일까, 400살일까, 500살일까. 중세 시대 사람처럼 조끼에 긴 양말 차림으로 돌아다녔을까. 노에미는 꿈에서 하워드의 예전 모습을 봤다. 하지만 며칠이 지나서인지 꿈에서 본 광경은 머릿속에 희미하게만 남아 있었다. 하워드는 몇 번이나 새 몸으로 갈아탔을까? 노에미가 버질을 바라보자 버질은 컵을 들어 올리며 그녀를 마주 바라보았다. 노에미는 고개를 숙여 접시로 시선을 돌렸다.

시계가 정각을 알렸다. 그 소리를 신호로 다들 자리에서 일어섰다. 프랜시스는 노에미의 손을 잡아 주었다. 그들은 함께 식당을 걸어 나가 계단을 올라갔다. 하워드의 방으로 올라가는 작은 결혼 행진이었다. 행진의 끝이 바로 그 방임을 노에미는 본능적으로 알았다. 그 방 앞에 선 노에미는 몸이 움츠러들어 프랜시스의 손을 아플 정도로 꽉 잡았다. 프랜시스가 그녀의 귀에 속삭였다.

"우린 함께예요."

그들은 방으로 걸어 들어갔다. 음식 냄새까지 섞인 방 안 공기는 썩은 내로 가득했다. 하워드는 침대에 가만히 누워 있었다. 시커먼 입술은 농포로 뒤덮여 있었다. 그래도 지금 그는 이불을 덮었고 커민스가 그 옆을 지키고 있었다. 결혼식이 이루어지는 성당에서는 향냄새가 나게 마련인데, 이곳에서는 썩은 냄새가 진동했다.

노에미를 본 하워드가 씨익 웃으며 말했다.

"아름다워. 그동안 내가 본 신부 중에서도 손꼽히게 아름다워."

정확히 몇 명이었을까. 그의 수집품이 된 또 다른 예쁜 여자. 플로렌스는 노에미에게 그렇게 말했더랬다.

"이 집안에 충성하면 보상받고 주제넘게 굴면 벌 받는다. 그것만 명심하면 행복하게 살 수 있어. 지금 이 자리에서 너희 둘은 부부가 되는 거다. 이리 가까이 와."

커민스가 옆으로 비켜서고 노에미와 플로렌스는 침대 옆으로 가셨다. 하워드는 라틴어로 말을 이어 갔다. 그가 무슨 말을 하는지 노에미는 알 수가 없었다. 프랜시스가 무릎을 꿇자 노에미도 덩달아 무릎을 꿇었다. 아버지에게 순종하는 장면을 연출하는 것이니 의미가 있을 것이다.

'반복을 뜻하는 거겠지. 같은 길을 몇 번이고 따라간다는 의미일

테고. 빙글빙글 돌면서 되풀이한다는 뜻일 거야.'

하워드가 프랜시스에게 광택제를 칠한 상자를 내밀었다. 프랜시스는 그 상자를 열었다. 고급스러운 벨벳 천에 노란색을 띤 자그마한 말린 버섯 두 개가 놓여 있었다.

"먹어라."

노에미와 프랜시스는 그 작은 버섯을 하나씩 집어 들었다. 이 버섯 때문에 그동안 몰래 마신 아편 팅크제의 효과가 억제되거나 방해를 받을까 봐 입에 넣기가 망설여졌다. 무엇보다 버섯의 출처가 몹시 꺼림칙했다. 집 근처 땅에서 가져온 걸까 아니면 묘지의 시체들 사이에서 채취해 온 걸까? 혹시 하워드가 자기 몸에서 자라난 버섯을 손가락으로 똑 떼어 낸 건 아닐까? 버섯 줄기를 떼어 낸 자리에 피가 흐르지 않았을까?

프랜시스는 자기 입에 버섯을 넣어 달라는 뜻으로 그녀의 손목을 잡았다. 이어서 프랜시스도 노에미의 입에 버섯을 넣었다. 성찬식 제병을 괴상하게 흉내 낸 것 같아 노에미는 웃음이 날 것 같았다. 신경이 확 곤두섰다.

어쩔 수 없이 버섯을 삼켰다. 버섯 자체는 아무 맛이 나지 않았다. 프랜시스가 와인 잔을 노에미의 입술에 가져다 댔다. 노에미는 와인을 한 모금 마셨다. 역겨울 정도로 단맛이 났다. 방 안 공기에 스며든 병과 부패의 기운이 코를 찔렀다.

"입 맞춰도 돼요?"

프랜시스의 물음에 노에미는 고개를 끄덕였다.

프랜시스가 앞으로 몸을 기울였다. 거미줄처럼 입술에 닿을 듯

말 듯한 미묘한 감촉의 키스였다. 먼저 일어선 프랜시스는 노에미가 편하게 일어설 수 있도록 손을 내밀었다.

하워드가 말했다.

"이 젊은 부부가 풍요로운 삶을 누리도록 우리가 가르침을 주자."

결혼식이 진행되는 동안 몇 마디 말이 오갔고 그렇게 예식은 끝이 났다. 버질은 따라오라며 프랜시스에게 손짓을 했고, 플로렌스는 노에미를 데리고 노에미의 방으로 데려갔다. 그녀가 자리를 비운 동안 하인이 방을 꾸며 놓았다. 높은 꽃병 여러 개에 꽃을 꽂아 놓았고, 낡은 리본을 묶은 부케를 침대 위에 올려 두었으며, 수많은 긴 초에 불을 붙였다. 낭만주의적 취향을 어설프게 흉내 낸 느낌이었다. 방 안에는 때를 잘못 찾아온 봄 냄새, 꽃과 밀랍 냄새가 가득했다.

"아까 가르침을 주자고 했는데 무슨 가르침을 말하는 거예요?"

"도일 가문의 신부는 순결하고 겸손하고 예의 바른 여자여야 해요. 남자와 여자 사이에 일어나는 일은 알지 못하죠."

말도 안 되는 소리였다. 하워드는 색골이고 버질도 마찬가지였다. 그들은 중간 단계 따위는 생략하고 바로 본론으로 들어갈 수 있는 자들이었다. 자기네가 그렇다는 걸 굳이 부정도 하지 않았다.

"몸에 대해서라면 나는 아주 잘 알아요."

"그럼 알아서 잘하겠네요."

플로렌스가 노에미의 면사포를 벗겨 주려 두 손을 뻗었다. 노에미는 그 여자의 손을 쳐 냈다. 그 순간 휘청하며 어지럼증이 밀려왔다. 도움의 손길이 필요할 수도 있었지만 노에미는 이 여자한테 도움을 받고 싶지 않았다.

"혼자 할게요. 나가 보세요."

플로렌스는 팔짱을 끼고 노에미를 빤히 쳐다보다가 방에서 나갔다.

'제기랄.'

욕실로 들어간 노에미는 거울을 들여다보면서 머리에 꽂힌 핀과 빗을 빼고 튈을 바닥에 던졌다. 공기가 갑자기 싸늘해졌다. 방으로 돌아온 노에미는 즐겨 입는 스웨터를 바로 입었다. 주머니에 손을 넣자 딱딱하고 차가운 라이터가 손가락에 닿았다.

살짝 현기증이 났다. 하워드의 방에 있었을 때처럼 기분 나쁘게 빙빙 도는 느낌은 아니었다. 결혼식 때 딱 한 모금 마신 것 말고는 와인을 더 마시지도 않았는데 술기운이 도는 모양이었다.

방 한쪽 구석에 있는 벽지 얼룩이 눈에 들어왔다. 지난번에 노에미를 겁에 질리게 한 얼룩이었다. 지금은 얼룩이 움직이지 않았지만 가장자리에 자그마한 황금색 점들이 춤을 추고 있었다. 하지만 눈을 감으니 그 점들이 눈 안에 있음을 알 수 있었다. 전구를 들여다본 다음 눈을 감으면 보이는 잔상과 비슷했다.

침대에 걸터앉아 눈을 감았다. 프랜시스는 지금 어디 있을까. 그들은 프랜시스를 데려가 무슨 말을 하고 있을까. 그도 지금 등줄기를 따라 바늘로 콕콕 찌르는 것 같은 느낌을 받고 있을까.

진주 화관을 쓴 다른 신부가 주인공인 다른 결혼식이 희미하게 머릿속에 보였다. 결혼식 날 아침, 그녀는 은으로 된 결혼식 장식함을 받았다. 장식함 안에는 색 리본과 보석, 산호 목걸이가 들어 있었다. 호박 반지를 낀 하워드의 손이 그녀의 손을 잡았다. 그녀는 이런 걸 바라지 않았

지만 어쩔 수 없었다……. 이건…… 아그네스의 기억일까, 앨리스의 기억일까? 확실히 알 수 없었다. 언니를 떠올린 걸 보면 앨리스가 맞는 듯했다.

언니.

노에미는 카탈리나를 기억해 냈다. 눈을 뜨니 천장을 올려다보는 중이었다. 카탈리나와 얘기라도 하고 싶었다. 몇 마디 나누면 두 사람 다 곤두선 신경을 가라앉힐 수 있을 텐데.

손으로 입가를 문질렀다. 방 안 공기가 아까는 서리 내린 아침처럼 쌀쌀하더니 지금은 따뜻했다. 고개를 옆으로 돌리자 침대 옆에 서 있는 버질이 보였다.

잘못 본 줄 알았다. 프랜시스인데 착각을 했거나, 어둠 때문에 혼란이 온 거라고 생각했다. 대체 버질이 이 방에 왜 있지? 그 순간 버질이 싱긋 웃었다. 프랜시스는 노에미를 보며 그런 식으로 웃은 적이 없었다. 버질이 노에미를 음흉하게 힐끔거렸다.

벌떡 일어나 달아나려던 노에미는 어지러워 휘청거렸다. 버질이 두 걸음 만에 다가와 노에미의 팔을 붙들었다.

"노에미, 우리 둘이 다시 한 방에 있게 됐네."

팔이 단단히 붙잡혔다. 힘으로는 버질을 이길 수가 없었다. 노에미는 숨을 들이마시며 물었다.

"프랜시스는 어디 있죠?"

"혼나느라 정신없을걸. 우리가 모를 줄 알았어?"

그는 주머니에서 아편 팅크게가 담긴 유리병을 꺼내 보여 주었다.

"별 효과도 없는 약이지만 말이야. 기분이 어때?"

"취한 것 같아요. 우리한테 독을 먹인 건가요?"

그는 유리병을 도로 주머니에 집어넣었다.

"아니. 결혼 선물로 최음제를 좀 먹였어. 프랜시스가 즐기지 못하게 됐으니 안됐네."

노에미는 면도칼을 가지고 있었다. 매트리스 밑에 숨겨 두었다. 꺼낼 수만 있으면 유용하게 쓸 수 있을 것이다. 하지만 지금 그녀는 족쇄처럼 단단한 버질의 손아귀에 잡혀 있었다. 밀어내려 했지만 그는 꿈쩍도 하지 않았다.

"난 프랜시스와 결혼했어요."

"그놈은 여기 없어."

"하지만 당신 아버지가……."

"아버지도 여기 없어. 웃기게도 지금 다들 바쁘거든."

버질이 고개를 비딱하게 기울이며 말을 이었다.

"프랜시스는 이쪽 방면으로는 경험이 없는 풋내기야. 난 아주 잘 알지만. 네가 원하는 게 뭔지도 알고 있어."

"당신은 아무것도 몰라요."

노에미가 속삭이듯 대꾸했다.

"넌 내 꿈을 꾸잖아. 꿈을 꾸면서 나를 찾으러 내 방으로 오기까지 했어. 넌 인생이 지루해서 위험한 일을 해 보고 싶어 해, 노에미. 집에서는 네가 다치기라도 할까 봐 애지중지하잖아. 하지만 넌 다치고 싶어 하지. 안 그래? 넌 사람들이랑 놀고 싶어 해. 너랑 놀려고 하는 배짱 있는 남자를 만나고 싶어 하지."

질문이 아니었다. 그는 대답을 기다리지도 않고 바로 노에미의 입술을 자신의 입술로 덮었다. 노에미는 그의 입술을 물었다. 하지만 밀어내기 위해서가 아님을 그는 바로 알아챘다. 노에미가 놀고 싶어 하는 것도, 남자들과 어울려 놀면서 춤추는 걸 좋아하는 것도, 다들 그녀가 타보아다 가문의 일원이라는 이유로 조심스럽게 대하는 걸 짜증스럽게 여긴다는 것도 모두 사실이었다. 노에미는 한 번씩 시커먼 똬리를 튼 무언가가 심장을 둘러싸는 것을 느꼈다. 그럴 때면 고양이처럼 멋대로 살아 보고 싶은 마음이 치솟았다.

자신에게 그런 면이 있음을 알고 인정하더라도, 그게 자신의 전부가 아님을 노에미는 알고 있었다.

노에미가 저도 모르게 그 생각을 소리 내어 말했는지 버질은 키득거리며 말했다.

"그게 바로 너야. 내가 널 좀 더 자극할 수 있지만, 넌 원래 그런 여자라고."

"아니에요."

"넌 나를 원해. 넌 나에 대한 환상을 품고 있어. 우리 둘 다 아는 사실이지. 안 그래? 우린 서로를 알아. 아주 잘 알지. 예의를 차리는 척하지만 넌 결국 나를 원하고 있어."

노에미가 버질의 뺨을 후려쳤지만 별 효과는 없었다. 그는 잠시 멈칫했지만 두 손으로 노에미의 얼굴을 잡아 옆으로 돌리더니 엄지로 목을 훑어 내렸다. 진하고 자극적인 욕정이었다. 노에미는 파괴적인 기쁨에 사로잡힌 나머지 숨이 막힐 지경이었다.

방 한쪽 구석의 곰팡이가 너울거리며 흐릿하게 떠올랐다. 버질의 손가락은 노에미의 살을 단단히 누르며 그녀를 가까이 끌어당졌다. 곰팡이에 금색 혈관 같은 줄이 쭉쭉 생겨났다. 버질은 노에미의 치맛자락을 걷어 올리고 그녀를 침대에 눕히더니 다리 사이를 손으로 문질렀다. 노에미는 겁이 났다.

"기다려요!"

버질은 거침없이, 성급하게 노에미를 몸으로 누르고 있었다.

"뭘 기다려. 감질나게."

"드레스요!"

그가 성질을 내며 인상을 쓰자 노에미는 시간을 벌려고 다시 말했다.

"드레스를 벗게 도와줘요."

그러자 버질은 기분이 좋아졌는지 환하게 웃었다. 노에미는 겨우 침대에서 일어섰다. 그는 노에미의 스웨터를 벗겨 침대 위로 던졌다. 그리고 머리카락을 뒤로 넘겨 목덜미를 드러나게 했다. 노에미는 여기서 빠져나갈 방법을 생각해 내려 안간힘을 썼다…….

시야 한옆으로 황금색 줄이 쭉쭉 가 있는 곰팡이가 보였다. 벽을 타고 퍼져 나간 곰팡이가 바닥으로 툭툭 떨어지고 있었다. 곰팡이는 이리저리 뒤틀리며 변화를 일으켰다. 삼각형 모양이 다이아몬드 모양이 되고 소용돌이무늬로 변해 갔다. 커다란 손이 얼굴을 잡아 조용히 질식시키고 있는 기분이었다. 노에미는 힘없이 고개를 끄덕거렸다.

이 집에서 빠져나가는 건 불가능했다. 가능하리라 생각한 것부터가 어리석었다. 이 집을 떠나고 싶다는 생각 자체가 잘못이었다. 이제 이 집의 일부가 되고 싶었다. 하이 플레이스의 기이한 조직,

혈관, 근육, 골수와 하나가 되고 싶었다. 버질과 결합하고 싶었다.

바로 그걸 **원했다.**

그는 드레스 뒤쪽의 단추를 위에서부터 풀기 시작했다. 노에미는 오래전에 여길 떠날 수도 있었다. 처음 불안감이 엄습했을 때 바로 떠났어야 했다. 하지만 뭔가 짜릿한 즐거움이 느껴지지 않았나? 저주일 수도 있고 무언가에 홀려서일 수도 있었다. 노에미는 홀렸던 얘기를 프랜시스에게 들려주며 재미를 느꼈다. 귀신 들림이라는 불가사의한 현상의 원인을 파헤치고 싶기도 했다.

그렇게 역겨워하면서도 쭉 이끌린 것이었다. 안 될 이유가 있을까? 과연.

안 될 이유는 없었다. 그저 원할 뿐이었다.

추웠던 몸이 뜨겁게 달아올랐다. 곰팡이가 뚝뚝 떨어지면서 방 한쪽 구석에 검은 웅덩이가 생겨났다. 그걸 보니 하워드가 그녀의 목구멍 안에 집어넣은 시커먼 담즙이 떠올랐다. 속이 뒤집히면서 입 안에 쓴맛이 돌았다. 카탈리나와 루스, 아그네스. 이 집 사람들이 그 여자들에게 저지른 끔찍한 일들, 그리고 이제 노에미에게 저지르려 하는 일들이 머릿속에 떠올랐다.

희미하게 빛을 내며 형태를 달리하는 곰팡이한테서 시선을 떼고 고개를 돌렸다. 있는 힘껏 버질을 밀쳤다. 버질은 뒤로 휘청하면서 침대 발치에 놓인 상자에 발이 걸려 쓰러졌다. 노에미는 침대 옆에 무릎을 굽히고 매트리스 밑으로 팔을 집어넣었다. 그곳에 숨겨 둔 면도칼을 꺼내 손가락으로 어설프게 움켜쥐었다.

면도칼을 쥐고 바닥에 쓰러져 있는 버질을 내려다보았다. 그는 바닥에 머리를 부딪쳤는지 눈을 감은 채였다. 드디어 기회가 왔다. 노에미는 천천히 숨을 들이마시며 옆으로 다가가 그의 옷 주머니에 손을 넣었다. 그 안에 들어 있던 약병을 꺼내 뚜껑을 열고 한 모금 마신 뒤 손등으로 입가를 닦았다.

즉각 뚜렷한 효과가 나타났다. 그 순간 속이 울렁거리면서 손이 떨려 약병을 놓치고 말았다. 바닥에 떨어진 약병이 산산조각 났다. 노에미는 침대 기둥을 붙잡고 빠르게 숨을 들이마셨다. 맙소사. 이러다 기절할 것 같았다. 정신을 차리려고 손을 콱 깨물었다. 다행히 효과가 있었다.

방바닥에 생겨난 검은 곰팡이 웅덩이는 차츰 사라지고 머릿속을 희뿌옇게 뒤덮었던 안개도 걷혔다. 스웨터를 입고 스웨터 한쪽 주머니에 면도칼을 집어넣었다. 다른 쪽 주머니에는 라이터가 들어 있었다.

바닥에 쓰러진 버질을 내려다보면서 지금 그의 머리를 칼로 찌르면 되지 않을까 하는 생각을 했다. 하지만 손이 또 떨렸다. 지금 당장 이 방에서 나가야 했다. 카탈리나를 데려와야 했다. 낭비할 시간이 없었다.

25장

노에미는 쓰러지지 않으려고 한 손으로 벽을 짚으며 어둑한 복도를 달려갔다. 희미한 전등이 켜졌다 꺼졌다 하면서 괴기스러운 분위기를 자아냈다. 어두워서 잘 보이지는 않았지만 카탈리나의 방까지 가는 길은 분명히 기억하고 있었다.

'서두르자. 서둘러야 해.'

잠겨 있을까 봐 걱정했는데 문손잡이를 돌리자 방문이 벌컥 열렸다.

카탈리나는 흰 잠옷 차림으로 침대에 앉아 있었다. 그런데 카탈리나는 혼자가 아니었다. 메리가 바닥을 내려다보며 곁을 지키고 있었다.

"언니, 여길 떠나야 해."

노에미는 한 손에 면도칼을 들고 카탈리나 쪽으로 다른 손을 뻗었다.

카탈리나는 꼼짝도 하지 않았다. 눈빛이 멍한 걸 보니 노에미를 알아보는 것 같지도 않았다.

"언니."

아무리 불러도 반응이 없었다.

노에미는 입술을 깨물며 방 안으로 들어갔다. 구석 자리에 앉아 있는 하녀를 주시하며 걸어가는데 면도칼을 쥔 손이 덜덜 떨렸다.

"맙소사, 언니. 정신 좀 차려."

하녀가 고개를 들더니 금색 빛이 도는 눈으로 노에미를 똑바로 쳐다보았다. 하녀는 곧장 달려들어 노에미를 화장대 쪽으로 밀어붙이며 두 손으로 목을 졸랐다. 갑작스런 공격인 데다 그 나이대 여자 같지 않을 정도로 힘이 세서 노에미는 들고 있던 면도칼을 놓치고 말았다. 향수병, 빗, 카탈리나의 사진이 담긴 은제 액자 등 화장대 위에 있던 물건들이 바닥으로 와르르 떨어졌다.

하녀는 더욱 세게 밀어붙였고 노에미는 뒷걸음질을 쳤다. 목이 졸려 숨을 못 쉬겠는데 화장대까지 등으로 파고들었다. 뭐든 무기로 쓸 것을 손에 쥐어야 했다. 하지만 손에 잡히는 거라고는 화장대를 덮고 있던 장식용 덮개뿐이었다. 도자기 물주전자는 이미 바닥으로 굴러 떨어져 깨져 버렸다.

"우리 것이다."

하녀의 목소리가 아니었다. 괴상하게 쉰 목소리였다. 이 집의 목소리, 누군가 혹은 무언가가 이 여자의 성대를 이용해 내뱉는 소리였다.

노에미는 목을 조르는 손가락을 떼어 내려 했다. 하지만 하녀의 손은 마치 짐승의 발톱처럼 노에미의 목을 단단히 잡았다. 노에미는 숨을 헐떡이며 여자의 머리채를 잡아당기는 것 말고는 할 수 있는 게 없었다.

"우리 것이다."

메리가 야생동물처럼 이를 드러내며 또다시 말했다. 노에미는 고통이 너무 커서 앞이 잘 보이지도 않았다. 눈에 눈물이 고이고 목은 불이 붙은 듯 뜨거워졌다.

갑자기 메리가 떨어져 나가서 노에미는 다시 숨을 쉴 수 있었다. 한 손으로 화장대를 짚고 다급히 숨을 크게 들이마셨다.

프랜시스가 방에 들어와 노에미한테서 메리를 떼어 낸 것이었다. 메리는 입을 크게 벌리고 괴상한 소리를 지르면서 프랜시스에게 달려들었다. 이어서 프랜시스를 바닥에 쓰러뜨리더니 썩어 가는 고기를 먹으려고 달려든 맹금류처럼 그의 목을 두 손으로 조르기 시작했다.

노에미는 면도칼을 집어 들고 그들에게 다가갔다.

"그만해!"

노에미가 소리치자 메리가 악을 쓰며 노에미를 돌아보았다. 다시 노에미의 목을 졸라 숨통을 짓이겨 놓을 것 같은 모습이었다.

순전하고 압도적인 공포를 느낀 노에미는 면도칼로 메리의 목을 그었다. 한 번, 두 번, 세 번. 메리는 비명도 지르지 않고 조용히 앞으로 엎어졌다.

노에미의 손가락을 타고 피가 뚝뚝 떨어졌다. 프랜시스가 고개를 들어 노에미를 멍하니 쳐다보았다. 잠시 후 일어선 그가 노에미에게 다가와 물었다.

"다쳤어요?"

노에미는 다른 쪽 손으로 목을 문지르고는 바닥에 쓰러진 메리를 바라보았다. 아마 죽었을 것이다. 하지만 굳이 몸을 뒤집어 얼굴을 보고 싶지 않았다. 저 시신 밑에는 핏물이 고여 있을 것이다.

심장이 미친 듯이 쿵쾅쿵쾅 뛰었다. 면도칼에서 흘러내린 피가 예쁜 앤틱 드레스와 노에미의 손가락을 더럽혔다. 노에미는 주머니에 칼을 집어넣으며 흘러내린 눈물을 닦았다.

"노에미?"

프랜시스가 노에미의 앞으로 와서 시야를 가로막았다. 정신이 든 노에미는 눈을 들어 그의 창백한 얼굴을 바라보았다.

"어디 있었어요?"

노에미는 프랜시스의 프록코트 옷깃을 붙잡고 물었다. 곁에 있어 주지 않고 혼자 내버려 둔 그가 원망스러워 때리고 싶었다.

"방에 갇혀 있었어요. 문을 부수고 나온 거예요. 당신을 찾으려고."

"거짓말한 거 아니죠? 날 버린 거 아니죠?"

"아니에요! 다쳤어요?"

노에미는 조그맣게 웃었다. 강간하려고 달려든 남자한테서 벗어나 이 방으로 왔다가 목이 졸려 죽을 뻔한 뒤라서 그런지, 본인 웃음소리인데도 섬뜩했다.

"노에미."

걱정하는 목소리였다. 그럴 것이다. 노에미도 몹시 걱정이 됐으니까. 노에미는 그의 옷깃을 손에서 놓으며 말했다.

"얼른 떠나야 해요."

노에미는 카탈리나를 돌아보았다. 카탈리나는 여전히 침대에 앉아 있었다. 한 손을 들어 벌린 입을 가린 것 말고는 움직인 것 같지도 않았다. 카탈리나의 시선은 바닥에 쓰러진 하녀의 시신에 가 있었다. 노에미는 이불을 젖히고 카탈리나의 손을 잡았다.

"어서 가자, 언니."

하지만 카탈리나는 일어날 생각도 않고 프랜시스를 돌아보았다. 프랜시스의 정장은 노에미가 묻힌 핏자국으로 얼룩져 있었다.

"언니가 왜 이래요?"

"다시 약을 먹인 것 같아요. 팅크제가 없으면……."

노에미는 두 손으로 카탈리나의 얼굴을 잡고 분명하게 말했다.

"우린 이 집을 떠날 거야."

카탈리나는 여전히 반응이 없었다. 초점 없는 눈은 노에미를 보고 있지도 않았다. 노에미는 침대 옆에 놓인 슬리퍼를 집어 카탈리나의 발에 신겼다. 팔을 잡고 침대에서 끌어내자 카탈리나는 순순히 일어섰다.

그들은 서둘러 복도로 나갔다. 흰 잠옷을 입은 카탈리나는 오늘 결혼식을 치른 또 다른 신부 같았다.

'두 명의 유령 신부구나.'

저 앞 어둠 속에서 그림자 같은 형체가 나타나 앞을 가로막았다. 노에미는 화들짝 놀랐다.

"멈춰."

플로렌스였다. 침착한 얼굴에 불안감이라고는 없는 목소리였다. 이런 일이 정기적으로 일어나는 모양인지 아무렇지 않게 손에 권총을 들었다.

그들은 그 자리에 서서 서로를 마주 보았다. 노에미는 면도칼의 나무 손잡이를 손에 쥐고 있었지만 이대로라면 승산이 없었다. 플로렌스는 권총으로 노에미를 정조준하며 말했다.

"칼 내려놔."

노에미는 손이 떨렸다. 손에 묻은 피 때문에 손잡이가 미끄러워서 쥐고 있기도 쉽지 않았지만 놓지는 않았다. 옆에서 카탈리나도 같이 떨고 있었다.

"그렇게는 못 해요."

"내려놓으라니까."

플로렌스는 괴상할 정도로 차분하고 떨림 없는 목소리였다. 차가운 눈빛에서 매서운 살기가 느껴졌다. 노에미가 칼을 내려놓지 않자 플로렌스는 총구의 방향을 바꿔 카탈리나를 겨냥했다. 말을 듣지 않으면 카탈리나를 해치겠다는 위협이었다. 굳이 말로 할 필요도 없었다.

노에미는 숨을 삼키며 칼을 내려놓았다.

"돌아서서 걸어가."

그들은 플로렌스가 명령한 대로 했다. 왔던 길로 되돌아간 그들은 하워드의 방으로 들어갔다. 벽난로가 피워져 있고 쌍둥이 같은 두 부인의 초상화가 걸려 있는 방이었다. 노인은 화려하게 장식된 침대에 누워 있었고 그 옆에는 커민스가 앉아 있었다. 협탁에 놓인 의사의 진료 가방이 열려 있는 게 보였다. 의사는 가방에서 메스를 꺼내 하워드의 입술 종기 두 개를 찔러 터뜨린 뒤 입술을 뒤덮은 얇은 막을 갈랐다.

통증이 덜어졌는지 하워드는 숨을 후우 내쉬었다. 커민스는 메스를 가방 옆에 두고 손등으로 이마의 땀을 닦으며 앓는 소리를 냈다. 그리고 침대를 빙 돌아서 나오며 말했다.

"왔구나. 통증이 점점 심해지고 있어. 숨도 제대로 못 쉬셔. 이제 시작해야겠다."

"이 여자 때문이에요. 이 여자가 말썽을 일으켰어요. 메리가 죽었어요."

베개를 뒤에 잔뜩 두고 기대어 앉은 하워드가 입을 벌리고는 마디진 두 손으로 이불을 움켜잡으며 쌕쌕거렸다. 피부가 꼭 밀랍 같았다. 창백한 피부에 시커먼 핏줄이 도드라졌다. 턱 아래로 검은 담즙이 뚝뚝 떨어지고 있었다.

커민스는 한 손을 들어 프랜시스를 가리켰다.

"너 이리 와. 버질은 어디 있지?"

플로렌스가 대신 대답했다.

"다쳤어요. 아까 버질이 다쳐 아파하는 걸 느꼈어요."

"버질을 데려올 시간이 없어. 지금 바로 환생을 시켜야 돼."

의사는 작은 대야에 손을 넣고 씻으며 조용히 말을 이었다.

"프랜시스가 있으니까 됐어."

노에미는 고개를 저었다.

"설마 프랜시스로 뭘 어떻게 하겠다는 건 아니겠죠. 프랜시스는 건드리지 말아요."

플로렌스는 차분하고 흔들림 하나 없는 표정으로 말했다.

"당연히 프랜시스로 해야지."

그제야 노에미는 이들이 어쩔 작정인지 알 것 같았다. 하워드가 아끼는 아들 버질의 삶을 굳이 빼앗을 필요가 있을까? 평소에 별로 마음에 들지 않던 녀석, 아무 후회 없이 정신을 지워 버릴 수 있는 프랜시스의 인생을 빼앗아 버리면 그만인데. 저들은 처음부터 이럴 작정이었을지도 모른다. 한밤중에 하워드의 정신을 프랜시스의 몸에 집어넣은 뒤, 노에미와 동침시키려 했을 것이다. 이런 사기꾼들. 노에미는 프랜시스의 몸으로 들어온 하워드와 동침을 하고도 바로 알아채지 못했을 것이다. 저들은 어차피 프랜시스의 몸으로 한 것인데 무슨 상관이냐고 하겠지. 노에미도 프랜시스를 좋아하니 그의 껍데기와 결합한 것으로 만족할 거라고 멋대로 단정하면서 말이다.

"그럴 수는 없어."

노에미는 나지막하게 내뱉었다.

프랜시스는 순순히 커민스 쪽으로 걸어갔다. 노에미가 프랜시스의 팔을 잡으려 하자 플로렌스가 막아서면서 노에미를 검은 벨벳 의자 쪽으로 끌어당겨 강제로 앉혔다. 카탈리나는 멍한 표정으로 천천히 방을 빙 둘러 걸어가 침대 발치에 섰다. 그러다 조금씩 발을 옮겨 침대 머리 쪽으로 가 섰다.

플로렌스가 노에미를 노려보며 말했다.

"네가 방에 얌전히 앉아 있었으면 조용하고 편하게 처리할 수 있었는데. 소란을 피운 바람에 정신이 없어졌어."

"버질이 나를 강간하려고 했어요. 강간하려 했다고요. 아까 그 자리에서 버질을 죽여 버렸어야 했는데."

"쉿."

플로렌스는 혐오스럽다는 듯 말을 막았다. 하이 플레이스에서 어떻게 그런 불경한 말을 하느냐는 표정이었다.

노에미가 일어서려 하자 플로렌스는 총구를 노에미 쪽으로 겨눴다. 노에미는 의자 팔걸이를 잡으며 도로 앉았다. 프랜시스는 하워드의 침대 옆으로 다가가 의사와 함께 목소리를 낮추고 두런두런 얘기를 나눴다.

노에미가 플로렌스에게 조용히 호소했다.

"프랜시스는 당신 아들이에요."

그러나 플로렌스는 눈 하나 깜짝하지 않았다.

"육신일 뿐이야."

육신. 저들 눈에 나머지 사람들은 그렇게만 보이는 모양이었다. 묘지에 묻힌 광부들의 육신, 저들에게 자식을 낳아 준 여자들의 육신, 뱀의 새로운 몸이 되어 줄 그 자식들의 육신. 저들이 중요하게 생각하는 자의 육신은 지금 저 침대에 누워 있었다. 저들의 아버지 하워드였다.

커민스는 프랜시스의 어깨에 한 손을 얹고 내리눌렀다. 프랜시스는 무릎을 꿇더니 참회하듯 두 손을 모았다.

플로렌스가 명령했다.

"고개를 숙여라. 기도를 해야 해."

노에미가 따르지 않자 플로렌스는 노에미의 머리를 세게 후려쳤다. 남을 때리는 게 익숙한 손길이었다. 머리를 맞은 노에미의 눈앞에 무수한 검은 점이 춤추듯 날뛰었다. 이 사람들은 루스에게도 복종을 가르치겠다는 명목으로 이렇게 폭력을 행사했을까.

노에미는 두 손을 모아 쥐었다.

침대 건너편에서 조용히 서 있던 카탈리나도 방 안에 모인 사람들처럼 두 손을 모아 잡았다. 카탈리나는 전혀 괴로워하지 않는 표정이었다. 얼굴에는 아무런 감정도 담겨 있지 않았다.

"에트 베르붐 카로 팍툼 에스트."

하워드가 손을 들어 올리며 탁한 저음으로 말했다. 그 손에 끼워진 호박 반지가 허공에서 번뜩였다.

하워드는 노에미가 알아들을 수 없는 구절을 암송했다. 굳이 알아들을 필요도 없었다. 하워드가 요구하는 것은 복종과 수용일 테니까. 이 노인은 자기에게 복종하는 이들을 보며 기뻐하고 있었다.

너 자신을 포기해라. 꿈에서 하워드는 요구했다. 지금 중요한 것은 그것이었다. 이 환생 절차에는 신체적 요소뿐만 아니라 정신적 요소도 함께해야 했다. 스스로 제 몸을 포기하게 해야 했다. 그렇게 사람을 굴복시키며 얻는 기쁨도 배제할 수 없을 것이다.

너 자신을 포기해라.

노에미는 고개를 들었다. 프랜시스는 입술을 부드럽게 움직이며 속삭이고 있었다. 커민스와 플로렌스, 하워드가 합창하듯 함께 속삭였다. 나지막한 속삭임은 하나가 되어 괴이한 목소리를 냈다. 여럿의 목소리가 하나로 합쳐지면서 파도처럼 목청이 점점 높아지고 있었다.

전에 노에미가 들은 윙윙 소리가 다시 들리기 시작했다. 소리가 점점 커져 갔다. 수백 마리의 벌이 마룻장 아래와 벽 속에 숨어 있는 듯했다.

하워드는 두 손을 들어 올렸다. 젊은 남자 프랜시스의 머리를 두 손으로 감싸는 듯한 모양새였다. 노에미는 하워드의 입맞춤이 떠올랐다. 이번이 더 끔찍했다. 하워드의 몸은 종기로 뒤덮였고 썩은 내가 진동을 했다. 그는 충분히 익었으니 열매를 남기고 죽을 것이다. 그리고 새로운 몸으로 들어가겠지. 프랜시스는 더 이상 존재하지 않게 된다. 그게 바로 이 정신 나간 순환 고리였다. 어린아이를 잡아먹고, 어른도 잡아먹고. 어린아이는 음식이 아니다. 잔인한 신을 위한 음식이 아니란 말이다.

카탈리나는 조용히 천천히 침대로 다가갔다. 아무도 그녀의 움직임을 주목하지 않았다. 노에미를 제외하고는 다들 고개를 숙이고 있었다.

덕분에 노에미는 그 광경을 볼 수 있었다. 카탈리나는 의사의 메스를 집어 들더니 마치 꿈을 꾸듯 가만히 들여다보았다. 최면에 걸려 손에 든 물건이 무엇인지 못 알아보는 것 같았다.

잠시 후 카탈리나의 표정이 변했다. 지금 이 상황을 인식했는지 화들짝 놀라고 분노한 얼굴이었다. 카탈리나가 그 정도로 분노하는 건 노에미도 처음 보았다. 지독한 증오였다. 노에미는 놀라 숨도 쉬어지지 않았다. 드디어 뭔가 잘못됐음을 감지한 하워드가 고개를 돌린 순간, 메스가 그의 얼굴에 박혔다.

카탈리나가 하워드의 눈을 메스로 푹 찌른 것이다.

미친 여자처럼 카탈리나는 하워드의 목, 귀, 어깨를 연달아 찔러댔다. 검은 고름과 시커먼 피가 철철 흘러 이불을 적셨다. 하워드는 비명을 지르며 온몸이 감전된 것처럼 부르르 떨었다. 방 안에 있던 다른 사람들도 몸을 떨며 하워드의 모습을 그대로 따라했다. 커민스, 플로렌스, 프랜시스 모두 바닥에 쓰러져 심하게 발작을 했다.

카탈리나가 메스를 떨어뜨리고 복도 쪽으로 천천히 물러났다. 그리고 방을 들여다보며 그 자리에 가만히 서 있었다. 벌떡 일어나 프랜시스의 곁으로 간 노에미는 흰자위를 보이며 쓰러진 그의 어깨를 붙잡고 일으켜 앉혔다.

"어서 가야 해요!"

노에미가 프랜시스의 뺨을 세게 후려갈겼다.

"정신 차려요. 가자고요!"

몽롱한 상태에서 일어선 프랜시스는 노에미의 손을 잡았다. 노에미와 함께 방을 가로질러 걸어가려 했다. 그런데 그때 플로렌스가 다리를 붙잡는 바람에 노에미는 휘청하면서 쓰러지고 말았다. 프랜시스도 함께 쓰러졌다.

노에미는 다시 일어서려 했지만 플로렌스가 발목을 쥐고 놓지 않았다. 바닥에 떨어져 있는 권총이 시야에 들어왔다. 노에미가 권총을 향해 손을 뻗으려 하자 눈치를 챈 플로렌스가 짐승처럼 달려들었다. 노에미의 손가락이 권총을 먼저 쥐었지만 플로렌스가 그 손을 무지막지하게 움켜쥐었다. 손뼈가 부러지는 소리와 함께 노에미는 비명을 질렀다.

끔찍한 통증에 눈물이 쏟아졌다. 플로렌스는 힘이 빠진 노에미의 손에서 권총을 빼앗아 들며 말했다.

"너희는 우릴 못 떠나. 절대로."

그리고 권총으로 노에미를 겨눴다. 저 총에 맞으면 다치는 게 아니라 죽겠구나 싶었다. 잔인하게 으르렁대는 플로렌스의 얼굴은 살기가 가득했다.

이 일이 끝나고 나면 저들은 이 집을 청소할 것이다. 이 상황에 어울리지 않는 생각이지만 그게 사실이었다. 저들은 마루를 닦고 침구를 세탁하고 말라붙은 핏자국을 긁어낼 것이다. 그리고 지금까지 무수한 이들에게 그렇게 해 왔듯이, 십자가 하나 세워 주지 않고 노에미를 묘지의 구덩이에 던져 넣을 것이다.

노에미는 다친 손을 방패 삼아 들어 올렸지만 아무 소용 없었다. 이렇게 가까운 거리에서 총알을 피할 방법은 없었다.

"안 돼!"

프랜시스가 소리치며 모친에게 달려들었다. 두 사람은 조금 전에 노에미가 앉아 있던 검은 벨벳 의자에 몸이 부딪치면서 바닥에 나뒹굴었다. 총성이 들렸다. 요란한 소리였다. 노에미는 두 손으로 귀를 막고 몸을 움츠렸다.

숨을 죽이고 기다렸다. 프랜시스는 제 모친의 몸에 깔려 있었다. 노에미가 앉아 있는 자리에서는 누가 총을 맞았는지 바로 구분이 되지 않았다. 잠시 후 프랜시스가 플로렌스를 밀어내고 일어섰다. 두 손에 권총이 들려 있었다. 그는 눈물로 범벅이 된 채 몸을 떨었다. 그래도 조금 전 고통스러워하며 괴상하게 몸을 떨던 것과는 달랐다.

플로렌스의 시신이 바닥에 쓰러졌다.

노에미 쪽으로 비틀거리며 걸어온 프랜시스는 절망한 표정으로 고개를 저으며 무슨 말을 하려다가 말았다. 슬픔에 겨워 어쩔 줄 몰라 하는 듯했다. 그때 신음 소리가 들리자 두 사람은 침대 쪽으로 고개를 돌렸다. 하워드가 그들을 향해 두 손을 뻗고 있었다. 눈 하나를 잃었고 메스로 얼굴도 마구 베였지만 나머지 눈 하나는 멀쩡했다. 그는 무시무시한 금색으로 빛나는 그 눈으로 그들을 노려보았다. 이윽고 피 섞인 시커먼 점액을 침처럼 뱉으며 말했다.

"넌 내 것이다. 네 몸은 내 것이야."

하워드가 짐승의 발톱 같은 두 손을 앞으로 뻗었다. 프랜시스에게 침대로 돌아오라고 명령하고 있었다. 프랜시스는 다시 침대 쪽으로 발을 한 걸음 뗐다. 노에미는 프랜시스가 하워드의 뜻을 거스를 수 없는 상태임을 알았다. 프랜시스는 하워드에게 복종하려 했다. 무시할 수 없는 힘이 작용하고 있었다. 지금까지 노에미는 루스가 본인이 한 짓이 너무 끔찍해서 스스로에게 총을 쏴 목숨을 끊었다고 생각했다.

난 죄송하지 않아. 루스는 말했다. 어쩌면 하워드가 루스를 죽음으로 몰고 갔는지도 모른다. 살아남으려 안간힘을 쓰던 하워드는 루스를 조종해 스스로에게 소총을 쏘게 했을 것이다. 도일 가문 사람이라면 그런 짓을 하고도 남았다. 버질이 노에미에게 했듯이, 이 집안 사람들은 자기네가 원하는 방향으로 사람을 몰아붙였다.

루스도 이들에게 죽임을 당했으리라는 게 노에미의 추측이었다.

프랜시스가 발을 끌며 다가오자 하워드는 웃으며 다시 한번 말했다.

"이리 와."

'이제 때가 된 거야. 나무가 다 자라면 열매를 따야 해.'

노에미의 생각대로였다. 하워드는 손가락에서 호박 반지를 빼서 프랜시스에게 내밀었다. 프랜시스가 직접 제 손에 그 반지를 끼우도록 하려는 것이다. 호박 반지는 존경과 정신 이동, 묵종의 상징이었다.

"프랜시스!"

노에미가 소리쳤지만 그는 돌아보지 않았다.

커민스가 신음을 흘렸다. 쓰러져 있었는데 곧 일어설 듯했다. 하워드는 하나 남은 황금색 눈으로 그들을 바라보고 있었다. 프랜시스가 발을 돌리게 해야 했다. 함께 떠나야 했다. 프랜시스를 이 집에서 데리고 나가야 했다. 사방에서 벽들이 부드럽게 고동치기 시작했다. 살아 있는 벽들은 숨을 들이마시고 내쉬는 거대한 짐승처럼 부풀었다 가라앉았다를 되풀이했다. 다시 윙윙대는 벌 떼 소리가 들려왔다.

천 개의 작은 날개들이 미친 듯이 파닥였다.

노에미는 앞으로 달려가 프랜시스의 어깨에 손톱을 박아 넣었다.

프랜시스는 고개를 돌려 노에미를 쳐다보았다. 그의 눈이 마구 흔들리며 뒤집어지려 하고 있었다.

"프랜시스!"

"이리 와!"

하워드가 고함을 질렀다. 그가 이렇게 큰 소리를 낼 수 있을 리 없었다. 그 소리는 벽에 부딪치며 그들 주변에서 왕왕 울렸다. 어둠 속에서 벌 떼가 작은 날개를 파닥이는 동안 나무 벽이 끼이익끼익

소리를 냈다.

이리 와 이리 와 이리 와.

그것이 핏속에 있어. 루스는 말했었다. 종양은 잘라 내면 된다.

권총을 감아쥔 프랜시스의 손가락이 힘없이 쳐져 있었다. 노에미는 어렵지 않게 그의 손에서 권총을 빼냈다. 사격은 예전에 딱 한 번 해 봤다. '사자(死者)들의 사막' 숲으로 놀러 갔을 때 오빠는 노에미가 총을 쏴 볼 수 있게 작은 깡통들을 표적으로 늘어놓아 주었다. 친구들은 노에미가 정확히 잘 쐈다며 칭찬했다. 그리고 그들은 웃으며 함께 승마를 하러 갔다. 그때 배운 총 쏘는 방법을 노에미는 아직 기억했다.

권총을 들어 하워드에게 두 번 쐈다. 프랜시스는 내면에서 무언가 끊어진 것처럼, 눈을 껌벅이면서 입을 벌린 채로 노에미를 바라보았다. 노에미는 한 번 더 방아쇠를 당겼지만 총알이 다 떨어진 상태였다.

하워드가 온몸을 떨며 악을 쓰기 시작했다. 노에미는 가족과 함께 해변으로 휴가 여행을 가서 스튜를 먹은 적이 있었다. 할머니가 저녁 식사 때 쓰기 위해 커다란 생선의 머리를 칼로 내리쳐 한 번에 자르던 게 기억났다. 생선은 머리가 잘린 후에도 미끈거리는 몸을 퍼덕이면서 도망치려 했다. 하워드를 보니 그때 그 생선이 떠올랐다. 하워드는 침대까지 흔들릴 정도로 몸을 격하게 떨어 댔다.

노에미는 권총을 바닥에 던지고 프랜시스의 손을 잡아 방 밖으로 데리고 나갔다. 복도에는 카탈리나가 두 손으로 입을 막은 채 방 안을 들여다보며 서 있었다. 카탈리나의 눈은 노에미의 어깨 너머,

침대에 누운 채 발버둥을 치고 악을 쓰며 죽어 가는 하워드를 보고 있었다. 노에미는 뒤를 돌아볼 엄두도 나지 않았다.

26장

복도를 달려가던 그들은 계단을 내려가려다가 멈칫했다. 하이플레이스의 두 하인 리지와 찰스가 몇 칸 아래서 그들을 올려다보며 서 있었다. 머리를 옆으로 약간 기울인 채 발작하듯 두 손을 펼쳤다 오므렸다 하며 덜덜 떠는 모습이었다. 입은 차갑게 웃는 모양인 채로 굳어 있었다. 고장 난 태엽 장난감 한 쌍을 보는 듯했다. 위층에서 일어난 일이 이 집의 모든 사람에게 영향을 미치는 모양이었다. 이렇게 서서 그들을 올려다보고 있는 걸 보면 위층에서 주인이 죽었는데도 이들의 목숨은 붙어 있는 듯했다.

노에미가 프랜시스에게 조용히 물었다.

"저 사람들은 왜 저래요?"

"하워드가 저들을 더 이상 조종할 수 없게 돼서 굳어 버렸어요. 일시적이에요. 저 사람들 옆을 지나서 내려갈 수는 있겠지만 아마 앞문이 잠겨 있을 겁니다. 어머니가 앞문 열쇠를 갖고 있어요."

"열쇠를 가지러 돌아갈 수는 없어요."

가만히 서 있는 두 하인 옆을 지나가고 싶지도 않았다. 그렇다고 하워드의 방으로 돌아가 시체의 주머니를 뒤지고 싶은 마음도 없었다.

노에미 옆으로 다가온 카탈리나는 하인들을 보더니 고개를 저었다. 카탈리나도 이 계단을 내려가 정문으로 나가고 싶지 않은 모양이었다.

"다른 길이 있어요. 뒤쪽 계단으로 가요."

프랜시스가 앞장서서 복도를 달려갔다. 두 여자는 그 뒤를 따랐다. 그는 문을 열며 말했다.

"여기예요."

뒤쪽 계단은 좁고 어두침침했다. 벽에 붙어 있는 전등 두 개에서 흘러나오는 희미한 불빛이 조명의 전부였다. 노에미는 주머니에 손을 넣어 라이터를 꺼내 불을 켜 앞을 비추면서 다른 손으로는 난간을 잡고 계단을 내려갔다.

그런데 문득 손으로 잡고 있는 난간이 미끌미끌한 장어처럼 느껴졌다. 난간이 살아 숨 쉬며 몸을 치켜들었다. 노에미는 라이터 불을 낮추고 난간을 확인했다. 다친 손이 이 집의 움직임과 함께 욱신거렸다.

프랜시스가 말했다.

"현실이 아니에요."

"당신도 볼 수 있죠?"

"어둠입니다. 어둠은 환영을 현실이라고 믿게 해요. 어서 가요."

노에미는 걸음을 재촉해 계단 맨 아래 칸으로 내려섰다. 바로 뒤에는 카탈리나가, 맨 뒤에는 프랜시스가 따라 내려오고 있었다. 프랜시스는 숨을 몹시 헐떡였다.

"괜찮아요?"

"좋지는 않아요. 그래도 계속 가야 해요. 저 앞은 막다른 길처럼 보이지만 간이 식료품 창고로 연결됩니다. 그 안쪽에 찬장이 있어요. 노란색 찬장인데 옆으로 밀면 밀릴 겁니다."

프랜시스의 말대로 문을 열고 들어가자 간이 식료품 창고가 있었다. 바닥은 돌로 되어 있었고 고기를 걸 수 있도록 갈고리가 설치돼 있었다. 천장에는 긴 사슬이 달린 알전구 하나가 있었다. 노에미가 사슬을 당기자 전구가 자그마한 공간에 빛을 뿌렸다. 선반은 모두 비어 있었다. 이곳에 식료품을 저장해 둔 지 무척 오래된 듯했다. 벽 곳곳에 시커먼 곰팡이가 피어 있어서 사용이 부적합한 상태였다.

노란색 찬장이 보였다. 위쪽은 아치형으로 되었고 유리문 두 짝과 아래쪽의 큼직한 서랍 두 개로 이루어져 있었다. 표면에는 이런저런 자국과 흠집이 보였다. 찬장 안쪽은 바깥쪽과 마찬가지로 노란색 천을 대어 놓았다.

"찬장을 왼쪽으로 밀어요. 그리고 찬장 아래 서랍에 가방이 들어 있어요."

프랜시스는 가쁜 숨을 돌리려 애쓰고 있었다.

노에미는 허리를 굽히고 찬장 아래 서랍을 당겨 열었다. 그 안에 갈색 캔버스 가방이 들어 있었다. 카탈리나가 가방의 지퍼를 열었다. 가방 안에는 석유램프 하나와 나침반 하나, 스웨터 두 벌이 들어 있었다. 프랜시스가 계획한 물품을 다 가져다 두지는 못했지만 이 정도면 될 것이다.

노에미는 나침반을 주머니에 넣으며 물었다.

"왼쪽으로 밀라고 했죠?"

프랜시스는 고개를 끄덕이며 말했다.

"그 전에 이쪽 입구를 막아야 해요."

그는 그들이 방금 들어온 문을 가리켰다.

"저쪽에 있는 책장으로 막으면 될 것 같아요."

노에미의 말에 카탈리나와 프랜시스는 오래돼서 부서질 듯한 나무 책장을 끌고 와 문을 막았다. 완벽한 바리케이드는 아니지만 어느 정도는 역할을 해 주리라 믿었다.

비좁은 식료품 창고 안에서 노에미는 카탈리나와 프랜시스에게 스웨터를 하나씩 건넸다. 집 밖은 꽤 쌀쌀할 것이다. 이제 찬장을 옆으로 밀어야 했다. 상당히 무거워 보였는데 막상 밀어 보니 책장보다 힘을 덜 들이고도 옆으로 밀 수 있었다. 그 뒤에는 어두운 색깔의 낡은 문이 있었다.

"이 문 너머는 가족 지하 묘지예요. 산을 타고 내려가 마을까지 가는 게 문제죠."

"난 저곳으로 가고 싶지 않아."

카탈리나가 속삭였다. 지금까지 말이 없던 카탈리나가 입을 열자 노에미는 놀랐다. 카탈리나는 문을 가리키며 덧붙였다.

"저기에는 죽은 자들이 잠들어 있어. 가고 싶지 않아. 소리를 들어 봐."

노에미도 그 소리를 들었다. 깊은 신음. 그 소리에 천장이 부르르 떨고 알전구가 깜박였으며 전구와 연결된 줄까지 살짝 흔들렸다. 노에미의 등줄기를 타고 소름이 끼쳤다.

"이게 무슨 소리예요?"

노에미의 물음에 프랜시스는 위를 올려다보며 숨을 들이마셨다.

"하워드예요. 살아 있어요."

"내가 총을 쐈는데. 죽었잖아요……."

프랜시스는 고개를 저었다.

"아뇨. 몸이 약해지고 지금 통증 때문에 괴로워하고 있어요. 화가 잔뜩 난 상태예요. 죽지는 않았어요. 이 집 전체가 고통스러워하고 있어요."

"나 무서워."

카탈리나가 조그맣게 말했다.

노에미는 몸을 돌려 카탈리나를 안아 주었다.

"이제 곧 여길 빠져나갈 거야. 내 말 믿지?"

"알았어."

노에미는 허리를 굽혀 석유램프를 집어 들었다. 손을 다쳐 불을 켜기가 쉽지 않았다. 노에미가 라이터를 내밀며 도움을 청하자 프랜시스가 대신 램프를 켜 주었다.

프랜시스는 석유램프의 유리 굴뚝을 조심스럽게 내리고 노에미의 손을 바라보았다. 노에미는 자신의 가슴에 손을 대고 있는 상태였다. 프랜시스가 물었다.

"램프를 들어 줄까요?"

"내가 할 수 있어요."

왼 손가락 두 개가 부러졌지 팔 두 개가 부러진 것도 아니었다. 무엇보다 램프를 직접 들고 있어야 안심이 될 것 같았다.

노에미는 불 켜진 램프를 들고 카탈리나를 돌아보았다. 카탈리나가 고개를 끄덕이자 노에미는 미소를 지었다. 프랜시스가 문손잡이를 돌렸다. 열린 문 너머는 길게 뻗어 나간 터널이었다. 광부들이 거칠게 파서 만든 통로처럼 기본적인 형태의 오래된 지하 묘지일 것이라 예상했다.

하지만 노에미는 예상은 보기 좋게 빗나갔다.

벽은 꽃과 초록색 덩굴 문양이 그려진 노란 타일로 장식돼 있었다. 뱀 형태의 우아한 은 벽등이 벽에 붙어 있었다. 먼지가 내려앉아 지저분하긴 했지만 뱀이 쫙 벌린 아가리 안에 밀초를 넣어 켜두면 꽤 잘 어울릴 것 같은 분위기였다.

바닥과 벽의 돌 틈새에 작고 노르스름한 버섯 몇 개가 자라고 있었다. 차갑고 축축한 곳이니 버섯이 좋아하는 환경이었다. 안쪽으로 들어갈수록 구석구석에 뭉쳐 자라는 버섯의 수가 많아졌다.

버섯의 수가 늘어날수록 노에미는 새로운 사실을 알아챘다. 버섯들이 희미하게 빛을 발하고 있었다.

노에미가 프랜시스에게 말했다.

"내 상상 아니죠? 버섯이 빛나는 거요."

"빛나고 있는 거 맞아요."

"희한하네요."

"그렇지도 않아요. 졸참나무 버섯과 쓴 느타리버섯은 둘 다 빛을 내요. 사람들은 그걸 도깨비불이라고 부르죠. 초록색 빛을 내거든요."

"하워드가 동굴에서 찾은 게 바로 이 버섯이군요."

노에미는 천장을 올려다보았다. 수십 개의 자그마한 별 모양 버섯들이 다닥다닥 붙어 있었다.

"이 버섯에 불멸의 성분이 들어 있는 거였어요."

프랜시스는 서 있기가 힘든지 손을 들어 은 벽등을 잡고 바닥을 내려다보았다. 그는 떨리는 손가락으로 머리카락을 쓸어 넘기며 나지막하게 한숨을 내쉬었다.

"괜찮아요?"

"집 때문에요. 집이 잔뜩 화가 나고 고통스러워하고 있어요. 나한테도 영향이 온 겁니다."

"계속 갈 수 있겠어요?"

"가야죠. 확신은 못 하겠지만 내가 기절하면……."

"잠깐 쉬었다가 가면 돼요."

"아뇨, 괜찮아요."

"나한테 기대요. 어서요."

"당신도 다쳤잖아요."

"당신도 다쳤어요."

그는 망설이다가 노에미의 어깨에 한 손을 올리고 함께 걸어갔다. 카탈리나가 앞장서서 걸어갔다. 앞으로 갈수록 버섯의 수가 늘어나고 크기도 커졌다. 천장과 벽에서 부드러운 불빛이 쏟아지고 있었다.

카탈리나가 갑자기 걸음을 멈춘 바람에 노에미는 카탈리나의 등에 부딪칠 뻔했다. 노에미는 램프를 쥔 손에 힘을 주며 물었다.

"왜 그래?"

카탈리나는 한 손을 들어 앞을 가리켰다. 그제야 노에미는 왜 카탈리나가 멈췄는지 이유를 알 수 있었다. 통로가 넓어지더니 저 앞에 아주 진하고 두꺼운 나무로 된 거대한 양여닫이문이 나타났다. 문에는 은으로 된 뱀 무늬가 새겨져 있었다. 완벽한 원을 그리며 제 꼬리를 물고 있는 뱀 문양이었다. 그리고 커다란 문 노커 두 개가 달려 있었다. 호박색 눈을 한 뱀의 턱에 걸려 있는 은고리 두 개가 바로 노커였다.

"이 문을 지나면 영묘 아래쪽 방이 나와요. 그 방으로 들어가서 계단을 올라가야 해요."

프랜시스는 노커 하나를 잡아당겼다. 묵직한 문은 곧장 수월하게 열렸다. 그는 문을 세게 당길 필요도 없었다. 노에미는 램프를 높이 치켜들고 안으로 들어갔다. 들어간 지 네 걸음 만에 램프의 조도를 낮췄다. 여기서는 굳이 램프로 길을 밝힐 필요가 없었다.

방 안에 버섯이 잔뜩 자라고 있었다. 다양한 크기의 살아 있는 유기체가 벽걸이 융단처럼 벽을 온통 뒤덮였다. 좌초된 옛 선박의 선체에 붙어 자라는 따개비처럼, 높은 벽을 타고 올라간 버섯들은 흔들림 없는 광원으로 넓은 방을 비추었다. 어지간한 초나 횃불보다 밝았다. 죽어 가는 태양이 쏟아 내는 빛이었다.

방 오른쪽 금속 문과 그들 머리 위 샹들리에에는 버섯이 자라지 않았다. 샹들리에의 나선형 금속 뱀 문양 장식과 토막만 남은 초는 버섯이 자랄 수 있는 환경이 아니었다. 돌바닥도 타일 틈새에서 자란 몇 개를 제외하고는 버섯이 없었다. 그 방에도 거대한 모자이크 장식이 있었다. 눈을 빛내며 제 꼬리를 격하게 먹고 있는 검은 뱀 모자이크였고, 뱀 주변에는 덩굴과 꽃이 그려져 있었다. 노에미가 온실에서 본 우로보로스와 비슷했는데, 이 모자이크가 훨씬 크고 장엄했다. 버섯에서 흘러나오는 빛이 불길한 분위기를 자아냈다.

방 안에는 돌로 된 단상 위에 놓인 탁자 외에 다른 가구는 없었다. 노란 천을 덮어 놓은 탁자 위에는 은컵과 은상자 하나가 놓였다. 탁자 뒤쪽에는 노란 비단으로 된 기다란 천이 장식처럼 걸려 있었다. 출입구를 가리는 커튼 같기도 했다.

"금속 문으로 나가면 영묘로 이어지는 계단이 나와요. 저 문으로 가야 해요."

금속 문 뒤에 돌계단이 있는 게 보였지만 노에미는 그 문으로 나가는 대신 인상을 쓰며 돌 단상으로 올라갔다. 바닥에 램프를 내려놓고 손으로 탁자를 훑다가 은상자 뚜껑을 열었다. 그 안에는 손잡이에 보석이 박힌 칼이 들어 있었다. 노에미는 칼을 집어 들며 말했다.

"꿈에서 이걸 본 적 있어요."

천천히 방으로 걸어 들어온 프랜시스와 카탈리나가 노에미를 바라보았다. 노에미가 덧붙였다.

"그가 이 칼로 아이들을 죽였어요."

"그는 온갖 짓을 다 했어요."

"식인 행위도 했어요."

"일종의 성찬식이었어요. 우리 같은 아이들은 균류에 감염된 채로 태어나니, 그 아이들의 살을 섭취하는 건 균류를 섭취하는 것과 같으니까요. 균류를 섭취하면 우리는 몸이 강건해지고 어둠에 더욱 가까워져요. 하워드와의 관계도 깊어지고요."

프랜시스는 갑자기 움찔하며 허리를 숙였다. 구역질을 하려나 보다 했는데 그는 배를 두 팔로 감싸 쥔 채로 가만히 서 있었다. 노에미는 칼을 탁자에 내려놓고 연단을 내려가 프랜시스 옆으로 다가갔다.

"왜 그래요?"

"고통스러워서요. 그 여자가 고통스러워하고 있어요."

"누가요?"

"그 여자가 말하고 있어요."

노에미도 어떤 소리를 인지하고 있었다. 그 소리는 내내 들렸지만 굳이 신경을 쓰지는 않았다. 들릴 듯 말 듯 낮은 소리여서 그냥 상상일 뿐이라고 치부해 버렸다. 흥얼거리는 소리 같은데 들어 보면 꼭 흥얼거림은 아닌 것 같은 소리. 전에 들은 윙윙거리는 벌 떼 소리와 비슷한데 이번에는 소리가 훨씬 높았다.

보지 마.

노에미는 고개를 돌렸다. 흥얼대는 소리가 단상 쪽에서 들려왔다. 단상 쪽으로 다가가자 흥얼거림이 한층 커졌다.

노란 천 뒤에서 들리는 소리 같았다. 노에미가 손을 뻗었다.

카탈리나가 말렸다.

"그러지 마. 보고 싶지 않을 거야."

노에미의 손은 이미 노란 천을 만지고 있었다. 천 마리의 곤충들이 유리에 대고 빠르게 날갯짓을 하는 듯한 윙윙 소리, 노에미의 머릿속에 갇혀 있는 벌 떼 소리가 너무도 세게 들려와 그 진동이 공기를 통해 전해졌다. 노에미는 고개를 들었다.

보지 마.

손가락 끝에서 벌들이 파닥이는 느낌이 났다. 보이지 않는 날개들이 공기 중에 가득했다. 이대로 물러나 돌아서서 눈을 가리라고 본능이 말해 주었지만 노에미는 천을 찢을 것처럼 세게 옆으로 당겨 치웠다.

그리고 죽음의 얼굴을 정면으로 마주 보았다.

그곳에는 비명을 지르다 시간 속에 얼어붙은 여자의 벌린 입이 있었다. 입 안에 이빨이 몇 개 안 남았고 피부는 누렇게 됐다. 매장 당시 입고 있던 옷은 오래전에 먼지가 되어 사라졌다. 맨피부를 온통 뒤덮은 것은 버섯이었다. 상체와 배에서부터 자라난 버섯들은 팔과 다리로 퍼져 나가, 빛나는 황금으로 된 왕관이나 광륜처럼 머리를 휘감았다. 버섯들이 그녀를 똑바로 세우고 벽에 붙여 놓았다. 균사체 성당의 괴이한 성모 마리아처럼.

윙윙거리는 소음을 낸 것은 오래전에 죽어 묻힌 이 시신이었다. 이 시신이 끔찍한 소리를 낸 것이다. 노에미가 꿈에서 본 금빛 형체, 이 집의 벽 속에 살고 있는 무시무시한 괴물이 바로 이 여자였다. 시신은 호박 반지를 낀 손을 앞으로 뻗은 자세였다. 노에미는 그 반지를 알아보았다.

"아그네스였어."

귀를 찢을 듯 날카롭게 울려 대는 윙윙 소리가 노에미를 끌어당겼다. 그것은 노에미의 눈을 뜨게 하고 사실을 일깨웠다.

봐.

천이 노에미의 얼굴을 뒤덮어 숨통을 조였다. 의식을 잃은 노에미는 얼마 후 관 속에서 정신을 차렸다. 전혀 마음의 준비가 되어 있지 않았던 노에미는 놀란 숨을 뱉었다. 무슨 일이 일어날지 알게 된 후에도 두렵기는 마찬가지였다. 손바닥으로 관 뚜껑을 밀고 또 밀었다. 관 뚜껑의 나무 가시가 피부를 찔렀다. 악을 쓰며 관에서 나가려고 안간힘을 썼지만 뚜껑은 꿈쩍도 하지 않았다. 계속해서 비명을 질렀지만 아무도 오지 않았다. 아무도 오지 않을 것이다. 원래 그랬다.

봐.

그는 그녀를 필요로 했다. 그녀의 정신을 필요로 했다. 균류 그 자체는 정신을 갖고 있지 않았다. 생각과 의식이 없었다. 흐릿한 장미향처럼 희미하게 흔적만 남아 있을 뿐이었다. 사제의 유해를 먹어도 진정한 불멸을 누릴 수는 없었다. 버섯의 효능을 높여 주고 관련된 모든 이들과 느슨한 연결 고리를 만들어 줄 뿐이었다. 하나로 연결은 시켜 주지만 그 연결성을 영원히 유지시켜 주지는 못했다. 버섯 자체에 치료 효과가 있으니 버섯 섭취를 통해 수명을 늘릴 수는 있지만 불멸의 존재가 될 수는 없었다.

하지만 영리하고 교활한 하워드 도일, 과학과 연금술 지식을 가지고 있고 생물학적 과정에 관심이 높던 하워드 도일은 아무도 알아내지 못한 새로운 가능성을 포착해 냈다.

바로 인간의 정신이었다.

그는 균류에 인간의 정신을 접목시키는 방법을 고안해 냈다. 인간의 정신은 기억을 담을 그릇이다. 잘만 활용하면 연결된 자들을 지배할 수 있었다. 균류와 인간의 정신을 밀랍처럼 하나로 결합시킨 뒤, 하워드 자신은 도장 같은 역할을 수행했다. 종이에 도장을 찍듯이 새로운 몸에 자신을 찍어 넣는 것이다.

봐.

사제들은 버섯과 신도들의 혈통을 이용해, 몇 개의 흩어진 기억들을 이 사람한테서 저 사람에게 옮길 수 있었다. 하지만 방법이 조잡한 탓에 효과도 확실하지 않았다. 도일은 방법을 체계화했다. 그는 제대로 효과를 내려면 아그네스 같은 사람들이 필요하다는 것을 알게 됐다.

아내이며 혈족인 사람들이 필요했던 것이다.

하지만 아그네스는 더 이상 없었다. 아그네스는 **어둠**이고, **어둠**은 아그네스였다. 하워드 도일은 밀랍과 도장, 종이를 창조했으니 죽더라도 저 **어둠** 속에 여전히 남아 있을 것이다.

어둠이 아파하고 있었다. 고통스러워하고 있었다. **어둠**. 아그네스. 버섯. 바닥과 벽을 타고 온갖 죽은 것들을 먹이로 삼아 가지를 뻗어 나간 이 집은 무겁게 썩어 가고 있었다.

그가 다쳤어. 우리도 다쳤어. 봐, 봐, 봐. 보라고!

윙윙 소리가 점점 빠르고 높아졌다. 그 소리가 너무 커서 노에미는 손으로 귀를 틀어막으며 비명을 질렀다. 머릿속에서 목소리가 고함을 질렀다.

프랜시스가 노에미의 어깨를 잡고 몸을 돌려세웠다.

“저 여자를 보지 말아요. 우린 저 여자를 보면 안 돼요.”

그 순간 윙윙 소리가 그쳤다. 노에미는 고개를 들어 카탈리나를 바라보았다. 바닥을 내려다보고 있던 카탈리나가 공포에 질린 눈으로 프랜시스를 돌아보았다.

노에미는 흐느끼며 입을 열었다.

“그들이 아그네스를 산 채로 묻었어요. 아그네스가 죽자 시신에서 균류가 자라났어요……. 맙소사…… 더 이상 인간의 정신이라고 할 수 없어요……. 그자가 아그네스를 새로운 존재로 만들었어요. 완전히 다른 존재예요.”

노에미는 빠르게 숨을 몰아쉬었다. 호흡이 너무 빨랐다. 윙윙 소리는 그쳤지만 아그네스는 여전히 이곳에 있었다. 노에미는 흉측한 해골을 다시 돌아보고 싶은 충동에 이끌렸다. 노에미가 아그네스 쪽으로 고개를 돌리려는데 프랜시스가 노에미의 턱을 잡았다.

“안 돼요. 보지 말아요. 나를 봐요. 내 곁에 있어요.”

노에미는 수면으로 올라온 잠수부처럼 숨을 깊게 들이마셨다. 프랜시스의 눈을 바라보며 말했다.

“아그네스가 **어둠**이에요. 알고 있었죠?”

프랜시스는 몸을 떨며 대답했다.

“이곳에 올 수 있는 건 하워드와 버질뿐이었어요.”

“당신도 알고 있었잖아요!”

이 집의 모든 유령은 아그네스였다. 그 유령들은 아그네스의 안에서 살고 있었다. 아니, 그 표현도 정확하지는 않았다. 아그네스였던 존재가 **어둠**이 되었고, 그 **어둠** 안에서 유령들이 살고 있었다. 어둠은 미쳐 가고 있었다. 유령이 출몰한 게 아니라 어둠이 사람을 홀린 것이었다. 그 외에 노에미가 이해할 수 없는 무언가가 더 있었다. 척수와 뼈, 신경 세포를 공급받아 줄기와 포자로 만들어진 사후 세계가 바로 그것이었다.

"루스도 알고 있었어요. 우린 아무것도 할 수 있는 게 없어요. 아그네스는 우릴 여기 잡아 두었고 하워드는 아그네스를 이용해 모두를 지배했어요. 우린 이 집을 못 떠나요. 그들은 우릴 영원히 놓아주지 않을 겁니다."

프랜시스는 땀을 흘리며 노에미의 팔을 잡고 주저앉았다.

"왜 그래요? 일어나요."

같이 주저앉은 노에미가 프랜시스의 얼굴을 어루만졌다.

"그놈 말이 맞아. 그놈은 여길 못 떠나. 너희도 마찬가지고."

이 말을 한 사람은 버질이었다. 금속 문을 연 버질이 방으로 느긋하게 걸어 들어왔다. 환영일까. 실제로는 저기 서 있지 않은 것일 수도 있었다. 노에미는 그를 가만히 바라보며생각했다.

'현실이 아닐 거야.'

"뭐야?"

버질은 어깨를 으쓱했다. 그의 등 뒤로 금속 문이 쾅 소리를 내며 닫혔다. 버질이 눈앞에 서 있는 게 맞았다. 환영이 아니었다. 그는 노에미 일행을 따라 터널을 지나온 대신 지상을 가로질러 묘지를 지나서 영묘 아래 계단을 밟고 이 지하 묘지로 내려온 것이다.

"불쌍하게도 충격받은 표정이네. 설마 그 정도로 나를 죽일 수 있다고 생각한 건 아니지? 그리고 내가 아편 팅크제를 우연히 주머니 안에 넣어 놓고 있었다고 생각하지는 않았겠지? 난 일부러 네가 팅크제를 가져가게 뒀어. 우리 통제에서 얼마간 벗어날 수 있게 해 주려고. 그래야 네가 이렇게 아수라장을 만들 테니까."

노에미는 숨을 삼켰다. 옆에서 프랜시스가 덜덜 떨고 있었다.

"왜 그랬어요?"

"뻔하잖아? 그래야 네가 내 아버지를 해치지. 난 그럴 수가 없거든. 프랜시스도 아버지를 못 건드려. 그 노인네는 우리가 자기한테 손을 못 대게 해 놨어. 너도 알다시피 아버지는 루스가 자살을 하게 만들었어. 아버지가 프랜시스로 갈아탈 생각이 있다는 걸 알고 난 나한테 기회가 왔다는 걸 알았지. 처제를 우리 손아귀에서 벗어나게 하자. 처제가 무슨 짓을 벌일지 지켜보자. 우리의 규칙을 따르지 않는 외부인이니 잘 하면 아버지한테 반격을 할 수도 있겠지. 뭐 이런 생각을 한 거야. 그 결과 아버지는 지금 죽어 가고 있어. 느껴져? 응? 아버지의 몸이 무너져 내리고 있잖아."

"그래 봤자 당신한테도 좋을 게 없어요. 하워드를 다치게 하면 **어둠**을 다치게 하는 거잖아요. 하워드의 육신이 죽는다고 해도 하워드는 여전히 **어둠** 속에서 존재할 거라고요. 그의 정신은……."

"아버지는 이미 약해졌어. 이제 **어둠**을 제어하는 건 나야."

버질은 화가 치미는 목소리였다.

"이제 아버지는 영원히 죽게 될 거야. 나는 아버지가 새로운 몸을 갖게 해 줄 생각이 없거든. 이제 변화의 때가 왔어. 너도 변화를 원했잖아. 안 그래? 결국 우리는 같은 걸 원하고 있었어."

버질은 카탈리나의 옆으로 다가와 히죽거리며 카탈리나를 바라보았다.

"내 아내가 여기 같이 있었네. 오늘 저녁의 유흥에 기여해 줘서 고마워."

버질은 다정한 척 아내의 팔을 잡았다. 카탈리나는 움찔할 뿐 물러서지는 않았다.

"언니한테 손대지 마."

노에미는 벌떡 일어나 은상자에 담긴 칼로 손을 뻗었다.

"간섭하지 마. 내 마누라야."

노에미는 칼 손잡이를 손가락으로 단단히 감아쥐었다.

"건드리지 말라고……."

"너야말로 칼 내려놔."

'절대 안 내려놔.'

그렇게 생각했지만 노에미는 손이 덜덜 떨렸다. 게다가 몸 안으로 괴상한 충동이 밀려들었다. 버질의 뜻에 복종하고 싶다는 충동이었다.

"난 팅크제를 마셨어. 당신은 날 통제 못 해."

그 말에 버질은 카탈리나의 팔을 놓고 노에미를 노려보았다.

"웃기고 있네. 네가 우리 통제를 잠깐 벗어나기는 했지만 팅크제의 효과는 그렇게 오래가지 않아. 넌 이 집 안을 돌아다녔고 이 방까지 내려왔어. 어둠의 영향력에 또다시 자신을 노출시켰지. 여기서 호흡을 하면서 눈에 보이지 않을 정도로 작은 포자들을 들이마셨어. 넌 지금 이 집의 심장부에 와 있어. 너희 셋 다."

"어둠은 상처를 입었어. 당신이 아무리……."

"오늘 우리 모두가 꽤 타격을 받기는 했지."

노에미는 버질의 이마에 맺힌 땀방울을 눈여겨보았다. 그의 푸른 눈동자 역시 몸 안에서 올라오는 열 때문에 번들거렸다.

"하지만 난 이미 통제력을 회복했어. 너도 내 말대로 따르게 될 거야."

노에미는 손가락이 아팠다. 별안간 손에 뜨겁게 달궈진 석탄을 쥔 기분이었다. 어쩔 수 없이 손을 펼치자 칼이 요란한 소리를 내며 바닥으로 떨어졌다.

버질이 조롱했다.

"내가 말했잖아."

노에미는 발치에 떨어진 칼을 내려다보았다. 바로 옆에 있는데도 집어 들 수가 없었다. 팔의 혈관을 타고 핀과 바늘이 흘러 다니는 듯한 기분이었다. 손가락이 자꾸 경련을 일으켰다. 다친 손의 뼈가 몹시 아팠다. 불에 타는 것 같은 끔찍한 통증이었다.

버질은 머리 위의 샹들리에를 혐오스럽다는 듯 올려다보았다.

"이 방을 좀 봐. 하워드는 과거에 사로잡혔지만 난 미래를 보는 사람이야. 우린 광산도 다시 열 거야. 집에 새 가구도 들이고 전기도 제대로 들여와야지. 하인들과 새 자동차, 아이들도 필요해. 넌 나한테 자식을 많이 낳아 줄 수 있을 거야."

"그럴 일 없어."

노에미는 나지막하게 받아쳤다. 하지만 버질이 자신을 지배하고 있음을 느낄 수 있었다. 보이지 않는 손이 노에미의 어깨를 손으로 눌렀다.

"이리 와. 넌 처음부터 내 것이었어."

그때 벽에 붙은 버섯들이 물 밑의 말미잘처럼, 살아 있는 존재처럼 흔들거렸다. 버섯들은 황금색 먼지 구름을 뿜어내며 한숨 지었다. 어쩌면 한숨을 쉰 건 노에미일 수도 있었다. 얼마 전에도 느낀 적 있는 어둡고 달콤한 기분에 사로잡혔다. 갑자기 머리가 핑 돌았다. 왼손의 성가신 통증도 씻은 듯 사라졌다.

버질이 노에미를 향해 두 팔을 뻗었다. 노에미는 그 팔이 자신의 몸을 휘감는 것처럼 느꼈다. 그냥 이대로 버질의 의지에 따르는 것이 좋을 것 같다는 생각이 들었다. 마음속 깊은 곳에서는 그에게 찢겨 수치심 속에 비명을 지르고 싶기도 했다. 입에서 터져 나오는 노에미의 비명을 그의 손바닥이 막고 있었다.

버섯들이 점점 더 밝은 빛을 냈다. 나중에 그 버섯들을 만져 보고 싶다는 생각이 들었다. 벽에 잔뜩 피어 있는 부드러운 버섯들을 손으로 어루만지고 얼굴을 가져다 대고 싶었다. 버섯의 매끈한 표면에 피부를 바짝 붙이고 쉬면 기분이 좋아질 것 같았다. 그리고 버섯들이, 저 사랑스러운 균류가 몸을 뒤덮게 하면 좋을 것이다. 균류는 그녀의 입과 콧구멍, 눈구멍으로 파고들어 더 이상 숨을 쉬지 못하게 할 것이다. 그리고 그녀의 배 속에 자리를 잡고 허벅지를 따라 피어날 것이다. 버질이 노에미의 속으로 깊게 파고 들어오면 세상은 황금빛으로 빛나겠지.

"그러지 마."

프랜시스의 목소리가 들렸다.

노에미는 단상에서 한 발 내려갔다. 프랜시스가 손을 뻗어 노에미의 다친 손가락을 잡았다. 통증 때문에 움찔하며 정신이 든 노에미는 눈을 껌벅이며 프랜시스를 내려다보았다. 하지만 그 자리에서 꼼짝을 할 수가 없었다.

"그러지 마."

프랜시스가 다시 나지막하게 말했다. 두려워하는 목소리였다. 그래도 그는 노에미보다 앞서서 계단을 내려갔다. 노에미를 보호하려는 것이다. 그는 안 그래도 약한 데다 몹시 긴장한 나머지 곧 찢어질 것 같은 목소리로 말했다.

"이 사람들을 보내 줘."

그러자 버질이 아무것도 모르는 척 물었다.

"내가 왜 그래야 해?"

"이런 짓을 하면 안 되잖아. 우리가 하는 짓은 다 잘못됐어."

버질은 어깨 너머로 그들이 지나온 터널을 가리켰다.

"저 소리 들려? 아버지가 죽어 가고 있어. 아버지의 몸이 무너지고 나면 난 **어둠**을 완전히 지배할 수 있게 돼. 나를 도와줄 사람이 필요해. 우린 한 가족이야."

노에미는 어떤 소리를 들은 것 같다는 생각을 했다. 멀리서 하워드 도일이 신음을 흘리며 피를 뱉었다. 힘겹게 호흡을 이어 가는 하워드의 몸뚱이에서 시커먼 액체가 흐르고 있었다.

"야, 프랜시스. 난 이기적인 놈이 아니야. 우리가 나눠서 가지면 돼. 너도 그 여자를 원하고 나도 그 여자를 원해. 우리가 싸울 이유는 없잖아? 카탈리나도 나쁘지 않아. 이리 와. 멍청하게 굴지 말고."

프랜시스는 노에미가 떨어뜨린 칼을 집어 들었다.

"이 사람들을 다치게 할 생각 마."

"그걸로 날 찌르기라도 하게? 여자보다는 죽이기가 힘들 거라고 미리 경고해 둘게. 그래, 프랜시스. 네가 네 어머니를 죽였지. 뭐 때문에? 여자 때문에? 지금은? 이제 날 죽일 차례냐?"

"꺼져!"

버질에게 달려들던 프랜시스는 손을 위로 치켜든 채 갑자기 움직임을 멈췄다. 그의 손은 칼을 꽉 쥐고 있었다. 노에미는 각도 때문에 프랜시스의 얼굴을 볼 수 없었지만 어떤 표정일지 상상이 됐다. 지금 노에미의 표정과 같을 것이다. 노에미도 조각상처럼 옴짝달싹 못 하고 서 있었다. 카탈리나도 그대로 굳어 서 있기는 마찬가지였다.

벌들이 다시 준동했다. 윙윙 소리가 들리기 시작했다. **봐.**

"내가 널 죽이게 하지 마라."

버질은 프랜시스에게 경고하며 그의 떨리는 손에 자신의 손을 얹었다.

"순종해."

프랜시스는 예상외로 거세게 버질을 밀어냈다. 버질은 벽으로 밀려가 부딪쳤다.

일순간 노에미는 버질이 느낀 통증을 고스란히 느꼈다. 아드레날린이 혈관을 타고 확 솟구치면서 버질의 분노가 노에미 본인의 분노와 뒤섞였다. **프랜시스, 이 조그만 새끼가.** 일시적으로 그들을 하나로 묶은 것은 어둠이었다. 노에미는 소리를 지르다가 거의 혀를 깨물 뻔했다. 뒷걸음질을 치면서 발이 서서히 말을 듣기 시작했다.

한 걸음, 또 한 걸음.

버질이 인상을 썼다. 재킷에 들러붙은 자잘한 버섯 조각들을 털어내며 앞으로 다가오는 버질의 눈이 금색으로 빛나고 있었다.

윙윙대는 소리가 다시 솟구쳤다. 처음에는 나지막했는데 다시 요란하게 살아나고 있어 노에미는 움찔했다.

"순종해."

프랜시스는 끄응 소리를 내면서 한 번 더 버질에게 달려들었다. 버질은 쉽게 프랜시스를 제압했다. 원래 힘이 더 센 데다가 이번에는 공격에 대비하고 있었기 때문이었다. 버질은 프랜시스의 주먹을 막아 낸 뒤 그의 머리를 주먹으로 거세게 치며 반격했다. 프랜시스는 뒤로 휘청했지만 균형을 잡으면서 다시 주먹을 날렸다. 프랜시스의 주먹에 입을 맞은 버질이 분노와 경악이 섞인 숨을 내뱉었다.

버질은 입을 손으로 문질러 닦고 눈을 가늘게 뜨며 말했다.

"네놈이 혀를 씹어 끊게 해 주마."

두 남자가 위치를 바꿔 서자 노에미는 프랜시스의 얼굴을 볼 수 있었다. 프랜시스는 관자놀이에서 피를 흘리며 고개를 세차게 휘저었다. 물 밖으로 나온 물고기처럼 눈을 크게 뜨고 두 손을 부들부들 떨면서 입을 열었다 닫았다 하고 있었다. 숨이 막히는 모양이었다.

맙소사. 버질은 프랜시스를 조종해 자기 혀를 씹어 끊게 할 셈이었다.

노에미의 뒤에서 윙윙 소리가 점점 크게 들려왔다.

봐.

뒤를 돌아보았다. 노에미의 눈이 아그네스의 얼굴로 향했다. 영원한 고통의 고리 속에 갇힌 입술 없는 입을 바라보며 노에미는 두 손으로 귀를 틀어막았다. 왜 이 소리가 그치지 않는지 맹렬하게 생각을 해 보았다. 이 소리는 왜 멈추지 않고 반복해서 들려오는 걸까.

문득 지금까지 알아채지 못한 사실을 깨달았다. 어쩌면 처음부터 뻔한 사실이었을 수도 있었다. 그들을 둘러싼 이 무시무시하고 뒤틀린 어둠은 바로 아그네스라는 여자가 겪은 고통의 표현이었다. 아그네스. 아그네스는 미쳐 버렸고 고통 속에서 울부짖었으며 절망했다. 그녀의 일부는 여전히 이곳에 남아 아파하며 울부짖고 있었다.

그녀가 바로 제 꼬리를 먹는 뱀이었다.

아그네스는 악몽에 영원히 매여 꿈을 꾸는 자였다. 눈이 먼지가 되어 사라진 후에도 영원히 눈을 감고 있는 자였다.

윙윙 소리는 아그네스의 목소리였다. 더 이상 생전처럼 의사소통을 할 수 없기에 자신이 겪은 이루 말할 수 없는 공포, 붕괴와 고통을 호소하며 소리치고 있는 것이다. 일관성 있는 기억과 생각은 사라지고 지독한 분노만 남아서 가까이 다가오는 누구의 정신이든 불태워 버렸다. 아그네스가 원하는 게 무엇일까?

이 고통에서 해방되는 것이겠지.

깨어나고 싶을 것이다. 하지만 아그네스는 깨어날 수 없었다. 그럴 수가 없었다.

윙윙 소리가 점점 커지면서 노에미를 위협했다. 이대로라면 정신이 먹혀 버릴 것 같았다. 노에미는 손을 아래로 내려 석유램프를 집어 올렸다. 자신이 무슨 일을 하려는 것인지 깊게 생각할 겨를 따원 없었다. 그저 루스가 말한 한 가지만 생각했다. 눈 떠. 눈 떠. 빠르고 확고하게 걸음을 옮겼다. 걸으면서 입으로 중얼거렸다. 눈 떠.

다시 아그네스를 바라보며 나지막하게 말했다.

"이제 꿈속에서 걷는 자가 눈을 뜰 시간이야."

석유램프를 미라의 얼굴에 던졌다. 아그네스의 머리에 붙어 자라는 버섯에 곧장 불이 붙으면서 불의 광륜이 되었다. 불길이 벽을 타고 빠르게 내려갔다. 벽을 뒤덮은 유기물이 불쏘시개 역할을 했다. 새까맣게 탄 버섯들이 팡팡 터졌다.

버질이 비명을 질렀다. 거친 소리로 내뱉는 끔찍한 비명이었다. 바닥에 쓰러진 버질은 어떻게든 다시 일어서려고 타일을 손으로 긁어 댔다. 프랜시스도 덩달아 쓰러졌다. 아그네스는 어둠이고 어둠은 그들의 일부를 이루었다. 아그네스가 갑작스레 망가지자 그물처럼 펴져 있는 버섯들도 손상을 입었다. 신경 세포에 불이 붙은 것과 마찬가지인 상태였다. 어둠이 밀려나면서 노에미는 정신이 확 들었다.

단상에서 달려 내려가 카탈리나의 얼굴을 손으로 잡고 물었다.

"언니, 괜찮아?"

카탈리나는 고개를 격하게 끄덕였다.

"응. 괜찮아."

바닥에 쓰러진 버질과 프랜시스가 신음을 흘리고 있었다. 버질은 노에미에게 손을 뻗으려고, 일어서려고 안간힘을 썼다. 노에미는 그의 얼굴을 발로 세차게 걷어찼다. 버질은 노에미의 다리를 붙잡으려고 팔을 마구 휘저었다. 노에미는 얼른 뒤로 물러섰다. 걷지도 못하겠는지 손을 뻗으며 몸을 일으키려 버둥거리던 버질은 이를 악물고 노에미 쪽으로 기어왔다.

노에미는 그가 달려들까 봐 두려워 뒤로 한 걸음 더 물러섰다.

그때 프랜시스가 떨어뜨린 칼을 카탈리나가 집어 들었다. 남편을 내려다보던 카탈리나는 그가 고개를 돌린 순간 그대로 칼을 얼굴에 내리꽂았다. 하워드 도일에게 했듯이 칼로 남편의 눈을 내리찍었다.

버질은 조그맣게 신음을 흘리며 쓰러졌다. 카탈리나는 입을 꽉 다물고 칼을 더 깊게 쑤셔 넣었다. 그녀는 아무 말도 하지 않았고 흐느끼지도 않았다. 버질은 버둥대다가 입을 벌렸다. 그의 입에서 침과 숨이 흘러나왔다. 이윽고 버질은 그 자리에서 축 늘어졌다.

노에미와 카탈리나는 손을 잡고 버질을 내려다보았다. 버질의 피가 뱀의 검은 머리를 붉게 물들였다. 노에미는 더 큰 칼이 있으면 좋겠다는 생각을 했다. 예전에 할머니가 생선의 머리를 잘랐던 것처럼 버질의 머리를 자르고 싶었다.

노에미는 지금 손을 잡고 있는 카탈리나도 같은 생각임을 알 수 있었다.

그때 프랜시스가 소리를 내자 노에미는 옆에 무릎을 굽히고 그를 부축하려 했다.

"정신 차려요. 여기서 나가야 해요."

"그것이 죽어 가고 있어요. 우리도 죽어 가고 있어요."

"그래요. 여기서 빨리 안 나가면 우린 다 죽을 거예요."

방 전체에 불이 번지고 있었다. 여기저기 모여 자라던 버섯들은 불이 붙어 펑펑 터졌고 노에미가 젖혀 놓은 노란 커튼에도 불이 옮겨붙었다.

"나는 여기서 못 나가요."

"아니에요. 나갈 수 있어요."

노에미는 이를 악물고 프랜시스를 일으켜 세웠다. 하지만 혼자서는 역부족이었다.

"언니, 도와줘!"

두 여자는 프랜시스의 팔을 하나씩 어깨에 걸치고 반쯤 끌다시피 부축해 금속 문 쪽으로 이동했다. 문은 쉽게 열렸다. 문 너머의 계단을 본 노에미는 이대로 프랜시스를 데리고 계단을 오를 수 있을지 엄두가 나지 않았다. 하지만 다른 방법이 없었다. 뒤를 돌아보니 버질은 바닥에 쓰러져 있었고 불꽃이 그의 몸으로 떨어지고 있었다. 방 안이 환한 빛을 쏟아 내며 불타올랐다. 계단 벽에도 버섯들이 자라고 있으니 얼마 지나지 않아 이쪽에도 불이 옮겨붙을 것이다. 서둘러야 했다.

그들은 최대한 걸음을 재촉해 위로 올라갔다. 노에미는 프랜시스를 꼬집어 눈을 뜨게 했다. 그제야 그는 다리에 힘을 주기 시작했다. 그는 두 여자의 도움으로 계단을 몇 칸 올라갔다. 마지막 몇 칸을 남겨 두고 프랜시스가 늘어지자 노에미는 그를 질질 끌고 마저 올라갔고, 마침내 관들이 즐비하게 배치돼 있는 먼지 낀 바닥에 휘청대며 올라섰다. 은으로 된 명판, 썩어 가는 관, 한때는 꽃을 담고 있었을 빈 꽃병 들이 노에미의 시야에 들어왔다. 바닥에서 자라고 있는 버섯들이 그 안을 희미하게 밝혔다.

영묘로 이어지는 문이 열려 있었다. 버질이 이 문을 통해 지하로 내려온 덕분이었다. 마침내 영묘를 나서자 안개와 어두운 밤이 그들을 맞이했다.

노에미가 카탈리나에게 물었다.

"묘지 대문으로 가는 길 알아?"

"너무 어두워. 안개도 껴서 보이질 않아."

그랬다. 불가사의한 금색 빛, 괴상한 윙윙 소리로 노에미를 겁에 질리게 했던 안개가 자욱하게 깔려 있었다. 그 소리의 정체는 아그네스였다. 지금 아그네스는 그들 발밑에서 불기둥이 됐다. 그들은 이곳에서 빠져나갈 방법을 찾아야 했다.

"프랜시스, 묘지 대문으로 가는 길을 알려 줘요."

프랜시스는 고개를 돌려 반쯤 뜬 눈으로 노에미를 쳐다보았다. 그는 고개를 끄덕이며 왼쪽을 가리켰다. 그들은 그 방향으로 걸음을 옮겼다. 프랜시스는 노에미와 카탈리나에게 의지해 걸음을 옮기면서도 자꾸만 비틀거렸다. 가는 길마다 묘비들이 부러진 이빨처럼 땅에서 솟아올랐다. 프랜시스는 끄응 소리를 내며 계속해서 길을 알려 주었다. 지금 어느 방향으로 가고 있는지 노에미는 감도 잡히지 않았다. 어쩌면 같은 자리를 맴돌고 있는 거 아닐까. 역설적이지 않은가? 지금 와서 원을 그리며 돌고 있다는 것이.

안개 때문에 한 치 앞도 볼 수 없었다. 마침내 저 앞에 쇠로 된 묘지 대문이 나타났다. 제 꼬리를 먹는 뱀 무늬가 그들 셋을 맞아 주었다. 카탈리나가 대문을 밀어 열었다. 그들은 집으로 향하는 길에 발을 디뎠다.

대문 앞에 서서 숨을 고르며 프랜시스가 말했다.

"집이 불타고 있어요."

노에미도 보았다. 자욱한 안개 사이로 저 멀리 환한 빛이 보였다. 안개 때문에 하이 플레이스 건물이 보이지는 않았지만 지금 어떤 상태인지 머릿속에 그려졌다. 불길이 서재의 오래된 책들로 옮겨붙었을 것이다. 종이와 가죽이 빠르게 타올랐겠지. 마호가니 가구와 장식 술이 달린 묵직한 커튼이 시커멓게 그을리고, 값비싼 은식기가 잔뜩 들어 있는 유리 장식장도 탁탁 소리를 내며 탈 것이며, 천장 일부가 바닥으로 떨어지면서 님프 조각이 새겨진 중심 기둥도 불길에 휩싸였을 것이다. 도일 가의 하인들이 꼼짝 못 하고 계단에 서 있는 동안, 불은 무자비한 강처럼 계단을 집어삼켰을 것이다. 마룻장도 열기에 터져 나갔을 것이다.

오래된 그림들의 물감이 부글부글 끓고, 색 바랜 사진들은 화르르 타올라 흔적도 없이 사라졌을 것이며, 문간마다 아치형으로 활활 타오를 것이다. 하워드 도일의 두 아내를 그린 초상화도 불에 타고 있을 것이다. 침대에 불이 옮겨붙으면서 하워드의 썩은 몸뚱이는 연기에 숨이 막히겠지. 의사가 꼼짝 못 하고 바닥에 쓰러져 있는 동안 불은 침대보로 옮겨붙고 하워드 도일을 조금씩 잡아먹을 것이다. 노인은 비명을 지르겠지만 이제 아무도 그의 수발을 들지 않을 것이다.

그림과 침구류, 접시, 유리 아래에서 눈에 띄지 않고 존재하던 가느다란 실들, 고운 균사체에 불이 붙으며 불길은 더욱 커져 갈 것이다.

멀리서 활활 타오르는 집이 보였다. 이대로 쭉 타서 완전히 재가 되어 버리기를.

"가요."

노에미가 말했다.

27장

그는 턱까지 이불을 올려 덮고 자는 중이었다. 침대 외에 가구라고는 의자 하나와 화장대 하나가 전부인 자그마한 방이었다. 노에미는 침대 바로 옆에 의자를 놓고 앉아 있었다. 화장대 위에는 성 유다 타데오의 작은 조각상이 놓였다. 노에미는 그 조각상에 대고 몇 번이나 기도를 했다. 조각상 발치에는 담배 한 개비를 제물로 놓아두었다. 조각상을 바라보며 천천히 입술을 움직여 기도하고 있는데 방문이 열리고 카탈리나가 들어왔다. 카탈리나는 카마리요 선생의 친구가 빌려준 면 잠옷을 입었고 두툼한 갈색 숄을 어깨에 둘렀다.

"자러 가기 전에 필요한 거 없는지 물어보려고 왔어."

"없어."

카탈리나는 노에미의 어깨에 손을 얹었다.

"너도 좀 자. 쉬질 못했잖아."

노에미는 카탈리나의 손을 토닥였다.

"이 사람이 깼을 때 혼자 있게 하기 싫어서 그래."

"이틀째야."

"알아. 언니가 우리한테 읽어 준 동화처럼 되면 얼마나 좋을까. 동화에서는 참 쉬웠잖아. 그냥 공주한테 키스만 하면 문제가 다 해결됐는데."

그들은 프랜시스를 바라보았다. 프랜시스의 얼굴은 머리를 대고 누운 베갯잇처럼 핏기 하나 없었다. 카마리요가 그들을 돌봐 주었다. 상처를 봐 주고, 몸을 씻고 옷을 갈아입을 수 있게 해 주었으며, 쉴 수 있는 방도 준비해 주었다. 노에미가 사정을 설명하자 그는 마르타에게 연락해 아편 팅크제를 가져오게 했다. 팅크제를 마신 그들은 모두 두통을 느끼고 구역질을 했지만 곧 가라앉았다. 그런데 프랜시스는 좀 달랐다. 그는 곧 깊은 잠에 빠져들어 깨어나질 않았다.

"그러다 지치면 프랜시스한테도 도움이 안 돼."

카탈리나의 말에 노에미는 팔짱을 끼며 대답했다.

"알아. 안다고."

"옆에 있어 줄까?"

"정말 괜찮아. 조금 있다가 잘 거야. 지금은 잠이 안 와서 그래. 별로 피곤하지도 않아."

카탈리나는 고개를 끄덕였다. 그들은 조용히 그 자리를 지켰다. 프랜시스의 가슴이 꾸준히 오르내렸다. 꿈을 꾸고 있다면 부디 기분 나쁜 꿈은 아니기를. 곤히 자는 걸 보니 그가 깨어나길 바라는 게 과연 잘하는 짓일까 싶기도 했다.

노에미는 잠드는 게 무서웠다. 어둠 속에 악몽이 도사리고 있을까 봐 겁이 났다. 지독히 무서운 일을 겪은 후 사람들은 어떻게 살아갈까? 일상으로 돌아가 아무렇지 않게 살 수 있을까? 그럴 거라고 생각하고 싶었다. 하지만 잠이 들었다가 그렇지 않다는 걸 알게 될까 봐 두려웠다.

"의사 선생님이 경찰 두 명과 치안 판사 한 명이 내일 파추카 시에서 올 거라고 했어. 너희 아버지도 여기로 오실 거야."

그러더니 카탈리나는 숄을 끌어당기며 물었다.

"그 사람들에게 뭐라고 말하지? 우리 얘기를 믿어 줄 것 같지가 않아."

여기로 오기 전 그들은 당나귀를 끌고 오는 농부 두 명을 마주쳤다. 피투성이에 여기저기 멍이 들고 몹시 지친 세 사람은 사람을 만나면 어떻게 사정을 설명할지 아직 입을 맞추지도 못한 상태였다. 다행히 그들의 몰골을 보고 놀란 농부들은 별다른 질문을 하지 않고 조용히 그들을 엘 트리운포로 데려다주었다. 카마리요의 집으로 가게 된 세 사람은 의사에게 사정 얘기를 했는데 노에미가 나서서 간단히만 말해 주었다. 버질이 미쳐서 예전에 누나가 했던 짓을 했다, 하이 플레이스에 살던 사람들을 죽이고 집에 불까지 질렀다, 라고.

하지만 그 정도로는 노에미가 낡아 빠진 웨딩드레스를 입고 있고 프랜시스도 신랑 복장을 하고 있는 것, 두 여자의 옷에 피가 엄청 많이 묻어 있는 것을 설명할 수 없었다.

아마 카마리요도 그 얘기를 곧이곧대로 믿지는 않았을 것이다.

그래도 일단 믿는 척을 해 주었다. 카마리요의 지친 눈에서 노에미는 그가 어느 정도 이 사태를 이해하고 있음을 알 수 있었다.

"아버지가 오시면 상황을 정리해 주실 거야."

"그러시면 좋겠다. 우릴 고소하면 어떻게 하지?"

노에미가 알기로 그들을 이곳에 붙잡아 둘 사람은 없었다. 엘 트리운포에는 유치장도 없었다. 굳이 그들을 구금해야 한다면 파추카로 보낼 것이다. 하지만 노에미는 경찰이 그렇게까지 할 것 같지는 않았다. 그들은 진술서를 받고 대충 보고서를 작성할 것이다. 어차피 그들은 진술의 진위 여부를 증명할 수도 없었다.

노에미가 자신 있게 말했다.

"내일이면 우린 집으로 갈 수 있어."

카탈리나는 미소 지었다. 노에미는 지친 와중에도 카탈리나의 미소를 보니 기분이 좋아졌다. 어렸을 때부터 함께 자란 다정한 사촌언니의 미소였다. 드디어 노에미가 아는 카탈리나로 돌아왔다.

카탈리나는 허리를 굽혀 노에미의 뺨에 입을 맞췄다.

"그래. 그러니까 좀 자. 그 사람들이 내일 아침 일찍 이곳으로 올 거야."

그들은 한참 동안 서로를 꼭 끌어안았다. 노에미는 울고 싶지 않았다. 아직은 그럴 때가 아니었다. 카탈리나는 노에미의 얼굴로 흘러내린 머리카락을 부드럽게 쓸어 넘기며 다시 미소 지었다.

"바로 옆방에 있으니까 필요하면 불러."

카탈리나는 이렇게 말하고는 프랜시스를 한 번 내려다본 후 방을 나가 문을 닫았다.

노에미는 스웨터 주머니에 손을 넣어 라이터를 꼭 쥐었다. 행운의 부적이었다. 어제 카마리요에게 받은 구겨진 담뱃갑을 주머니에서 꺼냈다.

담배에 불을 붙이고 발로 바닥을 탁탁 치다가 빈 그릇에 재를 털어냈다. 등이 아팠다. 불편한 의자에 오랫동안 앉아 있어 그런 듯했다. 카마리요와 카탈리나가 번갈아 가며 방으로 들어와 좀 쉬라고 했지만 노에미는 그 자리를 떠나지 않았다. 담배를 몇 모금 피웠을 때 프랜시스가 몸을 움직였다. 노에미는 담배를 그릇에 내려놓고 그 그릇을 화장대에 옮겨 놓은 뒤 기다렸다.

전에도 그는 머리를 약간 움직이는 식으로 뒤척인 적이 있었다. 이번에는 좀 다른 것 같았다. 노에미는 그의 손을 잡고 속삭였다.

"눈 떠요."

루스가 노에미에게 공포에 질린 목소리로 몇 번이나 해 준 말이었다. 노에미는 따듯한 목소리로 그에게 그 말을 해 주었다.

그는 눈꺼풀을 살짝 들썩이다가 눈을 뜨더니 이윽고 노에미에게 초점을 맞췄다.

"드디어 깼네요."

"예."

"물 마셔요."

화장대에 유리 물병이 있었다. 노에미는 유리컵에 물을 채워 그의 입에 갖다 대 주었다. 잠시 후 그에게 물었다.

"배고파요?"

"아뇨. 나중에 먹을게요. 몸이 영 별로예요."

"그래 보여요."

프랜시스는 희미하게 미소를 짓다가 조그맣게 소리 내어 웃었다.

"그럴 겁니다."

"이틀을 꼬박 잤어요. 「잠자는 숲속의 미녀」라는 동화를 흉내 내서 당신 목구멍에서 사과 조각을 빼내야 할지 고민했다니까요."

"「백설 공주」겠죠."

"뭐. 백설 공주처럼 얼굴이 창백하긴 하네요."

프랜시스는 또 다시 미소를 지으며 침대 머리판에 등을 기대고 앉았다. 잠시 후 미소를 거둔 그는 걱정되고 불안한 목소리로 나지막하게 물었다.

"다 없어졌을까요?"

"마을 사람 두 명이 산에 올라가서 봤는데 불에 다 타고 폐허가 됐대요. 하이 플레이스는 사라졌어요. 그 안에 살던 균류도 같이 없어졌을 거예요."

"음. 그런가요. 하지만…… 균사는 불에 저항력이 강해요. 어떤 버섯들은…… 가령…… 곰보 버섯은 산불이 난 후에 더 잘 자라기도 해요."

"그 집에 있던 건 곰보 버섯이 아니었고 산불도 아니었어요. 그 집에 뭐든 남아 있는 게 있으면 찾아서 마저 태워 버리면 돼요."

"그럴 수 있으면 좋겠네요."

그제야 안심이 되는지 프랜시스는 꽉 쥐고 있던 이불을 손에서 놓고 한숨을 푹 쉬었다. 그는 노에미를 바라보며 물었다.

"내일 당신 아버지가 오시면 어떻게 되는 거예요?"

"음흉하네요. 나랑 언니가 나누는 얘기를 듣고 있었어요?"

그는 겸연쩍어하며 고개를 저었다.

"아뇨. 얘기를 듣다가 잠에서 깬 것 같기도 하고 이미 반쯤 깨어 있었던 것 같기도 해요. 어쨌든 당신 아버지가 내일 아침에 오실 거라는 얘기를 들었어요."

"맞아요. 아버지가 곧 오실 거예요. 만나 보면 아버지가 마음에 들걸요. 멕시코시티도 당신 마음에 들 거고요."

"나도 같이 가요?"

"우린 당신을 여기 남겨 놓고 갈 생각 없어요. 당신을 산 아래로 끌고 내려온 게 나란 말이에요. 그러니 당신을 끝까지 지켜 줄 거예요. 아마 관련된 법도 있을걸요."

노에미는 다정하게 말했다. 이런 말투로 말해 보는 게 오랜만이었다. 이렇게 속 편하게 말하는 것도 오랜만이라서 영 어색하고 혀가 아플 지경이었다. 그래도 노에미는 애써 미소 지었고 프랜시스는 만족해하는 얼굴이었다.

'연습을 해야지.'

노에미는 생각했다. 뭐든 연습이 필요했다. 걱정 없이, 두려움 없이, 어둠이 쫓아올 거란 생각 없이 살아갈 수 있도록 연습을 해야 할 것이다.

"멕시코시티는 무척 넓은 곳이라던데요."

"익숙해질 거예요."

노에미는 다친 손으로 하품이 나오는 입을 가리며 대답했다.

프랜시스가 부목을 댄 노에미의 손가락을 바라보며 조용히 물었다.

"많이 아프죠?"

"조금요. 당분간 소나타는 연주 못 하겠어요. 듀엣으로 피아노를 치게 되면 왼손 연주는 당신이 거들어 줘요."

"진지하게 묻는 거예요, 노에미."

"진지하게요? 온몸이 아파요. 하지만 곧 나을 거예요."

어쩌면 낫지 않을 수도 있었다. 예전과 똑같이 피아노를 칠 수 없을지도 몰랐다. 이번에 겪은 무시무시한 경험을 극복하지 못할 수도 있었다. 하지만 그런 말은 하고 싶지 않았다. 해 봤자 아무런 도움도 되지 않을 테니까.

"카탈리나가 당신한테 자라고 한 얘길 들었어요. 내가 봐도 당신은 좀 자야겠어요."

"칫. 자는 건 지루해요."

노에미는 담뱃갑을 만지작거렸다.

"악몽을 꿀까 봐요?"

노에미는 어깨를 으쓱하고 대답하지 않았다. 검지로 담뱃갑을 톡톡 두드리기만 했다.

프랜시스가 말했다.

"난 어머니에 대한 악몽을 꾸지는 않았어요. 나중에는 꿀 수도 있겠죠. 꿈에서 하이 플레이스는 다시 원상복구가 됐고 나는 집 안에 들어가 있었어요. 이번에는 빠져나오지 못했어요. 집에는 나 혼자였고 모든 문이 봉인돼 있었어요."

노에미는 담뱃갑을 손으로 확 잡아 구겼다.

"그 집은 사라졌어요. 아까 말했잖아요. 다 사라졌다고."

"꿈에서는 전보다 더 장엄하게 복구가 됐어요. 어쩌면 황폐해지기 전의 집일 수도 있을 거예요. 화려한 색으로 채색이 돼 있었고 온실에는 꽃들이 자라고 있었어요. 온실뿐만 아니라 집 안에도 꽃이 가득 피었어요. 계단이며 방 안 곳곳에 버섯이 잔뜩 자라 있더라고요."

그는 침착한 목소리로 덧붙였다.

"내가 집 안으로 들어가자 내 걸음을 따라 버섯이 피어났어요."

"그만해요."

노에미는 그가 차라리 살인과 피, 내장이 나오는 꿈을 꾸었기를 바랐다. 지금 들은 꿈 얘기가 훨씬 더 불안하게 느껴졌다.

노에미는 담뱃갑을 떨어뜨렸다. 그들은 담뱃갑이 떨어진 의자와 침대 사이를 함께 내려다보았다.

프랜시스가 떨리는 목소리로 물었다.

"그게 사라지지 않았으면 어떻게 하죠? 내 안에 남아 있으면?"

"글쎄요."

그들은 할 수 있는 일을 다 했다. 버섯을 다 태웠고 어둠을 파괴했으며 마르타의 팅크제도 마셨다. 그러니 그것은 사라졌을 것이다. 하지만 핏속에 남아 있을 수는 있었다.

프랜시스는 깊게 한숨을 내쉬며 고개를 저었다.

"내 안에 남아 있다면 내가 끝을 내야 해요. 그러니 나한테 너무 가까이 다가오지 말아요. 그건……."

"그건 꿈일 뿐이에요."

"노에미…… 내 말을 제대로 안 듣고 있군요."

"아뇨! 꿈일 뿐이에요. 꿈은 당신을 해치지 못해요."

"당신은 왜 잠을 못 자는데요?"

"그냥 자기 싫어서요. 꿈이랑은 관계없어요. 악몽은 아무 의미도 없어요."

프랜시스가 반박하려 하자 노에미는 침대로 올라가 그의 옆에 누워 이불을 덮었다. 그를 껴안고 더는 말하지 못하게 했다. 그의 손이 머리카락을 쓰다듬는 게 느껴졌다. 빠르게 뛰던 그의 심장이 서서히 안정되었다.

노에미는 프랜시스를 올려다보았다. 그의 눈에 눈물이 고여 반짝거렸다.

그가 속삭였다.

"난 하워드처럼 되고 싶지 않아요. 어쩌면 곧 죽을 수도 있겠죠. 내가 죽으면 화장시켜 줘요."

"그럴 일 없어요."

"어떻게 장담해요."

"우린 같이 있을 거예요. 우린 계속 같이 있을 거고, 당신은 혼자가 될 일 없어요. 약속할게요."

"어떻게 그런 약속을 해요?"

노에미는 멕시코시티가 얼마나 아름답게 빛나는 도시인지 나지막하게 들려주었다. 도시의 일부 구역에는 새로 지은 건물들이 자리하고 있었다. 너른 벌판이었던 곳, 비밀스러운 역사 따위는 없는 곳이었다. 다른 도시들도 있었다. 땅을 태울 듯이 강렬한 햇살이 쏟아지는 곳이라 그런 도시에서 살다 보면 그의 얼굴에도 혈색이 돌 것이다. 그들은 바닷가에 지어진, 큰 창문이 있고 커튼은 없는 집에서 살 수도 있었다.

"꼭 동화 같네요."

그는 중얼거리며 그녀를 품에 안았다.

언제나 이야기를 지어내 들려주던 사람은 카탈리나였다. 보석으로 치장한 기수들을 태운 검은 암말 이야기, 탑에 사는 공주 이야기, 쿠빌라이 칸의 전령 이야기. 하지만 프랜시스가 이야기를 필요로 하자 노에미는 이야기를 들려주었다. 거짓으로 꾸며 낸 이야기든 진실이든 그가 상관없다고 할 때까지 멈추지 않았다.

프랜시스는 노에미를 품에 꼭 껴안고 그녀의 목에 얼굴을 묻었다.

마침내 노에미는 잠이 들었다. 별다른 꿈은 꾸지 않았다. 이른 아침의 어스름 속에서 눈을 뜨자 프랜시스의 파리한 얼굴이, 그의 푸른 눈동자가 그녀를 바라보고 있었다. 언젠가, 신중하게 들여다보면 그의 눈동자에서 금색 점을 발견하게 될지도 모른다. 거울 속 자신의 눈동자에도 녹인 금 같은 색깔이 보일 수도 있을 것이다. 세상은 저주받은 순환 고리일 수도 있다. 뱀은 자신의 꼬리를 먹고 있으니 끝이 없을 수도 있다. 오직 영원한 파괴와 끝없는 파멸뿐일지도 모른다.

프랜시스가 잠에 취한 목소리로 말했다.

"당신 꿈을 꾼 것 같아요."

노에미도 중얼거리며 대답했다.

"난 현실이에요."

그들은 조용히 누워 있었다. 노에미는 자신이 정말 곁에 있음을 알려 주기 위해 프랜시스에게 천천히 입을 맞췄다. 그는 안도의 숨을 내쉬며 노에미에게 손깍지를 하고 눈을 감았다.

노에미는 생각에 잠겼다. 미래는 알 수 없다. 어떤 일이 일어날지 예측할 수도 없다. 그러니 미래를 단정 짓는 건 멍청한 짓이다. 그들은 젊고 희망을 품고 있었다. 세상이 다시 따듯하고 달콤한 곳이 되었으리라는 희망이었다. 노에미는 행운을 빌며 그에게 또다시 입을 맞췄다. 눈을 뜨고 그녀를 바라보는 그의 얼굴에 기쁨이 가득했다. 노에미는 이번에는 사랑을 위해 그에게 입을 맞췄다.

〈끝〉

감사의 말

에이전트 에디 슈나이더, 편집자 트리샤 나르와니, 그리고 델 레이 사에 감사드립니다. 어렸을 때부터 공포 영화를 보게 해 주고 무서운 책을 읽게 허락해 주신 어머니에게도 감사한 마음입니다. 그리고 내가 쓰는 글을 모두 읽어 주는 남편에게도 언제나 고맙다는 말을 전하고 싶습니다.

부록1 독자에게 보내는 편지

독자 여러분께

멕시코에는 유령 마을이 된 폐광촌이 여러 곳 있다. 유령 마을이라는 말은 이중적인 뜻을 갖는다. 하나는 버려진 곳이라는 뜻, 다른 하나는 식민 지배로 인해 피폐해진 흔적이 역력한 곳이라는 뜻이다. 이런 마을은 그야말로 유령들로 가득하다.

멕시코에 도착한 스페인 사람들은 풍성한 광물을 발견했다. 그들은 금은 물론이고 특히 은을 어마어마한 양으로 채굴했다. 18세기까지 멕시코는 세계 주요 은 생산국이었다.

일거리가 많은 광산은 일꾼들을 필요로 했다. 그것도 싸구려 일꾼들을. 그들은 시대에 따라 노예제도나 엔코미엔다*, 레파르티미엔토** 같은 방식을 통해 토착민들을 강제로 끌어다가 광산에서 노역하게 했다. 노동자들은 악조건 속에서 학대당하며 힘들게 일해야 했다. 광산에서 노역하지 않은 사람들도 스페인의 악독한 지배하에서 조상 대대로 살아온 땅에서 쫓겨나 갖은 고초를 당했다.

1810년에 멕시코 독립 전쟁이 일어났지만 멕시코와 멕시코의 자원에 대한 외국의 지배력은 약해지지 않았고, 자원 배분도 고르게 이루어지지 않았다. 스페인 사람들이 물러간 후에는 또 다른 외국 세력들

---

* 스페인령 아메리카에서 1503년에 제정된 제도. 스페인의 정복자나 식민자가 토지 또는 마을을, 현지에 사는 원주민(인디오)과 함께 수여받은 제도.

** 식민지 시대의 스페인령 아메리카에서 칙허에 의해 이주자가 원주민 노동자를 징발할 수 있었던 제도.

이 멕시코 땅에서 은을 갈취해 갔다.

1800년대 초 멕시코에 들어온 영국 광산 회사들은 이달고 산 고지대의 레알 델 몬테 마을을 비롯한 곳곳에서 채굴을 진행했다. '작은 콘월'이라는 별명이 붙은 레알 델 몬테는 지금도 영국풍 건축물과 공포 영화에 나올 법한 영국식 묘지로 유명하다. 나는 수년 전 방문한 이 마을을 『멕시칸 고딕』의 장소적 배경으로 삼았다.

이 소설의 제목은 '멕시칸 고딕'인데 영국인들이 들어와 살면서 착취한 마을을 배경으로 삼았으니 이상하게 들릴 수도 있을 것이다. 이런 부분도 라틴아메리카가 품은 역설적 유산이라 하겠다. 이 소설의 제목을 '탈식민시대 고딕'이라고 붙일 수도 있었지만 그랬으면 너무 장황하고 덜 매력적으로 들렸을 것이다. 그런 면에서 '멕시칸 고딕'은 옛 마을의 흔적을 찾아 멕시코 곳곳을 누비고 다녔을 당시 내가 느낀 먹먹한 감정이 잘 담겨 있는 제목이다.

어떤 장소에 대해 알려면 땅부터 봐야 한다. 나는 이달고의 땅에서 유령들의 존재를 그야말로 '절절히' 느꼈다. 머리에 침대보를 뒤집어쓴 유령은 우리 조상들의 죄로 인해 남겨진 유령에 비하면 훨씬 덜 무섭다.

『멕시칸 고딕』은 어둡고 음울한 집, 매력적이지만 위험한 남자, 비밀을 간직한 가족, 밤이면 덜그럭거리는 물건들 같은 고딕풍 장치로 재미있게 꾸며 놓은 소설이다. 하지만 그 속에는 이 땅의 상처와도 같은 유령들의 이야기가 담겨 있음을 기억해 주기 바란다.

실비아 모레노-가르시아

부록2 작가와의 인터뷰

질문: 고딕 소설이란 무엇입니까?

답변: 긴장감과 공포를 주된 분위기로 하는 로맨틱 소설 장르입니다. '로맨틱(Romantic)'이란 로맨틱 예술 운동(Romantic artistic movement)에서 파생된 용어지 연애 이야기라는 의미가 아닙니다. 고딕 소설은 멜로드라마적 요소와 감정 표현이 강하다는 특징이 있습니다. 다양한 범위의 작품들을 아우르며 (어두운 성, 순결한 여주인공, 바이런식의 비장하고 낭만적인 남자들 같은) 전형적인 요소들을 독자들에게 보여 주기도 합니다.

지금까지 고딕 소설은 여성 고딕 소설과 남성 고딕 소설로 구분됐습니다. 여성 고딕 소설은 초자연적 요소가 없으며, 행복한 결말을 이끌어내고 남자주인공과의 관계를 정립하는 여주인공에 중점을 둡니다. 『제인 에어*Jane Eyre*』가 좋은 예입니다. 남성 고딕 소설은 초자연적 요소가 있으며, 무정한 세상을 배경으로 하고, 생생한 폭력이나 강간 같은 외연적인 특징을 부각합니다. 『수도승*The Monk*』이 좋은 예입니다.

고딕 소설은 고딕 호러 소설이냐 고딕 로맨스 소설이냐로 나뉘기도 합니다. 뉴욕 공공 도서관이 이 두 범주에 대해 상세한 설명을 해 놓았으니 참고 바랍니다.(http://www.nypl.org/blog/2018/10/18/brief-history-gothic-horror)

좀 더 복잡하게는 초기 고딕, 빅토리아 시대 고딕, 뉴 고딕 로맨스로 고딕 소설을 분류하기도 합니다. 대부분의 사람들에게 익숙한 것은 아마 뉴 고딕 로맨스일 것입니다. 1960~1970년대에 새로운 고딕 소설들이 문고본 형식으로 출판 시장에 등장했습니다. 이런 소설의 특징은 한밤중에 무시무시한 집에서 도망치는 젊은 여성이 등장한다는 점입니다. 우리는 그런 요소를 가진 소설을 뉴 고딕 로맨스 소설이라고 부르죠. 꽤 역사가 오랜 장르입니다!

질문: 이 소설에서 다루는 의학적, 과학적 문제를 말씀해 주시겠습니까?

답변: 이 소설에서는 우생학에 대한 얘기를 주로 하고 있습니다. 우생학은 프랜시스 골턴 박사가 만들어 낸 용어입니다. 바람직하다고 여겨지는 특정한 유전적 특징을 결합하고 그렇지 않은 특징들이 유전되는 것을 막아서, 선택적으로 인간을 개선할 수 있다는 개념입니다. 우생학은 인종 문제와 밀접하게 연관돼 있죠. 영국과 미국의 일부 지역에서는 인종 혼합을 두려워하는 풍조가 있었는데, 찰스 대번포트*와 모리스 스터게르다**의 『자메이카의 인종 혼합*Race Crossing in Jamaica*』 같은 책을 보면 그런 내용이 언급돼 있습니다. 멕시코와 라틴아메리카 일부 지역에서도 우생학 지지론자들이 인종 문제에 관심을 표했지만, 인종 혼합이 높은 비율로 이루어진 지역인 만큼 그들의 관심은 다른 양상을 띠었습니다. 우생학은 과학과 의학, 사회 영역의 문제들을 망라합니다. 무엇보다 반(反)이민 법안과 단종 수술 강요 등의 문제에 대한 관심을 고취하죠.

여성 건강 관리 문제도 빼놓을 수 없습니다. 1950년대 이전까지 미

* Charles Davenport. 1866~1944. 미국의 동물학자.

** Morris Steggerda. 1900~1950. 미국의 인류학자.

국정신의학회는 히스테리를 정신 장애로 분류하지 않았습니다. 당시에는 여성 의사의 숫자도 무척 적었고, 남성 의사들은 여성의 건강 문제를 진지하게 다루지 않았습니다.

이 소설에는 폐결핵과 휴식 요법에 관한 내용이 나옵니다. 휴식 요법은 항생제 치료가 본격적으로 이루어지기 전까지 폐결핵을 비롯한 여러 질병의 치료법으로 두루 쓰였어요. 폐결핵 유발 박테리아를 죽일 수 있는 최초의 항생물질이 바로 스트렙토마이신입니다. 1946년부터 1948년까지 최초로 스트렙토마이신을 이용한 폐결핵 치료 실험이 무작위로 이루어졌죠. 오늘날 폐결핵 치료에 일반적으로 사용되는 네 가지 약은 아이소나이아지드(1951년), 피라진아미드(1952년), 에탐부톨(1961년), 리팜피신(1966년)입니다.

휴식 요법은 1950년까지 두루 사용됐습니다. 환자를 침대에 누워 쉬게 하고 격리하면서 배불리 먹게 하고 창조적이거나 지적인 활동, 자극을 삼가게 하는 치료 방식이었죠. 환자에 대한 방문을 제한하거나 아예 금지하기도 했습니다. 그 결과, '폐결핵 환자들이 직면한 제일 큰 두 가지 문제는 고립감과 권태로움이었다'라고 합니다.(출처: http://www.heritage.nf.ca/articles/society/tuberculosis-experience.php)

마지막으로, 마을 사람들을 위해 치료약을 만드는 민간 치료사가 있습니다. 민간 치료사 혹은 전통 치료사라 불리는 이 사람들은 멕시코 문화의 일부입니다.

질문: 이 소설의 영감은 어디에서 얻었습니까?

답변: 방대한 분량의 책과 이야기입니다. 제일 중요한 것을 몇 개 추려서 얘기하자면 샬럿 퍼킨스 길먼의 『누런 벽지 *The Yellow*

Wallpaper』, 오라시오 키로가의 『깃털 베개*The Feather Pillow*』가 있습니다. 건강 문제로 고생하는 여성들의 이야기에 공포를 결합한 내용입니다. 우연찮게 길먼도 우생학 지지자였어요.

또 다른 영감의 원천은 포와 러브크래프트가 『어셔 가의 몰락*The Fall of the House of Usher*』, 『찰스 덱스터 워드의 진실*The Case of Charles Dexter Ward*』에서 사용한 타락한 족보와 가족 개념입니다. 포의 『리지아*Ligeia*』와 『모렐라*Morella*』, 러브크래프트의 『현관 앞에 있는 것*The Thing on the Doorstep*』에서 다루는 심신의 빙의도 인상적이었어요.

마지막으로 너새니얼 호손의 『라파치니의 딸*Rappaccini's Daughter*』에 나오는 식물학적 공포를 통해 주인공이 독성을 지닌 식물에 노출된다는 아이디어를 떠올렸고, 윌리엄 호프 호지슨의 『밤의 목소리*The Voice in the Night*』를 통해 균류에 대한 공포, 신체에 대한 공포, 질병에 대한 공포라는 요소를 생각해 낼 수 있었습니다.

질문: 하워드 도일이라는 이름에 특별한 의미가 있습니까?

답변: 하워드라는 이름은 작가 H. P. 러브크래프트에서 따왔습니다. 러브크래프트는 대단히 유명한 괴기 환상 소설가죠. H. P. 러브크래프트의 'H'는 하워드의 약자입니다. 도일은 미스터리 탐정 장르에서 대단히 중요한 작가인 아서 코난 도일에서 따왔습니다. 아서 코난 도일은 초자연적 현상에 대단히 깊은 관심이 있었고, 러브크래프트는 과학광(狂)이었다고 해요. 이 두 작가의 일부 작품에는 인종차별적 요소가 들어 있기도 합니다. 그래서 그들의 이름을 따서 하워드 도일이라는 이름을 지어 붙이는 게 적절하겠다고 판단했습니다.

아서 코난 도일은 스코틀랜드 사람이지만 도일 가문은 콘월 지역 출신일 가능성이 높습니다.(당시 콘월 출신 영국인들이 주로 이주했던 곳이 레알 델 몬테니까요.) 콘월 지역은 스코틀랜드와는 거리가 멀죠. 예리한 독자들은 이런 점도 알아채셨을 겁니다. 제가 만든 예술적 허용의 요소라고 생각해 주시면 좋겠습니다.

질문: 타보아다라는 이름은 어떤 의미가 있습니까?

답변: 이 소설 주인공의 이름은 1960년대부터 시작해 네 편의 고딕 영화를 만든 멕시코 영화감독 카를로스 엔리크 타보아다에서 따왔습니다. 범죄 요소에 치중할 때도 있고, 동화 같은 영화를 만들 때도 있습니다만 타보아다 감독의 영화는 색깔이 독특하고 분명한 편입니다. 대부분의 사람이 멕시코스럽다고 생각하는 과장되고 연극적인 영화들과는 결이 다르죠. 일반적으로 사람들이 멕시코 영화에 기대하는 이국적인 요소(가령 '죽은 자들의 날' 같은 행사)도 들어 있지 않습니다. 타보아다 감독의 영화를 보면서 저는 '라틴아메리카 창작자도 본인이 원하는 대로 자유로이 상상할 수 있구나.'라는 생각을 했습니다.

질문: 이 소설에서 다룬 버섯에 대해 말씀해 주시겠습니까?

답변: 버섯은 정말 멋져요! '균근망'이라는 게 있는데 한마디로 숲에 사는 균류 간의 의사소통 체계입니다. 의사소통의 중심이 되는 허브 나무(hub tree) 혹은 엄마 나무도 있어요. 이런 나무들은 균근망의 중앙 허브 역할을 합니다. 균류가 워낙 다양해서 저는 균류 관찰을 즐겨 합니다. 균류가 겪는 변화도 무척 흥미로워요. 이를테면 먹물버섯은 처음에는 흰색을 띠다가 성장하면서 검게 변해 먹물로 녹아내리죠. 흰

색일 때는 식용 가능합니다. '주정뱅이의 골칫거리'라는 별명으로도 불리는데 어린 버섯일 때는 먹어도 되지만 술과 함께 섭취하면 독성이 있습니다. 버섯과 관련된 얘기는 끝도 없죠.

부록3 레알 델 몬테

실비아 모레노-가르시아

전에 인터뷰를 하다가 이런 질문을 받은 적이 있다. 내 소설에 묘사된 것처럼, 멕시코시티에서 정말 비가 억수같이 쏟아지느냐는 질문이었다. 멕시코시티에도 비가 온다. 멕시코시티의 일부 지역은 비가 오면 주기적으로 범람하기도 한다. 사람들은 멕시코 하면 회전초와 사막을 주로 연상한다. 나를 인터뷰한 분도 멕시코의 다양한 면에 대해 잘 모르는 분이었다. 그분은 멕시코를 「스피디 곤잘레스」라는 만화에 나오는 것 같은, 뜨거운 사막의 나라로만 생각했던 거다.

『멕시칸 고딕』은 안개에 둘러싸이고 쌀쌀한 산꼭대기 마을을 배경으로 한다. 영국인이 지대한 영향을 미친 마을이다. 그런 마을을 배경으로 멕시코의 이야기인 제대로 펼쳐 놓을 수 있겠냐고 보는 분들도 있을 것이다. 하지만 『멕시칸 고딕』은 영국식 묘지까지 갖춘 멕시코의 마을 '레알 델 몬테'에서 영감을 받았다.

미네랄 델 몬테라고도 불리는 레알 델 몬테는 이달고 산 고지대에 위치해 있다. 훔볼트*는 가파른 산봉우리들이 있다는 이유로 이 지역을 멕시칸 안데스라고 불렀다. 땅이 고르지 않고 깊은 협곡들이 곳곳에 자리해 있으며 산기슭의 골짜기에는 비옥한 흙이 갖춰져 있다. 주로 현무암 지형인 데다 용암이 흐른 흔적이 뚜렷하다. 높은 다각형의

* 1769~1859. 독일의 자연과학자.

현무암 기둥들과 현무암을 따라 흘러내리는 쌍둥이 폭포로 이루어진 '산타 마리아 레글라의 현무암 프리즘'은 바위로 이루어진 풍경 중 단연 최고라 할 만하다.

이달고에는 흑요석이 풍부하다. 스페인 정복 이전 시대에 이 지역에 살던 사람들은 시에라 데 라 나바야스의 광산에서 흑요석을 캤는데 그 흑요석은 무기 제조에 사용됐다. 이 지역에서는 은도 많이 난다.

스페인 사람들은 멕시코를 정복하고 얼마 안 있어 은을 채굴해 가기 시작했다. 훔볼트가 과나후아토를 방문했을 당시 그곳에는 광산이 하나뿐이었는데, 전 세계 은 생산의 5분의 1이 바로 그곳 발렌시아나 광산에서 이루어졌다. 스페인 사람들이 그곳에서 캐낸 은으로 막대한 이익을 챙길 수 있었던 것은 그 지역 토착민을 싸구려 노동력으로 이용했기 때문이었다. 그들은 토착민을 노예로 부리거나 다양한 형태로 강제 노역을 시켜 멕시코에서 어마어마한 은을 캐냈다. 그런 행태는 멕시코 독립 전쟁이 발발할 때까지 계속됐다.

19세기 후반으로 접어들면서 세계 곳곳의 광산 회사들이 멕시코에 자리를 잡기 시작했다. 그 무렵 영국인들이 레알 델 몬테에 자리를 잡으면서, 그 지역에 '작은 콘월'이라는 별명이 붙었다. 특히 마을 건축물에서 영국인들의 영향력을 뚜렷이 볼 수 있다. 가파르게 경사진 지붕도 영국적인 특징 중 하나다. 이 마을에 있는 영국인 묘지에서도 영국풍을 느낄 수 있다. 이 묘지에는 다양한 종류의 나무들이 자라고 산비탈의 차가운 기운이 스며들어 있다. 하루 중 특정한 시간대에 방문하면 해머 영화사에서 만든 공포 영화처럼 안개가 묘비에 들러붙어 있어서 영락없이 영국에 와 있는 기분이 든다.

2020년 6월 30일에 웹진《컬처플라이》에 최초로 실린 글.

(http://culturefly.co.uk/silvia-moreno-garcia-on-the-real-life-town-that-inspired-mexican-gothic)

부록4 도일 가문의 상징

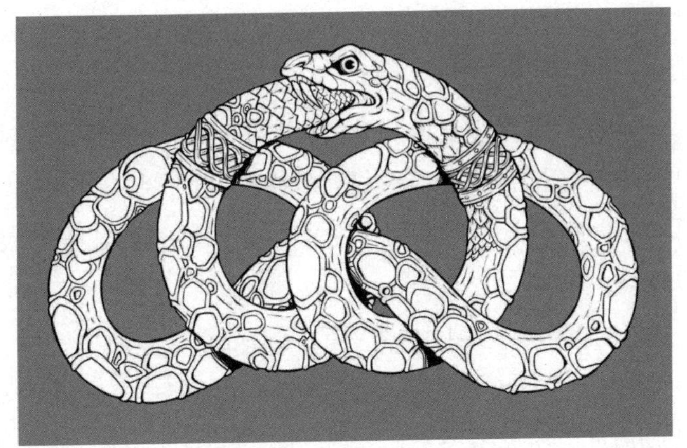

ⓒSARA BARDI

“노에미는 일어서서 바닥을 둘러보았다. 문득 바닥이 모자이크 타일로 되어 있음을 알 수 있었다. 뒤로 물러나 온실 안을 둘러본 노에미는 모자이크의 문양이 이 탁자를 둘러싸고 있음을 알아챘다. 또 다른 뱀 상징이었다. 제 꼬리를 천천히 먹어 치우고 있는 우로보로스. 버질의 말처럼, 그것은 위와 아래에서 무한하게 군림하고 있었다.”

부록5 대저택의 여자

실비아 모레노-가르시아

그 여자는 어떻게 됐을까? 어떤 여자를 의미하는지 짐작될 것이다. 긴 머리에 구식 드레스를 입은, 근심 어린 표정의 여자. 그리고 저 멀리 시커멓게 서 있는 집. 여자는 십중팔구 그 어두컴컴한 집에서 도망치고 있을 것이다.

고딕 소설에 나오는 여자의 전형적인 모습이다.

나는 지금 『오트란토 성*Castle of Otranto*』이나 『우돌포의 비밀*The Mysteries of Udolpho*』같은 초창기 고딕 소설이 아니라 20세기 중반 고딕 소설 얘기를 하고 있다. 고딕 로맨스라는 명칭이 붙은 새로운 물결의 고딕 소설, 1960년대에 문고본 형식으로 출간된 소설, 빅토리아 홀트와 필리스 A. 휘트니 같은 작가들이 지배하던 소설 말이다. 그 소설들의 표지는 2세대에 걸친 사람들의 뇌리에 '고딕'의 대표적인 이미지로 박혀 있다.

20세기 중반에 출간된 고딕 소설 대부분은 젊은 여자와 대저택, 위험하지만 짜릿한 남자를 등장시키는 단순한 공식을 고수했다. 이런 소설에서 여성들은 대부분 굴종하는 위치에 있게 된다. 고아가 되거나 해서, 대저택의 주인을 위해 일하는 상황에 놓이게 되는 것이다. 여성들은 미스터리를 해결한 후, 그간의 오해를 풀고 위험하고 짜릿한 남자(실제로 범죄자인 경우는 드물다.)와 결혼까지 하게 된다. 여주인공을 둘러싼 미스터리와 위협은 대개 초자연적 원인인 경우가 많지만, 알고 보니 합리적인 설명이 가능했던 상황이었다.

조애나 러스는 「누군가 나를 죽이려 하는데 그 누군가가 내 남편인 것 같다: 현대 고딕*Somebody's Trying to Kill Me and I Think It's My Husband: The Modern Gothic*」이라는 글에서 1960년대 고딕 로맨스는 『제인 에어』와 『레베카*Rebecca*』의 혼종이라고 지적했다. 테리 카 같은 편집자들은 고딕 소설의 매력을 이렇게 정리했다. '여자는 결혼 후 남편을 낯설게 느끼기 시작한다…… 매혹과 혐오, 사랑과 두려움이라는 감정이 동시에 진행된다.'

줄거리를 어떤 식으로 변주하든 고딕 소설은 흥분과 로맨스, 바람직한 방향으로 승화된 성적 욕구를 다룬다. 이에 따라 여주인공에게 일정 수준의 힘이 작용하게 된다. 여주인공은 심지어 살인자가 집 안에 함께 있는 상황에서 목숨을 부지해 가며 미스터리를 해결해야 한다.

문학적 액션 스릴러라고 할 수 있는 이런 장르는 꽤 돈이 됐다. 그래서 고딕 소설은 마치 패션 잡지처럼 다양한 표지와 새로운 제목을 달고 재출간되곤 했다.

하지만 1970년대 말부터 고딕 소설은 서점에서 자취를 감춘 듯 보였다. 무슨 일이 일어난 걸까? 독자들의 취향이 달라진 것이다. 고딕 소설을 좋아했던 팬들은 『불꽃과 꽃*The Flame and the Flower*』 같은 한층 더 자극적이고 새로운 로맨스를 찾기 시작했다. 소설에서 오싹한 기분을 느끼고 싶은 독자들은 스티븐 킹의 작품을 비롯한 1980년대 공포 소설에 열광했다.

이 장르는 결국 죽고 만 걸까? 인기가 예전만큼은 못했지만 일부 소설가는 여전히 고딕 소설의 명맥을 이어 갔다. V. C. 앤드루스는 『다락방의 꽃들*Flowers in the Attic*』이라는 고딕 소설로 1980년대에 꽤 히트를 치기도 했다. 그 후 고딕 소설은 완전히 사라졌다기보다는, 형식을 달리해 '가정 누아르'라는 장르로 재탄생했다.

케이트 퍼거슨 엘리스는 『성(城) 싸움: 고딕 소설과 가정 이데올로기 파괴*The Contested Castle: Gothic Novels and the Subversion of Domestic Ideology*』에서 고딕 문학은 중류층 가정의 역설을 드러낸다고 주장한다. 안전한 곳이어야 할 가정이 무시무시한 곳이 된 데 따른 역설이다. 줄리아 크라우치는 가정 누아르에 대해 '집과 일터에서 주로 사건이 벌어지고, 여성의 경험에 주로(독점적으로는 아니고) 의존하며, 사람들 간의 관계를 중심으로 한다. 가정이 구성원에게 힘에 부치는 공간일 뿐 아니라 때로는 위험한 공간이기도 하다는 점에서 페미니스트적 관점도 보여 준다.'고 정의했다.

가정 누아르는 표지와 제목에서 여성의 경험을 강조한다. 서가를 자세히 들여다봐도 이 장르는 온통 여성(『나를 찾아줘*Gone Girl*』, 『더 걸 비포*The Girl Before*』)과 아내(『우리 사이의 그녀*The Wife Between Us*』, 『조용한 아내*The Silent Wife*』, 『내 남편의 아내*My Husband's Wife*』, 『완벽한 아내*The Perfect Wife*』)에 관한 이야기다. 고딕 로맨스 소설의 표지에는 언제나 여성과 대저택이 비슷한 느낌으로 등장한다. 소설의 제목이 '탑에 사는 아내(The Wife in the Tower)'가 아닌데도 삽화며 판촉 문구, 작가의 이름까지도 하나같이 여성 소설임을 강조하는 듯하다. 그럴 바에는 차라리 소설 제목을 죄다 '탑에 사는 아내'로 하는 게 나을 것처럼 느껴진다.

로리 A. 페이지는 『고딕 로맨스의 물결: 1960-1993년 대중 소설의 비판적 역사*The Gothic Romance Wave: A Critical History of the Mass Market Novels, 1960-1993*』에서, 고딕 로맨스 소설에는 강인한 여주인공이 등장하지만 '모든 이야기에 여전히 지독한 억압과 악덕, 패악의 암류가 흐르고 있다.'고 평가한다. 『걸 온 더 트레인*The Girl on the Train*』 같은 가정 누아르 소설도 마찬가지 양상이다. 알코올 중독임을 숨기고 살아가는 주인공은 완벽한 삶을 살아가는 듯한 여자에게 매혹되지만, 알고 보니 그 여자는 바람을 피우고 있었다. 『이웃집 커플*The Couple Next Door*』도 비밀을 숨기고 있다. 『내가 잠들기 전에*Before I Go to Sleep*』의 다정한 남편은 겉보기와는 다른 실체를 가진 인물이다. 『우먼 인 윈도*The Woman in the Window*』의 주인공은 이웃에 사는 어느 완벽해 보이는 가족을 늘 훔쳐보는데 알고 보니 그 가족은 전혀 완벽하지 않은 사람들이었다.

테리 카는 여성 독자들이 고딕 로맨스를 즐겨 읽는 이유가 '미치광이이거나 살인자일 수도, 아닐 수도 있는 자석 같은 매력의 구혼자나 남편'이 등장하기 때문이라고 말했다. 한마디로 여성을 두려움에 떨게 하고 걱정하게 하는 남자인 것이다. 그런 인물이 등장하는 소설을 읽다 보면 감정의 롤러코스터를 타게 된다. 가정 누아르에서 주인공은 남편은 물론이고 이웃과 친구, 심지어 고용인 같은 다양한 부류의 사람들을 두려워한다. 따라서 근심의 산봉우리와 골짜기를 오르내리는 감정의 롤러코스터를 타게 되는 것이다.

고딕 로맨스와는 달리 가정 누아르는 현재, 도시나 교외에서의 삶에 확고한 뿌리를 내리고 있다. 따라서 고딕 로맨스가 거대한 성, 자욱한 안개가 낀 풍경, 오래된 장소를 배경으로 하면서 비현실적인 분위기를 추구하는 반면 가정 누아르는 현실적이라 할 수 있다.

예전 고딕 로맨스와 현재의 가정 누아르 붐을 정확히 같은 선상에 놓을 수는 없겠지만, 집 안의 원인으로 인해 발생한 기이한 감정을 드러낸다는 공통점이 있다. 오랜 세월 꾸준한 수요가 있던 것도 그래서

가 아닐까 싶다.

2020년 2월 20일에 웹진《크라임리즈*CrimeReads*》에 발표한 글.

(http://crimereads.com/gothic-romance-domestic-noir/)

옮긴이 | 공보경

고려대 영어영문학과를 졸업했다. 현재 소설 및 인문서 전문 번역가로 활동하고 있다. 옮긴 책으로 「더크 젠틀리」 시리즈, 「테메레르」 시리즈, 「메이즈 러너」 시리즈, 『벤자민 버튼의 시간은 거꾸로 간다』, 『제인 스틸』, 『커튼』, 『하이-라이즈』, 『양들의 침묵』, 『로드워크』, 『목요일 살인 클럽』, 『사악한 것이 온다』 등이 있다.

멕시칸 고딕

1판 1쇄 찍음 2022년 5월 24일
1판 1쇄 펴냄 2022년 5월 31일

지은이 | 실비아 모레노-가르시아
옮긴이 | 공보경
발행인 | 박근섭
편집인 | 김준혁
책임편집 | 장은진
펴낸곳 | 황금가지

출판등록 | 2009. 10. 8 (제2009-000273호)
주소 | 06027 서울 강남구 도산대로 1길 62 강남출판문화센터 5층
전화 | **영업부** 515-2000 **편집부** 3446-8774 **팩시밀리** 515-2007
홈페이지 | www.goldenbough.co.kr

도서 파본 등의 이유로 반송이 필요할 경우에는 구매처에서 교환하시고
출판사 교환이 필요할 경우에는 아래 주소로 반송 사유를 적어 도서와 함께 보내주세요.
06027 서울 강남구 도산대로 1길 62 강남출판문화센터 6층 민음인 마케팅부

ISBN 979-11-7052-160-0 03840

㈜민음인은 민음사 출판 그룹의 자회사입니다.
황금가지는 ㈜민음인의 픽션 전문 출간 브랜드입니다.